Elisabeth Herrmann

RAVNA

Tod in der Arktis

ELISABETH HERRMANN

RAVNA

TOD IN DER ARKTIS

cbt

Bei diesem Buch wurden die durch das verwendete Material und die Produktion entstandenen CO_2-Emissionen ausgeglichen, indem der cbj-Verlag ein Projekt zur Aufforstung in Brasilien unterstützt. Weitere Informationen zu dem Projekt unter: www.ClimatePartner.com/14044-1912-1001

FSC www.fsc.org MIX Papier aus verantwortungsvollen Quellen FSC® C014496

Wir produzieren Klimaneutral ClimatePartner.com/14044-1912-1001 Druckprodukt

Penguin Random House Verlagsgruppe
FSC® N001967

Wir danken dem Baobab Verlag für die freundliche Erlaubnis, zitieren zu dürfen aus dem Buch:
Sissel Horndal: Máttaráhkkás weite Reise. Eine Erzählung aus dem Samenland.

1. Auflage 2023
Erstmals als cbt Taschenbuch Januar 2023

Umschlaggestaltung: Kathrin Schüler, Berlin
Kartenillustration: Markus Weber, Guter Punkt München
Umschlagillustration: © Shutterstock.com (Viktorio Marianov Nitov, Jamen Percy, phive, Bizi88, Jne Valokuvaus, Roxana Bashyrova, Husjak)
FK • Herstellung: LW
Satz: KompetenzCenter, Mönchengladbach
Druck: GGP Media GmbH, Pößneck
ISBN 978-3-570-31519-4
Printed in Germany

www.cbj-verlag.de

Für meine Eltern, Loni und Friedrich Herrmann

In den skandinavischen Ländern wird die Berufsbezeichnung in weiblicher Form kaum noch praktiziert. Eine Ärztin ist *doktor*, eine Lehrerin ist *laerer*, eine Praktikantin ist ein *praktikant*. Ebenso wird kaum noch gesiezt (nur noch Mitglieder des Königshauses, aber sogar die bieten gerne an: Nenn mich einfach Harald …).

Für uns klingt das ungewohnt. Um den authentischen Charakter der Geschichte zu bewahren, habe ich mich jedoch, bis auf wenige Ausnahmen, für die norwegischen Umgangsformen entschieden.

Elisabeth Herrmann

I.

Die Flüsse froren zu. Der Wald wurde weiß und still.
Der Frost presste sich in die kleinsten Spalten hinein,
Die Kälte drang bis auf die Knochen.
Die Dunkelheit war gekommen.[1]

---

1 Sissel Horndal, »Máttaráhkkás weite Reise. Eine Erzählung aus dem Samenland«.

1.

Montag, 25. November 2019, Mortensnes/Varangerfjord, Arktis.
Sonnenaufgang: 9:59 Uhr, Sonnenuntergang 11:33 Uhr
Tageslänge: 1 Stunde 34 Minuten

Eine Schneeflocke.

Sie war winzig, fast noch ein Kristall. Sie schwebte hinunter aus dem grauen Himmel, tanzte über die Felsen und wurde dann vom Sog des Meeres erfasst, bevor sie, zwei Fuß über dem bemoosten Grund, verschwand.

Cahki, dachte Ravna, die sie beobachtet hatte. Passt das zu ihr? Klein, etwas Eis … nein. Wir Samen kennen über zweihundert Wörter für Schnee. Grauer Schnee. Von Rentieren gestampfter Schnee. Schnee, der in den Fellen der Hunde hängen bleibt. Nasser Schnee im Frühling. Gefrorener Schnee auf Bäumen. Aber die erste Flocke, die den

Winter ankündigt und die Polarnacht und die Lichter der Götter am Firmament – welchen Namen geben wir ihr?

»Hallo?«

Ein Hieb in den Rücken. Mikkel tauchte vor ihr auf. Das verschlagene Glitzern in seinen Augen verriet, dass er nur auf diesen Moment gewartet hatte.

»Schläfst du? Hier.«

Er hielt ihr die Rolle mit dem Absperrband entgegen. Der Schlag hatte wehgetan, und eine Sekunde lang fragte sich Ravna, wie der Schnee heißen würde, mit dem sie ihm gerne eine Abreibung verpassen würde.

»Aufspannen. Von da«, er deutete auf den Bärenstein, einen riesigen Felsbrocken, »bis da.« Ein windschiefer Zaun, der das Plateau vom Tal trennte.

Sie griff nach dem Band und Mikkel stapfte wieder davon.

Es war kalt. Nur ein paar Grad über null. Was verdammt noch mal mache ich hier?, fragte sie sich und sah hinüber zu den Polizisten, die sich über den Toten beugten.

Du beißt die Zähne zusammen und stehst das durch, hörte sie die Stimme ihrer Schwester Inga im Kopf. *Es sind doch nur sechs kurze Wochen. Danach kannst du drei Jahre auf die Polizeischule in Oslo. Großstadt, Baby! Glitzernde Lichter, Bars und Restaurants. Und vor allem andere Typen als der fette Mikkel, der dich schon in der Grundschule gemobbt hat.*

Der Wind holte tief Luft und blies eine Böe über den Varangerfjord. Das graue Wasser kräuselte sich, ein paar matte Wellen schwappten ans Ufer. In der Ferne des Nordens das große Nichts. Die Einsamkeit der Arktis. Mortensnes. Schon immer ein ganz besonderer Platz mit Opferstätten, Steinkreisen und Labyrinthen. Walfänger, Händler und Fischer hatten sich hier seit Anbeginn der Zeiten getroffen. Wilde Rentiere, Bären und Wölfe. Ein breiter, sanft abfallender Hang, der einen überwältigenden Blick auf das Meer zur einen und die Felsen zur anderen Seite bot. An dieser Stelle war der Fjord schon fünf Kilometer breit. Das andere Ufer war nur noch schemenhaft zu erkennen. Bei Kiby verbreiterte sich das Wasser noch mehr und wurde Teil der Barentssee, des Eismeeres. Möwen kreischten. Die Fahnen vor dem Museumsbau an der Straße knatterten im Wind.

Das weite Gelände war zum Kulturerbe erklärt worden, es lag an der schmalen Küstenstraße, die erst hundert Kilometer weiter oben in Vardø enden würde: in der letzten Stadt vor dem Nordpol.

Von dort näherte sich ein Campmobil, bog ab, fuhr auf den Parkplatz vor dem Museum und hielt an. Die Türen öffneten sich, ein Ehepaar in Wanderausrüstung stieg aus.

Mikkel machte eine Kopfbewegung in Ravnas Richtung. Sie lief dem Paar entgegen, das erst jetzt die Polizisten und den Krankenwagen bemerkte – das einzige Gefährt zum Abtransport einer Leiche, das hier auf die Schnelle zu kriegen war.

»Halt. Stopp! Ihr könnt hier nicht weiter«, rief sie.

Die beiden blieben stehen und sahen sich ratlos an.

»Das ist ein Tatort.« Ravna hielt die Rolle mit dem Absperrband hoch. »Ich muss euch bitten, weiterzufahren.«

»Aber ...« Der Mann zog ein Gesicht, als hätte sie gerade

sein Geburtsrecht infrage gestellt, den heiligen Platz zu betreten, wann immer er wollte. »Wir sind extra aus Kirkenes hier hochgekommen.« Sein Norwegisch klang holperig. Ravna tippte auf Russen oder Esten.

»Da liegt ein Toter«, sagte sie.

»Nur einer? Ich dachte, das wäre ein Begräbnisort der Samen.«

Der Witz kam nicht an. Weder bei ihr noch bei seiner Frau. Die zupfte ihn am Ärmel und wollte ihn wegziehen, aber er riss sich ungeduldig los.

»Wir stören euch nicht. Wir werden nur kurz schauen und ein paar Fotos machen.«

Er wollte Ravna zur Seite schieben, aber sie wich keinen Millimeter.

»Nein.« Warum zum Teufel trug sie keine Uniform? Einer Achtzehnjährigen in Jeans, Boots und dickem Anorak traute wohl keiner etwas zu. Aber die Polizeistation in Vardø hatte keine Dienstkleidung in ihrer Größe gehabt. Der erste Tag des Praktikums, da rechnete doch keiner mit einer Leiche! Noch dazu an diesem Ort.

»Ich darf euch nicht durchlassen. Hallo?«

Er ging einfach an ihr vorbei!

Mikkel, ausgerechnet Mikkel bekam mit, dass es ein Problem gab. Seine Uniform spannte und über den Winter würde er noch ein paar Pfund zulegen. Er war gerade zurückgekommen aus Oslo, als frischgebackener *politibetjent* 1, Polizeiwachtmeister mit kaum einundzwanzig. Und ein Junge aus ihrer Stadt, aus Vardø. Alle kannten sich. Und deshalb wussten sie auch, wer Ravna war. Woher sie kam und dass sie zu denen gehörte, denen man besser erst einmal gar nichts zutraute.

»*Hei!*«, rief er. »Weg da. Sofort!«

Der Mann hielt inne. »*Hei.* Immer langsam.«

»Wer seid ihr? Was wollt ihr hier?« Mikkel zückte ein Notizbuch und schlug es auf. Es war niegelnagelneu, und er brannte sichtlich darauf, seine erste Zeugenvernehmung hineinzuschreiben.

»Wir sind Touristen!« Der Mann bekam endlich mit, dass er hier nicht erwünscht war. »Mortensnes steht doch in jedem Reiseführer. Die alten Grab- und Opferstätten der Eingeborenen und der Bärenstein.«

Ravnas Gesicht vereiste bei dem Wort *Eingeborene.* Er meinte die Samen, die hier den Kontakt zur *Saivo*, der Götterwelt, gesucht hatten.

»Kommt später wieder.« Mikkel klappte seinen Block zu. Er war unzufrieden, weil die beiden weder Täter noch Zeugen waren. »In einer Stunde sind wir hier fertig.«

»Kann man irgendwo einen Kaffee trinken?«, fragte die Frau. So ungeduldig wie sie von einem Bein aufs andere trat, brauchte sie wohl eher eine Toilette, traute sich aber nicht zu fragen.

»Im Museum«, sagte Ravna und schaute auf ihre Armbanduhr. »Wenn es schon auf hat.«

Es war kurz nach zehn. Sie hatten nur eine knappe Stunde Tageslicht, dann würde sich schon wieder die Dämmerung über alles senken. Vor zwei Stunden, da war es noch stockdunkel gewesen, hatte sie sich zum Dienst gemeldet. Ein paar Minuten später war der Notruf eingegangen.

Männliche Leiche am Varangerfjord. Ravna hatte eigentlich nur im Weg herumgestanden, während um sie herum alle in Aufruhr gerieten. Streifenwagen vorfahren, Krankenhaus in Vadsø informieren, den Museumsmitarbeiter am Telefon beruhigen, der den Schock seines Lebens erlitten hatte, in die beiden Polizeiwagen springen, losfahren. Ankommen. Männliche Leiche. Bleib du mal lieber am Wagen. Ist nichts für Mädchen. Und, ein paar Meter weiter, einer zum anderen: Was macht die eigentlich hier?

»*Adjø.*«

Sie wandte sich ab und lief zu einem windschiefen Holzzaun. Während sie das Band verknotete, konnte sie die Ausgrabungsstätten sehen, die weiter unten Richtung Meer lagen. Dann rollte sie es ab bis zum Bärenstein. Ravna wusste, was hier in Vorzeiten geschehen war: Opfer hatten die Götter besänftigen sollen. Der Stein war von blutroten Flechten überzogen. Nirgendwo eine Möglichkeit, etwas zu verknoten.

»Mikkel?«

Dass sie ausgerechnet ihn um Rat fragen musste! Aber er war der Einzige, der bis jetzt ein paar Worte mit ihr gewechselt hatte. Und der tat so, als hätte sie ihn gerade bei etwas besonders Wichtigem gestört. Dabei bohrte er nur heimlich in der Nase.

»Hol Stecken und Hammer!«, fauchte er. »Im Wagen!«

Alles war gut, was sie von dem Toten wegführte. Ravna hatte bisher erfolgreich versucht, nicht hinzusehen. Aber sie wusste, dass ihr das noch bevorstand. Wenn nicht hier, dann an einem anderen Ort. Bei einem anderen Fall. Das gehörte dazu, wenn man Polizistin werden wollte. Ravna hätte es nur gerne nicht unvorbereitet an ihrem ersten Tag erlebt.

Die verhinderten Touristen hatten sich zurückgezogen. Der Mann stand neben der geöffneten Fahrertür seines Wohnmobils, eine Thermoskanne in der Hand. Seine Frau umrundete gerade den Museumsbau. Also doch Toilette.

Ein weiteres Auto bretterte über den Schotter der schmalen Zufahrt. Es hielt hinter dem Wohnmobil. Ein Mann und eine Frau stiegen aus und gingen zum Kofferraum. Der Tourist mit der Thermoskanne wollte anfangen zu diskutieren, aber die beiden ließen sich gar nicht erst darauf ein. Sie streiften weiße Papieroveralls über und holten zwei schwere Koffer hervor. Damit machten sie sich auf den Weg zum Leichenfundort.

Sie passierten Ravna, die gerade den Polizeiwagen nach Werkzeug durchsuchte und den beiden hinterhersah. Rechtsmediziner. Es war, als ob mit ihnen die Luft noch etwas eisiger würde.

»Brauchst du eine persönliche Einladung oder was?«, brüllte Mikkel.

Sie fand den Hammer und die Stecken und lief zurück zum Bärenstein. Dort maß sie eine Fläche von ungefähr zwanzig mal zwanzig Metern ab und befestigte das Band.

Der Tote war ein Mann.

Jemand hatte ihn erschlagen.

Der Fahrer des Wohnmobils hupte.

Die Sanitäter holten eine Trage.

Die Rechtsmedizinerin öffnete einen Leichensack.

Ravna verfluchte ihr Frühstück.

»Na? Die erste Leiche?«

Mikkel stellte sich neben sie. So nah, dass ihre Schultern sich berührten. Vielleicht war das genauso wenig Absicht wie der heftige Schlag. Vielleicht auch nicht. Sie trat einen Schritt zur Seite.

»Ja. Wer ist es?«, fragte sie.

»Keine Papiere. Und das Gesicht ...«

»Danke.«

»Du solltest es dir ansehen.«

»Danke!«

»Erinnert mich daran, wie ihr ausseht, wenn's mal wieder ein paar auf die Fresse gibt.«

Sie schwieg. Das hatte sie schnell gelernt. Einfach schweigen, obwohl man am liebsten um sich schlagen würde. Es war Inga, die ihr das beigebracht hatte: runterkommen, wenn es in einem brodelt. Cool bleiben. Einen Fettsack wie Mikkel anlächeln und fragen: »Für dich?«

»Für mich?«

Im selben Moment wusste Ravna, dass der Spruch ein Fehler gewesen war. Mikkel stand im Rang über ihr. Er war das, was Ravna werden wollte. Wenn sie Pech hatte, war sie ihm die nächsten sechs Wochen ausgeliefert. Er konnte ihr das Leben zur Hölle machen. Und so, wie er sie gerade ansah, ging ihm wohl genau das Gleiche durch den Kopf.

»Na ja.« Sie zauberte von irgendwoher ein bewunderndes Lächeln hervor. »Du bist ja bekannt dafür, dass man sich besser nicht mit dir anlegt.«

Mikkel überlegte. Wie war das jetzt gemeint? Dann

grinste er. Ravna sah zu Boden. Ein Blick in ihr Gesicht, und er würde wissen, dass sie sich immer noch über ihn lustig machte. Doch dann sagte sie: »Da ist ein Strich.«

»Was?«

»Da ist ein Strich auf dem Boden.«

Mikkel sah über seinen Bauch hinunter auf die spärliche Erde, an die sich gerade noch ein paar Flechten klammerten. Ravna hatte ihre ersten Bäume mit sechs Jahren gesehen, unten, in Kirkenes, wo die Straßenschilder in Norwegisch, Samisch und Russisch beschriftet waren. In der Arktis gab es nichts, das nach oben wuchs.

»Siehst du das?«

»Da ist nichts.«

»Es ist ein Strich. Schau.« Sie hatte noch einen Stecken in der Hand und fuhr mit ihm über den felsigen Boden. Ein Kratzer, ein Strich. Genau wie der vor ihnen. »Jemand hat ihn gezogen.«

»Okay.« Mikkel grabbelte nach einem Kaugummi in seiner Jackentasche, wickelte ihn aus dem Papier und steckte ihn in den Mund. »Zum einen kontaminierst du gerade einen Tatort, du Idiotin. Zum anderen – das waren Kinder. Wanderer«, nuschelte er. »Das hat nichts zu sagen.«

»Aber«, sie sah hoch, »wir sind in Mortensnes. Hier hat alles eine Bedeutung.«

»Erzähl doch keinen Quatsch. Für euch vielleicht. Aber das hier ist eine klassische Ermittlung. Ohne Striche. Ich lach mich tot.«

Ravna presste die Lippen zusammen. *Für euch vielleicht.*

Mikkel kaute und trat ungeduldig von einem Fuß auf

den anderen. Er wartete wohl darauf, dass er endlich weg von diesem seltsamen Mädchen gerufen wurde, hin zu den wirklich wichtigen Leuten: Jonas und Filip zum Beispiel, den beiden Distriktpolizisten aus Vardø, die sich gerade mit der Rechtsmedizinerin unterhielten. Ihr Mitarbeiter hockte neben der Leiche und streifte sich weiße Gummihandschuhe über. Während sie, die Praktikantin und der Frischling von der Polizeischule, zwei absolute Beginner, für die nächste halbe Stunde am Rand stehen und zusehen durften. Ravna fiel das definitiv leichter als Mikkel.

Mittlerweile hatte der Museumswärter das Klo offensichtlich freigegeben und zwei Thermoskannen Tee gebracht. Ravna wurde zur Straße geschickt, damit sie weitere Besucher davon abhielt, auf das Gelände zu fahren. Das Ehepaar im Wohnmobil war kurz vorm Ausflippen (auch, weil die Toilette noch so lange gesperrt gewesen war), bis Mikkel sich die Autoschlüssel der Rechtsmediziner geben ließ, sich hinters Steuer setzte und die beiden aus ihrer Sackgasse erlöste. Dann trabte er zurück zum Bärenstein.

Der Tote wurde auf den Leichensack gelegt.

»Fass mal mit an!«, brüllte Mikkel.

Ravna fuhr zusammen. Meinte er sie?

»Los! Steh nicht so dämlich in der Gegend rum!«

Er meinte sie.

Ravna duckte sich, um unter dem Band hindurch hinter die Absperrung zu gelangen. Jonas und Filip standen abseits und telefonierten. Die Rechtsmedizinerin hatte sich eine Zigarette angezündet. Sie war blond, vielleicht Ende dreißig, genau konnte Ravna das nicht einschätzen. Aber ihre harten Züge verrieten, dass sie schon einiges gesehen hatte in ihrem Leben. Ihr Kollege stand am Kopf der Leiche, Mikkel an den Füßen. Der Leichensack flatterte im Wind.

»Drück die Folie runter, sonst fliegt sie uns weg!«

Die beiden hoben den Körper an. Ein schwerer Mann, kräftig. Viel getrocknetes Blut auf dem Anorak. Es hatte ihn von vorne erwischt, vielleicht hatte er den Täter erkannt? Oder es war in der Dunkelheit geschehen? Am Beginn der Polarnacht verloren Tageszeiten ihre Bedeutung. Ravnas Blick fiel auf die Hand des Toten. Er trug einen Ring aus schwerem, geschmiedetem Silber.

»Das ist Trygg«, sagte sie.

Mikkel und der Rechtsmediziner, gerade im Begriff, den Toten hochzuheben, ließen los.

»Was?«, fragte Mikkel.

»Das ist Olle Trygg«, wiederholte Ravna. »Ich kenne ihn.«

»Heiliger Himmel«, sagte Mikkel. »Bist du sicher?«

Ravna nickte. Der Rechtsmediziner stand auf, auch Mikkel kam wieder hoch und wischte sich die Hände ab, obwohl er Handschuhe trug. Filip, der ältere der beiden Polizisten, beendete sein Gespräch und kam zu ihnen.

»Das ist Trygg«, sagte Mikkel.

Filip beugte sich über den Toten, der auf dem Rücken lag, die Arme ausgebreitet. Ravna versuchte, nur auf die Beine zu sehen, die in dicken Cordhosen steckten, auf die Stiefel, den verrutschten Anorak. Filip – ein gemütlicher Mann Anfang sechzig, kurz vor der Pensionierung und für Mikkel deshalb von besonderem Wert, weil er scharf auf die frei werdende Stelle war – steckte sein Handy weg und schüttelte den Kopf. Weniger, weil er an Mikkels Worten zweifelte. Eher, weil sich offenbar Probleme zusammenbrauten, von denen Ravna keine Ahnung hatte.

»Woher willst du das wissen?«

Mikkel deutete auf seine Praktikantin. »Ravna sagt es.«

»Ich kenne ihn«, wiederholte sie.

Und die Handbewegung, mit der er an diesem Ring drehte, wenn die mächtigen Rentierherden auf ihre Winterweiden getrieben wurden. Immer eine Umdrehung für hundert. Wie er auf der Anhöhe stand und auf seinen Reichtum blickte, wenn die Tiere in gewaltige Gehege getrieben und für die Wanderung gezählt wurden … Unter ihren braunen Rücken war kein Schnee mehr zu sehen, es waren Tausende, Hunderttausende, Millionen, ihr Atem dampfte in der eisigen Luft, ihre Hufe hämmerten, die Geweihe wogten über diesem Meer von Leibern, der Qualm aus den Lagerfeuern biss in den Augen, jemand schlug die Trommel, und Trygg zählte seine Tiere, *Sarves* und *Vaia*, Hirsch und Kuh, und bellte mit heiserer Stimme seinen Treibern Befehle zu, bevor er zu Ravnas *siida*[2] stapfte und sagte: »Eines Tages steck ich euch auch noch in den Sack.« Olle Trygg. Der reichste Same, den sie je kennengelernt hatte. Und der böseste. Hinterhältigste. Widerwärtigste.

Jetzt wurde auch Jonas aufmerksam. »Was ist los?«

Er war der Zweite nach Filip in der Rangordnung der Polizeiwache Vardø. Dann kam Mikkel. Und dann, viel-

---

2 Samisch: Familie.

leicht, Ravna. So genau wusste sie das nicht. Ihr erster Tag. Ihr erster Toter. Und dann ausgerechnet Trygg …

»Ravna sagt, das ist er.«

»Wer ist Ravna?«

»Ich«, sagte sie.

Filip kratzte sich am Kopf. Noch nicht einmal ihren Namen hatte er behalten.

Die Rechtsmedizinerin gesellte sich jetzt auch zu ihnen. »Ihr habt ihn identifiziert?«

Jonas brummte etwas. Filip sagte: »Das … ähm … Mädchen glaubt, sie kennt ihn.«

Die Frau drückte ihre Zigarette in einem kleinen Marmeladenglas aus, verschloss es sorgfältig, steckte es weg und reichte Ravna die Hand. »*Hei.* Ich bin Eva Hovland, Pathologin am Vadsø *helsesente.*« Dem Krankenhaus.

»*Hei.* Ravna Persen. Praktikant.«

Sie reichten sich die Hand.

»Und du kennst den Toten?«

»Ich kann es nicht beschwören, aber …« Ravnas Blick fiel auf Tryggs Stiefel. Etwas an ihnen kam ihr seltsam vor. »Ist das Birkenrinde?«

Eva war ihrem Blick gefolgt. »Im Schaft? Kann sein. Warum?«

»Weil …« Alle sahen sie an. Birkenrinde im Stiefel. Bei einem Rentierzüchter und Großgrundbesitzer. Ist das seltsam? *Für euch vielleicht* … »Nichts. Ich habe seinen Ring erkannt. Er ist aus Silber und hat zwei Linien, die durch einen Kreis führen. Siehst du?«

Eva zog einen Plastikhandschuh aus der Tasche, streifte

ihn über, ging in die Knie und hob Tryggs Hand hoch, um sich den Ring genauer anzusehen.

»Das ist unserer Flagge nachempfunden«, sagte Ravna. »Ich meine, sehr vereinfacht.«

Die Frau sah hoch. Sie hatte hellblaue Augen, die Ravna interessiert musterten. »Du bist *sámi*?«

Sah man ihr das nicht an? Nein. Dunkle Haare hatten viele, und ihr vor Kälte gerötetes Gesicht mit der Stupsnase verriet wohl wenig.

Mikkel vergaß, auf seinem Kaugummi zu kauen. Filip und Jonas schwiegen.

Half ja nichts, wussten doch alle.

»Ja«, sagte Ravna.

Eva lächelte. »Und Trygg auch?«

»Ja.«

Eva legte sanft die Hand zu dem Toten zurück, dann stand sie auf.

Der Rechtsmediziner an dem Ende von Trygg, das mal sein Kopf gewesen sein musste, äußerte sich mit einem ungeduldigen Räuspern.

Filip sagte: »Wir kümmern uns darum. Wenn er es ist …« Er sah sich vielsagend um.

Eva vollendete den Satz für ihn. »Dann geht die Sache direkt nach Kirkenes.«

Die Männer nickten. Sie wirkten erleichtert, dass die Kollegen in der Provinzhauptstadt den Fall übernehmen würden.

»Warum?«, fragte Ravna.

Eva strich sich die windzerzausten Haare aus dem Gesicht.

Sie antwortete nicht geradeheraus. Sie schien etwas zurückzuhalten, obwohl die Antwort, die sie schließlich gab, absolut natürlich klang. »Es war Mord. Ein Stich in den Nacken, einer ins Herz. Und zuvor wurde er noch zusammengeschlagen. Wir können nur feststellen, *wie* er gestorben ist. Nicht *warum*. Deshalb …« Sie gab den Männern einen Wink. »… sollten wir ihn jetzt ins Bezirkskrankenhaus nach Vadsø bringen.«

»Nicht nach Kirkenes?«

Die Pathologin lächelte wieder. Es war erstaunlich: Es hellte ihr Gesicht auf, wie ein Sonnenstrahl, der durch die dunklen Wolken aufs Wasser fällt. »Ich lass mir doch meine interessanteste Leiche seit Monaten nicht vom eigenen Seziertisch klauen.« Und zu den Männern sagte sie: »Den Blutspuren nach zu urteilen, ist Leichenfundort auch Tatort. Irgendeine Spur vom Tatwerkzeug?«

Stummes Kopfschütteln. Alle schienen verdauen zu müssen, dass Eva die Höchste der Rangordnung war. Zumindest so lange, bis jemand aus Kirkenes kam und anfing zu ermitteln.

»Die Spurensicherung muss gleich hier sein. Die Absperrung bleibt und sollte bewacht werden.«

Die drei aus Vardø drehten sich gleichzeitig zu Ravna um. Es sah aus, als hätten sie diese Bewegung monatelang für ein Laientheaterstück geprobt.

»Klar«, antwortete sie hastig. »Kein Problem. Aber wie kann ich mich ausweisen, wenn wieder Leute kommen?«

»Sie ist nur Praktikant«, brummte Filip. »Mikkel, übernimm du das.«

Während Ravna die Plastikhandschuhe einsammelte und den Rest des Absperrbandes zum Wagen trug, ging Eva mit ihrem Kollegen zurück zum Parkplatz. Es dauerte noch eine halbe Stunde, bis die Truppe fertig war. Mikkel blieb zurück, und er sah nicht gerade erfreut darüber aus, den Rest des Tages am Bärenstein von Mortensnes verbringen zu müssen.

Die Rückfahrt dauerte wieder fast zwei Stunden. Sie zuckelten die Küstenstraße entlang, und die wilden Felsen am Ufer wurden sanfter und flacher, als ob sie Respekt hätten oder sich verneigen würden vor dem, was weiter im Norden vor ihnen lag: das ewige Eis. Irgendwann, es war nach der langen Dämmerung völlig dunkel geworden, schlief Ravna ein und erwachte erst wieder, als sie in den Unterwassertunnel fuhren, der das Festland mit der Vardø-Insel verband.

»Na?« Jonas drehte sich zu ihr um. »Was gelernt am ersten Tag?«

Ravna rieb sich die Augen und überlegte. »Einen Tatort absperren?«

»Den Mund halten, du Dummkopf. Woher weißt du, dass es Trygg ist?«

»Ich weiß es halt«, erwiderte sie trotzig.

Filip, der am Steuer saß, schüttelte den Kopf. »Sie weiß es halt. Meine Güte. Jetzt kriegen wir Besuch aus Kirkenes. Schönen Dank.«

2.

»Trygg?«

Ravnas Urgroßmutter Léna goss sich noch eine Tasse Tee ein. Es ging ziemlich viel daneben, aber Ravna wusste, dass man sich hüten sollte, die alte Frau auf Missgeschicke hinzuweisen. Dann konnte sie ziemlich ruppig werden. »Trygg, ermordet in *Ceavccagđe*?«[3]

Ravna nickte. »Jemand hat ihn erstochen. Heute Nacht. Ich hab den Tatort abgesperrt. Und Touristen weggeschickt.«

Ob Mikkel immer noch da war? Ravna nahm sich einen von Lénas steinharten Keksen. Sie war nur kurz vorbeigehuscht, um nach dem Rechten zu sehen, weil ihre Mutter wieder draußen auf den Winterweiden war. Die Herde der Persens war nicht groß, aber mit der staatlichen Unterstüt-

---

3 Samische Bezeichnung für Mortensnes.

zung hielten sie sich einigermaßen über Wasser. Eigentlich sollte sie, Ravna, jetzt dort sein und helfen. Um ihr schlechtes Gewissen zu beruhigen, kam sie so oft bei Léna vorbei, wie es ging. Die Zahl ihrer Freunde war ohnehin sehr überschaubar, vor allem, seit sie sich entschieden hatte, zur Polizei zu gehen. Sie hatte Zeit, deshalb machte es ihr nichts aus, abends nach Léna zu sehen. Ravna war die Erste in der Familie, die einen Beruf lernte. Einen »richtigen« Beruf. Das mit den Rentieren war ja in den Augen der Norweger nur Folklore.

Léna schüttelte den Kopf und schlürfte einen Schluck. »Soll er schmoren in *skjærsild*«, dem Höllenfeuer. »Die Welt ist ohne ihn ein besserer Platz.«

Ravna zermalmte den Keks. Trygg war ein echter Kotzbrocken gewesen. Ungehobelt, egoistisch, einer, der nie den Hals voll genug kriegen konnte. Aber jetzt war er tot. Gönnte man der Seele da nicht was Netteres als ewige Verdammnis?

Léna lachte. »Was, stimmst du mir etwa nicht zu?«

Ravna zuckte mit den Schultern. »Ich hab ihn ja gar nicht richtig gekannt.«

»Aber die Geschichten, die man über ihn erzählt, die kennst du. Wie er die Leute schikaniert hat? Wie er den kleinen Nikko so verprügelt hat, dass er bis heute hinkt? Wie er seine Frau ins Grab geflucht hat?«

»So was gibt es nicht.«

Léna wurde schlagartig ernst. »Hast du eine Ahnung. Natürlich gibt es das. Andere Menschen durch böse Worte zur Verzweiflung bringen, bis sie eines Nachts raus in den Schnee laufen und nicht mehr wiederkommen.«

Ja, das war eine dieser Geschichten um Trygg. Dass seine erste Frau sich umgebracht hatte, weil sie es mit ihm nicht mehr aushielt und lieber draußen erfror als an seiner Seite zu sein. Aber in den Tod geflucht? Ravna hielt solche Legenden im Kern für wahr. Doch Flüche allein hatten die Arme nicht ins Eis getrieben. Eher Gewalt und seelische Grausamkeit.

»Jedenfalls, das war mein erster Tag.«

Léna hob die Tasse. »Herzlichen Glückwunsch. Ich hätte nicht gedacht, dass dein Weg bei der Polizei gesäumt ist von so schönen Nachrichten.«

»*Àhkku*!«[4] Ravna legte den angebissenen Keks zurück. »Wie kannst du so was sagen? Er ist umgebracht worden, mit zwei Stichen. Und vorher verprügelt. Das ist bestialisch.«

Léna lächelte verträumt. »Genau das meinte ich.«

»Er ist mein erster Toter!«

Das Lächeln verschwand. »Das ist nicht schön. Dass er dir das auch noch antun muss!«

Ravna seufzte. »Alles klar.« Trygg konnte selbst durch seinen grausamen Tod bei Léna keine Punkte sammeln. »Brauchst du noch was?«

»Nein. Der Kleine vom Supermarkt bringt mir alles.«

Supermarkt war heillos übertrieben, wenn Ravna ihn mit den funkelnden Konsumtempeln in Kirkenes verglich. Und auch die waren nichts im Vergleich zu den *richtigen* Kaufhäusern, wie es sie in Oslo gab. Die Läden in Vardø konnte

---

4 Samisch: Großmutter, auch Urgroßmutter.

man an einer Hand abzählen. Sie führten das Wichtigste, was man so brauchte, aber leider nicht all diese verlockenden unwichtigen Dinge, von denen Inga ihr erzählt hatte und die Ravna noch nicht mal im Internet finden konnte. Man musste *dort* sein. Es mit eigenen Augen sehen.

Vor Jahren hatte Ravna eine Klassenfahrt in die Hauptstadt gemacht. Sie zehrte immer noch davon. Und während sie sich das Sehnen bis heute nicht abgewöhnt hatte, war Inga weggegangen nach Oslo, eines Nachts, ohne ein Wort zu sagen, weil sie das Leben hier nicht mehr ausgehalten hatte. Und das dort auch nicht. Wohin gehören wir?, hatte sie immer wieder gefragt, und Ravna wusste bis heute keine Antwort. Aber sie hatte sich für diesen Job entschieden. »Ich bin Polizistin« klang irgendwie konkreter als »Ich bin Same«.

»Ruf deine Mutter an.«

Ravna stand auf und räumte das Geschirr ab. Eigentlich eine gute Gelegenheit, um Diskussionen aus dem Weg zu gehen. Aber nicht mit Léna.

»Hedda wartet darauf. Brich ihr nicht auch noch das Herz.«

»Dann hätte sie vielleicht einen Sohn statt zwei Töchter auf die Welt bringen sollen.« Kaum war der Satz heraus, hätte sie ihn am liebsten wieder zurückgenommen.

Léna hieb mit der Faust auf den Tisch, dass die übergebliebenen Tassen zitterten. »So etwas will ich nie wieder hören!«

»Entschuldige, *àhkku,* ich wollte nicht –«

»Sie hat genug mitgemacht mit diesem Lügner und

Betrüger, der sich einfach aus dem Staub gemacht hat! Diesem Schwächling aus dem Süden, keine zwei Winter hat er es hier ausgehalten.«

Mühsam stützte Léna sich auf die Tischplatte und kam hoch. Ravna war nicht groß, aber Léna schien geradezu winzig. Wie alt war sie jetzt? Achtzig? Mit diesen tausend Fältchen im Gesicht, den strahlend weißen Haaren und den funkelnden Augen, dunkel wie Wacholderbeeren. Mal kräftig wie ein Holzhacker, dann fast zerbrechlich in den dicken Strickjacken, dem langen Rock und den kleinen Füßen in den Filzschlappen. Und trotzdem jemand, vor dem Ravna einen riesigen Respekt hatte.

»Nimm dir nie wieder heraus, so von deiner Mutter zu reden.«

»Es war nicht –«

»Und hör auf, mir Widerworte zu geben! So spricht man nicht mit mir. Hast du mich verstanden?«

»Ja.« Ravna trug die Teller in die Küche und atmete tief durch. Dann kam sie wieder zurück in das kleine Zimmer.

Die Stadt hatte Léna die Wohnung zugewiesen. Von dem beschlagenen Fenster aus konnte sie bei gutem Wetter den Hafen und die Bucht dahinter erkennen, die grauen Berge des Festlands, über das sie in ihrer Jugend die Herden getrieben hatte, damals, als man die Männer noch danach aussuchte, wie gut sie mit den Tieren umgehen konnten … Alles in Lénas überheiztem Zimmer erinnerte an diese Zeit. Die handgeknüpften Teppiche, die bestickten Leintücher, die bunten Kissen. Und tief verborgen in einem Regal, das unter lauter seltsamem Krimskrams ächzte, in weiches Leder verpackt, mit brüchigen Riemen umwickelt, die *goavddies*, die Trommel ... Ob Léna wusste, dass Ravna und Inga diesen geheimen Schatz einmal gesehen hatten? Sie waren kleine Mädchen gewesen, so neugierig, so mutig und kühn, alles mussten sie wissen, nichts durfte ihnen verborgen bleiben. Und so war Inga auf einen Stuhl geklettert und hatte das Paket aus dem Regal gezogen. Ravna hatte es geöffnet und gespürt, dass ihr fast das Herz stehen blieb.

»Was ist das?« Ihr Flüstern klang atemlos. Inga beugte sich über sie, die Enden ihrer langen Zöpfe kitzelten Ravnas Nacken.

»Oh heilige Scheiße.« Inga, zwei Jahre älter – neun war sie damals gewesen, oder vielleicht schon zehn? –, hatte angefangen, Flüche und Schimpfwörter nicht mehr zu ignorieren, sondern auch zu benutzen. »Das ist eine Trommel! Léna ist ein Schamane. Hast du das gewusst?«

Wildes Kopfschütteln.

»Von diesen Dingern gibt es kaum noch welche. Die haben sie uns alle weggenommen.«

»Warum?«

Inga wickelte etwas aus, das wie ein kleiner Hammer mit einem silbernen Kopf aussah. Damit schlug sie leise auf das Fell, das mit rätselhaften, geheimnisvollen Zeichen bedeckt war – den Runen.

»Weil wir damit den Teufel rufen«, hatte sie geflüstert. Noch ein Schlag. Noch einer. Und Ravna spürte, dass etwas den Raum betrat, das sie nicht kannte und nicht sehen konnte. Das wie ein unsichtbarer Schatten in der Ecke stand, ein ungebetener Gast, eine Erinnerung, die Angst machte und die man verdrängte, bevor sie überhaupt auftauchte. »Den *Gand*.«[5]

»Inga!«

Und plötzlich lachte Inga auf, und die düsteren Ecken wurden hell.

»Hab doch nur Spaß gemacht.«

Léna reichte ihr die Zuckerdose. Ravna schreckte aus ihrer Erinnerung hoch. Ob die Trommel immer noch dort lag? Ein Schatz von unermesslichem Wert. Auf der ganzen Welt gab es kaum noch vierzig Stück davon, alle lagen in Museen oder wissenschaftlichen Sammlungen. Aber eine unentdeckte *goavddies* in Privatbesitz – das gab es nicht mehr. Oder das Geheimnis wurde einfach nur gut gehütet.

Sie stellte die Dose ins Regal, zwischen zerlesene Bücher, geflickte Fäustlinge, Gläser, alte Zigarrenkisten und dem, was sich im Lauf der Jahre noch so angesammelt hatte.

»Dann geh jetzt. Du musst ja morgen früh raus.« Léna griff nach Ravnas Arm, gemeinsam erreichten sie das durchgesessene Sofa, auf das sich die alte Frau mit einem leisen Stöhnen niederließ. »Wie sind sie denn so auf der Wache?«

»Na ja.« Ravna sammelte die Tassen und den Keksteller ein und ging in die Küche. Die Wohnung war so winzig, dass sie weiterreden konnten, als wäre sie im selben Raum geblieben. »Mikkel springen fast die Uniformknöpfe ab, wenn er sich aufplustert. Und die anderen, Filip, Jonas und Sjur, ich kenn sie ja nur vom Sehen.«

---

5 Vorchristlicher Begriff aus dem samischen Schamanismus. Ein Schutzgeist mit großer Kraft, der im Zug der Christianisierung dämonisiert wurde.

»Nicht ganz«, kam es knurrend zurück.

»Nicht ganz, stimmt. Aber ich glaube, sie erinnern sich nicht mehr daran.«

»Hast du eine Ahnung. Die vergessen kein einziges Mal, bei dem sie hier aufgetaucht sind.«

Mit einem Seufzen griff Ravna zum Spülschwamm und ließ Wasser ins Becken. »Es sind ja nur sechs Wochen. Da muss ich durch. Und danach geht es auf die Polizeischule.«

»Wenn sie dich nehmen.«

In zwei Schritten war sie zurück im Wohnzimmer. »Warum sollten sie mich nicht nehmen? Wir leben im einundzwanzigsten Jahrhundert! Meine Zeugnisse sind gut, ich bin nicht vorbestraft, ich brauche nur eine gute Empfehlung, also?«

Léna saß auf dem Sofa, zurückgelehnt, mit einem schmerzerfüllten Zug um den Mund.

»Ist alles okay? Geht es dir nicht gut?«

»Doch, doch.« Ihre Urgroßmutter blinzelte und deutete dann auf den Schwamm in Ravnas Hand. »Du machst alles nass.«

Wortlos kehrte Ravna in die winzige Küche zurück, in der man sich kaum umdrehen konnte, ohne irgendwo anzustoßen. Sie beendete den Abwasch, dann holte sie ihren Anorak und die Stiefel.

»Ich komme morgen wieder vorbei.«

»Das musst du nicht.«

»Ich will aber.«

»Du hast jetzt Arbeit, Kind.« Léna beugte sich mit einem Ächzen vor. Ravna, die in die Knie gegangen war, um sich die Schnürsenkel zu binden, spürte eine Hand auf ihrer Schulter. Klein, leicht, ein Hauch von einer Berührung, die in dem Moment zurückgezogen wurde, in dem sie fast erschrocken hochblickte. »Du bist die Erste in unserer Familie, die Arbeit hat.«

»Ihr habt euer ganzes Leben geschuftet.«

»Das gilt nicht. Nicht für die Norweger.«

Als Ravna die Treppen hinunterstieg und dann hinaus auf die Straße trat, atmete sie tief durch. Ein Blick hinauf in den zweiten Stock des heruntergekommenen Mietshauses verriet ihr, dass Léna das Licht gelöscht und sich auf dem Sofa schlafen gelegt hatte. Wenigstens das gönnte sie sich jetzt, früher war es eine Decke auf dem Fußboden gewesen. Die Umstellung vom Leben auf den Rentierweiden zu dem in Vardø war für sie alle hart gewesen.

Das Pflaster glänzte vom Regen, dichter Nebel lag über der kleinen Stadt. Kaum über dem Gefrierpunkt, noch zu warm für Schnee. Und trotzdem hatte sich heute die erste Flocke aus dem Himmel gewagt ... Ravna musste nicht weit laufen, nur am Hafenbecken entlang hinüber auf die andere Seite der Insel, von der die Stadt ihren Namen hatte. Sie sah von oben aus wie ein Schmetterling, dessen linker Flügel in die Länge gezogen war. Auf dem rechten, dem kürzeren Flügel lebte Léna, nicht weit von der Polizeistation. Weiter oben Richtung Supermarkt gab es noch ein paar hübsche Einfamilienhäuser, aber hier, im Hafenviertel zwischen den beiden »Flügeln«, gähnten leere Fensterhöhlen aus Ruinen, verlassene Boote und verrostete Winden versanken im Schlick. Die Möwen schrien nicht mehr, aber der Wind hatte aufgefrischt.

Ravna wohnte auf der anderen Seite. Dort, wo grünes Gras im Sommer wuchs, wo kleine Häuser sich unter dem endlosen Himmel duckten, nahe dem Fort und der *Steilneset*, der alten Hinrichtungsstätte, die heute ein Mahnmal war. Inga hatte die Wohnung vor drei Jahren von einem Lehrerehepaar gemietet, das nichts dagegen hatte, dass jemand den feuchten Keller trocken wohnte. Dann war sie nach Oslo gegangen, und Ravna hatte übernommen.

Als sie die Tür aufschloss, das Licht anschaltete und in ihre nicht viel größere, aber wesentlich hübschere Küche trat, fiel ihr erster Blick auf einen Zettel am Kühlschrank.

»Mach es wie die Sonnenuhr … in der Polarnacht????« Daneben ein Foto von ihnen beiden: lachend, windzerzaust, mit roten Wangen und beide in den gleichen roten Anoraks mit pelzverbrämter Kapuze. Im Hintergrund konnte man unscharf Rentiere erkennen.

Ravna lächelte und stellte einen Kessel Wasser auf die Gasflamme des Herdes, um sich einen Tee zu kochen.

Mein erster Tag, Inga. Ich habe ihn überlebt.

3.

Dienstag, 26. November 2019, Vardø – Finnmark
Sonnenaufgang: 10:13 Uhr
Sonnenuntergang: 11:19 Uhr
Tageslänge: 1 Stunde 6 Minuten

Der nächste Morgen unterschied sich in nichts vom vorangegangenen: Es war so dunkel, dass man die Hand nicht vor den Augen gesehen hätte, wenn nicht ein paar dürftige Straßenlampen die Kreuzungen beleuchtet hätten. Vom Wasser her kroch Nebel an Land und zerstreute das Licht, als trügen die Laternen Heiligenscheine.

Als Ravna am Hafenbecken vorbeikam, erwischte sie der eisige Wind von der Seite. Er kam aus dem Nichts, fauchte über die Dächer und peitschte Schaumkronen auf die Wellen. Die wenigen Fischerboote, kaum zwei Dutzend, schaukelten. Es gab Leute, die sagten, man könnte alle Jahreszeiten und jedes Wetter an einem einzigen Tag in Vardø erleben. Dieser Morgen Ende November hatte wenig Fantasie. Er blieb einfach ein Morgen Ende November.

Sie kam an dem kleinen Hotel vorbei, in dem die Touristen abstiegen, die kaum länger als eine Nacht blieben. Das Licht aus dem Frühstücksraum fiel aufs Trottoir, es duftete nach Kaffee. Die Eingangshalle sah gemütlich aus, viel Holz, ein großes Panoramafenster zum Hafen, Prospekte und ein paar Andenken an der Rezeption. Hier gab es warme Betten und Waffeln und Pfannkuchen zum Frühstück, Blaubeermarmelade und fette, gelbe Butter. Eines Tages, das schwor sie sich, würde sie eine Nacht hier verbringen. Touristin in der eigenen Stadt. Ob man diesen Flecken Erde dann mit ganz anderen Augen sah?

Ein Mann war aus dem Hotel auf die Straße getreten und rannte fast in sie hinein. Er war groß und hager und in Eile.

»*Hei*!«, rief sie.

Schon war er weitergegangen, aber für einen kurzen Moment hatte sie sein Gesicht gesehen: bleich, mit scharfen Zügen und glühenden Augen. Sie fröstelte. Es war wie damals, als Inga den *Gand* gerufen hatte. Seit wann war sie so schreckhaft?

Er ging mit weit ausholenden Schritten davon. Noch nicht einmal seinen langen schwarzen Mantel hatte er zugeknöpft. Eine hohe, düstere Gestalt, die schon nach wenigen Metern vom Nebel verschluckt wurde. Seltsam, dass er in Richtung Strandgata verschwunden war. Dort gab es nichts, zumindest nicht um diese Uhrzeit und in dieser Dunkelheit.

Irgendwann im Lauf des Tages würde die *Meieriet* aufmachen, ein kleines Gasthaus mit Café, und der vietnamesische Imbiss, der den armen Campern das Leben rettete, die sich an die Nordspitze des Flügels verirrt hatten. Sogar im Hochsommer war es ein windiger, kalter Platz. Aber die Sonnenuntergänge … Es gab nichts, nichts auf der Welt!, was sich damit vergleichen ließ.

Vielleicht ist er der Fliegende Holländer und verpasst gerade die Abfahrt seines Geisterschiffs, dachte sie und vergrub sich noch tiefer in ihren Parka. Nach einem strammen Marsch erreichte sie die *politistasjon.* Ihr neuer Arbeitsplatz.

Irgendjemand mit einem seltsamen Sinn für Humor musste sich vor Jahren gedacht haben: Streichen wir die Wache einfach mal knallorange. Vielleicht hatte es die Farbe auch im Sonderangebot gegeben. Oder sie war das Resultat einer verlorenen Wette. Oder jemand hatte sich auf dem Bestellformular in der Zeile vertan. Keiner wusste warum, aber das Gebäude wirkte in der düsteren Straße wie ein verirrtes Knallbonbon. Dazu kam, dass es nach vorne hin abgerundete Balkone hatte, was den Eindruck noch verstärkte. Ein seltsames Haus inmitten des Hafenviertels. Direkt gegenüber, in einer Brache zwischen zwei Schuppen, lag ein alter Kran umgekippt im Wasser. Als Kinder waren sie darauf herumgeklettert. Heute standen überall Verbotsschilder. Aber weggeräumt wurde das Ding nicht.

Es war kurz nach acht Uhr morgens. In der Wache im Erdgeschoss brannte Licht. Die Station war ein kleines Haus mit zwei Stockwerken und sechs Räumen. Zog man die Umkleide, den Eingang und den Pausenraum im Erdgeschoss ab, blieben drei. In denen hatten sich Jonas, Filip und Mikkel breitgemacht. Ravna, die am Tag zuvor kaum Zeit gehabt hatte, ihren Anorak auszuziehen, betrat die Wache und blieb deshalb erst einmal ratlos vor dem Tresen stehen. Dahinter saß Hanno, der Wachhabende. Auf den ersten Blick wirkte er gemütlich, der liebe, etwas übergewichtige Dorf-Cop.

»*Hei,* Hanno.«

»*Hei.* Kannst mir gleich einen Kaffee bringen.«

Auf den zweiten war er ein Arsch.

»Sind die anderen schon da?«

Hanno hob den Blick von seinem Smartphone, auf dem er wahrscheinlich unter Fakeprofilen tinderte, und fragte: »Welche anderen?«

»Filip? Jonas? Mikkel?«

»Schau doch selber nach.«

»Okay. Danke.«

Sie wollte die Klapptür des Tresens hochheben, aber Hannos fette Hand patschte darauf. »Auch für dich gilt der Personaleingang. Um die Ecke. Und lass dir endlich einen Dienstausweis geben oder irgendwas, damit ich dich nicht jeden Morgen rausschmeißen muss.«

»Schon klar.«

Sie war fast wieder auf der Straße, als Hanno einen Pfiff ausstieß. Ravna holte tief Luft, atmete langsam wieder aus und drehte sich dann zu ihm um.

»Oben ist einer aus Kirkenes«, sagte er.

»Kirkenes?«, fragte sie und kam zu ihm zurück.

»Ein Inspektor. *Politibetjent* 3.«[6] Er sah Ravna zum ersten Mal mit Interesse an. Vielleicht schaute er ihr auch nur auf den Busen, denn sein Blick wanderte unentschlossen rauf und runter. »Weißt du was darüber?«

»Schon möglich.«

Er wartete. Sie hob die Klappe und schlüpfte auf die andere Seite. Keine Lust, raus auf die Straße zu laufen, ums ganze Haus, hinten in den matschigen Hof, wo die beiden Dienstwagen standen, dann erst ins eiskalte Treppenhaus, wenn das vorne herum so viel einfacher war.

»Und was?«

»Frag Filip. Ich bin nur Praktikant.« Sie ließ die Klappe fallen. Es klang wie ein Schuss.

Hanno fuhr zusammen. »Hast du sie noch alle?«

Aber da war Ravna schon im Treppenhaus. Sie lief die Stufen hoch und riss die erste Tür auf – Mikkels Reich. Er war nicht da, aber es roch nach ihm, irgendwie fischig, und es sah auch nach ihm aus: unordentlich und trotzdem kahl.

Die nächste Tür – Jonas. Auch hier war es leer, aber er musste schon da gewesen sein, denn sein Computermonitor leuchtete, und daneben auf dem Schreibtisch stand ein Kaffeebecher. Er war halb voll und lauwarm.

Dann also Filip.

Vor seiner Tür strich sie sich die nassen Haare aus der Stirn und streifte den Anorak ab. Darunter trug sie einen dicken Pullover zu Thermohosen. Wenn es heute noch mal

6 Polizeihauptkommissar.

raus in die Kälte ging, wollte sie vorbereitet sein. Aber drei Minuten im Haus, und sie hatte das Gefühl, in ihren Klamotten zu ersticken.

Hinter der Tür ging es hoch her. Sie hörte Jonas' fiepsenden Protest und Filips Brummen. Der Neue aus Kirkenes musste etwas gesagt haben, das den beiden gehörig gegen den Strich ging. Sie klopfte. Augenblicklich war es still.

»Ja?« Das war Filip.

Ravna öffnete die Tür und trat ein. An Filips Schreibtisch saß, nein, dahinter stand – der *Gand.* Sie fuhr zusammen und musste ihn so erschrocken angesehen haben, dass er stirnrunzelnd um den Tisch herum und auf sie zukam.

Er war immer noch groß und hager. Und nicht mehr jung. Mindestens vierzig. Obwohl er sich bewegte, als ob er jünger wäre. Er hatte ein altes Gesicht, eines, dem man die Jahre nicht mehr ansehen konnte, aber darin war Ravna noch nie gut gewesen.

»Guten Morgen«, sagte sie und freute sich, dass ihre Stimme ihr Herzklopfen nicht verriet.

Der *Gand* streckte ihr die Hand entgegen. Sie war eiskalt, hart und kräftig. »*Lensmann* Rune Thor, Finnmark *politidistrikt,* Kirkenes.«

»Ravna Persen, Praktikant.«

Er ließ sie los. Sie sah zu Jonas und Filip, aber die beiden sahen nicht aus, als hätten sie Lust, die Situation zu klären.

Der *politiinspektør* kehrte zum Schreibtisch zurück und klopfte ungeduldig an die Oberkante eines aufgeklappten Laptops. »Warum gibt es noch keinen Untersuchungsbericht?«

Jonas holte tief Luft, Filip räusperte sich. Weil ihr gestern

Feierabend gemacht habt, sagte Ravna zu sich selbst. Statt sofort aufzuschreiben, was ihr da draußen in Mortensnes vorgefunden habt.

»Warum erfahre ich von einer Ärztin aus Vadsø, dass in ihre Provinzklitsche ein toter Same gebracht wurde?«

»Ähm«, begann Jonas. »Das macht Mikkel.«

Der entweder da draußen erfroren war oder noch im Bett lag.

»Er ist neu, wahrscheinlich wusste er das nicht. Ich werde es ihm sofort sagen, wenn er kommt.«

Sein Gegenüber war mit dieser Aussage nicht zufrieden. Eben hätte Ravna sich am liebsten noch den Pullover vom Leib gerissen, jetzt fröstelte sie fast. Es war, als ob in seiner Gegenwart die Heizung ihren Geist aufgegeben hätte.

»Die Leiche wurde gestern um vierzehn Uhr fünfundfünfzig ins Kreiskrankenhaus eingeliefert.« Sogar seine Stimme klang wie Eis. Klirrendes, knirschendes Eis. »Wer hat das angeordnet?«

»Ähm«, begann Jonas wieder und sah Hilfe suchend zu Filip. »Das war der Arzt. Eine Eva … Eva …«

»Eva Hovland vom Vadsø *helsesente*«, sagte Ravna. »Sie war auch am Tatort.«

»Am Tatort. Interessant.« Sein Blick traf sie wie ein Blitz aus Eis. »Das weißt du also schon, dass er dort ermordet wurde? Warst du dabei oder woher kommt diese erstaunliche Erkenntnis?«

Ravna schwieg. Jedes weitere Wort von ihr wäre eine Steilvorlage für seine ätzende Ironie. Filip und Jonas sahen betreten zu Boden.

»Eine Knochenbrecherin aus Vadsø und ein Praktikant treffen hier also die Entscheidungen.«

Der *politiinspektør* setzte sich hinter Filips Schreibtisch. Es war ein bisschen so wie früher, wenn drei Missetäter zum Schuldirektor gerufen wurden und stehen bleiben mussten.

»Die Obduktion beginnt in zwanzig Minuten. Wer von euch hatte denn vor, dabei zu sein?« Er erwartete keine Antwort. Er beugte sich vor und las etwas vom Bildschirm ab. »Tatort Mortensnes. Ich bin daran vorbeigefahren. Ihr hattet ja die Güte, wenigstens das Gelände abzusperren. Aber ich habe weit und breit keinen Beamten gesehen, der dort Wache hält, bis die Spurensicherung das Areal freigibt.«

»Ähm … Das sollte Mikkel machen.«

»Mikkel.«

Der Inspektor lehnte sich zurück, legte die Fingerspitzen aneinander und drehte sich ein wenig hin und her. Ravna konnte ihn nicht ausstehen. Filip und Jonas mochten nicht die größten Leuchten sein, aber im Gegensatz zu Mikkel hatten sie Ravna bisher in Ruhe gelassen.

»Wo ist denn dieser Wunderknabe? Hätte jemand von euch die Güte, ihn vielleicht anzurufen und ihn zu bitten, sich zu teilen? Denn zum einen soll er ja den Bericht schreiben und zum zweiten rund um die Uhr den Tatort bewachen, während ihr, zum dritten, hier im Warmen sitzt und euren Arsch nicht hochkriegt.«

Jonas stürzte zur Tür. »Ich ruf ihn an und fahr gleich raus.«

Weg war er.

Der Neue sah zu Filip.

»Ich … ahm … übernehme die Obduktion?«

»Hatte Trygg Familie?«

»Er ist noch nicht zweifelsfrei identifiziert.«

»Eben hieß es noch, dass eine …« Der Inspektor sah wieder auf seinen Monitor, »eine Person namens Ravna Persen ihn angeblich erkannt hat. Angeblich ist nicht zweifelsfrei. Wer ist das?«

»Ich«, sagte Ravna. »Ich hatte mich gerade vorgestellt. Du erinnerst dich?«

Ihr neuer Boss runzelte die Stirn. »Ich habe ein schlechtes Namensgedächtnis. Deshalb arbeite ich normalerweise auch nicht mit diesen Dingern.« Er klappte den Laptop zu. »Ich mache mir Notizen. Ravna Persen. *Sámi*?«

»Ja.«

»Genau wie Trygg. Ihr kanntet euch?«

»Ja.«

»Woher weißt du, dass er der Tote ist?«

»Er trägt einen auffälligen Ring an der rechten Hand. Außerdem passen Statur und Größe.«

»Sein Wagen wurde heute Morgen einen halben Kilometer weiter Richtung Vadsø in einer Parkbucht gefunden. Das scheint deine Annahme zu bestätigen. Wann hast du ihn zum letzten Mal gesehen?«

»Vor sechs Wochen. Beim Auftrieb zu den Winterweiden.«

»Hat er Familie?«

»Eine Frau, Karen. Seine zweite, er war Witwer. Und er hat einen Sohn. Jonne.«

»Feinde?«

Ravna schwieg.

»Hatte Olle Trygg Feinde?«

»Er war kein angenehmer Mensch, wenn du das meinst.«

»Klare Frage, klare Antwort. Hatte Trygg Feinde?«

»Zumindest keine Freunde.«

Rune Thor schnippte mit den Fingern. Filip, dessen Kopf sich immer von einem zum anderen gewandt hatte, fokussierte sich wieder auf den Mann, der nicht nur seinen Schreibtisch, sondern offenbar auch die ganze Station im Handstreich genommen hatte.

»Du fährst zur Familie. Frag die Frau und den Sohn nach ihrem Alibi. Stell mir alles zusammen, was du über Olle Trygg finden kannst. Ich will die Frau auch in Vadsø haben. Sie soll ihren Mann identifizieren. Ravna?«

»Ja?«

»Du fährst mit mir zur Pathologie.«

Er stand auf, griff nach seinem Mantel, den er über die Stuhllehne geworfen hatte, und verließ das Zimmer.

Ravna und Filip sahen sich an.

»Ähm …«

»Tut mir leid, Filip.«

Und schon war sie draußen im Flur.

4.

Thor stieg in einen schwarzen Mercedes. Ravna konnte sich gerade noch anschnallen, bevor er auf die Strandgata hinauspreschte und – sie schickte ein Stoßgebet zum Himmel – hoffentlich kein verirrter Wintercamper seinen Weg kreuzen würde. Die Straße war bis zur Kreuzung leer. Aber auf dem Weg zum Tunnel überholte er einen Seat und tauchte bei Dunkelgelb in die schwarze, drei Kilometer lange Röhre ein, die unter das Meer führte.

»Also, Ravna. Wir sind unter uns.«

Tempo achtzig, erlaubt waren fünfzig. Sie tastete nach dem Haltegriff.

»Ich bin hier, weil die Regierung seit einigen Jahren gesteigerten Wert darauf legt, alle ihre Schäfchen gleich zu behandeln. Was im Klartext heißt: Ist ein Same in ein Verbrechen verwickelt, wird Himmel und Hölle in Bewegung gesetzt. Damit es hinterher nicht von euch heißt, wir hätten nicht alles versucht. Deshalb, und hör mir gut zu, wirst du mir jetzt sagen, was du weißt. Sonst schmeiße ich dich am Dolmen raus und du kannst den Weg zurück zu Fuß gehen. Wohin, ist mir egal. Aber keinen Schritt mehr in die Station. Ist das klar?«

Ravna starrte auf den Mittelstreifen und die vorbeifliegenden Leitplanken. War er auf Koks? Hatte er nächtelang nicht geschlafen? War er nicht mehr ganz richtig im Kopf?

»Ravna?«

Sie drehte ihren Kopf zu ihm. »Runter vom Gas. Sonst setzen wir beide unseren Fuß überhaupt nirgendwohin.«

Er lachte und drückte das Pedal durch.

»Runter!«

Die Tachonadel stieg auf hundert. Er ließ das Fenster herunterfahren. Ein Schwall eiskalter Luft brauste ins Fahrzeuginnere, es war wie ein Orkan an der Nordspitze. Endlich hatte er die Kennleuchte aufs Dach gestellt. Jetzt zuckten auch noch blaue Blitze über die Tunnelwände.

Ravna schrie: »Hör auf!«

Er ließ das Fenster hochfahren und ging etwas runter vom Gas.

»Sag mir, was du weißt.«

»Das habe ich!«

»Okay. Ich hab's mir anders überlegt.« Er legte eine Vollbremsung hin, bei der Ravna trotz des Sicherheitsgurtes fast durch die Windschutzscheibe flog. Mit quietschenden Reifen hielt er in einer Nothaltebucht.

»Raus.«

»Was?«

»Ich habe Mitleid mit Praktikanten. Du musst nicht den ganzen Weg vom Dolmen zurücklaufen. Du kannst hier schon gehen.«

Ravna sah sich hektisch um. Sie waren auf halbem Weg zwischen der Vardø-Insel und dem Festland. »Du bist verrückt.«

»Nein.« Er beugte sich zu ihr, und seine Augen verengten sich. »Ich habe nur was dagegen, an der Nase herumgeführt zu werden. Du musst dich entscheiden. Für uns oder für sie.«

Halleluja! Und das am zweiten Tag.

»Das ist meine Sache«, sagte sie.

Thor drückte auf einen Knopf, und die Zentralverriegelung öffnete sich. »Da ist die Tür.«

»Ist dir noch nie in den Sinn gekommen, dass es mehr gibt als entweder oder?«

»Nein. Das ganze Leben, jeden Tag, jede Minute treffen wir Entscheidungen. Nirgendwo sind sie so lebenswichtig wie bei der Polizei. Wenn ich mit jemandem zusammenarbeite, muss ich mich hundertprozentig auf ihn verlassen können. Ich will, dass ich sein Nächster bin. Nicht die Familie. Nicht die Freunde. Ich. Wenn morgen jemand die Waffe auf dich richtet, willst du keinen Partner, der erst mal Loyalitätskonflikte wälzt.«

Ravna schluckte. »Es sind meine Leute.«

»Das macht sie nicht zu besseren Menschen. Wir suchen einen Mörder. Es ist mir scheißegal, ob er Same, Norweger, Russe oder Südchinese ist. Für mich ist er ein Killer, der hinter Gitter gehört.«

Ravna nickte. Sie hatte verstanden. Mitten im Tunnel, meilenweit von der Außenwelt entfernt. Thor hatte ihr die eine Frage gestellt, und sie wusste, dass es darauf nur eine Antwort gab.

Oder laufen.

Mindestens eine halbe Stunde, in beide Richtungen. Sie holte tief Luft.

»Olle Trygg gehören riesige Rentierherden. Vor langer Zeit hat seine Familie auch das Land bekommen, auf dem sie weiden. Wir, der klägliche Rest, sind seine Pächter. Er nimmt von den Ärmsten, presst sie aus. Verdammt! Er ist ein Schwein.«

»Deine Leute.«

»Ja!«

»Er blutet sie aus.«

»Ja.«

»Na also. Da haben wir ja etwas, wo wir ansetzen können.«

Er startete den Wagen. Noch war der Tunnel leer, aber es konnte jeden Augenblick ein Wagen auf der Gegenfahrbahn kommen. Thor gab Gas, aber er blieb bei unter siebzig.

»Danke. Du hättest auch den Mund halten können.«

»Ich will zur Polizei.«

»Warum?«

Interessierte ihn das wirklich?

»Es gibt keine Jobs für *uns*.« Sie betonte das letzte Wort, weil er es ja so genau nahm mit den Unterscheidungen. »Nur beim Staat. Wenn man Glück hat. Die Ausnahme ist.

Die Schule nicht abbricht, einen Abschluss schafft. Für die Uni reicht es nicht. Aber für die Polizeischule.«

Er nickte, gnädig und herablassend. Sie war wütend auf ihn, weiß glühend, brennend wütend.

»Und diese Chance«, fuhr sie fort, ruhig und kühl, um ihm keine weitere Angriffsfläche zu bieten, »diese einzige Chance im Leben, die ich habe, lasse ich mir nicht von dir kaputt machen.«

Er grinste, der *Gand*. Und streckte ihr die rechte Hand entgegen. »Partner?«

Ihr Herz galoppierte. Sie, die Praktikantin, und er, der Freak aus Kirkenes … Partner?

»Nicht überlegen. Entscheiden, Ravna.«

Sie griff zu. »Partner. – Gegenverkehr.«

Er zog hastig die Hand zurück und riss das Lenkrad herum, damit sie nicht mitten in einem unschuldigen, entgegenkommenden, empört hupenden Volvo landeten.

5.

Vadsø heißt, aus dem Urnordischen übersetzt, Insel mit Trinkwasser. Damit war die Stadt nach Ravnas Meinung auch ausreichend beschrieben. Ein paar bunte Häuser am Ufer, ein vorgelagertes Stück Land, die übliche Kreuzung mit Tankstelle, Hotel und Supermarkt, dahinter schnell hochgezogene Blocks und Wohnsiedlungen. Schmucklos und grau, aber mit einem atemberaubenden Blick auf den Fjord. An guten Tagen konnte man Bugoynes auf der anderen Seite sehen.

An Tagen wie diesem legte sich eine Nebelwand vor die andere. Erst gegen elf würde es für eine knappe Stunde hell werden. Bis dahin klebte eine zähe Dämmerung an der Nacht und wollte sich einfach nicht lösen.

Bei Rune Thors Fahrstil schafften sie die Strecke trotzdem unter einer Stunde. Um zum Krankenhaus zu gelangen, mussten sie rechts abbiegen und etwas bergauf fahren.

Das trübe Licht der Straßenlaternen leitete sie zu einem L-förmigen, unspektakulären Gebäude mit je einer Einfahrt für Besucher und einer für die Ambulanzen. Thor nahm natürlich die für die Krankenwagen, hatte aber immerhin noch den Durchblick, sich nicht direkt vor das große Rollgatter zu stellen. Trotzdem blieb der schwarze Mercedes nicht unbemerkt. Ein Sanitäter kam heraus, um ihn davonzujagen, aber da war der *politiinspektør* schon ausgestiegen, seinen Dienstausweis in der einen, den Schlüssel in der anderen Hand, und Ravna musste sich mit dem Aussteigen beeilen, um nicht eingeschlossen zu werden.

»Thor, *C.I.N.*«

Oha! *Criminal Investigation Norway,* der Herr sah wohl zu viel Netflix. Sie konnte sich gerade noch ein Grinsen verkneifen.

»Ich will zu Eva Hovland, Pathologie.«

»Und die da?«, fragte der Mann, halb misstrauisch, halb beeindruckt von Thors Auftreten.

»Die da kommt mit.«

Thor drehte sich noch nicht mal nach ihr um. Er musste Sieben-Meilen-Stiefel tragen, denn so sehr Ravna sich auch beeilte, sie konnte kaum Schritt halten mit dem Tempo, in dem er die Tiefgarage durchquerte, dann die Notaufnahme und schließlich den großen, breiten Flur. Die *Patologi* lag direkt neben der Kapelle, und schon hatte Thor die Stahltür mit einem Drücker geöffnet und segelte mit fliegendem schwarzem Mantel direkt hinein in einen gekachelten Raum. Ein Obduktionshelfer, der gerade das OP-Besteck in eine Schublade pfefferte, sah überrascht hoch.

»Eva Hovland?«, bellte es ihm entgegen.

Ein Blick auf den Ausweis. »Da drinnen, bei der Arbeit. Aber so könnt ihr nicht zu ihr.«

Es ging alles so schnell, dass Ravna nicht hätte sagen können, ob sie eine oder zehn Minuten gebraucht hatte, um in die Schutzkleidung zu schlüpfen. Eher eine, denn sie kam gar nicht dazu, sich darüber Gedanken zu machen, was sie hinter der zweiten Tür erwartete.

Zunächst war es Eva, die ihnen mit einem Lächeln öffnete. Sie trug denselben Overall wie ihr Assistent, eine Schürze, Handschuhe, Haarnetz und einen Mundschutz, den sie nach unten gezogen hatte. An allem befand sich ziemlich viel Blut.

»Ravna! Ich hätte nicht erwartet, dich hier zu sehen. Entschuldige, dass ich dir nicht die Hand gebe. Ich bin noch nicht fertig.«

Sie wandte sich an Thor.

Der sagte: »Thor, Rune Thor. Ich bin der leitende Ermittler.«

Evas Lächeln erstarb. Sie starrte ihn an. Etwas stimmte nicht. Kannten sich die beiden?

»Rune Thor?«, fragte Eva, bevor die plötzliche Stille unangenehm wurde. »Aus … Kirkenes?«

»Ja. Können wir anfangen?«

»Ja. Ja, natürlich. Kommt bitte. Ravna, warst du einmal bei einer Obduktion dabei?«

»Nein.«

»Aber du weißt, was wir hier tun?«

»Ja.«

Olle Trygg lag nackt auf einem stählernen Tisch. Ravna schaute sofort weg. Ihr war flau im Magen. Thor trat zu der Leiche. Eva setzte sich den Mundschutz wieder auf und griff nach einem Gerät, das wie eine handliche Kreissäge aussah. Sie schaltete es ein, und der Ton fräste sich in Ravnas Hirn.

Eva schaltete das Ding wieder aus. »Ravna, hol uns bitte einen Kaffee. Für dich auch?«

Der Inspektor brummte etwas, das sowohl Ja als auch Nein heißen konnte. Er ging um die Leiche herum, beugte sich mal hier, mal da herab und betrachtete schließlich eingehend das, was von Tryggs Gesicht übrig geblieben war. Ravna versuchte immer noch, nicht hinzusehen.

»Also zwei. Die Kanne steht im Vorraum. Lass dir ruhig Zeit.«

Im Vorraum gab es außer Kaffee auch eine Bank. Ravna schenkte Kaffee in die Becher ein und setzte sich. Ihre Knie zitterten. Das Geräusch der Säge kroch durch die geschlossene Tür, kreischte an den Wänden entlang und schrillte in ihren Ohren. Sie atmete tief durch. Gestern ein Mord, heute eine Obduktion. Was wohl morgen kommen würde?

Als die Säge verklungen und eine gute halbe Stunde vergangen war, kam Eva zu ihr heraus.

»Alles in Ordnung?«

Ravna nickte.

Eva setzte sich neben sie. »Das erste Mal ist immer ein Schock.«

»Und dann?«

Eva nahm einen Becher, in dem der Kaffee mittlerweile

kalt geworden war. »Es wird besser. Also, nicht besser, aber anders. So, dass man damit umgehen kann.«

»Er ist noch drinnen?«

»Thor? Ja.«

Sie schwiegen. Schließlich fragte Ravna: »Was ist mit ihm?«

Eva sah sie fragend an.

»Also … Ich meine, vorhin, als er seinen Namen sagte. Da dachte ich einen Moment …« Ravna brach ab.

»Du dachtest was?«

»Ich dachte, du wüsstest etwas über ihn. Dass du ihn kennst, von irgendwoher.«

Eva schaute hinunter auf ihre Tasse, die sie langsam in den Händen drehte. Schließlich holte sie tief Luft. »Nein. Nur dem Namen nach. Ich wusste nicht, dass er wieder im Einsatz ist. Und dann auch noch in der Fylke Finnmark.«

»Ist etwas passiert?«

Eva warf ihr einen schnellen Blick zu. Einen von der Sorte, bei dem man überlegt, ob man sein Gegenüber ins Vertrauen ziehen konnte. »Sagt dir der Name Utøya etwas?«

»Utøya?«

Ravna vereiste innerlich. Es gab niemanden in ganz Norwegen, der diesen Namen nicht kannte. Eine kleine Insel im Tyrifjord. Neunundsechzig Tote. Fast alle so alt wie Ravna oder jünger, viel jünger. Niedergemetzelt von einem Massenmörder, der hoffentlich in der tiefsten Ecke der Hölle verrotten würde.

»Natürlich«, flüsterte sie und warf einen scheuen Blick auf die Tür, hinter der Rune Thor mit einem Toten allein war.

»Er hat dort seine Frau und seine Tochter verloren.«

»Nein.« Das Wort kam wie ein Hauch von Ravnas Lippen. Die unfassbare Tragödie hatte das ganze Land erschüttert. Und nun tauchte dieser Mann auf, der aussah wie von den Toten auferstanden, und trug eine solche Wunde in sich.

»Ich weiß es, weil das natürlich durch die Presse ging und natürlich, weil ich des Öfteren mit deinen Kollegen zu tun habe. Rune Thor war einer der besten Ermittler, die sie in Oslo hatten. Dann passierte die Katastrophe, und es war lange nicht klar, ob er je wieder in den Dienst zurückkehren würde. Aber er kam, vor einem halben Jahr. Seitdem werden sie fast wahnsinnig in Kirkenes, denn dahin hat man ihn versetzt. Er treibt sie alle zur Weißglut. Aber rausschmeißen können sie ihn natürlich auch nicht. Eigentlich sollte er hier in der Finnmark zur Ruhe kommen.«

»Ravna?«, brüllte es durch die geschlossene Tür. »Eva?«

Sie wurde aufgestoßen. Rune sah sie an, als hätte er sie beim Pokern erwischt. »Wie lange dauert eure Kaffeepause noch?«

Zack, war er wieder weg.

»Zur Ruhe kommen«, wiederholte Ravna vielsagend.

Eva stand auf. »Er hat recht. Jede Minute, die verstreicht, gibt dem Täter mehr Zeit, unterzutauchen.«

Als sie zurückkehrten, widmete sich Thor der Kleidung, die Trygg bei seinem Tod getragen hatte. Sie lag, in Asservatenbeutel verpackt, auf einem Regal an der Wand. Während Eva sich wieder an die Arbeit machte und dabei zumindest keine Kreissäge mehr benutzte, stellte Ravna sich mit dem

Rücken zu Trygg und neben ihren Chef. Thor inspizierte gerade den pelzgefütterten Anorak mit den getrockneten Blutflecken. Ravna nahm einen Beutel nach dem anderen in die Hand, bis sie beim kleinsten angekommen war. Birkenrinde.

»Die hatte er im Schuh.«

Er nahm ihr den Beutel ab.

»Bei uns wachsen keine Birken«, sagte sie. »Die kommen erst weiter südlich vor.«

Er schnappte sich eine Wanne. »Arbeit für die Spurensicherung. Die sollen herausfinden, woher die Rinde stammt. Könnte uns einen Aufschluss geben, wo er sich in letzter Zeit aufgehalten hat.«

Ravna wusste, dass sie seit der Ansage im Auto auf ganz dünnem Eis lief. Sollte sie ihm sagen, was sie vermutete?

Da fragte er: »Im Schuh?«

Verdammt. Als ob er über einen sechsten Sinn verfügen würde. Oder einfach nur verflucht gut zuhörte.

»Ja«, sagte sie. »Oben reingesteckt.«

»Das stimmt«, kam es von Eva hinter ihrem Rücken. Die Pathologin trat zu ihnen. »Sie steckte oben im Schaft. Wie ein verborgenes Messer. Ich habe mich auch darüber gewundert, als ich sie gefunden habe. Das hätte beim Laufen kratzen müssen, tat es aber nicht. Keine Spuren. Also hat er sie wahrscheinlich *post mortem* zugesteckt bekommen. Wer macht denn so was?«

Bevor das darauf folgende Schweigen unangenehm wurde, sagte Ravna: »Wir. Also nicht alle, natürlich. Aber es kommt vor bei uns.«

Thor warf den Beutel mit der Rinde in die Wanne. »Ein samisches Ritual?«

Sie nickte. »Zur Bestattung. Also, bei einigen Bestattungen. Man wickelt den Toten in Baumrinde. Ich habe in Mortensnes noch etwas anderes gesehen. Einen Strich auf dem Boden. Mit einem Stück Holz gezogen, vielleicht. Oder Eisen.«

»Und was hat das zu bedeuten?«

»Das ist in unserem alten Glauben ein Zeichen für …« Sie brach ab. Sie hatte noch nie mit einem Norweger darüber geredet. Und jetzt standen gleich zwei vor ihr und warteten darauf, was sie zu sagen hatte. »… die Wanderseelen«, sagte sie leise.

Thor zog die Augenbrauen hoch.

»Wanderseelen«, erklärte sie, »sind die Seelen der Verstorbenen, die nach ihrem Tod noch um uns herum sind. Tage-, wochen-, monatelang. Je nachdem. Sie verschwinden nicht so schnell. Manche auch gar nicht.«

Der letzte Satz war Ravna sehr leise über die Lippen gekommen. Sie wagte nicht, Thor anzusehen. Den *Gand* mit seinem sechsten Sinn.

»Man muss einen Strich ziehen, sonst verfolgen sie einen. Es hat ja keinen Zweck, ewig zu trauern. Die meisten machen das symbolisch nach einem Trauerjahr. Wir ziehen den Strich.«

»Du glaubst, der Mörder war Same?«

»Ich glaube gar nichts. Ich sage nur, was manche unserer Riten zu bedeuten haben. Es muss ja auch gar nichts heißen. In Mortensnes kommen jeden Tag Touristen vorbei.

Der Strich kann von jedem kommen. Und die Rinde …« Sie schwieg, denn für die konnte sie beim besten Willen keine Erklärung aus dem Hut zaubern.

Thor widmete sich wieder Tryggs Stiefeln. »Im schlimmsten Fall suchen wir also nicht nur einen Mörder, sondern auch noch einen Verrückten, der samische Bestattungsrituale an einem Tatort durchführte.«

Ravna sah zu Eva.

Die hob die Schultern. »Ich weiß nur, was die Todesursache war. Er wurde ziemlich heftig mitten ins Gesicht geschlagen. Und zwar mit solcher Wucht, dass das Nasenbein brach. Danach stach man ihm in den Nacken und dann mitten ins Herz.«

»Interessant«, sagte Thor, während Ravnas Magen sich verkrampfte.

»Keine Abwehrverletzungen?«

»Nein. Ich denke, er wurde in der Dunkelheit überrascht. Oder er war mit jemandem verabredet, den er kannte. Dieser Jemand schlägt ihm mit der Faust ins Gesicht. Trygg hebt die Hände, etwa so«, Eva demonstrierte die Bewegung, »und war dadurch quasi wehrlos. Keine Deckung. Der Täter hatte es einfach. Eine Sache von Sekunden. Oder Minuten, aber keinesfalls mehr.«

»Mann? Frau? Rechtshänder? Linkshänder? Wie groß?«

»Ich bin doch erst am Anfang. Todeszeitpunkt vorgestern Nacht zwischen 23 Uhr und ein Uhr morgens. Rechtshänder, wage ich jetzt einfach mal so zu sagen, so wie das Nasenbein verschoben ist.«

»Das Messer?«, fragte Thor.

»Drei Zentimeter breite, zehn Zentimeter lange Klinge, glatter Stichkanal. Ein klassisches Jagdmesser vermutlich.«

»Wann bekomme ich den Bericht?«

»Wenn du mich jetzt weiterarbeiten lässt, dann heute Abend. Aber du kannst mir gerne bei der Entnahme der Organe helfen. Dann geht es schneller.«

Ravna stürzte hinaus.

Sie gab sich fünf Minuten zum Kotzen, dann kehrte sie zurück. Eva war allein im Sektionssaal, wie sie bei einem Blick durch den Türspalt erkannte.

»Er ist schon draußen! – Ravna? Warte einen Moment.«

Eva kam zu ihr. Sie trug den Mundschutz, die Handschuhe waren jetzt bis zu den Ellenbogen mit Blut verschmiert.

»Sag es ihm nicht. Dass du es von mir hast. Du weißt schon.«

»Natürlich. Die Stiche …«

»Ja?«

»So töten wir auch unsere Rentiere.«

»Wirklich? Ich werde es mit aufnehmen. Danke dir.«

Ravna nickte hastig. Thor war vermutlich schon über alle Berge. Aber als sie die Einfahrt verließ, stand er neben seinem Mercedes und telefonierte. Es hörte sich nicht sehr freundlich an. Aber wann war er das schon?

»Ich will eine Liste von Tryggs Freunden und erst recht eine von seinen Feinden. Ich will wissen, was er die letzten achtundvierzig Stunden im Allgemeinen und die letzten achtundfünfzig Jahre im Besonderen gemacht hat. Und vor allem will ich mit seiner Frau und seinem Sohn reden! Jetzt!«

Thor sah auf seine Armbanduhr und gab Ravna ein Zeichen, einzusteigen. Subito. Während er den Unglücklichen am anderen Ende der Leitung zur Schnecke machte, sah sie, wie winzige Schneeflocken vom Himmel schwebten und sofort auf der Windschutzscheibe schmolzen. Nicht viele, aber mehr als gestern. Sie dachte an die Geschichten und Legenden, die sie am Feuer in der Hütte gehört hatte und die fast alle im Winter spielten. Aber vielleicht hatte sie die aus dem Sommer auch nur vergessen.

Sie schreckte hoch, als Thor die Tür aufriss und sie ansah, als hätte sie gerade Tryggs Leber verspeist.

»Wir haben einen Verdächtigen. Harald Jensen, ein Deutscher. Steht immer noch unter Drogeneinfluss und kotzt die Ausnüchterungszelle voll.«

»Was?«

Er stieg ein und knallte die Tür zu. »Er ist im Vardø-Hotel abgestiegen. Der Besitzer sah nach, als Jensen um zehn nicht beim Check-out war, und fand ihn, blutbesudelt und nicht ansprechbar.«

Er startete und gab Gas. Die ersten Minuten der Fahrt sprachen sie nicht. Diese Neuigkeit musste erst einmal verarbeitet werden. Kein Same, dachte Ravna. Der Mörder ist kein Same. Es war, als ob sich ein Eisenring um ihre Brust löste, von dem sie gar nicht gewusst hatte, dass er da gewesen war.

Schließlich fragte sie: »Wer hat ihn festgenommen?«

Thor bog mit so einem Schwung auf die Küstenstraße ab, dass sie fast auf seinem Schoß gelandet wäre. »Der dreifache Mikkel.«

6.

Mikkel musste am Fenster gestanden und auf sie gelauert haben, denn er war schon im Hof, noch bevor Thors Wagen hielt. Wahrscheinlich hätte er am liebsten salutiert. Sein breites Gesicht strahlte, die Uniform spannte, und er eilte mit ausgestreckter Hand die Stufen zum Parkplatz hinunter auf Thor zu.

»Mikkel Bonsaksen, *politibetjent.* Ich freue mich sehr, dich kennenzulernen.«

Thor ging an ihm vorbei ins Haus.

Mikkel nahm die Hand herunter, drehte sich auf dem Absatz um und sah ihm nach. »Was hat er denn?«

Ravna eilte Thor hinterher.

»Was hast *du* denn?«, kreischte Mikkel ärgerlich.

Die Ausnüchterungszelle befand sich im Keller. Sie lief die Treppe hinunter und traf dort auf ihren Chef, der gerade durch die Beobachtungslinse über der Klappe sah. Als Ravna ihn erreicht hatte, trat er einen Schritt zur Seite und ließ sie selbst durchsehen.

Auf der Pritsche lag ein Mann. Er war nicht ganz so alt wie Thor, vermutlich Mitte dreißig. Blond, normal groß, nicht dick, nicht schlank. Er hatte sich zusammengekrümmt, bemerkte jetzt aber, dass jemand vor der Tür stand. In Windeseile sprang er auf. Er trug ein graues Sweatshirt und eine Jogginghose, mehr konnte Ravna nicht erkennen. Denn schon hatte er die Tür erreicht und hieb so heftig dagegen, dass sie zurückzuckte.

»Ich will hier raus!«, tobte er. »Lasst mich sofort hier raus! Ich will mit meinem Anwalt reden!«

Schritte kamen die Treppe hinunter. Der dicke Hanno tauchte auf, einen Schlüsselbund in der Hand. Ihm folgten zwei weitere Uniformierte, Niklas und Sjur. Sjur nestelte die Handschelle von seinem Gürtel, dann sah er sich erwartungsvoll um. Thor nickte ihm zu. Niklas gab Ravna ein Zeichen, beiseitezutreten, dann öffnete Hanno die Tür. Jensen schoss heraus und wurde sofort von den beiden Polizisten abgefangen. Er wehrte sich, schrie und trat um sich.

»Ich will einen Anwalt! Das ist gegen das Gesetz! Ich verklage euch! Ich verklage euch alle!«

So ging das den ganzen Weg die Treppe hoch und weiter in den ersten Stock. Thor und Ravna folgten der Prozession. Harald Jensen fluchte in einem ganz guten Norwegisch, wenn auch mit starkem Akzent. Trotzdem würden sie vielleicht einen Dolmetscher brauchen. Mikkel, Jonas und Filip kamen auch noch dazu, es wurde eng auf den Stufen. Ravna erwartete, dass das Verhör im Chefbüro stattfinden würde.

Doch statt den Raum gemeinsam mit dem zeternden Verhafteten zu betreten, öffnete Thor die gegenüberliegende Tür – Mikkels Reich. Er blieb stehen und sah sich um.

»Das ist mein Dienstzimmer.« Mikkel war ihm diensteifrig gefolgt. »Tut mir leid, dass es hier so aussieht. Man kommt vor lauter Arbeit nicht zum Saubermachen.«

Thor trat zum Fenster und öffnete es in der Kippstellung. Die anderen blieben draußen im Flur.

»Hast du ihn festgenommen?«

Mikkel strahlte über alle vier Backen. Ihm schien die Sonne aus jedem Knopfloch. Er, der Superstar. Die Einwohner Vardøs würden ihn auf ihren Schultern durch die Straßen tragen und Kinder würden Lobeshymnen singen, blütenbekränzt.

Voller Stolz legte er einen Karton auf seinem Schreibtisch ab. »Ja. Es war doch sonnenklar. Die Kleidung, die blauen Flecken, das Blut überall …«

»War schon ein Arzt hier?«

»Unser Doktor Sigurd kann kommen. Aber, wie gesagt, es war ja sonnenklar. Fingerabdrücke haben wir schon, Ausweis, Handy, Führerschein und so weiter auch. Hier.« Er deutete auf den Karton.

Thor drehte sich zu ihm um. Die Hände auf dem Rücken, in seinem schwarzen Mantel mit dem schwarzen Rollkragenpulli und der schwarzen Hose erinnerte er Ravna an eine Krähe. Hellwach, aber nach außen hin teilnahmslos. »Hast du die Kleidung sichergestellt?«

»Selbstverständlich. Sofort.«

»Alkohol- und Drogentest?«

»Also, so weit sind wir noch nicht.«

»Ist die Spurensicherung schon im Hotel?«

Mikkel begriff langsam, dass ein Mann vor ihm stand, der in anderen als sonnenklaren Kategorien dachte. »Die, also, ich habe ja gleich angerufen. Aber sie können nicht so schnell kommen, weil, also, die haben ja noch Trygg auf dem Tisch.«

»Habt ihr hier so etwas wie ein Aufnahmegerät?«

»Ein Aufnahmegerät. Oh. Ja. Ich frage danach.«

Weg war er. Ravna, die noch draußen im Flur gestanden hatte, wurde von ihm fast umgerannt.

»Wer ist das?« Thor kam auf sie zu. »Oder besser gesagt, was? Lassen sie das aus der Polizeischule auf die Menschheit los?«

Ravna konnte gerade noch ein Grinsen unterdrücken. Bei Thor musste man darauf gefasst sein, dass er diese Frage ernst meinte. »Er kommt von da, wo ich noch hinwill«, sagte sie nur. »Soll das Verhör hier stattfinden?«

»Ja. Führt ihn rein.«

Ravna gab Sjur und dem dicken Hanno, die immer noch mit Jensen im Flur warteten, ein Zeichen. Es war ein seltsames Gefühl, den beiden etwas anzuordnen. Ob sie das als Praktikant schon durfte? Aber den Polizisten schien es egal zu sein, von wem sie ihre Befehle bekamen. Hauptsache, sie waren den fluchenden Jensen los.

Der wurde auf Mikkels Stuhl verfrachtet. Dann rannten die beiden hinaus, um weitere Sitzgelegenheiten zu organisieren. Irgendwann kam auch Mikkel zurück, hochrot und schwitzend.

»Ich find es nicht«, keuchte er. »Nirgends. Hat einer von euch das Aufnahmegerät gesehen? Gibt es überhaupt eins?«

Thor holte sein Smartphone heraus und legte es auf den Tisch. »Okay, dann fangen wir mal an. *Lensmann* Rune Thor, Finnmark *politidistrikt,* Kirkenes, der leitende Ermittler. Das da sind ...«

»Ich sage gar nichts«, konterte Jensen. »Ich will einen Anwalt.«

Thor lehnte sich zurück. Das sah lässig und müde zugleich aus. Ravna zog sich einen Stuhl heran und setzte sich.

Als Mikkel das Gleiche tun wollte, schob Filip ihn zur Seite und nahm statt seiner Platz. »Kaffee.«

»Den kann Ravna holen!«

Ravna wollte aufstehen, aber Thor winkte ab. »Den Notfallkoffer.«

Mikkel sah sich um, bis er begriff, dass Thor ihn meinte und niemand anderen.

»Den Notfallkoffer? Warum?«

»Jetzt.«

Mikkel begriff. Er nickte eifrig.

»Und das Protokoll.«

Mikkel öffnete den Mund.

»In einer Stunde, auf meinem Tisch.«

Mikkel schloss den Mund wieder. Mit einem verärgerten Blick auf Ravna verließ er den Raum. Thor verfrachtete eine leere Chipstüte vom Schreibtisch in den Mülleimer und wischte die Krümel weg. Dann widmete er sich Jensens Ausweis, seinen Kreditkarten und dem Handy.

»Harald Jensen, wir machen jetzt einen Alkohol- und Drogentest mit dir.«

»Gar nichts werdet ihr!«

Thor fixierte sein Gegenüber, reglos. Allein dieser Blick hätte Ravna sofort zu einem Geständnis gebracht. Aber nicht Jensen.

»Wo warst du vorgestern Nacht zwischen 23 Uhr und ein Uhr morgens?«

Vorgestern? Ravna war verwirrt, doch dann begriff sie, dass der Tote zwar gestern, am Montag, in aller Herrgottsfrühe gefunden worden war. Die Tat aber hätte durchaus noch am Sonntag geschehen sein können.

Jensen, der sich etwas beruhigt hatte, versuchte es nun mit diesem gelangweilten Überdruss, den man Provinzbullen gegenüber an den Tag legte. »Zeig mir den Haftbefehl.«

»Hast du Olle Trygg getroffen?«

»Ich weiß gar nicht, wer das ist.«

Jetzt, da die Tür geschlossen war, roch Ravna diese Mischung aus Restalkohol und säuerlichem Schweiß, die Jensen umgab wie eine Wolke. Seine Haare, mittelblond und kurz geschnitten, hingen ihm in die Stirn. Blass war er, ein Schreibtischmann in Jogginghosen. An seinen Händen hatte er Abschürfungen. Die rechte Wange sah geschwollen aus, als ob sich dort bald ein blauer Fleck zeigen würde.

Mein erster Mörder, dachte sie. Eigentlich sieht er harmlos aus. Einer von denen, die das Saufen mutig macht. Alkohol konnte alles in Menschen auslösen: von weinerlicher Sentimentalität bis zu brutalster Aggression.

»Natürlich weißt du das.« Thors Stimme durchdrang die

Wolke aus Gestank, Abwehr und Verweigerung. Seine Finger spielten mit Jensens Visitenkarte. »Du arbeitest für die Streamprom, ein internationales Konsortium zum Ausbau der Öl- und Gasfelder in Norwegen. Olle Trygg gehörte Land, viel Land. Es ist bekannt, dass die Streamprom nicht sehr zimperlich vorgeht, wenn es um die Exploration der Ausbeutungszone geht.«

Jensen strich sich die Haare aus der Stirn. Sie fielen sofort wieder zurück, also versuchte er es noch einmal. Es sah hilflos und zornig zugleich aus.

»Ich sollte mir das hier mal ansehen, mehr nicht. Meine Firma hat mich geschickt. Warum haltet ihr mich fest? Ich hab gestern einen über den Durst getrunken. Na und?«

»Hast du Olle Trygg in Mortensnes getroffen?«

»Nein! Hör zu, das reicht mir jetzt. Ich gehe.«

Er wollte aufstehen, aber Filip war so schnell auf den Beinen und drückte ihn zurück auf den Stuhl, dass er nur ärgerlich dessen Hände wegschlagen konnte. »Fass mich ja nicht noch mal an!«

Es klopfte. Mikkel kam mit dem Notfallkoffer zurück und sah sich suchend nach einem Platz um, der noch nicht besetzt oder zugemüllt war. Schließlich stellte er ihn auf dem Boden ab.

Thor winkte Mikkel zu sich. »Hierher damit.«

Der Koffer landete auf dem Schreibtisch. Der *politiinspektør* öffnete den Koffer und nahm eine Manschette zum Abbinden sowie einen ganzen Packen Spritzen heraus, die er mit zusammengekniffenen Augen musterte.

Jensen wurde unruhig. »Was … Was soll das?«

Thor hatte eine Spritze ausgewählt – die mit der dicksten Kanüle. Damit wandte er sich an Jensen. »Arm frei.«

»Was? Wie? Ich will einen Anwalt! Das könnt ihr nicht mit mir machen!«

Thor holte Desinfektionsspray aus dem Koffer und riss dann die Verpackung der Einwegspritze auf. »Ravna?«

Hastig griff sie nach der Manschette und legte sie dem widerstrebenden Jensen an. Es brauchte Filips und Mikkels ganze Kraft, den brüllenden Verdächtigen auf seinem Stuhl zu halten. Ravna war nicht wohl dabei. Ein Bluttest konnte zwangsweise vorgenommen werden, aber wie das umzusetzen war, davon hatte sie keine Ahnung. Thor sprühte den Alkohol auf Jensens Armbeuge und jagte ihm die Nadel in die Vene. Ravna wurde schwindelig. Nur einen kurzen Moment, als Thor den Kolben hochzog und Jensen zischend durch die zusammengebissenen Zähne atmete. Die Blutabnahme dauerte keine Minute und trotzdem war ihr flauer im Magen als beim Anblick von Tryggs Leiche.

»Gibt es hier einen Kühlschrank?«, fragte Thor, die Spritze in der Hand. »Sonst legt sie vors Fenster und schickt sie morgen ins Labor.«

Filip ließ Jensen los und sammelte alles wieder ein. Sein Schweigen sagte mehr als deutlich, dass er so eine Aktion noch nie erlebt hatte und sich auch keine weitere in dieser Art wünschte. Jensen hielt sich stöhnend den Arm, Blut tropfte auf den Boden. Zum Arzt geboren war Thor nicht. Er warf dem Verhafteten noch ein Päckchen Pflaster in den Schoß, bevor er sich wieder hinter den Schreibtisch setzte. Noch nicht mal den Mantel hatte er ausgezogen.

»Harald Jensen, du bleibst in Haft. Morgen wirst du nach Kirkenes überstellt. Hast du Trygg ermordet?«

Jensen, der gerade versuchte, eine Armbinde um das bluttriefende Pflaster zu legen, sah wütend hoch. »Nein! Wie oft soll ich das noch sagen!«

Es reichte eine Handbewegung von Thor in Filips Richtung, damit Jensen unter energischstem Protest wieder abgeführt wurde. Thor schaltete die Aufnahmefunktion seines Handys aus.

»Mikkel?«, brüllte er.

Ravna zuckte zusammen.

Thor sprang auf und lief in den Flur. »Mikkel!«

Unten tauchte der Gesuchte mit hochrotem Kopf auf. Thor warf ihm das Handy zu.

»Aussage abtippen, zu den Akten mit dem Untersuchungsbericht aus Vadsø und dem Erstermittlungsprotokoll. Sobald die Spurensicherung eintrifft, sollen die Kollegen sich erst Jensen erkennungsdienstlich vornehmen und dann ins Hotel. – Ravna?«

»Ja?«

»Abmarsch.«

7.

Diese Vernehmung war eine verstörende Erfahrung gewesen. Aber das war eigentlich alles, was mit Thor zu tun hatte. Sie liefen zum Hotel, es waren ja kaum zehn Minuten Fußweg, und noch war es hell. Trübe und grau zwar, mit unvermittelt scharfen Windböen und einem wolkenverhangenen Himmel, aus dem es ab und zu nieselte. Die kurze Stunde Tageslicht war fast vorüber, die Dämmerung breitete sich bereits aus und die Straßenlampen brannten. Eine Schar Möwen stritt sich mit schrillem Geschrei um die Überreste aus den Netzen der Fischer, und die Boote lagen schon wieder vertäut am Kai.

Thor eilte voraus. Mit offenem Mantel. Warum erfror der Kerl nicht? Oder wurde er innerlich von irgendeiner verzehrenden Glut gewärmt? Jeder Schritt von ihm brauchte eineinhalb Schritte von Ravna. Sie fühlte sich neben ihm wie ein hoppelnder Schneehase. Er, ruhig ausschreitend, die

Hände in den Manteltaschen, sie, hüpfend und rennend, neben ihm. Die Kapuze tief ins Gesicht gezogen, mit Schal und Handschuhen. Die Temperatur musste wieder um den Gefrierpunkt liegen – immer noch zu warm, um die winzigen Regentropfen zu Eiskristallen gefrieren zu lassen.

»Kannst du kein Blut sehen?«, fragte Thor.

»Doch. Natürlich. Ich hab wahrscheinlich mehr Blut gesehen als du in deinem ganzen Leben.«

Um ein Haar hätte sie ihn gesiezt. Zu groß war der Abstand zwischen ihnen und er hatte nichts mit einer Rangordnung zu tun. Es war der … Sie überlegte. Der menschliche Abstand vielleicht. Sie hatte noch nie jemanden kennengelernt, der so weit weg zu sein schien und dennoch im entscheidenden Moment so präzise war. Er funktioniert, dachte sie. Er muss ein genialer Kriminalist sein, und wenn man das einmal drin hatte, konnte man es vermutlich auch noch eine ganze Weile lang abrufen. Er funktioniert, aber er ist nicht hier. Sie wollte den Gedanken nicht weiter vertiefen, denn dann wäre unweigerlich die Frage aufgetaucht: Wo ist er dann? Sie spürte eine Gänsehaut den Rücken hinunterrieseln.

»Warum bist du eben fast umgekippt?«

»Bin ich nicht.«

Sie liefen beziehungsweise hoppelten noch bis zur Kreuzung, um dann, vorbei an dem kleinen Fischereimuseum, in die Kaigata einzubiegen.

Da sagte Thor: »Vielleicht die Verwaltung.«

»Was?«, fragte Ravna irritiert, die sich gerade daran erinnert hatte, dass sie ihr Brot in der Polizeistation liegen gelassen hatte. Ihr Magen knurrte. Erstaunlich nach diesem Vormittag, aber irgendwie auch tröstlich.

»Stadtverwaltung. Finanzamt. Lehrerin. Das wäre doch auch was.«

Es dauerte einen Moment, bis Ravna begriff, dass er von ihr sprach und ihr gerade riet, den Beruf zu wechseln.

»Ich will keine Lehrerin werden«, antwortete sie. »Ich werde Polizistin. Ich habe bis zu den Ellenbogen in Blut gegriffen, in warme, dampfende Leiber. Ich habe Rentiere geschlachtet und zerlegt. Was soll das?«

»Das ist etwas anderes.«

Sie hatten das Vardø-Hotel erreicht. In der Dämmerung fiel das Licht aus der Rezeption auf den nassen Asphalt.

»Wirst du es aushalten?«

»Was?«, fragte sie, einigermaßen ratlos.

Aber da hatte er auch schon die Tür geöffnet und war im Warmen verschwunden. Sie stand draußen, sah einmal die Straße hoch – nichts. Einmal die Straße runter – nichts. Und verstand.

Man sagt, zum *Gand* wird man, wenn einen der Teufel berührt.

Thor hatte der Teufel gleich zweimal berührt. Und er wurde ihn nicht mehr los.

Es war der Direktor persönlich, Knud Kristian Dahls, der ihnen Jensens Anmeldeschein vorlegte und sie dann in sein Zimmer im ersten Stock führte. Das Haus, irgendwann in den Sechzigerjahren erbaut, wirkte nach dem gemütlichen Empfang in der Lobby mit all dem warmen Holz, den

Büchern und der Sitzecke schon im Treppenhaus ziemlich nüchtern. Die Zimmer waren modern und zweckmäßig, hatten aber große Fenster, die einen hübschen Blick auf das Hafenbecken und die gegenüberliegende Seite boten. Ravna hatte sich das alles etwas luxuriöser vorgestellt.

Thors Zweifel nagten immer noch an ihr. Sie war verstimmt. Nicht richtig wütend, aber auch nicht richtig wohlwollend. Bis jetzt hatte sie ihn als eine Art böse Naturgewalt gesehen, ein schwarzer Tornado, der in die Polizeistation gefegt war und in dessen Windschatten sie sich einigermaßen sicher fühlen konnte. Damit war es nach seiner Frage vorbei. Sie fühlte sich wie ein Hofnarr, dem der König den Stuhl vor die Tür gesetzt hatte. Ravna Persen, Praktikant. Sollte vielleicht lieber Kindergärtnerin werden.

Thor hatte sich, genau wie Ravna, blaue Schuhschützer übergestreift.

»Draußen bleiben«, herrschte er den Hoteldirektor an.

Jensen hatte offenbar eine unruhige Nacht verbracht. Der Stuhl war umgeworfen. Auf dem Nachttisch stand eine Doppelflasche Wodka, ein Liter, Duty Free, angebrochen, auf dem Boden ein zerbrochenes Glas. Die Decke war vom Bett gerutscht, darauf waren Fußabdrücke zu erkennen – feucht, mit ein paar Bröckchen Split, in dem Ravna das Streugut vom Polizeiparkplatz erkannte. Mikkel musste sich aufgeführt haben wie der sprichwörtliche Elefant im Porzellanladen. Schwer zu sagen, was von der Unordnung auf Jensen und was auf seine Festnahme zurückzuführen war.

Auf dem schmalen Schreibtisch lagen die üblichen Prospekte: Walbeobachtung, Krabbenfischen. Das Hexenmahnmal, die Drachenskulptur. Ausflüge auf die Vogelinsel, Schlittenhundrallyes. Thor inspizierte den Papierkorb.

»Handschuhe.«

Er sah sie gar nicht an, streckte nur die Hand aus. Ravna kramte hastig in ihrer Tasche und schickte ein Dankgebet in Richtung Himmel, dass sie gestern in Mortensnes daran gedacht hatte, gleich ein halbes Dutzend einzustecken.

Thor streifte sich ein Paar über und zog ein Taschentuch aus dem Papierkorb. Blut- und dreckverschmiert, zusammengeknüllt.

»Asservatentasche?«

Was zum Teufel sollte sie noch alles dabeihaben?

»Sieh im Kleiderschrank nach.«

»Okay.« Sie öffnete die Türen. Der Schrank war leer, aber in dem Fach unter dem Tresor lag eine Plastiktüte für Wäsche, die in die Reinigung sollte. Sie reichte sie dem Inspektor, der das Taschentuch hineinwarf und sich aufrichtete.

»Wann kommt die Spurensicherung?«

Ravna zuckte mit den Schultern. Thor griff nach Jensens Wodkaflasche und ging zur Tür. »Ich bin in meinem Zimmer. 103. Warte hier und komm erst, wenn die Kollegen fertig sind.«

Ravna starrte ihm mit offenem Mund hinterher. Hatte sie gerade gesehen, wie ein Kripobeamter eine mehr als halb volle Zwei-Liter-Flasche Wodka, Duty Free, aus dem Zimmer eines Mordverdächtigen mitgenommen hatte? Langsam ging sie zu dem kleinen Schreibtisch, hob den Stuhl auf und setzte sich. Alle Energie verpuffte, kaum dass Thor den

Raum verlassen hatte. Sie war müde, unendlich müde, und sie merkte es erst jetzt.

Ich sollte *mamma* anrufen, dachte sie. Hoffentlich hält der Schneescooter diesen Winter noch durch. Ohne ihn sind wir aufgeschmissen. Die weiten Strecken von den Winterweiden zurück zu den *Goathi*[7] sind ohne den Scooter nicht zu schaffen. Ich müsste dabei sein, statt hier unten mein eigenes Ding zu machen. Wir sind eine Gemeinschaft. Was zählt da das Eigene?

Draußen war es dunkel geworden, die Lichter am Hafenbecken brannten und spiegelten sich im Wasser. Sie schloss die Augen und roch abgestandene Heizungsluft statt dem scharfen, trockenen Atem des Winters. *Es ist nicht richtig, dass du hier bist.* Zumindest fühlte es sich nicht so an.

Sie sah sich über den Schnee preschen und hinauf zum Fjell, wo die Tiere zusammengetrieben werden. Die Glocken, die sie um den Hals tragen, vermischen sich mit den Rufen der Treiber und dem Röhren der Motoren. Inga schreit und deutet auf einen Ausreißer, dreht den Lenker um und hält auf das Tier zu, das sich in großen Sprüngen davonmachen will. Ravna zieht das Lasso, stellt sich auf die Tritte links und rechts des Sitzes. Schwingt das Seil, es fliegt durch die Luft, findet sein Ziel. Ein Ruck – der Scooter bricht aus, beide fliegen in hohem Bogen in den Schnee, überschlagen sich, rollen aus, Ravna noch immer das Seil in der Hand, am anderen Ende das störrische Rentier. Die

7 Samische Spitzdachzelte.

Schwestern sehen sich an – über und über mit Schnee bedeckt, prusten los und können kaum noch aufstehen vor Lachen.

Das ist er, der große Treck über die Winterweiden. Die Sonne scheint und blendet über strahlend weißem Schnee. Die Herde der Persens mischt sich mit denen der anderen *rendrifter*[8]. Es sind große Clans, die seit Jahrhunderten von der Rentierzucht leben und ihre Tiere zusammentreiben, damit sie im Frühjahr zum Kalben zurück auf die Sommerweiden kehren. Aus den Hütten steigt Rauch, der Geruch von verbranntem Holz und Fleisch liegt in der Luft. Im Zelt ist es warm. *Mamma* trägt Schneehosen und einen dicken Pullover. Ihre dunklen Augen blitzen, die Wangen sind gerötet. Sie lacht und schöpft eine Kelle *bidos* in die Schale, den dicken Eintopf aus Rentierfleisch, Möhren und Kartoffeln.

Als Inga und Ravna noch klein waren – sie erinnert sich nur vage an diese Zeit –, saß ein Mann dort und löffelte schweigsam das Essen in sich hinein. Sie nannten ihn *far*[9], manchmal auch *pappa*. Er war ein Fremder, und er benahm sich auch so, als ob er nicht dazugehörte. Als ob ihm das alles nichts bedeuten würde. Die großen Trecks. Die Jahreszeiten. Das Feuer. Der Schnee. Die Nordlichter, Götterboten. Die alten Geschichten, begleitet von Beerenschnaps, die immer absonderlicher wurden, je länger die Nacht dauerte. Niemand vermisste ihn, als er nicht mehr kam. Und

8 Familien, die Rentiere züchten und treiben dürfen.

9 Vater.

doch war ein leerer Fleck geblieben, dort, wo er in ihrem Leben gesessen hatte. Ein Norweger, hatte Léna gesagt. Die bleiben nie …

»Ravna?«

Sie schreckte hoch, sah sich hilflos um und wusste nicht, wie sie aus dem dunklen, verrauchten *Goathi* in dieses Hotelzimmer gekommen war. Vor ihr stand Mikkel, mit blauen Überziehschuhen aus Plastik und diesem selbstzufriedenen Grinsen im Gesicht, dass er sie erwischt hatte. Eingeschlafen am Schreibtisch, im Zimmer eines Mordverdächtigen. Hinter ihm tauchten zwei Gestalten in weißen Overalls auf.

»Warum hast du dich nicht gleich aufs Bett gelegt?« Er wandte sich an die Kollegen der Spurensicherung, als ob er Beifall erwarten würde. »Das ist Ravna Persen. Mein Praktikant. Ist erst der zweite Tag, sie weiß es nicht besser.«

Ravna stand auf und kam ganz langsam wieder in der Gegenwart an. Sie reichte den beiden Männern die Hand, die sich unverständlich nuschelnd vorstellten und gleich an die Arbeit machten.

»Hier«, sagte sie und griff nach dem Wäschebeutel. »Das haben wir im Papierkorb gefunden.«

Mikkel nahm ihn entgegen und reichte ihn huldvoll weiter. »Wo ist Thor?«

»In seinem Zimmer. Er wohnt hier, soweit ich weiß. Ich sollte hier die Stellung halten.«

»Gut gemacht!« Mikkel verzog den Mund. »Wirklich gut gemacht. Beruhigend zu wissen, dass man sich auf dich verlassen kann.«

Ravna schluckte eine Erwiderung hinunter. Sie war sich nicht darüber im Klaren, was Einschlafen während der Dienstzeit nach sich ziehen konnte. Der größere der beiden Männer von der Spurensicherung ging einmal durch den Raum, blieb kurz am Fenster stehen und drehte sich dann zu ihnen herum.

»Verlasst bitte den Raum.«

»Okay.« Mikkel nickte. »Ich bin unten. Vielleicht haben sie einen Kaffee da.«

Er stapfte davon. Ravna trat hinaus in den Gang und inspizierte die Zimmernummern. Die 103 lag direkt gegenüber. Sie klopfte, nichts tat sich. Sie klopfte noch einmal, dann kräftiger, schließlich hämmerte sie fast an die Tür – nichts. Wahrscheinlich wollte er sich nicht dabei erwischen lassen, wie er Beweismittel vernichtete.

Sie entschied sich gegen einen Kaffee mit Mikkel, meldete sich aber bei ihm ab und wurde von ihm in die Polizeistation geschickt, um seinen Bericht zu schreiben. So verging der Rest des Tages.

Thor kehrte nicht mehr zurück, aber vom Fenster im zweiten Stock der Wache konnte sie quer über das Hafenbecken bis zum anderen Ufer sehen, wo das Hotel lag. Die Vorhänge von Jensens Zimmer waren zugezogen, doch dahinter brannte Licht. Es war wie ein Scherenschnitt-Theater: Schatten huschten hin und her, blieben stehen, beugten sich herab, vergrößerten und verkleinerten sich, je nachdem, wie nahe sie der Lichtquelle kamen. Irgendwann wurde es dunkel da drüben und Ravna war fertig mit dem Bericht.

8.

»Hast du deine Mutter angerufen?«

»Sie hat kein Netz da oben.«

»Hast du es versucht?«

»Ja«, sagte Ravna.

Sie stellte eine frisch gebrühte Kanne Tee auf den wackeligen Tisch vor Léna und holte die Tassen. Ihre Großmutter nahm ihr die Lüge ab, oder sie ließ es sich zumindest nicht anmerken, dass sie ihrer Enkelin kein Wort glaubte. Sie schnaubte nur leicht verächtlich, aber das machte sie eigentlich rund um die Uhr. Die Welt tat Léna nicht den Gefallen, sich nach ihren Wünschen zu drehen, also strafte sie sie von morgens bis abends mit Verachtung.

»Wir haben einen Verdächtigen im Mordfall Trygg.«

Léna schnaubte noch abfälliger, was bedeutete, dass sie dem Täter eher einen Orden als Haft an den Hals wünschte.

»Ein Harald Jensen aus Oslo. Ein Deutscher. Er arbeitet

für eine große Firma, die Öl- und Gasfelder in Norwegen ausbeutet. Bis jetzt leugnet er alles. Aber es gibt ein paar Indizien, die ziemlich belastend sind.«

»Was soll der denn mit Trygg zu tun gehabt haben?«

Ravna setzte sich und goss den Tee in die Tassen. »Trygg hatte Land. Unendlich viel Land. Die Winterweiden auf dem Fjell gehören ihm, das geht ja bis rauf zum Stabbursdalen Nationalpark und dem Porsanger-Fjord. Wo hat er das eigentlich her?«

Léna griff zur Zuckerdose. »Das hat er geerbt. Seine Familie, Generation um Generation. Schlau geheiratet, rücksichtslos verhandelt. Das reicht zurück in die Zeit von König Christian, als die Siedlertrecks hier oben ankamen und die Leute sich das Land genommen haben, einfach so. Einer seiner Vorfahren hat da wohl die Claims abgesteckt.«

»Aber die Tryggs sind Samen. Sie haben doch nicht ihre eigenen Leute beklaut?«

Léna schaufelte Zucker in ihren Tee und rührte gedankenverloren um. »Sie hatten nie viel für uns übrig. Und wir für sie auch nicht.«

Ravna nickte. »Ich weiß. Aber er kann doch nicht im Ernst darüber nachgedacht haben, sein Land an die Streamprom zu verkaufen! Wo sollten wir denn dann mit den Rentieren hin? Ganz zu schweigen davon, was mit der Natur passiert, wenn sie dort mit Fracking anfangen und Gasterminals bauen.«

Léna pustete und trank vorsichtig einen Schluck. »So was kommt von so was«, sagte sie nur und bekräftigte damit nichts anderes als ihre Genugtuung, dass es mit Trygg den Richtigen erwischt hatte.

»Aber«, fuhr Ravna fort, die sich mit diesem Fatalismus nicht zufriedengeben wollte, »wenn Jensen aus Oslo bis nach Vardø kam, um den Deal seines Lebens abzuschließen – warum ermordet er Trygg? Seinen Goldesel?«

»Vielleicht wollte er der Menschheit einen Gefallen tun?«

Ravna schüttelte missbilligend den Kopf. Léna war nicht gerade eine Hilfe. Wahrscheinlich durfte sie mit ihrer Urgroßmutter auch gar nicht über den Fall reden. Andererseits hatte sie noch keinen Amtseid geleistet, und als Praktikant hatte man hoffentlich Welpenschutz … Falls es so was überhaupt gab bei Mikkel, der schon immer nach unten getreten und nach oben gebuckelt hatte. Ravna seufzte. Eher zum Zeitvertreib statt im Angesicht des Dilemmas, dank ihres Praktikums in einer Grauzone zu stecken.

»Was ist?«, fragte Léna.

»Jensen ist nicht der Typ für so eine Grausamkeit. Er ist eher feige und hinterhältig. Aber auf jemanden warten und von Angesicht zu Angesicht erst die Nase zertrümmern und ihn dann zu erstechen, als ob er ein Rentier schlachtet, das kriegt er nicht hin.«

Léna beobachtete sie mit einem unergründlichen Blick. »Da ist aber noch mehr«, sagte sie schließlich.

Ravna wich dem Blick aus. Sie tunkte einen Keks in den Tee, aber genießbarer wurde er davon auch nicht. »Birkenrinde in Tryggs Schuh«, gab sie nach langem Schweigen zu. »Und ein Strich auf dem Boden. Jemand wollte nicht von seiner Seele verfolgt werden.«

Es war still. Der Wind heulte um die Häuser, es entstand ein klagender Ton, als ob ein einsamer Geist draußen auf dem Dach hocken und sein Schicksal beheulen würde. Die Heizung rauschte wie ein Wasserfall. Lénas Wecker tickte, ein altes Blechding, das erstaunlichen Krach machen konnte.

»Ein Strich«, wiederholte Léna. »Bist du sicher?«

»Ich weiß es nicht. Er kann alle möglichen Bedeutungen haben. Aber die Birkenrinde? In Tryggs Stiefeln?«

»Was soll die denn bedeuten?«

Ravnas Blick kehrte zu der alten Frau zurück. »Du weißt doch, dass die Fluss-Samen ihre Toten in Rinde einwickeln, bevor sie sie begraben.«

»Das kommt vor. Aber wir sind See-Samen, und außerdem wird es nicht gerne gesehen von den Pfaffen und von Sören auch nicht.«

Sören war der ortsansässige Bestatter. Eigentlich war er Tischler, aber er fertigte auch Särge an, je nach Bedarf. Ravna war erst ein Mal bei ihm gewesen und hatte gesehen, wie er mit dem Hobel über das Holz des Sarges gegangen war. Das Geräusch hatte sie bis heute nicht vergessen.

»Ich dachte ja auch eher an etwas Symbolisches. Wo soll der Mörder so viel Rinde herbekommen? Und warum sollte er Trygg für ein Begräbnis vorbereiten? Vielleicht sind es ja nur Hinweise. Schaut, Trygg war einer von uns, egal, was für ein Mistkerl er gewesen ist.«

Léna schob die Unterlippe vor und verzog den Mund mal nach links, mal nach rechts. Sie dachte über Ravnas verwegene Interpretation nach, aber es war offensichtlich, dass sie sich nicht damit anfreunden konnte.

»Es muss ja nicht der Mörder gewesen sein«, fuhr Ravna fort. »Vielleicht jemand, der später dazukam, Trygg liegen sah und dann so etwas wie ein Gute-Reise-Paket auf Samisch um ihn herum arrangiert hat. Er konnte nicht ahnen, dass die norwegische Polizei ausgerechnet seit gestern einen samischen Praktikanten hat, dem das auffallen könnte.«

Léna zog jetzt die Augenbrauen hoch, und das sagte eigentlich genug. Dennoch erwiderte sie: »Trygg wurde in Mortensnes gefunden?«

»Jep.«

»Wann?«

»Vorgestern früh. Gegen acht, glaube ich, als der Museumswärter angekommen ist.«

»Haben sie jetzt Strom dort?«

»Schon seit einer ganzen Weile. Warum?«

»Laternen? Brennen die die ganze Nacht?«

Ravna ahnte, worauf Léna hinaus wollte. »Nein. Und von der Straße kann man das Gelände auch nicht vollständig überblicken, weil es abfällt. Noch nicht mal von der Zufahrt zum Museum aus. Wenn Trygg also von einer zweiten Person gefunden worden ist, dann … dann muss sie gewusst haben, wo er war.«

Léna nickte. »Dann war Trygg mit zwei Leuten verabredet.«

»Oder einer ist ihm heimlich gefolgt, hat den Mord gesehen und ist anschließend an den Tatort. Da stellt er fest, dass nichts zu machen ist, und will wenigstens Tryggs Seele davor bewahren, auf immer und ewig unerlöst am Varangerfjord entlangzustreifen.« Ravna stand auf. Sie war nervös und wusste nicht warum. »Der Inspektor aus Kirkenes … Er glaubt, wir haben den Mörder.«

»Und du?«, fragte Léna.

»Ich bin doch nur Praktikant.«

»Hält einen das vom Denken ab?«

Ravna stieß einen bitteren Laut aus. »Manchmal schon. Ich glaube, ich müsste mit mehr kommen als einem Stück Rinde und einem Strich im Boden, der schon längst vom Wind verweht ist.«

»Ein Tier.«

»Was sagst du da?«

Léna beugte sich vor. Ihre dunklen Augen funkelten in dem alten Gesicht. »Ein totes Tier. Ein Opfer.«

»*Àhkku!*« Ravna schnappte sich Schal und Anorak. »Das ist ja … Ich weiß gar nicht, was ich dazu sagen soll. Ein Opfer?«

»Um es ihm angenehm zu machen in der Unterwelt. Das schließt mich als Täterin dann schon einmal aus.«

Machte ihre Urgroßmutter Scherze? Wenn ja, verbarg sie ihren Humor verdammt gut.

»Dann hätte es ein Schamane sein müssen, der ihn gefunden hat. Und dann … Mitten in der Nacht? Nach einem Mord? Glaubst du das wirklich?«

Aus Lénas Blick verschwand die Eindringlichkeit. Für einen Moment hatte die alte Frau Ravna erschreckt. Als ob sie es ernst gemeint hätte. »Nein«, sagte sie wieder mit ganz normaler Stimme. »Dann wären ja gleich zwei Verrückte in der Nacht da draußen gewesen.«

»Drei«, erwiderte Ravna. »Mit Trygg.«

Sie verabschiedete sich und machte sich auf den Heimweg. Als sie an dem verrosteten Kran im Wasser vorüberkam, sah sie auf die andere Seite des Hafenbeckens. Es war dunkel hinter Jensens Fenster. Dann bog sie in die Kaigata ein und sah die Straßenseite des Hotels.

Hinter dem von Thor auch.

9.

Mittwoch, 27. November 2019, Vardø – Finnmark
Sonnenaufgang: 10:40 Uhr
Sonnenuntergang: 10:52
Tageslänge: 0 Stunden 12 Minuten

Der dritte Tag begann damit, dass Filip einen Anruf aus Vadsø bekam und Eva Hovland ihm mitteilte, dass das Blut auf Jensens Klamotten von Trygg stammte.

»Dann ab mit ihm nach Kirkenes«, war dessen einziger Kommentar.

Filip hatte sie alle in seinem Büro zusammengetrommelt und ließ den Blick über seine Herde schweifen: Jonas, der mit verschränkten Armen auf dem Stuhl hockte und aussah, als ob er gleich einschlafen würde. Mikkel, der während der Besprechung – oder was auch immer das war, das sie da gerade abhielten – sein Sandwich verspeiste, und

Ravna. Niklas und Sjur, die siamesischen Zwillinge der Tunnelverkehrskontrolle, der eine am Türrahmen gelehnt, der andere die Hände auf der Heizung.

»Sollte das nicht Thor entscheiden?«, fragte Ravna.

Er war nicht da.

Und er war eigentlich fast immer dagewesen, seit ihr Praktikum begonnen hatte. Dass er fehlte, war … wie nicht ganz angezogen zu sein. Die Armbanduhr vergessen zu haben. Einen Anruf immer und immer wieder hinausgeschoben zu haben. Seine Abwesenheit war ein leerer Platz am Rande des Bewusstseins, den man ignorieren wollte. Rune Thor aus Kirkenes. Der schwarze *Gand*, der wie ein Blizzard in die Amtsstube gefegt war und das Unterste zuoberst gekehrt hatte. Jetzt war er weg, und aus dem Sturm war Windstille geworden.

Mikkel drehte sich mit vollen Backen zu ihr um. Solange Thor in der Nähe gewesen war, hatte er sich zurückgehalten. Damit war offenbar Schluss.

»Wo ist er denn?«, mampfte er höhnisch.

Es war kurz nach halb neun.

»Keine Ahnung«, erwiderte sie.

Mikkel grinste anzüglich. »Echt nicht? Ihr seid doch zusammen im Hotel gewesen.«

»Was willst du damit sagen?«

Sie kam einen Schritt näher. Mikkel biss in sein Sandwich. Mayonnaise tropfte an seinem Mund herab. Er fuhr die Zunge heraus und leckte sie ab. Wie er das tat, das drehte Ravna fast den Magen um.

»Nichts«, sagte er nur.

Filip stand auf. »Der Gefangene wird an die Verwaltungsbezirkspolizei überstellt. Mikkel begleitet den Transport. Ist der Bericht fertig?«

Mikkel wandte sich an Ravna. »Ist der Bericht fertig?«

»Du kannst mich mal«, sagte sie und marschierte zur Tür hinaus.

»Ravna?«, rief Filip ihr hinterher. »Ravna!«

Sie lief die Treppe hinunter, nahm den Hinterausgang und stand auf dem Parkplatz. Am liebsten hätte sie die Rückspiegel der Streifenwagen abgetreten oder einen Stein durch die Fenster der Station geworfen. Aber Gewalt gegen Dinge hatte noch nie etwas geändert. Was hatte Mikkel bloß an sich, dass sie sich von diesem aufgeblasenen Drecksack so schnell provoziert fühlte? Sie sollte ruhig bleiben. Über den Dingen stehen, auch wenn er sie im Beisein von zwei Vorgesetzten aufs Übelste beleidigte. Sie hörte Schritte und dann tauchte Filip auf.

Sie kannte ihn, seit sie auf der Welt war. Er musste genauso alt wie sie gewesen sein, als er auf der Wache angefangen hatte. Vierzig Jahre Dienst in Vardø hatten ihn zu einer gutmütigen Witzblattfigur gemacht, vor der kaum jemand Respekt hatte. Unser Filip. Er kommt, wenn es mal wieder zu laut bei den Samen wird, wenn Touristen sich danebenbenehmen oder jemand ein Wohnmobil auf den satten, grünen Rasen des Forts gestellt hat. Sein größter Tag musste die Sonnenwende 2011 gewesen sein, als Königin Sonja nach Vardø gekommen war, um das Hexenmahnmal einzuweihen. Es gab ein Foto von ihm unten auf der Wache, gleich neben dem Königspaar: Filip ganz vorne an der Absperrung und die Monarchin reichte ihm die Hand. Er strahlte heller als die Mitternachtssonne.

»Ravna. Was war das?«

Sie sagte nichts, wandte sich nur ab. Ihrer Erfahrung nach hörte man sowieso nicht zu, sondern wollte nur seine eigenen Schlüsse bestätigt haben.

»Du kannst nicht einfach davonlaufen. Schon gar nicht, wenn ich dich zwei Mal rufe!«

»Es tut mir leid.« Sie kickte mit der Stiefelspitze in den Boden. Ein paar Kieselsteine stoben davon.

»Du wirst dich mit Mikkel vertragen. Ihr seid ein Team da draußen.«

Ravna sah über die Schulter zu ihm, um herauszufinden, was er unter *da draußen* verstand. Offenbar meinte er die lebensgefährlichen Abgründe von Vardø, in die man sich als Polizist nur zu zweit und bewaffnet hineinwagen konnte.

»Ein Team«, wiederholte sie bitter.

»Ja. Deshalb fahrt ihr beide zusammen nach Kirkenes. Und mit dem Mordverdächtigen natürlich.«

»Aber warum denn?«

»Dienstanweisung. Rauft euch zusammen, sonst ist Schluss.«

Filip verschwand im Haus.

Ravna eilte ihm hinterher. »Warum, Filip? Können das nicht Niklas und Sjur machen?«

»Ich hab's mir anders überlegt.«

»Und Thor?«

Filip, schon am Fuß der Treppe, hob die Arme und sah betont theatralisch erst nach links, dann nach rechts. »Ist er hier? Nein. Der Herr *kommissær* hielt es nicht für nötig, heute Morgen auf der Wache zu erscheinen. Also gebe ich die Anordnungen. Es wäre gut, wenn du dich daran gewöhnen würdest, denn der Fall ist abgeschlossen, egal ob Thor noch mal hier auftaucht oder schon längst verschwunden ist.«

Ravna presste den Mund zusammen, um nicht schon wieder etwas Unüberlegtes herauszulassen.

Aber dann sagte Filip: »Und du solltest dich bei Mikkel entschuldigen.«

»Was?«

»Wenn du es nicht tust, kannst du gleich nach Hause gehen.«

Er drehte sich um und ging die Treppe hinauf. Ravna blieb im Hausflur stehen, die Hände zu Fäusten geballt. Ruhig bleiben, dachte sie. Tief durchatmen. Tu jetzt nichts, was du bereuen würdest. Er ist es nicht wert.

Sie stieß die Tür zur Wache auf. Niklas unterhielt sich gerade mit dem dicken Hanno.

»Wann fahrt ihr los?«, fragte sie.

Die beiden warfen sich einen vielsagenden Blick zu, auf den Ravna sich keinen Reim machen konnte. Vielleicht hatten sie gerade von ihr geredet.

»*Hei* Ravna«, sagte Niklas. Wieder so ein Blick.

»*Hei*«, antwortete sie.

»Also?«

»Wenn du so nett fragst? Ich denke, in einer Stunde. Wenn Jensen sich beruhigt hat. Jonas ist gerade bei ihm und bringt ihm die Neuigkeiten bei. Er tobt wie ein Wilder.«

»Ich geh kurz zum Hotel.« Ravna nickte den beiden zu. »Ich bin rechtzeitig zurück.«

Noch bevor einer der beiden fragen konnte, warum, wieso, weshalb, hatte sie das Haus auch schon verlassen.

Die graue Wolkendecke war im Osten aufgerissen. Sie konnte ein Stück mitternachtsblauen Himmel sehen, den ersten Vorboten der Dämmerung. So war das kurz vor Beginn der Polarnacht, wenn die Sonne Tag für Tag niedriger am Himmel stand, bis sie für zwei lange Monate ganz verschwunden war. Den Möwen war das egal. Sie hatten Hunger und balgten sich um das, was nach der Rückkehr der Fischerboote im Licht der Straßenlaternen übrig geblieben war. Ihr heiseres Krächzen hallte über das Hafenbecken, vervielfältigte sich, schlug an Häuserwände und Kaimauern und klang wie die Invasion der Killervögel. Dabei waren es keine zwei Dutzend.

Ravna brauchte fast die ganzen zehn Minuten zum Hotel, einmal rund um das Hafenbecken, um sich noch mal aufzuregen und dann wieder zu beruhigen. Sah Filip nicht, was direkt vor seinen Augen geschah? Oder wollte er es gar nicht wissen? Rechnete er vielleicht damit, dass sie nach ein paar Tagen die Segel streichen würde? Das war es doch, was man von ihr erwartete: dass sie aufgab, wenn es mühsam wurde.

Den Gefallen tue ich dir nicht, Mikkel, dachte sie grimmig.

Noch bevor sie das Hotel erreichte, mischte sich der Duft von Kaffee in die salzige Luft, und als sie die Eingangstür öffnete, begann ihr Magen zu knurren: Pfannkuchen. Croissants. Frisch gebackenes Brot. Dicke Sahne. Heidelbeeren … Ein junges Paar, das Mädchen kaum älter als Ravna, kam heiter plaudernd die Treppe hinunter und ging in den Frühstücksraum. Dort saßen schon die meisten Gäste beisammen, hatten sich am Abend zuvor bereits beim Essen kennengelernt, begrüßten sich auf Norwegisch, Deutsch und Englisch. Knud Kristian Dahls, heute mit einem Handtuch als Schürze vor dem Bauch, stand hinterm Tresen an der Kaffeemaschine und tupfte gerade liebevoll die letzten Löffel Milchschaum auf einen Cappuccino.

Ravna schlug die Kapuze zurück, zog die Handschuhe aus und öffnete den Reißverschluss ihres Anoraks. Dann sah sie sich um.

Keine Spur von Thor.

Knud sah hoch und erinnerte sich nicht.

»*Hei*«, sagte er und kramte in seinem Gedächtnis, wo und wann er sie schon einmal gesehen haben könnte.

»*Hei.* Ich bin Ravna Persen. Polizeipraktikant. Ich war gestern hier mit meinem Chef.«

Knud stellte das Glas auf ein Tablett, nahm es hoch und umrundete den Tresen. »Rune Thor?«

»Ja.«

»Zimmer 103. Die Treppe hoch, den Weg kennst du ja noch.«

Sie nickte erleichtert.

»Wann ist das Zimmer denn wieder frei?«, fragte er.

Ravna nahm an, dass es für Thor keinen Grund gab, Vardø noch länger mit seiner Anwesenheit zu beehren. Aber Knud meinte etwas anderes.

»Das von Jensen« ergänzte er. »Er hat nur für eine Nacht gebucht und jetzt sind es schon drei. Wer zahlt das eigentlich?«

Ravna zuckte mit den Schultern. »Ehrlich. Ich habe keine Ahnung. Er wahrscheinlich. Schick ihm die Rechnung.«

Dabei musste sie so sehnsüchtig auf den Cappuccino gestarrt haben, dass Knud Kristian, der schon fast am Abdrehen gewesen war, innehielt.

»Hier. Darfst du das annehmen?«

»Was kostet der denn?«

»Lass mal.«

Er konnte nichts dafür, aber sein Blick war unabsichtlich über ihre Gestalt geglitten. Die praktischen Stiefel, die sie auch draußen auf den Winterweiden trug, der Anorak mit dem Fellkragen, an dem an einigen Stellen das blanke Leder durchschimmerte. Die Wollhandschuhe, die aus der Tasche lugten, von ihrer Mutter gestrickt – und genau so sahen sie nach zwei Jahren auch aus. Obwohl es nett von ihm gemeint war, verletzte es Ravna, dass er sie für so bedürftig hielt.

Sie kramte in ihrer Tasche und fand einen Fünfzig-Kronen-Schein[10]. Dafür hatte sie eigentlich heute Abend im Supermarkt die übliche Packung Toastbrot und eine Flasche Ketchup kaufen wollen. Sie legte das Geld auf den Tresen und nahm vorsichtig das Glas entgegen.

»Du weißt doch, wir sind unbestechlich.«

---

10 Ca. 5 Euro.

Sie grinste. Einen Cappuccino im Vardø-Hotel! Das musste sie Léna erzählen. Ihre Urgroßmutter würde glauben, Ravnas neuer Job hätte ihr vollkommen den Kopf verdreht.

»Dann nimm wenigstens noch ein Croissant. Wenn dein Chef nicht bald runterkommt, ist es sowieso vorbei mit dem Frühstück. Bring ihm eins mit.«

Knud wies aufs Büffet. Lachs, Schinken, Käse, so üppig, wie es nur an hohen Fest- und Feiertagen aufgefahren wurde. Und das gab es hier jeden Tag! Keiner von den Gästen sah aus wie ein Millionär. Und Ravna lebte dank Internet auch nicht hinter dem Mond. Aber diese Fülle an einem ganz normalen Mittwochmorgen war einfach überwältigend.

»Danke.« Sie nahm ein Croissant und machte sich auf den Weg hinauf in den ersten Stock.

Jensens Zimmer war immer noch versiegelt. Sie klopfte an der gegenüberliegenden Tür, Nummer 103.

»Thor? Rune Thor?«

Sie lauschte. Klopfte wieder, was mit dem Croissant und dem Kaffee gar nicht so einfach war. Nichts rührte sich. Vielleicht war er schon abgereist?

»Thor?«

Vorsichtig drückte sie die Klinke hinunter und war erstaunt, dass die Tür sich öffnete. Der Raum dahinter roch schlecht gelüftet, und was sie im spärlichen Licht der Flurlampe erkennen konnte, war ein heilloses Durcheinander von Klamotten auf dem Boden. Sie fand den Schalter und die Deckenleuchte flammte auf.

Aus den Tiefen des Raumes drang ein Stöhnen.

»Thor?«

»Wer ist da?«

Sie trat ein, stolperte über ein Paar Stiefel und verschüttete fast den Kaffee. Mit dem linken Ellenbogen schlug sie die Tür hinter sich zu. »Ravna.«

Die Antwort war ein weiteres Stöhnen, dann fiel eine Flasche vom Bett und landete auf dem Laminatboden. Sie rollte bis vor Ravnas Füße: der Wodka aus Jensens Zimmer. Die Flasche war leer.

Vorsichtig stellte sie die Tasse auf dem Nachttisch ab, legte das Croissant daneben und tastete sich zum Fenster vor. Dann zog sie die Vorhänge zur Seite und öffnete das Fenster auf Kippstellung. Als sie sich umdrehte, hatte Thor sich halb aufgerichtet. Er trug ein T-Shirt, die Haare fielen ihm in die Stirn, auf seinen Wangen lag ein dunkler Bartschatten. Im unbarmherzigen Licht der Lampe sah er nicht mehr aus wie ein *Gand*, sondern eher wie ein verkaterter Vampir, den gleich das erste Tageslicht pulverisieren würde.

»Ah. Frühstück.«

Er nahm das Croissant und den Cappuccino, trank einen Schluck und biss in das Gebäck. Krümel rieselten auf die Decke.

»Das war meiner.«

»Oh. Sorry.«

Er wollte ihr die Tasse zurückreichen, aber sie lehnte dankend ab. Nicht, nachdem er daraus getrunken hatte.

»Die DNA-Ergebnisse sind da. Jensen hatte Tryggs Blut an der Kleidung. Wir bringen ihn noch heute Vormittag nach Kirkenes. Die Untersuchungsberichte aus Vadsø liegen vor, der von mir auch.«

Thor fuhr sich durch die Haare und griff nach seiner Armbanduhr. Der Blick aufs Ziffernblatt wurde von einem weiteren Stöhnen begleitet. »Gut.«

Er sah sie an, sie starrte zurück. Schließlich fragte sie: »Kommst du gar nicht mehr auf die Wache?«

»Ich würde jetzt gerne aufstehen und unter die Dusche.«

»Oh, ach so, ja«, sagte sie hastig und ging zur Tür. »Was ist mit der Flasche? Soll ich sie zu den Asservaten nehmen?«

Er antwortete nicht, aber den Geräuschen nach zu urteilen, stieg er gerade aus dem Bett.

»Ich warte unten.«

Der Frühstücksraum hatte sich etwas geleert, aber es saß immer noch ein halbes Dutzend Gäste an den Tischen. Noch einen Kaffee konnte sie sich nicht leisten, also setzte sie sich im Vorraum der Rezeption aufs Sofa und schloss für einen Moment die Augen.

Jemand ließ sich neben sie fallen. Erschrocken fuhr sie hoch – sie musste schon wieder weggedöst sein. Es war Thor. Rasiert, geduscht, aber immer noch verkatert. Weiß wie eine Wand, mit nachtschwarzen Augen und einem scharfen Zug um den Mund, der sich offenbar immer dann einkerbte, sobald er das Bett verließ.

»Also Jensen«, sagte er leise.

Seine Stimme klang anders, wenn er sie zurückhielt und nicht befahl, schrie oder jemanden beleidigte. Sanfter, nicht so kalt und schneidend. Vielleicht lag es auch daran, dass er versuchte, nicht zu nuscheln.

»Sieht so aus«, entgegnete Ravna und rieb sich die Augen. Zwanzig Minuten hatte sie geschlafen. Sie hoffte, dass Thor den Mund hielt. Dann würde sie auch die leere Flasche mit keinem Wort erwähnen.

»Was ist mit Karen Trygg?« Das *Was* und das *Ist* trennte er nicht richtig. Er war immer noch sturzbetrunken, auch wenn er nüchtern wirkte.

»Mit wem?«, fragte Ravna irritiert, die mehr darauf geachtet hatte, wie er sprach, und nicht, was genau er von sich gegeben hatte.

»Hat sie ihren Mann iden… tifiziert?«

»Oh – ja. Sie war gestern noch in Vadsø. Eva Hovland hat es in ihrem Bericht vermerkt.«

»Hat Jensen gestanden?«

»Nein.«

Thor streckte die Hand aus. Erst begriff Ravna nicht, dann packte sie zu, stand auf und zerrte ihn mit hoch. Er taumelte etwas, stand dann aber ziemlich gerade. Erstaunlich zielstrebig ging er zur Rezeption, an der gerade niemand anwesend war, legte beide Hände auf den Tresen und starrte an die gegenüberliegende Wand. An der war nichts anderes zu sehen als ein paar Poster von Robben und Nordlichtern. So vergingen einige Sekunden, dann drehte er sich abrupt zu Ravna um.

»Das sind alles nur Indizien. Wir brauchen eine Aussage. Wir fahren zu Karen Trygg.«

»Das geht nicht«, protestierte Ravna. »Ich soll den Gefangenentransport begleiten.«

Er schnitt ihr das Wort mit einer Handbewegung ab. »Ist Karen *sámi*?«

»Ja. Natürlich.«

»Dann will ich dich erst recht dabeihaben. Wo wohnt sie?«

Ravna nestelte ihr Handy aus der Anoraktasche. »Nicht weit von hier, Richtung *Steilneset*. Ich ... muss Filip Bescheid sagen.«

Sie ging an ihm vorbei zum Ausgang und holte auf der Straße erst einmal tief Luft. Wie viel Restalkohol mochte Thor noch im Blut haben? So konnte er doch unmöglich eine Witwe befragen, deren Mann gerade ermordet worden war. Ravna kannte Karen kaum, sie waren sich selten begegnet. Sie war eine aus dem Süden, aus der Hedmark, die die Winter hier oben nicht gewohnt war und nie Anschluss gefunden hatte. Als ob die Tryggs das jemals gewollt hatten, setzte Ravna in Gedanken hinzu. Sie wollten nichts mit uns zu tun haben. Nie sind sie auf unseren Festen aufgetaucht, nie in der Kirche. Nur draußen auf den Winterweiden, da war Trygg gewesen. Einer, dem man am besten aus dem Weg ging. Karen hatte sie dort nie gesehen und Jonne, ihren gemeinsamen Sohn, auch nicht.

Sie wählte die Nummer der Wache und ließ sich mit Filip verbinden.

»Ich soll mit Thor zu Karen Trygg«, sagte sie.

»Wie?«

»Thor will noch eine Aussage von ihr, und er möchte, dass ich dabei bin.«

»Kann er mir das nicht selbst sagen?«

»Moment.«

Ravna kehrte in das Hotel zurück. Sie fand Thor im Frühstücksraum, wo er gerade versuchte, sich ein Glas Wasser einzugießen – wobei die Hälfte danebenging.

»Filip«, sagte sie nur.

Thor nahm das Gerät und bellte: »Ravna kommt mit zu Tryggs Frau.«

Dann legte er auf, reichte ihr das Handy zurück und kippte das Wasser wie Wodka herunter: mit einem beherzten Schluck und anschließendem leichten Rülpsen. Wortlos steckte Ravna ihr Telefon ein. Das konnte heiter werden. Knud Kristian räumte einen der Tische ab.

»Könnten wir noch zwei Kaffee haben?«, fragte Ravna. Schlimmstenfalls gäbe es drei Tage Toast mit Ketchup, wenn sie die auch zahlen sollte. Thor musste nüchtern werden. Er schwankte schon wieder. Nur ganz leicht, und wer nicht gewusst hätte, dass er in der Nacht fast einen Liter Beweismittel vernichtet hatte, hätte es glatt für ein normales nachdenkliches Vor- und Zurückwippen halten können.

»Klar. Einen Moment.«

Knud verschwand hinter dem Tresen, Sekunden später begann die Kaffeemaschine zu arbeiten.

»Ravna?«

Sie fuhr herum. Thor streckte den Zeigefinger aus und ließ ihn kreisen. Offenbar war ihm ein Wort entfallen, aber sie hatte keine Ahnung, was er meinte. Die Bewegung stoppte – er wusste wieder, was er sagen wollte.

»Aufnahmegerät?«

»Mein Handy, wenn das okay ist.«

Knud Kristian stellte die erste Tasse auf dem Tresen ab, dann die zweite. Sie schüttete viel Zucker in die Tasse, als könnte das ein Ersatz sein für die Mahlzeiten der kommenden Tage. Thor kippte seinen Kaffee schwarz hinunter. Ein

Paar, das an der Rezeption auschecken wollte, bemühte sich, nicht zu ihnen zu schauen. Zu dem großen, düsteren, leicht schwankenden Mann in seinem langen schwarzen Mantel und der ärmlichen jungen Frau im Anorak. Der Kaffee schmeckte wie Sirup.

»Los«, sagte Thor.

Gemeinsam verließen sie das Hotel.

10.

Das Haus der Tryggs lag auf halbem Weg zwischen der Festung Vardøhus und der Kirche. Würden sie dem Pfad weiter folgen, kämen sie an die alte Hinrichtungsstätte, auf der zur Zeit der Hexenverfolgung fast hundert Menschen einen fürchterlichen Tod gefunden hatten. Das Mahnmal, das an diese Verbrechen erinnerte, bestand aus zwei Gebäuden: eine lang gestreckte, fragile Holzkonstruktion des Schweizer Architekten Peter Zumthor, in dessen Inneren die Opfer dieses Wahnsinns mit ihren Namen und den dürren Lebensdaten dem Vergessen entrissen worden waren. Das zweite Gebäude war ein großer, schwarzer Würfel aus Glas, entworfen von der französischen Künstlerin Louise Bourgeoise. In ihm stand ein eiserner Stuhl, aus dem Tag und Nacht fauchende Flammen schlugen. Darüber hingen sieben riesige Spiegel, in denen man sein eigenes verzerrtes Bild in den Flammen sehen konnte. Für Ravna vereinte dieser Ort

Würde, Respekt und Mahnung zugleich. Sie mochte ihn und seine dichte Atmosphäre, die daran erinnerte, was Menschen anderen Menschen antun konnten.

Ravna war vorausgegangen und hatte nicht bemerkt, dass Thor, statt ihr zu folgen, den Trampelpfad zur *Steilneset* genommen hatte. Dort stand er auf der weiten, kahlen Fläche, über die ein unangenehmer Wind fuhr, der mit seinem Mantel spielte wie mit einer Fahne.

Die Sonne ging auf. Oder besser gesagt: Sie schob sich kraftlos ein paar Handbreit über den Horizont und blieb unter der dichten Wolkendecke hängen. Ihre Strahlen trafen das Meer beinahe waagerecht, das Licht hatte etwas Surreales: Wie ein Bühnenscheinwerfer beleuchtete es die Wolkendecke von unten und vergoldete alles, was es traf. Ravna hob geblendet die Hand vor die Augen.

Der letzte Tag vor der Polarnacht.

Sie ging zu ihm.

»Es geht so schnell«, sagte sie. »Heute haben wir nur noch zwölf Minuten.«

Thor nickte, sah sie aber nicht an. Er schien mit seinen Gedanken anderswo zu sein. Vielleicht bei den Menschen, die er verloren hatte. Vielleicht trug er ja die Polarnacht in seinem Herzen. Ganz bestimmt tat er das, der *Gand*.

Vor ihnen lag der schmale Arm des Eismeeres, der die Vardø-Insel vom Festland trennte. Links das Mahnmal, rechts, weiter entfernt, die Festung. Man konnte von dort aus Wanderungen bis ans Ende der Insel unternehmen, auf dem linken Schmetterlingsflügel, der immer schmaler wurde, immer bizarrer mit seinen Steinformationen und den leuchtenden Flechten und Moosen. Vorbei an Drakkar, einer gewaltigen Skulptur – Kreuzung aus Wal und Wikingerschiff, erschaffen von einer russischen Künstlergruppe und ans Meer gestellt, um von Menschen, Tieren und Mythen zu erzählen, von Walfängern und Ungeheuern, kühnen Eroberungen und alten Handelswegen, von norwegischem Fisch und russischem Mehl. Vom Guten, das das Fremde brachte, und von der Angst davor. Und sie, Ravna, war ein Teil dieser großen Menschheitserzählung und fühlte sich ihr tief verbunden.

Die Sonne sank. Ganz langsam erlosch der Glanz und der goldene Schleier aus Licht zog sich zum letzten Mal von der arktischen Landschaft zurück. Nun blieben nur noch der Mond, die Sterne und die Polarlichter.

Thor wandte sein Gesicht mit geschlossenen Augen den letzten Strahlen zu. Noch ein Glimmen am Horizont, ein schwaches Glühen, dann war es vorbei. Die Sonne würden sie erst im Februar wiedersehen.

Er riss die Augen auf und fragte: »Wo wohnen die Tryggs?«

»Hier.«

Ravna lief im schwindenden Licht der Dämmerung voraus, bis sie vor einem weiß gestrichenen Holzzaun standen, der ein großes Grundstück abgrenzte. Dahinter, umgeben von verblichenem Gras, lag ein modernes Haus mit einer Doppelgarage. Der Weg war gepflastert und führte zu einer Terrasse, die im Sommer vermutlich auch genutzt wurde, denn es war kein Unkraut darauf zu sehen. Das graue Dach stand in einem starken Kontrast zu den weiß gestrichenen

Wänden. Die Fenster waren klein, aber blitzblank. Die auf der rechten Seite waren erleuchtet, also war jemand zu Hause.

Thor überholte sie, stieß die Gartenpforte auf und lief den Weg bis zur Haustür, ohne sich einmal umzudrehen. Ravna war das inzwischen gewohnt. Bis sie bei ihm angekommen war, hatte er schon mehrmals geklingelt.

Die Tür wurde von einer blonden Frau in einem beigen Nicky-Hausanzug geöffnet. Obwohl die Kleidung leger war, wirkte sie wie aus dem Ei gepellt. Die Haare honigblond und leicht toupiert, zu einem Pferdeschwanz im Nacken zusammengenommen, das Gesicht dezent geschminkt. Sie trug sogar Perlenstecker an den Ohren und mehrere Goldringe an den Fingern. Sie musste einmal schön gewesen sein.

»Ja bitte?«

Und hatte immer noch die Stimme eines kleinen Mädchens.

»Rune Thor, *C.I.N.* Können wir reinkommen?«

Er hielt ihr den Ausweis entgegen wie eine Waffe. Karen zuckte zurück, sah ihn sich dann aber genauer an.

»Ein *kommissær*? Aus Kirkenes?«

Ravna spürte ihr Erstaunen, ja, beinahe sogar einen Hauch von Angst. Der normale Reflex, wenn man es als Same mit der Polizei zu tun bekam.

»Wir untersuchen den Mord an deinem Mann.«

Ohne ein weiteres Mal zu fragen, schob Thor sich an ihr vorbei in den Flur. Karens Blick blieb an Ravna hängen.

»Ravna Persen. Ich bin Praktikant.«

»Du bist *sámi*.«

»Ja.«

»Was machst du bei der Polizei?«

Karen trat zurück und öffnete die Tür weit genug, damit Ravna an ihr vorbei eintreten konnte. Währenddessen war Thor schon längst im Inneren des Hauses verschwunden, was die Eigentümerin nicht zu stören schien. Oder sie war es gewohnt, dass Autoritäten nicht nach Erlaubnis fragten.

»Ich ermittle«, antwortete Ravna, als wären diese zwei Worte das Normalste der Welt. Sie hätte auch sagen können: Ich versuche, einen betrunkenen Kommissar davon abzuhalten, noch mehr Porzellan als bisher zu zerschlagen. Aber das wäre ihr Thor gegenüber nicht fair vorgekommen.

»In Vardø?«, fragte Karen. Immer noch wirkte sie verwirrt und ängstlich, auch wenn sie das zu verbergen versuchte. Sie schloss die Tür, Ravna sah fragend auf ihre Stiefel.

»Lass sie an.«

Der Flur war breit, mit einer großen Garderobe, an der Hüte, Mäntel und Jacken hingen. Darunter standen Gummi- und Lederstiefel. Auf einem kleinen Tisch thronte ein schnurloses Telefon – warum ausgerechnet im Flur und warum noch Festnetz? An der gegenüberliegenden Wand hing ein Spiegel. Karen ging voraus durch eine offene Tür, die in ein großes Wohnzimmer führte. An der Stirnwand befand sich ein düsterer, gemauerter Kamin, an den Wänden hingen die ausgestopften Köpfe von Rentieren und Elchen, alle mit gewaltigen Geweihen. Die Einrichtung war rustikal und maskulin: Ledercouch, dunkler Holztisch, Schrankwand mit Gläsern und Flaschen. Ein paar Bücher und Zeitschriften, ungelesen, eher Dekoration. Der Fliesenboden war mit einem orientalischen Teppich bedeckt. Es war warm, vermutlich Fußbodenheizung, da Ravna keine Heizkörper sehen konnte. In der Einrichtung steckte Geld, viel Geld. Aber sie wirkte weder schön noch gemütlich.

Thor hatte sich bereits das Regal vorgenommen, in dem auch einige gerahmte Familienfotos standen. Bei ihrem Eintreten hielt er Karen eines entgegen.

»Dein Sohn?«

»Jonne, ja. Er … studiert in Oslo, seit ein paar Wochen. Er ist aber gleich gekommen, als das passiert ist. Er schläft noch. Soll ich ihn wecken?«

Ein junger Mann mit dunklen Haaren und einem weichen Gesicht, der zögernd in die Kamera lächelte. Unauffällig, nett. Und dennoch sah er Trygg ähnlich, und in zehn oder zwanzig Jahren würde er dieselben buschigen Augenbrauen, dieselben derben Züge wie sein Vater haben. Vielleicht hatte der auch einmal so ausgesehen: jung und harmlos. Bevor er die Peitsche knallen ließ und ausspuckte vor seinen Leuten …

»Später«, sagte Thor und stellte das Foto zurück.

»Wann bekommen wir denn den Wagen wieder? Jemand von euch, Filip, hat mir gesagt, er wäre in der Nähe von Mortensnes gefunden worden.«

»Sobald die Spurensicherung ihn freigibt. Das wird nicht lange dauern. Erzähl mir, wohin dein Mann am Tag seines Todes mit dem Auto wollte.«

Ravna holte hastig ihr Handy hervor und schaltete die Aufnahmefunktion ein. Dann folgte sie Karen, die zur

Couch ging und sich darauf so vorsichtig niederließ, als wären an geheimen Stellen Nadeln verborgen.

»Ich weiß es nicht«, sagte sie. Ravna konnte die Angst spüren – ein unsichtbares Vibrieren der Luft zwischen ihnen, die sich elektrisch aufzuladen schien. »Er hat nie über seine Geschäfte mit mir geredet.«

»Soso.«

Es klang wie: *sssossso*. Karen achtete sichtlich nicht darauf. Sie schien viel zu beschäftigt, diesen unerwarteten Besuch ohne einen Fehler zu überstehen. Ravna war sich nicht sicher, ob vielleicht mehr hinter der Furcht dieser Frau steckte als die übliche Abwehrreaktion gegenüber der Polizei.

»Seine Handyverbindungen sagen uns, dass er an seinem Todestag mehrmals mit Harald Jensen telefoniert hat. Kennst du Jensen?«

Karen nickte.

»Sag Ja oder Nein«, bat Ravna sanft.

»Ja. Wir waren mal Essen zusammen, in Oslo. Jensen hatte uns eingeladen. Es ging um Geschäfte.«

Thor stand immer noch vor dem Regal und beäugte die Fotografien. Mit dem Rücken zu den beiden Frauen fragte er: »Landverkäufe?«

»Ich … Ich weiß es nicht.«

»Lizenzen für Gas- und Erdölquellen der Montanindustrie?«

»Davon hat er nichts gesagt.«

»Eisenerz? Nickel? Öl?«

»Ich … Ich weiß nicht.«

»Um wie viel Land geht es?«

»Viel. Glaube ich.«

»Euer Land.« Thor drehte sich zu ihr um. »Wie viel besitzt ihr?«

»Darum hat sich immer mein Mann gekümmert.«

»Wo bewahrt er die Unterlagen auf?«

»In seinem Arbeitszimmer. Möchtet ihr es sehen?«

Thor nickte. Ravna beugte sich über ihr Handy und sagte: »*Lensmann* Rune Thor nickt.«

Ihr Chef würdigte sie keines Blickes, als er zusammen mit Karen den Raum verließ. Ravna folgte den beiden. Es ging zurück in den Flur und von dort aus eine schmale Treppe hinauf in den ersten Stock. Die erste Tür links stand offen – das Schlafzimmer der Eheleute. Die Tür rechts war geschlossen. An ihr klebten Fußballsticker und ein Schild »Elternfreie Zone« – offenbar Jonnes Reich, als er noch zu Hause gewohnt hatte und vermutlich auch jetzt der Ort, an den er sich zum Schlafen zurückgezogen hatte. Ravna glaubte zu wissen, dass er in der Schule zwei Klassen über ihr gewesen war. Das Foto von ihm unten im Wohnzimmer überlagerte aber alle Erinnerungen an ihn, Trygg war einfach zu präsent.

Die nächste Tür links führte in ein kleines Badezimmer. Ihr gegenüber befand sich das Arbeitszimmer – oder was immer das sein sollte. Als sie eintraten, schlug ihnen ein beißender Gestank entgegen. Karen schaltete die Deckenlampe ein und eilte zum Fenster.

Überall standen ausgestopfte Tiere herum. Wiesel, Marder, Eichhörnchen, Vögel, Rentierköpfe, sogar eine Schlange war darunter.

»Das ist sein Hobby«, sagte Karen. »Verzeihung. War es. Ich kann mich noch gar nicht an den Gedanken gewöhnen, dass er …« Sie schlug die Hand vor den Mund.

»Das ist völlig in Ordnung«, sagte Ravna. »Du musst dich für gar nichts rechtfertigen. Am wenigsten für deine Gefühle.«

Karen ließ die Hand sinken und starrte sie an. Dann stürzte sie hinaus.

Verwirrt wandte sich Ravna an Thor. »Was war das denn?«

Im Raum stand ein Einzelbett, allem Anschein nach wurde es auch benutzt. Thor ließ sich darauf fallen, er zog noch nicht einmal die Stiefel aus.

»Grundbücher«, stöhnte er. »Notariell beglaubigte Urkunden. Kontoauszüge. Bankdaten. Steuer. Suchen.«

»Was bitte?«

»Suchen.«

Er schloss die Augen und drehte sich an die Wand. Ravna schaltete ihr Handy aus.

Die nächste Viertelstunde holte sie, beobachtet von den gläsernen Augen der ausgestopften Tiere, sämtliche Ordner aus den Regalen, las Thor vor, was sie enthielten, und legte sie auf zwei Stapeln ab. Der eine hieß »Mitnehmen«, der andere »Unwichtig.«

Dann kam Jonne.

»Was macht ihr da?«

Erschrocken fuhr Ravna herum, sie hatte ihn nicht kommen hören. Er trug einen Pyjama, die runden Wangen waren vom Schlaf gerötet, aber in den Augen blitzte hellwacher, unverhohlener Ärger.

»Wer seid ihr? Und was macht er in Papas Bett?«

Thor blinzelte nur. Jonne schien ihm keine Rechtfertigung wert.

»Wir sind von der Polizei und untersuchen den Mord an deinem Vater.«

»Ravna?«

Er kam einen Schritt ins Zimmer und starrte sie an. »Bist du das?«

»Jep.«

»Und du bist bei den Bullen?«

»Jep. Und das ist Rune Thor aus Kirkenes.«

Jonne zog sich den Stuhl vor dem Schreibtisch heran und setzte sich. Ravna hockte auf dem Boden. Thor blieb im Bett und tat so, als wäre er bewusstlos. Vielleicht war er das auch.

»Schläft er?«

»Nein.«

Jonne beugte sich vor und senkte die Stimme. »Sie sagen, ihr hättet jemanden festgenommen. Einen Deutschen.«

»Hmmm«, gab Ravna von sich.

»Warum schnüffelt ihr hier dann noch rum?«

»Weil wir es dürfen.«

Er lehnte sich zurück und sah sie an wie eine Kakerlake in seinen Haferflocken. Ravna nahm den nächsten Ordner und schlug ihn auf: Steuerbescheide, Rechnungen. Jonne gefiel das gar nicht. Der zarte Schmelz seiner Jugend täuschte: Darunter kam sein Vater zum Vorschein. Zumindest dann, wenn ihm etwas nicht passte.

»Wir sind die Opfer. Nur mal so zur Erinnerung.«

»Wo warst du, als es passiert ist?«

Ravna fragte das nebenbei, beim Blättern durch die Papiere, ohne aufzusehen. Aber sie konnte hören, wie er scharf die Luft einzog.

»In Oslo.«

»Hast du Zeugen, die das bestätigen können?«

»Ja. Fünf Nutten und ihr Zuhälter.«

Sie sah hoch. »Dachte ich mir, dass du dafür zahlen musst.«

Er sah aus, als ob er sich gleich auf sie stürzen würde. »Ich war zu Hause. Im Studentenwohnheim. Du kannst es prüfen, wir haben Chipkarten.«

»Das werde ich.« Sie senkte wieder den Kopf und tat so, als ob sie die Rechnung über eine Lieferung Motoröl brennend interessieren würde. »Mit wem außer Jensen lag dein Vater noch so im Clinch?«, fragte sie beiläufig.

»Muss ich dir das sagen?«

»Nein. Ich kann dich auch mitnehmen.«

Das konnte sie ganz sicher nicht. Aber Thor schlief gerade seinen Rausch aus, also konnte sie behaupten, was sie wollte. Mit einem Seufzen klappte sie den Ordner zu und legte ihn auf »Unwichtig«.

»Mit wem von uns hatte er Probleme?«, fragte sie etwas sanfter. »Ich meine nicht die von der Art, sich mal kurz die Zähne auszuschlagen oder nachts die Rentiere umzumarkieren, Grenzsteine zu versetzen oder beim Verlosen der Lachsgebiete zu tricksen. Nein, ich meine echte, richtige Probleme. Eine *Fehde*.«

Eine Blutsfehde. Eine uralte Rache. Ein von Generation

auf Generation vererbtes Schandmal. Etwas, das man seinen Kindern mit der Muttermilch einflößte. Einen untilgbaren Hass, eine nie beglichene Schuld.

»Das weiß ich nicht.« Jonne stieß den Stuhl zurück und stand auf. »Bitte. Fühlt euch ganz wie zu Hause. Vielleicht wollt ihr mich auch noch verhaften?«

Er streckte ihr die Arme über Kreuz entgegen.

Ravna erhob sich ebenfalls. »Sei nicht kindisch.« Es war seltsam, das zu jemandem zu sagen, der zwei Jahre älter war als sie. »Wir machen nur unseren Job.«

Seine vor Selbstbewusstsein strotzende Miene fiel in sich zusammen. »Schon okay. Ist alles ein bisschen viel.«

Er verließ den Raum, Ravna folgte ihm. Leise schloss sie die Tür hinter sich.

»Und der da drinnen?«, fragte Jonne. »Ich hab noch nie von einem Cop gehört, der eine Hausdurchsuchung verpennt.«

»Das ist keine Hausdurchsuchung. Wir haben deine Mutter um Hilfe gebeten, aber viel kam nicht dabei heraus. Wir suchen nach einem Motiv.«

Jonne ging die paar Schritte über den Flur und blieb vor seinem Zimmer stehen. Der Blick, mit dem er sie ansah, hatte sich verändert. Er akzeptierte sie. Und ihren Beruf. Vorläufig. »Jähzorn. Tut mir leid, das über meinen Vater zu sagen, aber … er konnte ein richtiges Arschloch sein. Das weißt du. Vielleicht sind sie sich in die Haare geraten da draußen, der Deutsche und er?«

»Warum dort? In Mortensnes?«

Jonne dachte nach. Erstaunlich, was ein Anraunzer zur

richtigen Zeit in Gang setzte. Er behandelte sie schon fast wie einen normalen Menschen. »Es könnte was mit diesem Kraft-Ort-Ding zu tun haben. Dass Verhandlungen oder Verträge an einem heiligen Platz einfach mehr Bestand haben?«

»Und Jensen macht da mit?«

»Du kennst doch die Städter. Die sind alle ganz scharf auf Folklore. Vielleicht hat mein Vater ja noch eine Trommel aus einem Touristenshop mitgenommen und einen auf Schamane gemacht.«

Ravna musste grinsen. So dämlich war Jonne gar nicht.

»Das hat ihn doch gar nicht interessiert«, sagte sie.

Jonne sah zu Boden. Dann fuhr er sich durch die verstrubbelten Haare. »Manchmal denke ich, ich kannte ihn gar nicht. Er war mein Vater, aber du kannst mir glauben, manchmal hätte ich lieber keinen gehabt.«

»Hättest du nicht.«

»Doch.«

»Du weißt nicht, was du sagst.«

Er zuckte mit den Schultern. »Nur weil deiner abgehauen ist, heißt das nicht, dass alle anderen in den Glückstopf gegriffen haben. Hier.«

Er schob den Ärmel seines Pyjamas hoch. Auf seinem Unterarm glänzte eine hellrote, großflächige Narbe. »Das war ein Topf mit Suppe, den er über mir ausgekippt hat. Weil ich angeblich zu verfressen gewesen wäre.«

Erschrocken sah sie auf die Narbe. Für einen Moment zog sich ihr Herz zusammen. »Hat er dir sonst noch was angetan?«

»Nur das Übliche.« Er zog den Ärmel zurück. »Ohrfeigen. Tritte. Prügel.«

»Und deine Mutter?«

»Hat das Gleiche abgekriegt. Von daher, für mich ist das kein Mord. Er hat einfach nur bekommen, was er verdient.«

»Jonne! Er war dein Vater!«

Jonne drehte den Kopf weg und blinzelte. Dann nickte er. »Ja. Das war er. Ihr habt den Mörder. Warum stellst du dann noch Fragen?«

Sie durfte mit niemandem darüber reden. Nicht über die Birkenrinde, nicht über den Strich. Léna und Inga waren Familie, aber Jonne nicht. »Weil ich mir über das eine oder andere noch nicht ganz im Klaren bin.«

»Du? Also ehrlich, Ravna …« Er warf einen schnellen Blick über ihre Schulter zu der Tür, hinter der Thor gerade Ermittlungen im Tiefschlaf anstellte.

»Ja?«, fragte sie spitz.

»Du hast ja noch nicht mal 'ne Uniform. Was machst du bei denen?«

»Ein Praktikum. Danach gehe ich auf die Polizeischule.«

»Warum?«

Sie stieß einen ärgerlichen Laut aus. »Das ist meine Sache. Was machst du denn?«

»Ich studiere. Geologie.«

»Auch nicht besser. Gehst du danach zu Streamprom und machst mit bei diesem ganzen Fracking-Scheiß?«

»Leck mich.«

Er riss die Tür zu seinem Zimmer auf und knallte sie

hinter sich zu. Ravna wusste nicht, ob sie voll ins Schwarze getroffen oder ob er einfach nur zu seiner normalen Hochform zurückgefunden hatte.

»Du mich auch«, murmelte sie und kehrte in Tryggs Zimmer zurück.

Thor schlief seinen Rausch geschlagene vier Stunden aus. Irgendwann hatte Ravna den Stuhl genommen und sich vor die Tür in den Flur gesetzt. Ein Mal war Karen hochgekommen, fast geschlichen war sie, mit einem Tablett samt Teekanne, Bechern und Haferkeksen.

»Was macht er denn so lange da drinnen?«, hatte sie geflüstert.

»Er geht eure gesamten Geschäftsunterlagen durch.«

Karen hatte verstehend genickt und das Tablett dann Ravna in die Hände gedrückt, die es neben sich auf den Boden abstellte.

»Kann ich irgendwie helfen?«

»Nein. Er hat sein eigenes System.«

Und so war Karen wieder hinuntergegangen, verfolgt von Ravnas stechendem Blick, für den die arme Frau gar nichts konnte und der eher Rune Thor galt. Die Haferkekse schmeckten wie geschrotetes Zeitungspapier. Der Tee war dünn wie Wasser. Wenn es das war, was Karen sich auch selbst gönnte, so sprach das nicht gerade von überschäumender Lebenslust. Von der war in diesem Haus sowieso wenig zu spüren. Das dunkle Wohnzimmer, gemütlich war es nicht gerade. Das ganze Haus strotzte vor Widerwillen, irgendjemanden willkommen zu heißen. Wenigstens hatte

Karen es geschafft, ihren widerwärtigen Mann aus dem Schlafzimmer zu verbannen. Wie weit würde *Karen* wohl gehen, um frei zu sein?

Filip rief an und fragte, wie lange es noch dauern würde. Sie gab ihm dieselbe Antwort wie Karen, und er beschloss zähneknirschend, den Gefangenentransport ohne Ravna loszuschicken.

Sie sah sich Fotos auf dem Handy an, hüpfte ein bisschen durch Instagram und TikTok und blieb dann bei den letzten WhatsApp-Nachrichten von Inga hängen.

Du schaffst das. Du bist stark. Du wirst deinen Weg gehen und allen ins Gesicht lachen.

Sie dachte an die Zelte auf den Rentierweiden. An die Felle auf dem Boden und die jungen Hunde am Feuer. An das Lächeln ihrer Mutter, als da noch jemand gewesen war, dem es gegolten hatte. Es war zusammen mit ihrem Vater verschwunden.

Rodmar, dachte sie. Er heißt Rodmar. Und er lebt mit einer neuen Frau und zwei neuen Kindern im Süden, in Stavanger. Auch an einem Fjord. Eines Tages besuche ich ihn mal. Bevor es peinlich wird, dass man Geschwister hat, die man nicht kennt.

Die Tür hinter ihr wurde aufgerissen. Thor erschien, aus einem Schlaf erwacht, der tiefer als der Grund der Barentssee gewesen sein musste.

»Wie spät?«, bellte er.

»Gleich halb drei.«

Er ging direkt auf die Treppe zu. Ravna sprang auf und folgte ihm.

»Du hättest mich wecken müssen«, blaffte er. »Ich könnte schon längst in Kirkenes sein.«

Nicht in diesem Zustand, dachte Ravna, hütete sich aber, das laut zu sagen.

Thor verließ das Haus ohne ein Wort des Abschieds zu Karen, die nicht schnell genug aus der Küche gekommen war, um noch Fragen zu stellen.

»Wir melden uns!«, rief Ravna hastig.

Und schon war sie draußen in der eiskalten Nacht.

Der Rückweg wurde zum Dauerlauf. Thor schritt, sie rannte. Er war ärgerlich, das merkte sie an der Art, wie er die Hände in den Taschen seines Mantels vergrub und kaum den Blick hob.

»Wann legt die letzte Fähre ab?«

»Die Autofähre? Die ist schon weg.«

Er fluchte leise. Sie erreichten das Hotel und hasteten über die Kreuzung. Ein paar Wagen kamen ihnen entgegen, alle aus der Richtung der NATO-Basis, kein Mensch war auf der Straße.

»Du willst dich doch nicht hinters Steuer setzen?«, fragte sie. »Bist du denn schon nüchtern?«

»Willst du eine Blutabnahme machen?«

Wieder hoppelte sie hinter ihm her. Um zu ihm aufzuschließen, musste sie rennen.

»Wie geht es jetzt weiter?«, fragte sie atemlos.

»Haftrichter, Anklage, Prozess, Knast.«

»Aha.«

Er würde abreisen und sie hier zurücklassen. Das kleine bisschen Respekt, das ihr die Zusammenarbeit mit ihm eingebracht hatte, würde verschwinden. Sie ahnte, dass sie noch mal von vorne anfangen musste in der Wache. Und es würde nicht einfach werden.

Er blieb vor dem Hoteleingang stehen, aber nur, um die Tür aufzuschließen.

»Du bist also sicher, dass es Jensen war?«

»Du nicht?«

»Na ja«, keuchte sie. »Es gibt immer noch die Birkenrinde und den Strich auf dem Boden. Und die Frage, wer das gewesen ist, und vor allem, warum er es getan hat.«

»Darum soll sich der Staatsanwalt kümmern. Der Fall ist für mich erledigt.«

»Und Karen? Die Aussage?«

»Tipp sie ab und mail sie mir zu.«

»Thor!«

Er zuckte mit den Schultern und ging rein. Mistkerl, verfluchter.

Mit dem Rest des Rückwegs ließ sie sich Zeit. Als sie ankam, ließ Hanno noch nicht einmal die Zeitung sinken, während sie das Haus durch den Vordereingang betrat.

»Hinten geht's rein«, blökte er. Und dann sah er doch verwundert hoch, als Ravna aus seinem Blickfeld verschwunden war. Er beugte sich über den Tresen und blickte auf sie herab.

Sie hockte vor dem Tresen auf dem Boden, ihre Schultern zuckten.

»Was ist denn mit dir los?«

Erst dann erkannte Hanno, dass sie von einem stillen Lachkrampf geschüttelt wurde.

11.

Léna brummte nur, als Ravna mit der Geschichte von Thors Abgang fertig war.

»Was ist das denn für ein Ermittler?« Immer noch wütete die Enttäuschung in ihr. »Trinkt Jensens Wodka auf ex, benimmt sich wie ein Schinder und haut einfach ab?«

Ihre Großmutter wiegte den Kopf hin und her. Es gab den dicken Eintopf aus Rentierfleisch, den Ravna portionsweise tiefgefroren hatte und bei Bedarf in der Mikrowelle aufwärmte. Léna aß, Ravna regte sich auf.

»Und meine Hinweise interessieren ihn nicht. Sie sind Luft! Hauptsache, Jensen war zur falschen Zeit am falschen Ort und hat Tryggs Blut an den Klamotten. Aber er streitet die Tat nach wie vor ab. Hanno hat mir erzählt, dass sie ihn nur mit Mühe in den Wagen gekriegt haben, so sehr hat er sich gewehrt.«

Léna pustete auf ihren Löffel, bevor sie ihn zum Mund

führte, und sagte: »Immerhin – sie schludern auch bei Deutschen.«

Als ob das eine gesellschaftliche Verbesserung wäre.

Ravna schnaubte. »Um alles andere soll sich der Staatsanwalt kümmern. Der wird sich bedanken. Schon allein die Blutabnahme – ich darf gar nicht daran denken.«

»Weiß er davon?«

»Der Staatsanwalt? Von was?«, fragte Ravna verwirrt.

»Von dem Strich und der Rinde.«

Sie überlegte. »Nein. Mikkel hatte sie nicht in seinen Notizen und selbst etwas hinzufügen wollte ich nicht. Eva Hovland wird vielleicht die Rinde erwähnen, aber Trygg war ziemlich verdreckt und voll mit Erde und Blut ...«

Ravna stand auf und ging zu dem Regal, diesem Erinnerungsgrab voller Krimskrams. Puppen, Stoffreste, alte Zeitschriften, Geschirr. Irgendwo oben lag die Trommel. Sie brachte es immer noch nicht über sich, Léna nach ihr zu fragen. Ihre Fingerspitzen fuhren über das Regalbrett. Hier müsste man mal wieder Staub wischen. Putzen. Aufräumen. Aber ihr fehlte die Energie. Die lange Dunkelheit schien schon jetzt alle Kraft aus ihr herauszusaugen.

»Du denkst, sie haben den Falschen?«, hörte sie Léna hinter ihrem Rücken sagen.

»Ich weiß es nicht.«

Mit einem Seufzen wandte sie sich ab und kehrte zurück an den Tisch. »Aber ich habe selbst im seichtesten Krimi nicht so eine Ermittlung gesehen, wie sie Rune Thor hier durchgeführt hat. Alle auf der Wache waren wie in Schockstarre.« Sie setzte sich wieder. »Keiner hat sich gegen ihn gewehrt. Er war wie ein … Sturm. Ein Naturereignis. Ein *Gand*.«

»Ein *Gand*, soso.« Lénas schwarze Augen blitzen. »Wie alt?«

»Viel zu alt. Vergiss es. Ich frage mich, warum er immer noch arbeiten darf nach allem, was ihm passiert ist. Er kriegt es ja nicht auf die Reihe, das war unübersehbar. Aber sagen konnte man auch nichts. Man hatte Angst, er würde einen auf der Stelle pulverisieren.«

»Was ist ihm denn passiert?«

»Er hat …« Ravna brach ab. Durfte sie das erzählen? »Er hat seine Frau und seine Tochter verloren.«

»Oh.« Léna legte den Löffel ab und tupfte sich sorgfältig den Mund mit ihrem Ärmel ab. Ravna seufzte innerlich, wenn sie an den Wäscheberg dachte, den sie auch noch bewältigen musste. »Der arme Mann.«

»Ja. Aber deshalb kann man ihn doch nicht einfach so auf die Menschheit loslassen. Er ist völlig durchgedreht. Irre. Und ich werde das Gefühl nicht los, dass der Mörder von Trygg immer noch frei herumläuft. Aber Thor interessiert das nicht. Wahrscheinlich wollte er nur so schnell wie möglich wieder zurück nach Kirkenes, statt sich um einen toten Samen zu kümmern.«

Das klang bitter und ungerecht. Ravna hörte und spürte das. Am schlimmsten war, dass sie Thor damit unrecht tat. Wenn sie ihm eines glaubte, dann das: Die Herkunft des Toten war ihm egal. Ihm war eigentlich alles egal.

Léna schob den Teller von sich. Sie hatte nicht viel gegessen. In letzter Zeit ließ ihr Appetit zu wünschen übrig. Sie war dünner geworden und Ravna beobachtete das mit großer Sorge.

»Vielleicht hat er ja recht«, sagte sie. »Und du willst es nur nicht zugeben. So, wie du dich über ihn aufregst, könnte man etwas ganz anderes vermuten.«

»*Àhkku,* ich stehe nicht auf Männer, die meine Väter sein könnten.«

»Ist da denn jemand anderes?«

Ravna spürte, wie ihre Wangen rot wurden. »Nein«, sagte sie schnell. »Da gibt es niemanden. Keine Sorge.«

Wo um Himmels willen sollte in Vardø auch jemand auftauchen, in den man sich verlieben konnte? Fast alle Typen in ihrem Alter hatten die Stadt verlassen, entweder, um in den Süden zu gehen oder wenigstens nach Kirkenes, wo man abends noch ein Bier bekam. Oder sie waren draußen auf den Winterweiden, würden eines Tages die Herden ihrer Väter übernehmen und von dem leben, was Touristen und die Wohlfahrt abwarfen. Alles nicht Ravnas Vorstellung von Zukunft. In den Augen ihrer Urgroßmutter war sie ein hoffnungsloser Fall. Fast zwanzig, und noch immer keinen Freund. Inga war da wesentlich vielversprechender gewesen. Hatte sie nicht mal was mit Sjur gehabt?

»Es ist nicht gut, wenn der Mensch allein ist«, deklamierte Léna.

Ravna schüttelte lächelnd den Kopf. »Wir Persen-Frauen haben andere Vorzüge, als einen Mann zu halten.«

Auch Léna war kein Kind von Traurigkeit gewesen. Nie verheiratet, ein uneheliches Kind – Ravnas Großmutter, die den Namen ihres Vaters nie erfahren hatte und noch jung bei einem Unfall ums Leben gekommen war. Léna war in ihrer Jugend eine legendäre Schönheit gewesen. Es gab alte Fotos, auf denen sie aussah wie eine Schneeprinzessin, strahlend, von innen heraus leuchtend und unwiderstehlich. Ravna hatte sich lange glühend gewünscht, dass etwas von diesem Sternenstaub auch auf sie fallen würde, doch aus dem pummeligen Kind war ein kräftiger Teenager geworden und nun eine junge Frau, die irgendwo zwischen Durchschnitt und Geht-so stecken geblieben war. Meistens jedenfalls.

»Außerdem bin ich nicht allein. Ich habe dich und *mamma*, und wenn ich das Praktikum überlebe, werde ich Polizeischüler und lerne jede Menge junge Männer kennen. Sportlich, durchtrainiert, nicht ganz blöde und im Staatsdienst mit geregeltem Einkommen.«

»Soso«, sagte Léna. »So ist das also.«

Aber sie lächelte dabei.

Ravna verließ Léna kurz vor neun Uhr abends, nachdem sie abgespült und zumindest eine Ladung Wäsche unten im Keller in die Maschine gesteckt hatte. Am nächsten Morgen würde sie vor der Arbeit schnell vorbeikommen und sie hochbringen, damit die anderen Mieter sich nicht beschwerten.

Die Nacht war schwarz und windstill. Das Wasser im Hafenbecken spiegelte das Licht der Straßenlampen. Sie hörte, wie ihre Schritte an den Hauswänden widerhallten, und sah ihren Schatten zwischen den Laternen wachsen und schrumpfen. Zwei Monate würde es völlig dunkel bleiben. Sie hatten die letzte Chance verpasst, in Mortensnes noch irgendetwas zu finden. Das Gebiet war riesig, die Touristen bekamen nur einen kleinen Teil davon zu Gesicht. Wenn da draußen noch etwas zu finden war, müsste man Scheinwerfer aufstellen, die drei Fußballstadien erleuchten könnten. Ausgeschlossen, dass Thor das anordnete. Nur wegen eines Strichs und einem bisschen Rinde.

Und trotzdem, es ging ihr nicht aus dem Kopf. Wollte sie nicht Polizistin werden und dann zur Kripo gehen, um genau solche Fälle zu lösen? Damit Mörder nicht mehr frei herumliefen, weil ein gefallener Inspektor einfach keine Lust hatte, tiefer zu graben? Es würde natürlich bedeuten, dass man die Samen ins Visier nahm. Sich mit ihren Bräuchen und ihrem Glauben beschäftigte, der bei vielen noch tief in der getauften, christlichen Seele schlief. Ravna versuchte, nicht bitter zu werden. Es war viel Fremdheit auf beiden Seiten im Spiel. Ein Same war getötet worden. Ein *kommissær* aus der Bezirkshauptstadt war angereist und hatten den Fall »untersucht«. Die Indizien überführten Harald Jensen, der im Auftrag seiner Firma einen Mega-Deal mit Trygg hatte abschließen wollen. Vielleicht hatte Trygg mehr verlangt als das, was ausgehandelt war? Vielleicht waren sie auch einfach nur aneinandergeraten, bei Trygg keine abwegige Vorstellung. Aber erst der brutale Schlag ins Gesicht und dann der Stich ins Herz, das war keine Prügelei mehr. Das war Mord.

Und Jensen war kein Mörder.

Er würde bald wieder auf freiem Fuß sein.

Sie blieb stehen, atmete aus und beobachtete den weißen

Nebel, der aus ihrem Mund in die Luft stieg. Winzig kleine, glitzernde Schneekristalle schwebten vom schwarzen Himmel in den Lichtkegel der Straßenlampe. Irgendwo bellte ein Hund, leise plätscherten die Wellen an die Mauern des Hafenbeckens.

Das Weltbild der Samen vor der Christianisierung ist das einer dreigeteilten Macht. In der Oberwelt, in der christlichen Vorstellung kommt das dem Himmel nahe, wohnen die Götter. Auf der Erde die Menschen. In der Unterwelt aber herrscht Jabmaekka über ihre drei Königreiche: *Savoaimo,* hier leben die Schamanen. Die gestorbenen wie auch die, die gerade aus der Mittelwelt der Menschen kurz zu Besuch kommen. *Rutaimo* heißt die Hölle, und ihr Fürst ist Ruto. In der dritten, *Jabaimo* genannt, leben die verstorbenen Menschen. Und die brauchen Tiere, um nicht zu verhungern.

Wenn der Mord an Trygg etwas mit Ravnas Leuten zu tun hatte, wenn nach der schrecklichen Tat der uralte Brauch an ihm angewendet wurde … Langsam ging Ravna weiter. Dann, so setzte sie den Gedanken fort, sollte Trygg einigermaßen anständig in *Jabaimo* ankommen, dafür hatte ihm der Unbekannte die Birkenrinde zugesteckt. Und es dort nicht allzu schlecht haben. Dafür ein Tieropfer. Und zu guter Letzt sollte er seinen Mörder nicht als Wanderseele verfolgen. Dafür der Strich.

Alles passte. Was fehlte, waren das Tier und der Täter.

Verdammt! Warum hatte sie nicht beharrlicher darauf bestanden, das ganze Gelände am Varangerfjord abzusuchen? Dreihundert Gebäuderuinen, vierhundert Gräber, Steinstelen, Hügel und Felder. Finde da mal ein totes Tier und bringe es auch noch in Verbindung mit einem Mord am Bärenstein. Sie hatte einfach den Mund nicht aufgekriegt. Und Thor, der am nächsten Tag aufgetaucht war, hatte sie erst gar nicht richtig zu Wort kommen lassen. Ein Glück, dass er weg war, der *Gand*.

Aber warum erinnerte sie sich dann an ihren ersten Tag, als ob er schon Jahre zurückliegen würde? Was hatten diese zwei Tage an seiner Seite mit ihr gemacht? Fachlich war sie immer noch eine ahnungslose Anfängerin. Aber irgendetwas in ihr hatte an Stärke und Spannung gewonnen. Sie wusste nicht, wie sie es beschreiben sollte. Sie fühlte sich wie die Saite eines Musikinstruments oder eine Bogensehne, die richtig gespannt worden war. Thor hatte ihr im Autobahntunnel unter dem Eismeer nicht die Frage nach ihrer Zugehörigkeit gestellt, sondern nach ihrem Mut.

Sie drehte sich um und lief zurück. Léna hatte ihr die Autoschlüssel gegeben. Im Sommer war das gewesen, als ihr irgendetwas gesagt hatte, dass sie vielleicht doch langsam zu alt wurde, um noch Auto zu fahren. Im Kofferraum lag, neben zerbrochenen Angelruten, löchrigen Decken und Gummistiefeln, auch eine Stablampe, die sie im Winter brauchten, um verloren gegangene Rentiere wiederzufinden. Und Fellhandschuhe.

Es war ein kleiner Wagen, vom Alter und der aggressiven Salzluft etwas angefressen, aber er sprang sofort an und knatterte über die leeren Straßen. Hinter Lénas Fenster war es dunkel, und trotzdem klopfte Ravnas Herz, als würde sie gerade einen Diebstahl begehen und müsste Angst haben, dass sie erwischt wurde. Als sie hinter der Kreuzung in den Tunnel fuhr, dachte sie kurz an Thor.

Nicht überlegen. Entscheiden, Ravna.

Sie müsste stinksauer auf ihn sein. Stattdessen hatte sie sich noch nie so lebendig gefühlt wie in diesem Moment.

12.

Der Varangerfjord zerschneidet die Küstenlinie von Ost nach West wie ein riesiger, langer Keil. Um in den Süden zu gelangen, muss man einmal ganz um ihn herumfahren. Das dauert bis Varangerbotn gut zwei bis drei Stunden, dann hat man die Hälfte geschafft und fährt am Südufer entlang weiter, noch mal gut zwei Stunden bis Kirkenes. Die Fähre, die direkt übers Wasser setzt, braucht nur eineinhalb.

Wer zum ersten Mal hier oben in der Arktis ist, wählt natürlich den Landweg. Spektakulär ist er, mit atemberaubenden Ausblicken auf die Natur, die sich mit ihren Bergen, Klippen und Buchten und dem wilden grauen Meer gebärdet wie eine große Magierin, die alles aus dem Hut zaubert, was man von Norwegen erwartet. Doch dann wird das Land flacher, die Siedlungen werden bescheidener. Die große Endmoräne neigt sich sanft, aber keinesfalls freundlicher. Man kommt ins Land der Trolle und Dämonen, die in den Höhlen hausen, der Hexen, die über den Dolmen fliegen, und des Teufels, der noch weiter oben im ewigen Eis seine Heimat hat.

Wenn man daran glaubt.

Ravna tat das nicht. Sie hatte eine vage Vorstellung davon, dass es etwas Größeres und Mächtigeres gab als den Menschen, und sie war überzeugt von der Existenz der Seele. Auf den Festivals der Samen hatte sie auch Schamanen gesehen und war von ihren Fähigkeiten beeindruckt gewesen. Sie feierte Weihnachten und die Sonnenwende und hatte kein Problem damit, alte und neue Spiritualität unter einen Hut zu bekommen. In Religion war viel Wahrheit. Ein Gott, der wirklich groß und allmächtig war, ließ sich doch nicht von solchen Mätzchen wie Konfessionen oder Feiertagen aus der Ruhe bringen. Ravna fühlte sich nicht zerrissen, sondern genau in der Mitte am wohlsten und geborgensten. Dieser Spagat in der Glaubenswelt gelang ihr problemlos. In der Realität aber sah es anders aus.

Sie fuhr die einsame Küste entlang in Richtung Varangerbotn, und das Gefährlichste am Straßenrand waren wilde Rentiere, Streuner, die sie, geblendet vom Licht der Autoscheinwerfer, anstarrten. Mortensnes lag ungefähr auf halber Strecke zum Ende des Fjords, sie gab Gas und brauchte etwas mehr als eineinhalb Stunden. In dieser Zeit war ihr kein einziges Auto entgegengekommen. Dennoch blieb die Stablampe ausgeschaltet, als sie den heiligen Platz erreichte und den Wagen hinter dem dunklen Museumsbau auf dem Mitarbeiterparkplatz abstellte. Ihre Augen gewöhnten sich schnell an die Dunkelheit. Mond und Sterne schienen, und das wenige Licht, das durch die dicken Wolken auf die Erde gelangte, reichte ihren scharfen Augen aus.

Ravna lief zum Bärenstein. Die Absperrung flatterte immer noch im Wind. Sie duckte sich darunter durch und lief zu der Stelle, an der Trygg gelegen hatte. Von der Straße würde man immer noch das Licht ihrer Lampe sehen können, deshalb blieb sie im Schutz der Dunkelheit, die ab und zu von einem bleichen Mond verdünnt wurde, wenn die Wolken Platz machten.

Die Flecken von Tryggs getrocknetem Blut unterschieden sich kaum noch von den Moosen und Flechten auf dem Boden. Vorsichtig rieb sie darüber und klopfte das, was an ihren Fingerspitzen haften blieb, schließlich an ihrer Hose ab. Wie hatte Trygg dagelegen? Den Kopf nach Osten, Füße nach Westen. War er bewegt worden? Es konnte reiner Zufall sein. Aber die uralten Rituale sagten, dass Frauen nach ihrem Tod mit dem Kopf nach Westen gelegt wurden, Männer nach Osten. War Trygg also nur genau in »seine« Richtung gefallen, oder hatte man ihn nach seinem Tod so drapiert? In Evas Bericht hatte nichts darüber gestanden.

Sie beschloss, das Risiko einzugehen und die Lampe einzuschalten. Wenn jemand von der Straßenbiegung weiter oben den tanzenden Lichtstrahl entdecken würde, würde er ihn hoffentlich für ein Irrlicht halten und machen, dass er weiterkam. Es war eine stabile, unterarmlange Maglite, mit weitem oder konzentriertem Strahl. Sie stellte ihn auf mittlere Streuung und hielt ihn auf die Stelle, an der Tryggs Leiche gelegen hatte. Der helle Lichtkegel wanderte über Steine, Erde und Blut.

Drei Tage und Nächte waren seit dem Mord vergangen. Auch eine magische Zahl. Irgendwo in Ravnas Gedanken klopfte eine Erinnerung an, aber sie wollte sie nicht an sich heranlassen. Sagen, Legenden, Mythen ... Sie hatten vor Jahrhunderten erklären müssen, was der Mensch noch nicht verstand. Den Göttern ein Wohlgefallen, sonst hatte man schlechte Karten beim Überleben. Irgendjemand schien zu glauben, dass er den Mord zwar nicht ungeschehen machen, aber Tryggs Seelenwanderung nach *Jabaimo* zumindest erleichtern konnte.

Such das Tier. Es *muss* ein Opfer geben, irgendwo. Trygg braucht es in der Unterwelt. Wenn man ihm schon die Birkenrinde gegeben hat und der Strich auf dem Boden seine Seele davor bewahrt, heimatlos in Zwischenwelten herumzugeistern, dann hat sein besorgter Mörder auch an das Tier gedacht.

Sie stand auf und verließ das abgesperrte Gelände. Der Wind frischte auf und zerriss wieder die Wolkendecke. Über dem Fjord war an manchen Stellen der Nachthimmel zu erkennen. Das Mondlicht übergoss das Wasser mit flüssigem Silber, und weit entfernt, am Ende des Horizonts, lag das andere Ufer mit seinen schroffen Felsen und Höhenzügen. Ravna atmete unwillkürlich tief ein. Es war ein magischer Ort, keine Frage. Aber an Mord war nichts Magisches. Mord war menschlich und abgrundtief böse.

Das riesige Gelände fiel flach zum Ufer ab. Ravna lief über Geröll und feuchten Felsen, bis sie zu den windschiefen Holzzäunen kam, die Besucher von den wichtigen Ausgrabungsstätten abhalten sollten. Sie folgte dem Gatter fast bis zum Meer, aber es war kein Zugang zu entdecken. Schließlich gelangte sie an eine Stelle, an der das Holz durch die Witterung nicht mehr ganz so stabil war und der Zaun ziemlich schief in den Angeln hing. Sie trat dagegen, das Teilstück kippte um, und sie konnte auf die andere Seite.

Hier waren die Gräber. Ravna war sich bewusst, dass sie sich auf dem Grund ihrer Ahnen befand und dies ein heiliger Ort war. Seit Jahrtausenden hatten die Samen ihre Angehörigen hier bestattet. Sie wickelten die Toten in Rinde, begruben sie und bedeckten sie mit Steinen. Funde aus den *urgravern*[11] erzählten von Armut und Wohlstand, von Wikingern und Russen, vom Fischfang, Jagd und Pelzhandel. Der Lichtstrahl ihrer Lampe tanzte über die Steine und die leeren Höhlen, die von Archäologen bereits untersucht worden waren und deren Inhalt ins Museum geschafft worden war. Ein Schatten huschte davon, weit am Ende ihres Gesichtskreises.

Atemlos fuhr sie herum und lauschte. War ihr jemand gefolgt? Sie hörte nur ihren eigenen Atem, der sich mit dem Brausen des Windes vermischte. Vorsichtig setzte sie einen Fuß vor den anderen und ging weiter. Kleine Steine rollten unter ihren Sohlen weg, das Geräusch erschien ihr mit einem Mal ziemlich laut. Sie hatte sich unvorsichtig und nicht gerade leise vorwärts bewegt. Wer war hier? Mensch oder Tier?

Noch hundert Meter bergab und sie würde an die Opfer-

---

11 Gräber in Gesteinsfeldern.

steine kommen. Sie waren kleiner als der Bärenstein oben und deshalb für Touristen glücklicherweise nicht spektakulär genug. Wenn sie sich recht erinnerte, lagen sie ein Stück weit weg von den Ausgrabungen der Siedlung, die hier während der Steinzeit entstanden war. Ihre Gedanken wanderten zurück. Zu denen, die vor ihr da gewesen waren, den Vorfahren, die es viel schwerer gehabt hatten. Ob ihre Ahnen vor zehntausend Jahren ähnlich gedacht oder gefühlt hatten wie sie, Ravna? Hatten sie sich verliebt? War ihr kurzes Leben nicht nur Mühe und Plage, sondern auch ab und zu einmal glücklich gewesen?

Das Geräusch kam von rechts. Dann von links. Sie blieb stehen und schaltete die Lampe aus. Die Finsternis war wie ein Fall in eine Tonne Teer. Pechschwarz und undurchdringlich. Ravna ging in die Knie und tastete über den Boden, bis sie einen faustgroßen Stein gefunden hatte. Sie richtete sich auf, wartete und befahl ihrem Herzschlag, sich gefälligst zu normalisieren.

Die Schatten kamen nach drei Minuten. Sie schlichen von oben herab und von unten herauf, umkreisten sie und hielten Abstand. Als der Wind wieder eine Wolke vom Mond wegzerrte, konnte sie erkennen, wer sie verfolgte: Wölfe.

Ravna hielt den Atem an. Das war ungewöhnlich. Wölfe kamen nicht hinauf in die Finnmark, sie blieben im Süden. Aber vielleicht hatten die milden Winter das Rudel immer weiter in den Norden getrieben?

Einer von ihnen, der größte, offenbar das Alphatier, legte den Kopf zurück und stieß ein Heulen aus, das Ravna durch

Mark und Bein fuhr. Ihre linke Hand umklammerte den Stein, die rechte die Lampe. Sie hätte lieber ihr Messer gehabt, aber das lag natürlich zu Hause in der Schublade. Sie richtete die Lampe auf das Tier und schaltete sie ein. Der Lichtstrahl traf den Wolf direkt. Er sah sie an und mit Schaudern erkannte sie Blut an seinen Lefzen. Dann tat er das, was alle gesunden Wildtiere tun, wenn überraschend Menschen ihre Kreise stören: Er setzte zum Sprung an, direkt auf Ravna, die geschockt zwei Schritte zurücktaumelte, ins Straucheln geriet und hinfiel. Noch bevor sie sich aufgerappelt hatte, hörte sie das Scharren von Pfoten auf dem Fels und roch den strengen Schweiß der Tiere. Und dann war es vorbei.

Ruhe.

Sie kam auf die Beine, griff hastig nach der Lampe und leuchtete einmal im Kreis. Das Rudel hatte sich davongemacht. Sie hatte Glück gehabt, dass sie von ihm auf Flucht- und nicht auf Angriffsdistanz bemerkt worden war. Langsam und vorsichtig ging sie in die Richtung, aus der es gekommen war. Sie passierte die Siedlung und die Gräber, und dann erkannte sie etwas auf einem großen, runden Stein, das nicht dorthin gehörte.

Blut, so viel Blut bedeckte den Stein, als hätte jemand eimerweise Farbe ausgekippt. Ravna hatte schon vieles gesehen, aber das hier … Kein Wunder, dass manche an Dämonen glaubten. Es war ein totes Rentier. Es war regelrecht zerfetzt worden. Sie überwand ihren Widerwillen und trat näher. Es musste jung gewesen sein, ein Einjähriges. Jemand hatte ihm erst einen Stich in den Nacken versetzt, dann die Kehle durchgeschnitten und es ausbluten lassen. Saubere Arbeit, das war ein Profi, der wusste, wie man das Messer zu führen hatte. Das linke Ohr war markiert, aber Ravna kannte den Code nicht – es gab zu viele Marken. Aber es gehörte jemandem, und das müsste herauszufinden sein. Vor Kurzem hatten die Wölfe gewittert, dass es Fleisch geben könnte, und sich über das tote Tier hergemacht. Die Wunden sahen aus wie soeben geschlagen.

Ravna holte mit zitternden Händen ihr Telefon aus der Tasche und machte Fotos. Eva Hovland musste trotz der Verletzungen feststellen können, wie lange das Rentier tot war. Ravna ging jede Wette ein, dass es exakt drei Nächte hier gelegen hatte, bevor es zu einer Mahlzeit geworden war. Die niedrigen Temperaturen waren wie ein Kühlschrank, Ravna roch die Eingeweide und ihr wurde schlecht.

Sie lief ein paar Schritte, atmete tief durch und wusste nicht, was sie tun sollte. Ja, ihr Verdacht hatte sich bestätigt. Aber wen sollte sie anrufen, mitten in der Nacht? Am liebsten hätte sie das Tier eingepackt und persönlich in der Pathologie von Vadsø abgeliefert. Aber die Spurensicherung musste ran. Alles im Umkreis des Opfersteins konnte wichtig sein. Fußspuren, durch die sie gerade noch unbekümmert gestiefelt war. Vielleicht blutige Fingerabdrücke auf dem Felsen – das Tier musste sich gewehrt haben. Es könnten sogar noch weitere Opfergaben verstreut sein, all das musste gesichert werden. Aber wenn sie den Ort verließ, würden die Wölfe wiederkommen. Sie sollte Filip informieren. Die Handynummern ihrer Kollegen hatte sie gleich am ersten Morgen erhalten. Aber wenn er sie nicht ernst nahm?

Oder, schlimmer noch, wenn er ihre Eigenmächtigkeit zum Anlass nahm, sie rauszuwerfen?

Thor.

Rune Thor. Von dem hatte sie zwar keine Nummer, aber sie wusste, wo sie ihn erreichen konnte. Er würde sie ernst nehmen. Anbrüllen, ja, den Kopf abreißen, ja, aber dann ernst nehmen.

Sie googelte die *gule sider*, Gelben Seiten. Normalerweise war jeder Norweger mit Anschrift, Telefonnummer und Satellitenbild seines Hauses dort verzeichnet, und diese Angaben waren, bis hin zu seinem Einkommen, öffentlich zugänglich. Nur Rune Thor nicht. Sie versuchte es über *opplysningen*, eine etwas detailliertere Seite – nichts. Dann fiel ihr ein, dass es durchaus gesperrte Informationen gab. Thor war vielleicht nicht der Ministerpräsident, aber möglicherweise war er durch die Katastrophe von Utøya zur Zielscheibe von Rechtsextremisten geworden.

Also dann über die Polizeistation von Kirkenes. Schon nach dem ersten Klingeln wurde abgenommen.

»*Politistation* Kirkenes, Birte Vestagen am Apparat. Was kann ich für dich tun?«

»Ravna Persen hier, Polizeipraktikant aus Vadsø. Ich muss mit Rune Thor sprechen.«

Es war eine junge Frau, die sie am anderen Ende der Leitung hatte. Das konnte sie an der Stimme hören, die nun etwas irritiert klang. »Entschuldige, es ist kurz vor ein Uhr nachts. Hier ist nur die Bereitschaft.«

»Kann ich seine Telefonnummer haben?«

»Tut mir leid, wir dürfen die Nummer nicht herausgeben.«

»Warum nicht?«

»Ich habe einen Sperrvermerk.«

Ravna unterdrückte einen ungeduldigen Seufzer. »Es geht um den Mordfall Trygg. Thor hat, ähm … ermittelt. Bei uns. Und ich bin gerade auf einen sehr wichtigen Hinweis gestoßen.«

Birte hatte offenbar eine eigene Meinung über Polizeipraktikanten, die mitten in der Nacht anriefen und *wichtige* Hinweise loswerden wollten. »Das kannst du auch mir sagen. Was ist es denn?«

»Ein Rentier.«

»Ein Rentier. Und?«

»Ein totes Rentier. Hör zu, Birte, sei mir nicht böse, aber Thor weiß, was es damit auf sich hat. Ich muss ihn sprechen.«

»Sorry, Ravna. Keine Chance.«

»Was soll ich tun? Ich stehe hier in Mortensnes an einem Opferstein mit einem toten Rentier und es hat eine Verbindung mit Trygg.«

»Lass eine Streife aus Vadsø kommen, das ist näher.«

Birte hatte keine Lust. Wahrscheinlich, das musste Ravna widerwillig zugeben, hatte sie auch Anweisungen.

»Bevor ich buchstäblich schlafende Hunde wecke, will ich mit Thor sprechen. Jetzt.«

Das hatte vielleicht einen Tick zu scharf geklungen. Ravna meinte zu spüren, dass Birte in diesem Leben nicht mehr ihre beste Freundin werden würde.

»Komm morgen her.«

»Bis dahin ist es aufgefressen. Hier sind Wölfe.«

»Wölfe?« Birte stieß einen ungeduldigen Schnaufer aus.

Ravna ging ihr auf den Geist. Außerdem hing etwas Unausgesprochenes in der Luft, und das war *Thor.* Es gefiel Birte nicht, dass Ravna offenbar glaubte, er wäre jederzeit für sie erreichbar.

Sie versuchte, den Ärger in ihrer Stimme zu unterdrücken. »Und wenn ich persönlich komme, kriege ich seine Nummer?«

»Du musst dich ausweisen. Ich hab hier keine Liste von sämtlichen Polizeipraktikanten Norwegens. Und am besten ein Fax oder eine Mail von deiner Wache.«

Aussichtslos. Nicht mit Filip.

»Hör zu, Birte. Ich mache das nicht zum Spaß. Ich fahre jetzt nach Kirkenes und rede mit Thor. Und es wird ziemlich gut sein, wenn du mir weiterhilfst.«

»Was soll das?«

»Ich meine doch nur, dass du –«

Aufgelegt. Verdammt. Ravna fluchte, was das Zeug hielt, und googelte dann das Krankenhaus in Vadsø. Dieses Mal meldete sich ein Mann.

»Ravna Persen hier, Polizei Vardø.« Das mit dem Praktikum ließ sie dieses Mal besser weg. »Ich muss Eva Hovland sprechen, die im Mordfall Trygg den Untersuchungsbericht erstellt hat.«

»Eva?«

»Ja. Und ich weiß, es ist gleich ein Uhr morgens. Aber ich würde nicht anrufen, wenn es nicht dringend wäre.«

»Moment.«

Ravna leuchtete in die Finsternis. Die Wölfe waren noch nicht zurückgekehrt.

»Ich kann dich verbinden. Sie hat heute Bereitschaft.«

Bevor Ravna sich wundern konnte, warum Pathologen auch als Bereitschaftsärzte eingesetzt wurden, meldete sich schon Evas müde Stimme.

»Ja?«

»Eva? Hier ist Ravna Persen von der Polizei in Vardø. Ich bin in Mortensnes und habe das Opfer gefunden.«

»Ein Opfer? Um Himmels willen!«

»Kein Mensch. Es ist ein Rentier. Ich vermute, es ist schon drei Tage tot. Dann stünde es in einem direkten Zusammenhang mit dem Mord an Olle Trygg. Aber wenn wir es nicht sichern, ist es morgen aufgefressen. Hier sind Wölfe.«

Stille.

»Eva? Bist du noch dran?«

Natürlich. Sie glaubte ihr nicht. Nur Wahnsinnige durchstreiften nachts die Opferstätten der Samen und suchten nach Hinweisen auf eine Bluttat.

»Ja«, kam es zurück. »Wo genau bist du?«

»Auf dem abgesperrten Ausgrabungsgelände unterhalb der Siedlungsreste. Bei den kleinen Opfersteinen.« Sie drehte sich um und starrte in die Dunkelheit. Das Rauschen des Meeres klang beruhigend und bedrohlich zugleich. »Nahe am Ufer.«

»Und was … Entschuldige. Wenn ich Bereitschaft habe und nichts los ist, schlafe ich auf Vorrat. Ich muss erst mal meine fünf Sinne wieder zusammenbekommen. Also: Was genau hast du gefunden?«

»Ein junges Rentier mit durchschnittener Kehle. Es ist

auf dem Stein verblutet. Dann hat man es liegen gelassen. Ich hatte vermutet, dass bei Trygg eventuell samische Bestattungsrituale angewendet worden sein könnten. Dies ist eines.«

»Tieropfer«, murmelte Eva. »Hast du etwas angefasst oder verändert?«

»Nein. Aber es sind Wölfe hier. Ich weiß nicht, wie lange ich sie noch davon abhalten kann, unser, ähm, Beweismittel aufzufressen.«

Stille.

Hatte sie Eva überzeugt?

»Wir werden erst morgen früh eine kriminaltechnische Untersuchungstruppe zusammenkriegen. Ich kann hier nicht weg. Aber ich schicke dir Nils, der hat heute Nacht auch Dienst. Er soll noch einen Kollegen aus den Federn holen und zu dir kommen. Die beiden werden das Tier sichern. Falls ich jemanden kriege, der hier kurz für mich einspringt, komme ich mit, dann sehen wir uns gleich.«

Ravna hätte am liebsten einen Luftsprung gemacht. So ballte sie nur die Faust im Triumph. Eva glaubte ihr!

»Deshalb noch einmal die Frage, Ravna: Bist du dir hundertprozentig sicher? Ich hole jetzt Leute aus den Betten und beginne einen operativen Vorgang. Das mache ich ungern, wenn es sich als dummer Scherz oder so was entpuppt.«

Das heiße Triumphgefühl kühlte schlagartig ab. »Ich kann nur sagen, was ich hier sehe. Ich habe selbst Rentiere geschlachtet. Der Schnitt ist gut ausgeführt, der Täter wusste, was er tat. Das Blut aus der tödlichen Wunde ist schon lange getrocknet, der Körper durch die Kälte gut konserviert.

Alles Weitere haben die Wölfe angerichtet, ich nehme mal an heute Nacht, deshalb sieht es ziemlich wüst aus. Es ist ein Tieropfer. Wenn es in der gleichen Nacht getötet wurde wie Trygg, vermute ich einen Zusammenhang. Aber natürlich kann das auch ein völlig harmloser Zufall sein.«

»Ich wollte dich nicht kritisieren, Ravna. Es ist nur …«

»Was?«

»Du bist Praktikant. Und findest in kürzester Zeit mehr als all deine Kollegen zusammen. Das ist schon seltsam.«

»Macht mich das irgendwie angreifbar?«

»Eventuell. Ja.«

»Informierst du Thor?«

Ravna hörte ein überraschtes Lachen am anderen Ende der Leitung.

»Ich? Thor? Warum das denn? Erst mal sehen wir uns die Sache an. Es könnten ja auch Wilderer gewesen sein oder irgendwelche verrückten Touristen, die eine schräge Polarnacht-Party gefeiert haben.«

»Aber –«

»Wenn ich etwas finde, das deinen Verdacht erhärtet, dann werde ich weitere Schritte in die Wege leiten. Bis dahin halte dich zurück. Wirklich. In deinem Interesse.«

»Aber –«

Eva legte auf.

Ravna sah ratlos auf das Handy. Erst als das Licht des Displays erlosch, steckte sie es wieder ein. Sie brauchte ein paar Minuten, um darauf zu kommen, dass Eva ihr nichts unterstellen wollte. Im Gegenteil: Eva hatte Ravnas Situation schneller erkannt als sie selbst. Hinter Filips Rücken als

Praktikant eigene Ermittlungen anzustellen *und* dabei auch noch ins Schwarze zu treffen, warf kein gutes Licht auf die Vardø-Truppe. Sie hätte kollegialer vorgehen sollen. Vielleicht doch Filip als Erstes anrufen. Stattdessen war es ihr erster Einfall gewesen, den Über-Kommissar Thor zu erreichen und ihm zu zeigen, was für großartige Eingebungen der samische Praktikant aus dem Provinznest in der Arktis hatte. Ging es noch dämlicher?

Vielleicht sollte sie jetzt endlich etwas methodischer vorgehen, statt dauernd »Schaut mal, was ich gefunden habe!« zu rufen. Da sie den neuen Tatort sowieso schon kontaminiert hatte, konnte sie die Zeit nutzen, um einen zweiten, ruhigeren Blick darauf zu werfen.

Das Rentier lag auf der Seite. Es war etwa zehn bis elf Monate alt, junges Geweih. Klassischer, gerader Schnitt von links nach rechts. Der Täter hatte über dem Tier gestanden, den Kopf zurückgerissen, angesetzt – Ende. Ravna schluckte. Ihr war der Kreislauf von Leben und Tod wohlvertraut. Aber ein Opfer, ein richtiges Opfer, hatte sie noch nie erlebt.

Nicht nachdenken, handeln, Ravna.

Sie berührte das Tier nicht, beleuchtete aber jeden Zentimeter seines Körpers. Die Wölfe waren mitten in ihrer Mahlzeit aufgestört worden, deshalb unterließ es Ravna, sich diese Wunden noch genauer anzuschauen. Stattdessen begann sie, den Opferstein zu umrunden und jeden Quadratzentimeter, jede Ritze, jede Furche abzuleuchten. Sie umrundete den Stein noch einmal, wobei sie dieses Mal ihre Aufmerksamkeit dem Boden schenkte. Steine, Geröll, ab und zu ein paar Flechten, die sich an den dürftigen Boden krallten. Und dann sah sie es: ein paar verwischte, blutige Fußspuren, die vom Opferstein hinauf in Richtung Straße führten. Für Ravna war es nicht zu erkennen, ob es sich um Stiefel oder Turnschuhe handelte, geschweige denn, welche Größe sie haben könnten. Zu viele kleine Steine, zu wenig Fläche, auf der ein ganzer Schuh einen Abdruck hätte hinterlassen können. Sicher konnte die Spurensicherung mehr herausfinden.

Sie kehrte zum Opferstein zurück und wartete. Wann würden Nils und sein Kollege hier eintreffen? Vadsø lag nur eine halbe Autostunde entfernt, sie hatte es auf der Fahrt nach Mortensnes passiert. Die Aufregung über den Fund war vorüber, das Adrenalin in ihrem Körper fuhr wieder auf den normalen Level herunter. Es war nicht wirklich eiskalt, vielleicht ein, zwei Grad über null. Aber der Wind, der immer wieder auffrischte, machte das Warten zu einer echten Geduldsprobe.

Sie holte ihr Handy heraus und suchte nach Ingas *Playlist for Ravna*. Es war eine Mischung aus Punk, Singer Songwriter und *sámi folk*, und sie hatte sie bestimmt schon hundert Mal gehört. Und war immer noch süchtig danach.

Mit der Liveaufnahme von Mari Boines »*Jearrat Biekkas*« in den Ohren lief sie hoch zum Parkplatz. Die nächste Viertelstunde machte sie es sich in ihrem Auto bequem, so weit das bei der Kälte möglich war. Dann endlich näherten sich Scheinwerfer von Westen. Sie setzte sich auf und spähte aufmerksam durch die Windschutzscheibe. Der Wagen stoppte, blinkte und fuhr auf den Holperweg zum Museum. Ravna stieg aus.

Das Licht blendete. Deshalb erkannte sie Eva erst, als die ausgestiegen war und »Ravna!« rief. Ihr folgten zwei Männer.

»Nils und Kjell«, sagte die Pathologin, »und das ist Ravna.«

»*Hei.*« Nils trat vor und reichte ihr die Hand, um sie fast zu zerquetschen. Auch Kjells Händedruck war nicht von schlechten Eltern. Beide waren mindestens einen Kopf größer als sie und überragten auch Eva. Kräftige Jungs, vermutlich auch noch bei der freiwilligen Feuerwehr, im Sommer Fischer, im Winter Jäger. Und in Nächten wie diesen …

»Nils ist *Chief Konstabel* von der Polizei in Vadsø«, erklärte Eva. »Und Kjell Wachmann im Krankenhaus. Jetzt lass uns mal sehen, was du gefunden hast.«

Ravna ging voraus, die anderen folgten. In wenigen Minuten hatten sie den Opferstein erreicht. Kaum war das tote Rentier im Lichtkegel der Lampen aufgetaucht, rief Eva: »Stopp!«

Alle blieben wie angewurzelt stehen.

»Ich gehe allein weiter. Hier sind Spuren auf dem Boden, wir dürfen sie nicht kontaminieren.«

Während der Rest zurückblieb, leuchtete Eva den Boden, den Stein und das Tier genau ab. Als sie zu den Wartenden zurückkam, konnte Ravna ihr Gesicht in der Dunkelheit nicht erkennen.

»Wir müssen das absperren und das Tier in die Pathologie schaffen. Aber erst mal muss ein Fotograf kommen. Ich rufe Torsten an, er muss auch herkommen. Und dann Scheinwerfer und das ganze Programm.«

Torsten war offenbar der Kollege, der gemeinsam mit Eva

die Spurensicherung am ersten Tatort übernommen hatte. Sie holte ein Handy heraus, ging ein paar Schritte zur Seite und wählte eine Nummer. Als sie ihn endlich erreicht hatte, kam sie zurück.

»Und?«, fragte Ravna.

»Es sieht tatsächlich so aus, als ob das tote Tier im Zusammenhang mit dem Mord an Olle Trygg steht. Auf den ersten Blick muss es ungefähr genauso lange tot sein. Die räumliche Nähe zu beiden Schauplätzen ist vielleicht ein Hinweis darauf, dass hier nicht zwei Leute unabhängig voneinander ihre Tat verübt haben.«

Ravna hätte erleichtert sein sollen. Stattdessen spürte sie, wie ihr eine eiskalte Welle den Rücken hinunterlief. Sie hatte recht behalten.

»Und jetzt?«

Mit einem Seufzen sah Eva auf ihr Handy. »Kurz vor zwei Uhr morgens. Wir müssen Rune Thor informieren. Das wird ihm nicht gefallen. Jetzt muss er seinem Hauptverdächtigen auch noch das Schlachten eines Rentiers auf einem Opferstein nachweisen.«

»Ich fahre zu ihm.«

Eva schnaubte. Es klang belustigt. »Das wird nicht viel Sinn haben. Er kriegt von mir den Bericht, und dann wird der Staatsanwalt sehen, was er damit anfangen kann.«

Ravna nahm Eva beim Arm und führte sie weg von den beiden Männern.

»Es ist nicht Jensen«, sagte sie.

Eva schwieg.

»Ich weiß nicht, was mit Thor los ist«, fuhr sie leise fort.

»Aber wir haben ihn nun mal am Hals, er leitet die Ermittlung. Und er hat den Falschen verhaftet.«

»Das sind harte Anschuldigungen, Ravna. Rune ist ein brillanter Ermittler. Vielleicht noch etwas durcheinander und mitgenommen, was ja kein Wunder ist. Aber seine Erfolgsquote war legendär.«

»*War.* Ist sie aber nicht mehr.« Ravna hütete sich, von dem Wodka zu erzählen, der äußerst unkonventionellen Blutabnahme und der verpennten Hausdurchsuchung bei den Tryggs. »Alles, was er wollte, war so schnell wie möglich zurück nach Kirkenes. Der Fall interessiert ihn nicht. Er ist weg.«

»Wie, weg?«

Wie sollte Ravna das erklären? Thor war wie ein Geist, der auf der Erde fehl am Platze war. Ein manischer Schlafwandler, der sich ganz woanders befand, aber bestimmt nicht in einer Mordermittlung.

»Weg halt«, erklärte sie lahm. »Er wird nicht noch mal kommen, wenn ihn nicht einer hierher scheucht.«

»Und du denkst, du kannst das?«

»Ich kann es versuchen.«

Evas Gesicht hatte im Dunkeln gelegen. Jetzt drehte sie sich um in Richtung Opferstein, wo Nils und Kjell schon angefangen hatten, den Radius der Absperrung festzulegen. Etwas vom Licht ihrer Lampen blitzte in ihre Richtung und offenbarte ein winziges, spöttisches Lächeln.

Ravna seufzte. »Es ist nicht so, wie du denkst.«

»Was denke ich denn?«

»Thor ist nicht der Traum meiner schlaflosen Nächte.«

Das Lächeln verschwand. »Tatsächlich? Ich würde vorschlagen, du lässt mich meine Arbeit machen. Fahr nach Hause und geh schlafen.«

»Und wie geht es weiter?«, fragte Ravna. Sie spürte den kleinen Ärger, der in ihr hochstieg.

»Wie ich schon sagte, die in Kirkenes haben morgen Nachmittag meinen Bericht. Und dann soll sich der Staatsanwalt weiter um die Sache kümmern.«

»Aber –«

»Kein Aber, Ravna. Du bist noch nicht mal Polizist. Du hast hier nichts zu suchen.«

»Immerhin hab ich –«

»Ja, das hast du. Und wir werden sehen, ob und wie uns dein Eifer weiterbringt. Aber lass jetzt die Profis an die Sache. Weiß Filip, dass du hier bist?«

Ravna zuckte mit den Schultern. »Nein«, sagte sie schließlich.

»Verdammt! Ravna!«

Nils und Kjell sahen zu ihnen herüber.

Eva senkte die Stimme. »Was hast du dir nur dabei gedacht? Was, wenn der Täter noch mal zurückgekommen wäre? Oder die Wölfe dich angegriffen hätten? Das geht nicht. Solche Alleingänge sind nicht nur riskant, sondern verstoßen auch gegen die Regeln. Geh.«

Ravna wollte den Mund zum Widerspruch öffnen, aber Eva schien richtig sauer zu sein.

»Geh. Jetzt. Dann werde ich mir was überlegen, wie ich Filip beibringe, dass sein Praktikant nachts allein an einem Tatort herumspaziert.«

»Ich bin nicht spaziert. Ich habe etwas gesucht. Genau das!«

Ravna deutete auf den Opferstein. Nils und Kjell taten so, als ob sie nichts hören würden.

»Dann mach das beim nächsten Mal auf dem Dienstweg.«

»Okay.«

Ravna drehte ab und lief hinauf zum Parkplatz. Obwohl die Maglite ihr den Weg leuchtete, wäre sie zweimal fast hingefallen. Sie hatte Tränen der Wut in den Augen, aber nicht über Eva. Über sich selbst.

Was hatte sie erwartet? Dass man sie mit offenen Armen empfangen würde? Dass ihre Vermutungen Gehör finden würden? Sie war gerade mal drei Tage und Nächte im Dienst. Und fing schon an, alle um sich herum gegen sich aufzubringen.

Oben auf dem Parkplatz stieg sie in Lénas Wagen, startete und wendete schwungvoll, dass die Kieselsteine nur so davonflogen. Dann holperte sie viel zu schnell über die bucklige Piste hinauf zur Straße. Sie setzte den Blinker auf rechts und wollte gerade abbiegen, als sie mit voller Kraft auf die Bremse trat.

Du bist noch nicht mal Polizist.

Stimmt.

Es gab keinen Dienstweg und niemanden, der ihr irgendetwas vorschreiben konnte. Sie setzte den Blinker und bog nach links auf die Straße ein. Dabei wäre das noch nicht einmal nötig gewesen, denn es gab weit und breit niemanden, der ihr die Vorfahrt hätte nehmen können.

Um kurz vor vier war sie in Varangerbotn. Ab hier waren Kirkenes und Murmansk in Norwegisch und Russisch ausgeschildert. Um kurz vor sechs würde sie die Provinzhauptstadt erreichen. Und einen *Gand* davon überzeugen, aus seiner eigenen Unterwelt noch einmal zu den Lebenden zurückzukehren.

II.

Uksáhkká bewachte die Türen und passte auf, dass nichts Böses hereinkam.
Juoksáhkka hatte Pfeil und Bogen. Sie bestimmte, welches Kind ein Mädchen und welches ein Junge wurde.
Sáráhkká wachte über das Feuer. Sie saß bei der Feuerstelle und spann den Sehnenfaden, mit dem sie den Sonnenstrahl festband.[12]

---

12 Sissel Horndal: »Máttaráhkkás weite Reise. Eine Erzählung aus dem Samenland«.

13.

Donnerstag, 28. November 2019,
Kirkenes – östliche Finnmark.
Polarnacht

Es war sechs Uhr morgens, als Ravna in Kirkenes eintraf. Je näher sie der Stadt gekommen war, desto schneller hatte ihr Herz geschlagen. Es ging schon damit los, dass sie den Flughafen im Vorüberfahren gesehen hatte – sie könnte, wenn sie wollte, das Auto stehen lassen und einfach die erste Maschine nach Oslo, Stockholm oder Kopenhagen nehmen. Und von dort aus nach New York, Paris, London …

Aber dann hatte sie an ihren Kontostand und die paar Kröten in der Kaffeedose gedacht. Irgendwann, dachte sie. Irgendwann, aber nicht jetzt. Der Luxus des Tages würde ein Kaffee sein, keine Flucht.

Sie fuhr über eine Brücke, die über den Guhkesvuotnafjord führte, aber im Licht der Scheinwerfer konnte sie nicht viel erkennen. Noch ein paar Kilometer die E 6 lang und dann ein Abzweig nach links. Würde sie weiter geradeaus fahren, wäre sie in einer knappen Stunde in Russland. Sie bog ab nach links. Die Scheinwerfer der entgegenkommenden Fahrzeuge wurden häufiger. Erste Frühaufsteher, wahrscheinlich waren sie auf dem Weg zum Flughafen. Kurz darauf blieb sie hinter einem Lkw hängen, der sich in lähmender Langsamkeit über die Straße quälte. Und dann kam ein Kreisverkehr. Dann kamen Lichter. Supermärkte. Werbung.

Ravna spähte links und rechts aus den Fenstern, um ja nichts zu verpassen. Ihre Navi-App befahl ihr zwar, der Straße weiter zu folgen, die sie quer durch die Stadt bis ans Ufer des Varangerfjords führen würde, aber schon an der zweiten geöffneten Tankstelle hielt sie es nicht mehr aus. Sie legte einen Halt ein, auch, weil der Tank drei viertel leer war. Nachdem sie ihn wieder gefüllt hatte, betrat sie den Shop. Außer ihr waren noch zwei Fernfahrer und der Kassierer im Raum. Aus den Lautsprechern dudelte leise Radiomusik. Niemand kümmerte sich um sie.

Als Erstes inspizierte sie die Zeitschriftenregale, dann die Süßigkeiten und schließlich das Snackangebot. Der Kaffee kostete genauso viel wie im Vardø-Hotel, aber sie hatte ihn nötig. Sie zahlte, und mit dem Becher in der Hand verließ sie das Gebäude und ging hinaus zu einer Bank neben den Zapfsäulen. Es war kalt, ein frischer Wind spielte mit ihren Haaren, und die ersten Schlucke waren einfach köstlich.

Ravna, du coole Socke, dachte sie und grinste über sich

selbst. Hast es doch tatsächlich in die Megacity geschafft. Und der absolute Höhepunkt des Tages wird dieser Kaffee sein … Sie machte sich nichts vor. Es würde auf der Polizei nicht einfach werden und mit Thor erst recht nicht. Aber diese paar Minuten gehörten ihr. Ravna Persen in Kirkenes, mit dem hustenden Kleinwagen ihrer Urgroßmutter einem Mörder auf den Fersen – das war ja schon fast wie im Film. Ihr Film. Ihre Rolle. Vielleicht flog sie in der nächsten Szene schon raus, aber dann wäre es immer noch die Folge *ihrer* Entscheidung. Sie fühlte sich stark und unbesiegbar.

Ein paar Minuten später saß sie wieder hinter dem Steuer und rollte durch die Stadt. Obwohl alles dunkel, still und geschlossen war, gab es doch … Cafés, Restaurants, Geschäfte, Hotels … Alles im Grunde nichts Umwerfendes, genau wie die Innenstadt von Kirkenes. Flache, schnell hochgezogene Häuser, viel Beton, wenig Charme. Vardø hatte rund zweitausend Einwohner, Kirkenes dreitausend. Vielleicht wirkte alles so »städtisch«, weil die Häuser enger zusammenstanden und nicht über eine ganze Insel verstreut waren.

Sie hatte kaum das Rathaus passiert, da gelangte sie auch schon auf die Johan Knudtzens Gate und bog rechts auf die Hafenstraße ein. Vor ihr ragte der Bauklotz des Thon Hotels hinauf in den Nachthimmel – mindestens zehn Stockwerke hoch, wie sie erstaunt feststellte. Hinter einigen Fenstern brannte Licht, vermutlich waren das Frühaufsteher, die die Fähre kriegen wollten, oder Geschäftsleute für den ersten Flug nach Oslo. Die meisten Touristen warteten auf den Schnee und die Sonne, die erst im Februar wieder aufgehen würde, damit sie auch etwas sahen für ihr Geld. Unten, wo die Frühstücksräume mit den Panoramascheiben in Richtung Wasser untergebracht waren und der Ausblick im Sommer atemberaubend sein musste, war alles hell erleuchtet.

Auf der rechten Straßenseite schmiegte sich ein unscheinbares Bürogebäude an einen Steilhang. Die Polizeiwache. Ravna folgte der Straße, bis sie abbiegen und den Hang hinauffahren konnte, wo sich ein großer Parkplatz und der beleuchtete Haupteingang befanden. Dort stieg sie aus und trat ans Geländer, um hinunter auf die Gata zu schauen und auf das große schwarze Nichts zu ihren Füßen – den Varangerfjord. In der Ferne erkannte sie ein paar Lichter, die vermutlich zu Containerschiffen gehörten. Das andere Ufer mit Mortensnes und Vadsø war zu weit weg.

Der Hafen und das kleine Kreuzfahrtterminal lagen noch ein Stück hinter dem Thon-Hotel. Aber von hier oben konnte sie den Widerschein der Lichter sehen, die heller strahlen mussten als alle Straßenlaternen zusammen. Sie hätte stundenlang so stehen bleiben können. Und wieder, fast am Ziel, kamen die Bedenken. Würden ihre Argumente ausreichen? Konnte sie Thor überzeugen? Vor allem aber: Würde sie überhaupt an ihn herankommen, ohne sich absolut lächerlich zu machen?

Sie atmete tief durch und ging zum Haus. Ihre Zuversicht bröckelte mehr und mehr. Wenn sie sich nicht beeilte, würde sie unverrichteter Dinge wieder abziehen. Sie musste klingeln, und als eine männliche Stimme aus der Gegensprechanlage »Ja?« bellte, antwortete sie: »Ravna Persen, Politi Vardø.«

Der Türsummer erklang, sie betrat das Haus. Empfangen wurde sie von einem relativ jungen, relativ gut aussehenden und relativ ausgeschlafen wirkenden Mann.

»*Hei*«, sagte er und kam ihr auf der Treppe entgegen. »Ich bin Lars Normann.«

Seiner Uniform nach *politibetjent* 1, im gleichen Dienstgrad wie Mikkel. Er hatte kurze blonde Haare, blaue Augen und ein sympathisches Lächeln. Sie gaben sich die Hände.

»Kannst du dich ausweisen?«

Natürlich hatte er auf den ersten Blick gesehen, dass sie keine Uniform trug.

»Ich bin Praktikant. Aber, warte …« Sie kramte nach ihrem Ausweis und hielt ihn ihm entgegen. »Ich habe den Untersuchungsbericht zum Mordfall Trygg geschrieben. Den müsstet ihr im Computer haben.«

»Ja, klar. Komm erst mal rein.«

Es funktionierte! Ravna hätte um ein Haar einen Luftsprung gemacht. Jetzt musste Lars nur noch ihren Namen unter dem Bericht finden und mit dem Ausweis vergleichen, und ihre Rolle in der Ermittlung wäre bestätigt.

»Kommst du direkt aus Vardø?«

Er hielt ihr höflich eine Glastür auf. Sie trat in einen menschenleeren, spiegelblank gewienerten Flur. Links, hinter einer breiten Glastür, befand sich der Empfang für Besucher. Zu ihrer großen Erleichterung ging Lars einfach weiter – und hatte sie damit definitiv zur Kollegin gemacht.

»Ja. Ich bin die Nacht durchgefahren, nachdem ich noch mal in Mortensnes war. Wir haben dort etwas gefunden.«

Wir klang auch besser als *ich*. Im Gegensatz zu seiner

zickigen Kollegin Birte schienen Lars Ravnas Auskünfte völlig zu genügen.

»Erzähl mir gleich davon. Du siehst aus, als ob du einen Kaffee vertragen könntest.«

Er stoppte vor einer Tür, die er ihr wieder aufhielt, um ihr den Vortritt zu überlassen. Ravna war das nicht gewohnt. Zum einen, so freundlich von Männern behandelt zu werden, zum zweiten – so freundlich von *gut aussehenden* Männern behandelt zu werden. Sie versuchte, nicht über ihre eigenen Füße zu stolpern, und merkte, wie ihr Gesicht in der Zentralheizungswärme zu glühen begann.

»Oh danke. Das wäre toll.«

Kein Wort darüber, dass sie sich gerade einen an der Tankstelle genehmigt hatte. Die Kaffeemaschine war ein schickes Kapselding, das in einem offenen Regal stand. Alles war aufgeräumt und tipptopp, nichts lag herum. Moderne Computer, ein Kalender mit arktischen Tieren an der Wand, ein leerer Kleiderständer, den sie fast zum Umkippen brachte, als sie ihren schweren Anorak daran aufhängte. Lars schaltete den Computer und die Maschine ein, dann holte er zwei Tassen aus dem Schrank. Ravna erfasste eine wilde Sehnsucht nach einer Zukunft, in der es keine Chipstüten unterm Schreibtisch oder »Ravna! Kaffee!«-Rufe geben würde.

Lars bot ihr den Stuhl vor seinem Schreibtisch an. Es standen zwei im Raum, beide picobello aufgeräumt.

»Jetzt erzähl mal, bevor ich den Vorgang aufrufe. Du bist im Team um den Fall Olle Trygg?«

Ihr Herz begann wie wild zu klopfen. »Ja, ich bin im

Team«, sagte sie, und es klang großartig. »Ich war die letzten beiden Tage mit Rune Thor unterwegs und habe ihn begleitet. Deshalb würde ich gerne mit ihm darüber sprechen, was wir heute Nacht gefunden haben.«

Lars lehnte sich zurück und fuhr mit den Fingern leicht über die Tastatur seines Computers. »Hier habe ich es. Festgenommen wurde Harald Jensen, der sitzt bei uns in Untersuchungshaft. Haftrichter ist Sten Gabrielsen. Ermittlungsleiter Rune Thor. Leiterin KTU Eva Hovland. Gute Fotos. Wer hat die gemacht?«

»Steht das nicht dabei?«, fragte Ravna überrumpelt.

»Ja, klar. Aktenführung Ravna Persen. Das bist du.«

»Jep.«

»Was habt ihr gefunden?«

Sie hätte sich eine Strategie zurechtlegen sollen, aber dafür war es jetzt zu spät. Vor allem, weil der Blick aus seinen Augen so ehrlich interessiert und unvoreingenommen war. Ihr Bauchgefühl sagte ihr, dass sie einfach bei der Wahrheit bleiben sollte.

»Ein totes Rentier. Bei den Opfersteinen auf dem gesperrten Ausgrabungsgelände. Es sieht ganz danach aus, dass es …« Sie brach ab, holte tief Luft. »Dass es für ein samisches Begräbnisritual herhalten musste. Und dass es in direktem Zusammenhang mit dem Mord an Olle Trygg steht.«

»Wann habt ihr es gefunden?«

»Ich«, korrigierte sie ihn. Sie fand es nicht mehr richtig, Eva mit hineinzuziehen. Er glaubte ihr, das musste reichen. »Ich habe es gefunden. Heute Nacht.«

»Heute Nacht?«

Er stand auf, ging zur Kaffeemaschine, die sich mittlerweile aufgeheizt hatte, und warf eine Kapsel hinein. Das Geräusch war nicht sehr laut, aber es füllte erst einmal die Stille. Ravna wartete, bis auch der zweite Kaffee fertig war.

»Willst du einen Keks?«

Sie grinste. »Nein, danke. Aber Milch und Zucker, wenn du hast.«

Er holte beides abgepackt aus der Schreibtischschublade und reichte es ihr.

»Warum erst heute Nacht?«

Sie fragte: »Kennst du Rune Thor?«

Er sah zur Decke. »Wer kennt ihn nicht?«

»Dann weißt du, dass es, na ja, schwierig sein kann. Vor allem, wenn er glaubt, dass der Fall gelöst ist. Ich wollte noch mal in einem größeren Umkreis suchen.«

Lars beugte sich vor. Sein Blick wurde intensiver. »Du warst allein unterwegs?«

»Ja. Aber ich habe dann sofort Eva informiert. Sie ist mit dem *Chief Konstabel* gekommen, hat das Tier gesichert und wird es genauer untersuchen.«

»Okay. Und jetzt?«

»Muss ich mit Thor sprechen. Ich fürchte, wir müssen noch mal von vorne anfangen.«

»Autsch. Du willst Thor beibringen, dass er sich geirrt hat?«

»Nicht geirrt. Wir sollten einfach noch mal in eine andere Richtung gehen.«

Lars trank einen Schluck. Er verzog die Lippen, aber das

lag nicht an dem Kaffee. Der schmeckte gut. Eher an dem, was er gerade dachte. »Das wird nicht gehen.«

»Warum nicht?«

»Er arbeitet gerade nicht.«

»Ist er krank?«

Lars seufzte. Sie konnte ihm ansehen, dass er nicht wusste, ob er sie ins Vertrauen ziehen konnte.

»Ich weiß es«, sagte sie. »Aber er ist immer noch Inspektor. Und er hat diesen Fall bekommen, also würde ich ihn gerne sprechen.«

Draußen wurden Türen geöffnet, Schritte kamen den Flur entlang. Es war sieben Uhr morgens, Schichtwechsel. Lars' Finger spielten nervös mit der Tastatur.

»Er hat so Phasen«, sagte er schließlich. »Wenn es eine gute ist, klappt es auch. Wenn es aber eine schlechte ist, ist es besser, er bleibt zu Hause.«

»Und im Moment hat er eine schlechte?«

»Er hat gestern Abend angerufen und gesagt, er kommt erst mal nicht. Hör zu, sag das niemandem, bitte. Er ist seit einem halben Jahr hier, und wir haben genug damit zu tun, ihn im Zaum zu halten, wenn er hier aufkreuzt. Uns wäre es auch lieber, er würde bald zurück nach Oslo gehen.«

»Warum wird er dann nicht einfach beurlaubt?«

»Wie lange willst du das machen? Ihn für immer und ewig dienstuntauglich schreiben? Er ist ja nicht schlecht. Im Gegenteil. Was man von ihm hört, ist fast schon legendär. Aber es gibt nichts zu tun für ihn bei uns. Da werden ja schon normale Leute verrückt.«

Er lächelte. Ravna lächelte zurück. Langsam wurde sie

ungeduldig. Lars sollte jetzt endlich mit Thors Adresse herausrücken, damit sie ihm etwas zu tun geben konnte: ermitteln, und zwar in Richtung eines zweiten Täters.

»Ich könnte mir vorstellen, dass er nach dem Fund in Mortensnes alles noch mal aufrollt.«

»Dafür bist du den ganzen Weg gefahren?«

Ravna hob die Kaffeetasse. »Und dafür. Schmeckt sensationell.«

Wieder lächelte sie. Lars mochte das offenbar. Wahrscheinlich hatte er auch nicht viel Abwechslung, da war eine dauergrinsende Nachwuchskraft schon ein Ereignis.

Er bedankte sich mit einem huldvollen Kopfnicken. »Mein Chef kommt um acht. Der wird das wahrscheinlich übernehmen. Aber ich sag dir gleich, ein totes Rentier allein wird nicht reichen, um Jensen zu entlasten.«

»Die bisherigen Indizien reichen aber auch nicht, um ihn zu verurteilen.«

»Nicht unsere Sache. Wir ermitteln nur.«

Ravna bekam langsam das Gefühl, auf glühenden Kohlen zu sitzen. So nett Lars auch anzusehen war – weiter würde sie mit ihm nicht kommen. »Wo finde ich ihn?«

»Rune Thor?«

»Ja.«

»Sorry, aber er hat einen Sperrvermerk. Er hat sich gestern Abend abgemeldet, also ist er auch nicht mehr im Dienst. Ich kann dir unser Bereitschaftszimmer anbieten, wenn du ein paar Stunden schlafen willst.«

Ravna hatte sich selten so wach gefühlt wie in diesem Moment. »Ich möchte mit Thor sprechen.«

Lars bekam mit, dass die Unterhaltung sich mehr und mehr von einem Small Talk unter Kollegen entfernte. Er straffte die Schultern. Seine Stimme, eben noch freundlich, wurde streng. »Das geht nicht.«

»Ruf ihn an.«

»Und warum sollte ich das tun?«

»Ich bin sein Partner.«

Er öffnete den Mund, starrte sie an – und prustete los. Das war der Moment, in dem sie ihm am liebsten ihr merkekniv[13] an seine entzückenden Ohren gesetzt hätte. Aber es gelang ihr, ihn immer noch halbwegs freundlich anzusehen.

»Sein Partner?« Die Ironie war unverkennbar.

»Wir haben gemeinsam ermittelt. Wir waren ein Team.«

»Ein Team? Du und Thor – ein Team?«

»Er ist immer noch mein Vorgesetzter in diesem Fall. Es geht um den Mord an Olle Trygg. Ich habe neue Erkenntnisse. Ich möchte mit Thor sprechen. Jetzt. Und nicht ausgelacht werden, nur weil ich der Meinung bin, wir sollten auch im Fall eines toten Samen ernsthaft arbeiten.«

Sein Lachen brach abrupt ab. Er betrachtete sie genauer. Und er begriff, wen er vor sich sitzen hatte. »Ach, so ist das also.«

»Ich weiß nicht, was du meinst.« Sie lächelte ihn wieder an. »Wir alle ziehen an einem Strang. Wir sind Kollegen. Wenn der Fall an jemand anderen geht, ist mir das auch

13 Samisches Kleinmesser, das zum Markieren der Rentier-Ohren verwendet wird.

recht. Aber dann müssten wir noch mal ganz von vorne anfangen. Das wird so oder so passieren, sobald Jensen einen Anwalt hat und die Staatsanwaltschaft mehr fordert als Vermutungen. Also lass mich einfach versuchen, ihn umzustimmen und uns die Sache noch mal genauer anzusehen.«

Lars dachte nach. Sie hatte ihm gerade zwei Dinge zu verstehen gegeben: dass sie keine Skrupel hatte, die Minderheiten-Karte zu ziehen. Und dass die Indizien zu dünn sein könnten, um Jensen noch länger festzuhalten. Dann würden sie alle mit leeren Händen dastehen.

»Ich darf das nicht«, sagte er, und es klang ehrlich. »Aber … Du siehst aus, als ob du ein Frühstück vertragen könntest. Das Centrum Café ist ganz nett, direkt neben dem Kriegerdenkmal.«

Ravna wusste nicht, was er damit meinte. Wollte er sie einladen? Das war nach diesem Gespräch wohl kaum eine Option.

»Und vielleicht hast du ja Zeit, dir die Klingelschilder am Wohnblock gegenüber anzusehen.«

Erst dachte sie, sie hätte sich verhört. Aber dann sah sie in seine Augen. Sein Blick war immer noch etwas verärgert, aber mit einem neuen, anderen Ausdruck, den sie so noch nie gesehen hatte: Respekt. Widerwilliger, nicht gerne geleisteter, aber unumwundener Respekt.

»Willkommen bei der Truppe. Und viel Glück.«

»Danke«, sagte sie und stand auf. »Auch für den Kaffee.«

Die Tür wurde aufgerissen, eine junge Frau kam herein und mit ihr ein Schwall arktischer Kälte.

»*Hei*!«, rief sie und blieb überrascht bei Ravnas Anblick stehen. »Ich bin Birte.«

»Ich bin Ravna.« Sie reichte der verblüfften Frau die Hand, dann verabschiedete sie sich von Lars und verließ, so schnell es ging, das Büro. Bevor er es sich noch anders überlegte und eine Kontaktsperre verhängte oder seinen Vorgesetzten informierte, dass eine verrückte Samin sich nun aufmachte, einen verrückten Inspektor zu finden, um einen verrückten Mord aufzuklären.

14.

Das Café war zwar erleuchtet, hatte aber noch nicht geöffnet. Hinter den Scheiben konnte Ravna einen einfachen Gastraum erkennen, einen Tresen mit Brot und Kuchen und eine junge Frau, die von Tisch zu Tisch ging und Zuckerstreuer daraufstellte. Sie sah kurz hoch, nickte Ravna freundlich zu und wies dann auf die große Uhr an der Wand. Noch zehn Minuten, erst dann wurde geöffnet.

Aber Ravna hatte nicht vor, hineinzugehen. Sie überquerte die Straße und ging zu dem Wohnblock. Er hatte drei Eingänge mit je zehn Schildern. Ein etwas heruntergekommener Neubau aus den Siebzigerjahren, der denen in Vardø ziemlich ähnelte. Niedrige Mieten, einfache Leute. Es war seltsam, dass Thor ausgerechnet in so ein Haus gezogen war.

Weder im ersten noch im zweiten Eingang entdeckte sie seinen Namen auf dem Klingelschild. Gerade lief sie auf den dritten zu, als ein Lkw ächzend um die Ecke bog und mit großem Getöse, Zischen und Quietschen direkt davor zum Stehen kam. *Norge Flytting* stand darauf, ein Umzugsunternehmen. Der Fahrer stieg aus und kam zu Ravna.

»*Hei*«, sagte er und musterte mit zusammengekniffenen Augen die Klingelschilder.

»*Hei*«, sagte sie und trat zur Seite, um ihm Platz zu machen.

Er fand den Namen Thor und drückte den Knopf.

»Da will ich auch hin.« Ravna trat ungeduldig von einem Fuß auf den anderen. Der Fahrer war ein kräftiger Mann, nicht besonders groß, er roch nach Zigarettenrauch. Im Führerhaus saß sein Kollege. Etwas jünger, wie Ravna erkennen konnte, und im Tiefschlaf. Sein Kopf war mit dem halb geöffneten Mund an die Scheibe gerutscht. Der Fahrer klingelte noch einmal.

»Zu Rune Thor?«, fragte er sie.

»Ja. Ich weiß nicht, ob er zu Hause ist.«

»Sollst du mithelfen?«

»Bei was?«

Der Mann deutete auf die Schrift des Lkw, als würde er mit einer Analphabetin sprechen. »Beim Abladen. Wir haben einen engen Zeitplan. In zwei Stunden müssen wir schon in Hesseng sein.«

»Zieht er um?«

Thor sollte doch schon seit Monaten in Kirkenes leben. Was hatte das zu bedeuten?

»Das ist sein Zeug aus Oslo. Die Wohnung musste zum Monatsende geräumt werden, weil die Nachmieter einziehen wollen. Er sagte, einfach her mit dem Zeug. Und jetzt stehen wir hier. Drei Briefe haben wir geschrieben. Drei!«

»Ja«, murmelte Ravna und trat ein paar Schritte zurück. Thors Klingelknopf war so auf dem Brett angeordnet, dass seine Wohnung links außen im zweiten Stock liegen musste. Doch hinter den Fenstern blieb es stockdunkel.

»Was machst du denn jetzt?«

Der Mann stieß einen Pfiff aus. Sein Kollege erwachte, rieb sich die Augen und sah sich verblüfft um. Dann verließ er das Führerhaus und kam zu ihnen. Sein Atem stand in kleinen Wolken vor dem Mund. Schneekristalle rieselten vom Himmel. Auf dem Gehsteig wurden sie vom Wind in zarte Puderzuckerschleier verwandelt.

»Wir laden aus.«

Ravna sah ihn verblüfft an. »Jetzt? Hier?«

»Was soll ich machen? Den ganzen Krempel wieder zurück nach Oslo nehmen? Wir stellen es da drüben ab.«

An der Seite des Hauses befand sich eine Art Hof, mit Fahrradständern, einer verwitterten Betonbank und den Unterständen für die Mülltonnen. Kein Zaun, keine Abgrenzung zur Straße und dem Gehweg.

»Das geht doch nicht«, protestierte Ravna. »Das wird nass. Jeder kann es sehen.«

Der Mann zog einen mehrfach gefalteten Auftragsschein aus der Brusttasche seiner Jacke. Damit schlug er sich auf die offene Handfläche, als ob dieser Wisch nicht nur eine Bestätigung, sondern auch die größte Zumutung aller Zeiten wäre.

»Heute, 28. November. Anlieferung zwischen acht und zehn Uhr. Wir sind sogar ein paar Minuten zu früh.«

»Dann wartet doch noch. Vielleicht muss er ja erst mal aufstehen?«

Sein Kollege beugte sich vor. Ein magerer Typ mit schmalen Schultern. Er fror, und es sah fast so aus, als ob er mit den Zähnen klappern würde. Er klingelte Sturm und ließ schließlich mit einem ärgerlichen Stöhnen von der armen Klingel ab.

»Gibt's das?«, fragte er.

»Gibt's nicht«, gab sein Boss zurück.

Offenbar ein eingespieltes Team.

Die nächste Stunde verging damit, dass Thors gesamter Hausstand vor den Augen aller aus dem Lkw geladen und neben den Mülltonnen aufgestapelt wurde. Ravna half, zwischendurch klingelte sie immer wieder, aber es blieb dunkel hinter den Fenstern. Die Arbeit verlief relativ zügig, und als die Ladefläche leer war, ging der Boss ins Café und kam mit drei Bechern Kaffee sowie einer Platte *Kanelbollern* zurück – Zimtschnecken. Sie setzten sich ins Führerhaus und aßen sie schweigend auf.

»Und nun?«, fragte Ravna und wischte sich die Krümel von der Jacke. Ihr Kaffee war kalt geworden – noch eine Tasse, und sie würde drei Nächte kein Auge zutun. Schreibtisch, Couch, Sessel, Fernseher, Kleidersäcke, Bücher- und Umzugskisten und ein Doppelbett hatten sie geschleppt und im Freien abgestellt. Über die Matratze konnte sie wenigstens eine abgeschabte Decke aus dem Lkw legen.

Der Boss holte den Auftragsschein heraus und reichte ihn an seinem Mitarbeiter vorbei zu Ravna. »Unterschreiben.«

»Das kann ich nicht! Das gehört mir doch gar nicht.«

»Bist du nicht seine Tochter? Ich hab ein Foto gesehen, beim Einpacken. Das Mädchen sah aus wie du.«

Erschrocken sah sie ihn an. »Nein!«

»Dann seht ihr euch aber ähnlich.«

»Es tut mir leid, aber ich habe nichts persönlich mit ihm zu tun. Wir sind Kollegen, mehr nicht.«

Mit einem resignierten Brummen steckte der Mann den Schein wieder zurück. Ravna sah auf ihre Armbanduhr. Kurz nach neun. Sie müsste sich in Vardø melden. Filip gestehen, was in der Nacht passiert war und dass sie wie ein ausgesetzter Hund vor Rune Thors Haustür stand, der wohl beschlossen hatte, der Welt völlig den Rücken zu kehren. Ihre Situation wurde von Stunde zu Stunde unbehaglicher.

Ravna verabschiedete sich und stieg aus. Der Lkw startete und war wenige Augenblicke später um die Ecke verschwunden.

Erneut klingelte sie Sturm, und wie erwartet rührte sich nichts. Langsam ging sie zu dem Haufen neben den Mülltonnen. Es waren gute Möbel. Designerstücke, die teuer aussahen. Plexiglas und Chrom, elegante Stühle, ein runder Esstisch. Den Fernseher konnte er vergessen, er würde bestimmt nicht mehr funktionieren. Der zarte Schneefall auf ihm schmolz sofort. Es würde nicht mehr lange dauern, dann wären alle Sachen feucht und schließlich nass.

Im Hausflur ging Licht an.

Ravna wandte sich hastig um und trat in etwas, das wie klirrendes Glas klang. Ein silberfarbener, schwerer Fotorahmen, der irgendwo herausgerutscht sein musste und auf dem Boden gelegen hatte. Und sie war natürlich voll hineingestiefelt. Mit einem unterdrückten Fluch hob sie ihn auf und schüttelte die Scherben ab, dann eilte sie auf den Eingang zu. Die Frau, die gerade das Haus verließ, war mit Schal und Mütze so warm eingepackt, dass sie Ravna kaum anschauen konnte. Mit einem »*Hei*!« drückte Ravna sich an ihr vorbei und stand im Hausflur.

Im zweiten Stock links klebte noch nicht mal ein Post-it an der Tür. Sie klingelte, es blieb still. Sie hämmerte gegen die Tür, aber nichts geschah.

Sie schrie: »Thor! Mach die Tür auf! Ich bin es, Ravna. Ich muss mit dir reden!«

Hinter ihr wurde die gegenüberliegende Tür geöffnet. Eine junge Frau spähte ängstlich heraus.

»Sorry«, sagte Ravna. »Ich muss zu deinem Nachbarn. Hast du eine Ahnung, ob er da ist?«

Neben der Frau tauchten zwei kleine Kinder auf, die neugierig an ihr vorbeilugten. »Bist du vom Amt?«

»Nein«, erwiderte Ravna. »Ich will nur nach ihm sehen.«

Die junge Frau, ungefähr in Ravnas Alter, verschränkte ärgerlich die Arme. »Das wird ja auch Zeit. Dieses Gebrüll und Geschrei die ganze Nacht. Soll ich dir was sagen? Er gehört ins Irrenhaus.«

Sie trat geschickt zurück, zog ihre Kinder zu sich und schloss energisch die Tür. Ravna klingelte wieder, schließlich setzte sie sich auf die nächste Stufe. Der Bilderrahmen war schwer, bestimmt kostete so etwas ziemlich viel Geld. Sie wollte es nicht, aber sie musste sich das Foto einfach ansehen.

Und war schockiert. Konnte die Augen nicht mehr davon

wenden. Es war eine Aufnahme aus den Ferien, irgendwo am Meer. Der Himmel so blau, ein tiefgoldener Sonnenuntergang beleuchtete die Familie, die zärtlich aneinandergeschmiegt in die Kamera lächelte. Die Frau war wunderschön. Ihr dunkles, schulterlanges Haar wehte im Wind, sie wirkte zart und kräftig zugleich und trug ein gelbes Sommerkleid. Das Mädchen war vielleicht vierzehn oder fünfzehn Jahre alt. Ravna schluckte. Wie kam dieser Umzugsmann nur auf die Idee zu behaupten, sie sähen sich ähnlich? Sie hatten beide dunkle Haare und vielleicht auch noch das runde Gesicht gemeinsam. Das war es aber auch. Das Mädchen kam eindeutig nach dem Vater, und das war Thor.

Hätte sie dieses Foto irgendwo ohne einen Bezug zu ihm gesehen, sie hätte ihn nicht wiedererkannt. Aber er musste das sein, ganz ohne Zweifel. Breitschultrig, kräftig, mit kurzen Haaren und einem glücklichen Lachen im Gesicht. Ravna konnte nicht anders, sie musste ihn sich genauer ansehen. Thor und Glück, das war etwas, das eigentlich nicht zusammenging. Aber auf diesem Foto stimmte alles. Die Arme hatte er ausgebreitet und um seine Frau und sein Kind gelegt, er trug ein kurzes T-Shirt und sah gesund, na ja, nicht wohlgenährt aus, aber auf jeden Fall nicht so abgemagert und ausgezehrt wie jetzt. Die Aufnahme musste ein oder zwei Jahre vor dem Grauen gemacht worden sein, das ihm diese beiden Menschen für immer geraubt hatte.

Eine Tür wurde geöffnet. Ravna, völlig in die Betrachtung des Fotos versunken, sah aufgeschreckt hoch.

»Gib her.«

Thor stand im Türrahmen. Er trug etwas, das irgendwann vielleicht einmal eine Anzughose war, und ein fleckiges T-Shirt. Die Haare hingen ihm wirr in die Stirn. Er war barfuß und sah aus, als ob er gerade aus einem Albtraum erwacht und aus dem Bett gefallen wäre.

Sie stand auf und reichte ihm den Bilderrahmen. »Liegt alles unten auf der Straße«, sagte sie.

Wütend starrte er sie an.

»Dein ganzes Zeug aus Oslo. Heute war der Liefertermin.«

Er fuhr sich mit der freien Hand durch die Haare und sah sich um, als ob ihm seine Umgebung verraten könnte, wie er hierhin geraten war.

»Wo?«, fragte er schließlich. Seine Stimme klang heiser. Er roch wie ein Skunk.

»Unten, neben den Mülltonnen.«

Mit einem Stöhnen wandte er sich ab und tappte zurück in die Wohnung. Da er Ravna nicht die Tür vor der Nase zugeschlagen hatte, nahm sie es als höfliche Einladung, ihm zu folgen.

Die Wohnung war leer. In dem einen, größeren Zimmer, das vielleicht ein Wohn- oder Schlafzimmer sein könnte, lag eine Matratze auf dem Boden. Drum herum lagen verstreut Fastfood-Verpackungen, leere Flaschen und volle Aschenbecher. Das zweite Zimmer war ebenfalls leer. Da die Tür zum Badezimmer offen war, konnte sie darin einen großen Haufen Klamotten erkennen. Das war es. So lebte Rune Thor, *Criminal Investigation Norway*.

Sie wusste nicht, was sie sagen sollte. Es war so traurig, so unendlich traurig. Am tiefsten aber war der Schmerz, wenn sie an das Foto von seiner Familie dachte.

»Ich kann unten einen Kaffee holen, und du gehst unter die Dusche?«, schlug sie vor und hatte Angst, er könnte aus ihrer Stimme heraushören, was sie dachte.

Thor stellte den Bilderrahmen auf dem Fensterbrett ab. Dann versenkte er die Hände in den Hosentaschen. In seinem schmalen, zerrissenen Gesicht arbeitete es. »Was machst du hier?«

»Es gibt Neues im Fall Olle Trygg. Wir müssen noch mal ganz von vorne anfangen.«

»Wir?«, fragte er. Aber es klang ratlos, nicht spöttisch. »Ich bin raus.«

»Dann steig wieder ein.«

»Nein.«

Er wandte sich ab und schaute aus dem Fenster hinunter auf die Straße. Vielleicht sah er ein Bett, eine Couch und einen Fernseher, vielleicht auch nur die Trümmer seines Lebens. Sie begriff, dass es zu Ende war, wenn sie ihn nicht aufwecken konnte. Aber wie sollte sie das anstellen? Das hatten bestimmt schon viele versucht und waren gescheitert. Es war aus, auch für sie nach ihrer verrückten Aktion. Aus mit ihren Träumen, ihrer Karriere und der Aufklärung von Olle Tryggs Tod, den keiner gemocht hatte. Der von allen gehasst worden war. Aber dessen Seele eins nicht verdient hatte: dass man nicht wenigstens versuchte, seinen Tod aufzuklären.

»Das ist mir egal«, sagte sie und wunderte sich, wie kalt ihre Stimme klang. »Ich werde dir jetzt einen Kaffee holen. Wenn ich zurück bin, riechst du anders und siehst auch anders aus. Dann schaffen wir dein Zeug in die Wohnung.

Und danach kommst du mit nach Vardø und hilfst mir, Tryggs Mörder zu fassen.«

»Nein.«

Sie ging zu ihm und stellte sich an seine Seite. Gemeinsam starrten sie hinunter auf den Hof, der vom trüben Licht der Straßenlaterne erhellt wurde. Der kaputte Fotorahmen lehnte am Fenster.

»Sie würden sich für dich schämen.«

Er drehte sich zu ihr um. Seine Augen verengten sich. Für den Bruchteil einer Sekunde sah es so aus, als ob er sie schlagen würde. Aber sie hatte keine Angst vor einem *Gand*, der keine Kontrolle mehr hatte. Nicht über sich, nicht über sein Leben und erst recht nicht über sie, Ravna.

15.

Als Ravna zurückkehrte, mit Kaffee und Croissants, stand Thor unter der Dusche. Sie hatte vorsorglich den Schlüssel mitgenommen, der im Türschloss gesteckt hatte, damit er sie nicht einfach aussperrte. Da sie nicht wusste, wohin mit sich, setzte sie sich schließlich auf die Matratze. Dabei fielen ihr die Flaschen und die Zigarettenpackungen auf. Alle trugen das Siegel vom Zoll und waren beschlagnahmte Ware, wahrscheinlich von den Fähren. Ravna hatte sich noch nicht in die Dienstregeln eingearbeitet, aber sie war sich sicher, dass das allein schon für eine Suspendierung reichte. Offenbar ließen sie ihn einfach gewähren. Hauptsache, er kam ihnen nicht in die Quere. Ravna hatte erlebt, wie es war, wenn Thor zu Höchstform auflief. Vermutlich hatten sie sich in Kirkenes gedacht, es wäre das kleinere Übel, ihn einfach in die Asservatenkammer schleichen zu lassen, damit er sein Elend zu Hause betäubte.

Natürlich wusste sie, dass sie sich ihre Gedanken über ihn niemals anmerken lassen durfte. Es war schon peinlich genug, dass er sie mit dem Foto seiner Familie erwischt hatte. Am besten vergaßen sie den Vorfall so schnell wie möglich, oder sie verdrängten ihn. Denn das Bild dieser Familie aus glücklicheren Tagen hatte es nicht verdient, von Ravna für einen kleinen Erpressungsversuch benutzt zu werden. Sie fühlte sich schlecht deshalb, aber sie hatte einfach nicht gewusst, wie sie ihn sonst dazu hätte bringen können, sein düsteres Tal zu verlassen und noch einmal zurück in die Welt der Lebenden zu kehren. Sie brauchte ihn, oder besser gesagt: seinen Dienstgrad, um weiter am Ball bleiben zu können.

Als er zurück ins Zimmer kam, sah er zumindest geduscht aus.

»Okay.« Es klang wie eine Feststellung: Ravna war nicht verschwunden und er hatte sie sich auch nicht eingebildet. Sie saß da und erwartete von ihm, dass er funktionierte. Er trug jetzt eine nicht ganz so zerknitterte Hose und ein schwarzes T-Shirt. Die Haare hingen ihm nass in die Stirn. Er klaubte ein Zigarettenpäckchen vom Boden auf, aber als er Ravnas missbilligenden Blick bemerkte, steckte er es mit einem unterdrückten Fluch ein. »Was willst du?«

»Jensen ist Städter. Er weiß noch nicht mal, was ein *bruksniv* ist.«

»Ich auch nicht.«

»Jeder Same besitzt drei Messer. Ein großes, das *storkniv* oder, auf Samisch, *stuoraniibi*. Dann das *bruksniv*, das mittlere Gebrauchsmesser. Und ein kleines, das *merkekniv* oder auch *merkenniibi*. Das große zum Zerlegen, das mittlere zum Schlachten, das kleine, um zum Beispiel die Ohren der jungen Tiere zu markieren. Jemand hat in Mortensnes sein *brukskniv* benutzt und damit ein Rentier geopfert, in derselben Nacht von Tryggs Tod.«

»Ein Verrückter?«

»Der Mörder.«

Thor schwieg. Er sah aus dem Fenster und strich sich mit dem Daumen und dem Zeigefinger der rechten Hand über die Nasenwurzel. Wahrscheinlich hatte er einen ausgewachsenen Kater. »Wie kommst du darauf?«

»Es war kein folkloristisches Ritual, sondern eine Wiedergutmachung. Eine Art Sühne, eine Bitte um Entschuldigung für die Tat. Das Opfer ist für Tryggs Seele in der Unterwelt gedacht. Es ist ein gutes Tier, jung, wertvoll. Es hat eine Markierung am Ohr, also hat es jemandem gehört.«

»Und du meinst, der Täter ist so dumm und führt uns damit direkt vor seine Haustür?«

»Wir sollten zumindest dort anklopfen. Ich weiß nicht, zu welchem Clan die Markierung gehört. Es gibt Hunderte. Aber ich könnte es herausfinden. Sie sind alle beim *Sameting* registriert.«

»Gut.« Thor nickte, als hätte sie gerade zum ersten Mal etwas Vernünftiges gesagt. »Dann finde es heraus und lass mich in Ruhe.«

Sie schwieg. Was sollte sie dazu sagen?

»Du erwartest nicht, dass ich noch einmal nach Vardø zurückkomme?«, fragte er.

Ravna tat ihm nicht den Gefallen, darauf zu antworten.

Mit einem Stöhnen legte er den Kopf in den Nacken und starrte an die Decke. »Es ist das kälteste, mieseste Loch von ganz Norwegen.«

»Und das hier ist besser, ja?«

Er kam vor und musterte sie mit einem unergründlichen Blick. »Warum bist du hier? Du willst Hilfe? Von mir? Das ist lächerlich. Sag mir die Wahrheit.«

»Das ist die Wahrheit.«

»Lüg mich nicht an! Es geht dir nicht um den Fall. Es geht um etwas ganz anderes. Und ich bin nur dein Mittel zum Zweck. Ravna, ich hasse es, wenn man mich unterschätzt. Geh. Ich will dich nicht mehr sehen.«

Sie stand auf, unschlüssig, ob das wirklich das letzte Wort war. Er hatte sie durchschaut, mehr fast als sie sich selbst, und sie ärgerte sich, dass ihm das sogar in diesem Zustand mühelos gelungen war.

»Es ist …« Sie schluckte. Die Wahrheit musste auf den Tisch, auch wenn sie sie sich selbst noch gar nicht richtig eingestanden hatte. »Es ist einer von uns.«

»Und?«

»Unsere ganze Gemeinschaft wird daran zugrunde gehen, wenn wir nicht wissen, wer es war. Wir haben Jahrtausende überlebt, weil wir uns vertraut haben. Nun ist ein Mörder unter uns, und wenn wir ihn nicht finden, werden wir so wie ihr. Misstrauisch, egoistisch, nur aufs eigene Wohl bedacht. Es wird uns zerreißen. Keiner wird dem anderen mehr über den Weg trauen. Deshalb bin ich hier. Ich brauche deine Hilfe. Ohne dich komme ich nicht weiter. Aber du ohne mich auch nicht, denn keiner von uns wird mit dir reden.«

»Aber mit dir?«

»Ich weiß es nicht. Ich könnte es versuchen. Und ich habe Zugang zu dem Wissen, seit ich auf der Welt bin. Ich muss es mir nicht erst mühsam erarbeiten. Wir haben es mit jemandem zu tun, der genau weiß, wie man mit Wanderseelen umgeht.«

»Mit Wanderseelen.«

Ravna suchte nach Worten. Das zu erklären war nicht einfach, schon gar nicht einem norwegischen Kommissar, der keinen Hehl daraus machte, was er von diesen Dingen hielt.

»Wenn jemand stirbt, dann bleibt seine Seele noch eine Weile hier, bevor sie in die Unterwelt geht. Man muss den Strich ziehen, damit sie einem nicht zu nahe kommt.«

»Warum?« Zum ersten Mal glühte so etwas wie echtes Interesse in seiner Frage.

»Es kann ja sein, dass man nicht im Guten auseinandergegangen ist. Generell ist der Kontakt zu den Seelen der Verstorbenen eine heikle Sache. Schamanen können das, die leben in der Unterwelt quasi Tür an Tür mit den Toten.«

»Das heißt, sie klopfen an und fragen: Kann ich mal kurz reinkommen? Oh Mann.« Thor schüttelte den Kopf.

»Ich weiß nicht, wie genau es funktioniert«, antwortete Ravna ärgerlich. Wollte er eine Antwort oder wollte er sich nur lustig machen? »Aber es gibt Menschen, die daran glauben. Auch an die Wanderseelen. Ihr öffnet doch auch das Fenster, wenn jemand stirbt. Damit die Seele raus und weg kann.«

Am liebsten hätte sie sich auf die Zunge gebissen und die

letzten Worte zurückgeholt. Thors Frau und seine Tochter waren grausam ermordet worden. Der Abschied musste Übermenschliches von ihm verlangt haben.

»Jedenfalls«, fuhr sie hastig fort, um ihren Tritt ins Fettnäpfchen zu überspielen, »ist es eine sehr starke spirituelle Geschichte.«

»Und man bekommt tatsächlich Kontakt zu ihnen?«

»Zu den Wanderseelen? Nur über einen Schamanen. Und, ganz ehrlich – nur, wenn man daran glaubt. Deshalb weiß ich, dass es einer von uns war. Wenn Jensen nicht auf Schamanen-Workshops gewesen und den inneren Heiler und Propheten in sich entdeckt hat. Was ich nicht glaube, offen gesagt.«

»Ich auch nicht.« Thor fuhr sich mit beiden Händen übers Gesicht.

»Also kommst du mit?«

»Warum sollte ich mir das noch mal antun?«

Sie sah sich im Zimmer um. In diesem kargen Chaos, in dem kein Mensch auf Dauer leben konnte. »Weil du nicht trinkst, wenn du arbeitest? Wenigstens nicht die ganze Zeit.«

Er holte die Zigaretten hervor und zündete sich eine an. »Aber ich rauche. Ab und zu.«

Ravna reichte ihm ein verklebtes Glas, das er als Aschenbecher benutzen konnte. Er ignorierte es. Zwei, drei Züge lang tat er so, als ob es sie nicht gäbe. Dann nahm er es ihr ab, ohne sie anzusehen, drückte die Zigarette aus und ging zur Tür.

Was nicht ganz so schnell ging, war der Umzug. Zwischendurch rief Ravna in Vardø an und versicherte einem gar nicht erfreuten Filip, dass sie am Nachmittag zurück sein würde. Thor bekam das mit. Er stellte eine Umzugskiste ab und forderte Ravna mit einer Handbewegung auf, ihm ihr Handy zu geben. Wie er das machte, war er schon wieder fast der Alte.

»Ich habe sie angefordert«, erklärte er, in diesem Tonfall, der zu früheren Zeiten sofort nach einem Duell verlangt hätte. »Ich brauche den Untersuchungsbericht zu dem Rentierfund von Eva Hovland. Auf meinen Schreibtisch, sobald er eintrifft.«

Er legte auf und reichte Ravna das Handy zurück. Wahrscheinlich ging nun auf der Wache eine heftige Diskussion los, welchen Schreibtisch genau Thor gemeint haben könnte und was zum Teufel Ravna in Kirkenes zu suchen hatte. Es würde Fragen geben. Aber solange Thor in der Nähe war, würden sie sich nicht trauen, sie zu stellen.

Zwischen der Matratze und dem Couchtisch erzählte sie ihm von dem Rentier. Während sie gemeinsam das Bettgestell nach oben hievten, beschrieb sie keuchend die Markierung am Ohr. »Ich muss meine Urgroßmutter fragen, wenn wir wieder zurück sind. Sie kennt alle, in der ganzen Finnmark.«

Als sie die Stühle und den Fernseher nach oben gebracht hatten, kam Ravna auf das Blut und den Opferstein. »Das Tier wird mit einem Stich in den Nacken betäubt, dann schlitzt man ihm die Kehle auf und dann fängt man das Blut in Schalen auf und gießt es über den Stein. Das kann

Jensen nicht wissen. Oder wenn er es weiß, dann hat er keine Ahnung, wie man das anstellt. Wir müssen noch mal mit ihm reden. Wenn er nicht der Täter ist, dann ist er unser einziger Zeuge. Der letzte, der Trygg lebend gesehen hat.«

Sie hatte keine Ahnung, ob Thor verstand, was sie erzählte. Aber er funktionierte. Er hatte sich geduscht und rasiert, zumindest zwei Schluck Kaffee getrunken und sich etwas anderes angezogen. Zwar waren die Klamotten immer noch zerknittert, aber sie rochen gewaschen.

Es war nicht viel, was er aus Oslo mitgebracht hatte. Alles passte ins Wohnzimmer, wurde von ihm aber nur lieblos an die Wand geschoben. Als sie fertig waren, setzten sie sich auf die Couch, aber erst, nachdem Ravna eine Decke über die feuchte Sitzfläche gebreitet hatte. Ohne es zu wollen, fiel ihr Blick wieder auf das Foto am Fenster. Er merkte es und sagte schließlich: »Frida. Und Leni.«

Sie nickte, aber er erzählte nichts mehr. Musste er auch nicht. Sie standen auf und verließen das Haus.

»Ich fahre«, sagte Ravna und ging auf den kleinen Wagen zu. »Oder willst du gleich hier einen Rest-Alkoholtest machen?«

Eines musste man Thor lassen: Er fügte sich, ohne einen Aufstand zu machen. Mit eisiger Miene faltete er seine Gliedmaßen zusammen und schaffte es irgendwie auf den Beifahrersitz, ohne mit seinem Mantel die Straße zu kehren.

16.

Der Verhörraum auf der Polizeiwache von Kirkenes war ein beige gestrichener Raum mit einem Tisch und vier Stühlen sowie einem Aufnahmegerät. Dort saß Harald Jensen und blickte missgelaunt auf, als Thor und Ravna den Raum betraten. Der Vollzugsbeamte schloss die Tür, sie waren unter sich.

»*Hei*«, sagte Ravna, während Thor es vorzog, sich ohne ein Wort an die andere Seite des Tisches zu setzen. »Wie geht es dir?«

»Wie soll es mir gehen?«, knurrte Jensen. »Ich bin unschuldig verhaftet worden. Wegen ihm!« Er deutete wütend auf Thor.

Noch vom Auto aus hatte der angeordnet, den Untersuchungshäftling vorzuführen. Ravna war es fast unheimlich, dass er ihren Vorschlag, Jensen noch einmal zu vernehmen, einfach so ausführte. Verunsichert fragte sie sich, ob das so weitergehen sollte: Sie schlug vor, Thor machte, was sie sagte. Crazy. Sie hatte den Verdacht, dass er nur auf ihren ersten Fehler wartete. Aber damit unterstellte sie ihm Interesse, an ihr oder an dem Fall, und dass er das nicht hatte, war ja klar. Immerhin: Er beugte sich vor und schaltete das Aufnahmegerät ein.

»*Lensmann* Rune Thor, Finnmark *politidistrikt,* Kirkenes. Ravna Persen, Polizeipraktikant Vardø. Vernehmung Harald Jensen.« Er sah den Vorgeführten an. »Was wolltest du von Trygg?«

»Kein Wort ohne meinen Anwalt. Er ist schon unterwegs und wird euch die Hölle heißmachen.«

Ravna zog ihren Anorak aus und setzte sich ebenfalls. »Wenn du hier raus willst, musst du reden.«

»Und wenn ich das nicht tue?«, giftete Jensen zurück. »Lasst ihr mich dann unschuldig in eurem Knast verrotten?«

»Norwegen ist ein Rechtsstaat«, konterte sie ungerührt. »In unseren Knästen verrottet nur der, der es verdient. Du warst mit Trygg in Mortensnes. Ihr hattet einen Streit. Es wurde Blut von ihm auf deiner Kleidung gefunden. Hör auf, uns etwas von einem Filmriss zu erzählen. Sag uns einfach, was genau vorgefallen ist.«

War das gut? Sie sah kurz zu Thor. Der hatte die Arme verschränkt und starrte die Tischplatte an. Jensen seufzte, als hätte er es hier mit ein paar begriffsstutzigen Provinzbullen zu tun.

»Er wollte uns Land verkaufen. Das wisst ihr doch längst! Alles war abgemacht, die Verträge waren verhandelt. Da fängt er plötzlich an und will mehr. Ich habe nicht viel

Spielraum in diesen Dingen, also dachte ich, ich rede noch mal mit ihm. Er hat diesen Ort vorgeschlagen, Mortens-Dings.«

»Mortensnes«, sagte sie, aber Jensen winkte unwirsch ab. »Warum dort?«

»Ich musste sowieso zurück und er hatte irgendwas in Vadsø zu tun. Also haben wir uns dort auf dem Parkplatz verabredet. Er war aber an diesem Stein, diesem Bärenstein. Und fing gleich an herumzuschwadronieren. Das wäre das Land seiner Vorväter und das würde nicht verkauft. Und wenn doch, wäre es verflucht und all so einen Mist. Er hätte ein Gespräch mit seinem Schutzgeist gehabt und der hätte ihm abgeraten.«

»Mit seinem Schutzgeist?«

»Ja! So nannte er das.«

Jensen erzählte Mist, aber das konnte man nur wissen, wenn man sich gut in diesen Dingen auskannte. Er hatte etwas durcheinandergebracht. Trygg war kein Schamane, also konnte ihm auch kein Schutzgeist erscheinen. Aber vielleicht hatte er jemanden um Rat ersucht? Das wäre durchaus möglich. Wahrscheinlich hatte er sich von seinen Ahnen eine Art Vergebung für den Landverkauf erbitten wollen und hatte dafür mit einem Schamanen gesprochen. Dem war dann ein *noaidegazzi*[14] erschienen und hatte klargemacht, dass Trygg diesen Deal besser vergessen sollte. Es interessierte Ravna brennend, wen der Mistkerl um Rat

14 Schutzgeist, der nur mit Schamanen in Verbindung tritt.

gefragt haben könnte. Es gab nicht viele praktizierende Schamanen. Die bekannteste in der Gegend war Ester Utsi, aber sie konnte sich beim besten Willen nicht vorstellen, dass Trygg bei dieser von allen geachteten und integren Frau um den Segen für so ein Geschäft gebeten hätte.

»Und dann?«

Wieder seufzte Jensen. Dieses Mal klang es nicht nur ungeduldig, sondern auch verzweifelt. »Ich brauche diesen Erfolg. Nicht nur wegen der Provision. Das hätte für mich ein ganz großer Einstieg sein können. Trygg kannte eine Menge Leute. Wenn das geklappt hätte und ihr gesehen hättet, wie wir arbeiten und dass wir die Natur schützen, statt sie zu zerstören, dass wir was zum Wohle aller aufbauen wollen …«

Ravnas Gesicht vereiste. Jensen bemerkte das und fuhr einen Gang herunter.

»Kurz: Ich schlachte doch nicht das Huhn, das meine Eier legt. Der Fortschritt macht auch vor der Arktis nicht halt. Er kommt, also ist es doch besser, mit den Guten zu verhandeln.«

»Die Guten«, wiederholte sie ironisch. »Was passierte dann?«

»Wir gerieten in Streit. Ich war verzweifelt. Monatelang hatten wir verhandelt. Trygg hat uns einfach nur verarscht! Ich hab noch was draufgelegt. Es sind böse Worte gefallen und schließlich lagen wir uns in den Haaren. Er hat von mir eins auf die Nase gekriegt, aber das hat ihn nicht umgehauen. Er war zäh. Ein zäher alter Mistkerl.«

»Und dann?«

»Schlug er ein.«

»Was?«, fragte Ravna perplex. Eben noch war sie kurz davor gewesen, ihr Urteil über Trygg zu revidieren. Er hatte in letzter Sekunde einen Rückzieher gemacht, immerhin. Dem unbekannten Schutzgeist sei Dank. Aber dann war es doch nur ein Trick gewesen, um den Preis in die Höhe zu schrauben. Er hatte in diesen dreckigen Deal eingewilligt.

»Ich hab was draufgelegt, er ging was runter, und dann schlug er ein. Das war alles Show gewesen, versteht ihr? Reine Show! Wir gingen noch zusammen zum Auto. Aber dann ...« Jensen brach ab und runzelte die Stirn. »Da war was. Ich kann gar nicht sagen, was. Nichts Genaues. Nichts ... Materielles.«

Ravna beugte sich vor. »Hattest du da schon was getrunken?«

»Nein. Nein! Das hab ich erst im Hotel. Es war so, dass Trygg auf einmal sagte, er muss noch mal zurück. Vielleicht hatte er was vergessen? Keine Ahnung. Er verschwand jedenfalls, und ich ...«

Das Gesicht des Häftlings war voller Angst. »Ich fühlte mich beobachtet. Es war unheimlich. Ich glaub ja nicht an so einen Scheiß, aber für einen Moment hatte ich das Gefühl, da draußen wären wirklich Geister unterwegs.«

»Und dann?«

Jensen schluckte. Er war bleich geworden und sah aus, als ob er sich jeden Moment übergeben würde. »Dann hörte ich einen Schrei.«

Thor sah hoch.

»Einen furchtbaren, unmenschlichen Schrei! Wie ... wie

aus dem Schlund der Hölle.« Er wischte sich über die Stirn. »Kann ich einen Schluck Wasser haben?«

»Selbstverständlich.« Ravna stand auf und ging zur Tür. Durch das kleine Sichtfenster gab sie dem Beamten ein Zeichen, dann kehrte sie zum Tisch zurück »Und dann? Hast du nachgesehen?«

»Nachgesehen? Ich habe gemacht, dass ich in mein Auto kam!«

»*Bullshit*«, sagte Thor. Es war das erste Wort aus seinem Mund in diesem Raum.

Jensens Kopf ruckte zu ihm herum. »Was sagst du da?«

»Ich will nichts mehr hören von Geistern. Du hast einen Mann umgebracht, weil er nicht getan hat, was du wolltest. Du bist anschließend zum Meer und hast die Tatwaffe ins Wasser geworfen. Du bist ein kleiner, hinterhältiger Verlierer, Jensen, und du wirst nie wieder das Licht der Sonne sehen.«

Ravna blieb beinahe der Mund offen stehen. Redete man so in einem Verhör? Thor stand auf, ging zur Tür und klopfte zwei Mal dagegen. Sie wurde geöffnet, aber bevor er hinausgehen konnte, war Jensen auch schon aufgesprungen.

»Aber es war so! Ich schwöre bei allem, was mir heilig ist! Da hat jemand geschrien!«

Thor fuhr herum. Erschrocken zuckte Jensen zusammen.

»Und da siehst du nicht nach? Es kommt dir nicht in den Sinn, dass Trygg vielleicht Hilfe gebraucht hätte?«

»Aber … Es war so unheimlich!«

Thor würdigte ihn keines Blickes mehr und verschwand. Ravna holte in Windeseile ihren Anorak.

»Was passiert denn jetzt?«, jammerte Jensen. »Ihr könnt mich doch nicht einfach hierlassen!«

»Rede mit deinem Anwalt und frag ihn, ob es nicht besser wäre, mit uns zu kooperieren. Das könnte sich günstig auf dein Strafmaß auswirken.«

»Mein Strafmaß? Aber ich bin unschuldig! Ich bin unschuldig!«

Sein Geschrei verfolgte sie noch bis ins Treppenhaus. Jensens seltsame Aussage ging ihr nicht aus dem Kopf, verschwand aber schlagartig, als sie Thor zusammen mit Lars in der Wache sah. Der junge Polizist hob den Kopf und lächelte ihr zu. Ihr Herzschlag stolperte, dann verfing sie sich auch noch in ihren dicken Stiefeln und hätte um ein Haar eine Bauchlandung hingelegt. Vor allem, als Thor jetzt über den Tresen griff und Lars ein Klemmbrett aus der Hand nahm. Stirnrunzelnd überflog der *Gand* den Text und unterschrieb. Ravna lugte ihm über die Schulter.

»Jensen wird entlassen?«, fragte sie entgeistert.

Thor pfefferte das Brett auf den Tresen, wandte sich ab und ging hinaus. Ratlos sah sie zu Lars.

»Ihr habt nur Indizien, keine Beweise. Es gibt keine rechtliche Handhabe, ihn länger hierzubehalten.«

Ravna unterdrückte gerade noch rechtzeitig einen Fluch.

»Sag mal«, Lars beugte sich über das Trennbrett zu ihr und senkte die Stimme, »wie ist er denn so?«

»Jensen?«

»Thor.«

Ravna drehte sich um, aber ihr Boss war schon draußen. »Warum? Das wisst ihr doch besser als ich.«

»Du bist die Erste, mit der er zusammenarbeitet. Ich hätte nicht gedacht, dass du ihn rumkriegst. Wie hast du das geschafft?«

»Ich weiß nicht, ob man das so nennen kann«, antwortete sie mit einem Grinsen. Ihr Herzschlag ging wieder normal. Lars war einfach nur ein Kollege. Ein verdammt gut aussehender, verdammt sympathischer Kollege.

Und genau dieser Kollege lächelte sie noch einmal an, nahm das Brett an sich und ging damit hinüber zu einem Schreibtisch. »Noch einen Kaffee?«

»Liebend gerne, aber wir müssen los. Beweise auftreiben.«

»Dann beim nächsten Mal?«

Fragte er sie gerade wirklich nach einem Date oder war das nur die Einladung zu einem Plastikbecher mit Heißgetränk am Automaten um die Ecke?

»Bist du auf Instagram?«

»Jep. Ravna Persen.«

»Vielleicht komme ich mal nach Vardø. Ich war zum letzten Mal mit der Schule dort, das Hexenmahnmal und so.«

»Dann melde dich. Der erste Kaffee geht auf mich.«

Er grinste sie an und ihr Herz hüpfte wieder. »Ich nehm dich beim Wort.«

Um nicht ganz die Haltung zu verlieren, manövrierte sie das Gespräch wieder in eine berufliche Richtung. »Bleibt Jensen im Distrikt?«

»Er hat die Auflage, sich zu melden und jederzeit erreichbar zu sein.«

»Gut.« Sie schlug zum Abschied sanft mit der flachen Hand auf den Tresen. »*Bye*.«

Thor wartete an Lénas Wagen. Dabei ging er betont ungeduldig auf und ab, um ihr zu zeigen, dass er solche Situationen überhaupt nicht schätzte. Das Auto wahrscheinlich auch nicht.

Und erst recht nicht, neben ihr zu sitzen. Er war ein unruhiger Beifahrer, auch wenn er versuchte, Ravnas Fahrkünste nicht zu kommentieren. Als sie die Tankstelle am Ausgang der Stadt erreichten, sagte er: »Lass mich ans Steuer.«

»Das ist das Auto meiner Urgroßmutter!«

»Musst du dann auch fahren wie sie?«

Wütend hielt sie an und sie wechselten die Plätze. Was dann geschah, machte Ravna sprachlos: Er holte ein Tempo aus dem Wagen heraus, das wahrscheinlich noch nicht einmal mehr auf dem Tacho angezeigt wurde. In Rekordzeit waren sie in Mortensnes, wo Thor das kleine Auto über die Buckelpiste zum Parkplatz trieb. Das Thema Jensen und seine Entlassung hatte sie wohlweislich nicht mehr angesprochen – wer wusste schon, ob Thor in seiner Wut den Wagen dann nicht gleich ins Meer gelenkt hätte.

Das Museum hatte für den Publikumsverkehr geschlossen, aber eine Mitarbeiterin war da, eine junge Frau, Ylva. Sie kam sofort mit ihnen hinaus, um sie über das unwegsame Gelände hin zu dem Opferstein zu führen. Sie hatte Schlüssel für ein Tor im Zaun dabei, damit sie nicht noch einmal darüber klettern mussten. Und sie besaß eine richtig gute Lampe, die den zweiten Tatort perfekt ausleuchtete. Was vielleicht keine so gute Idee gewesen war, auch wenn das Opfer selbst schon abtransportiert worden war.

»Oh mein Gott.« Ylva war nur ein paar Jahre älter als

Ravna, aber ein zartes Wesen, das den Anblick von so viel Blut offensichtlich nicht gewohnt war. »Was ist denn hier passiert?«

»Jemand hat ein Rentier geopfert.«

»Oh mein Gott!«

Ravna ging in die Knie und tat so, als ob sie die Abrinnspuren genauer untersuchen wollte. In Wirklichkeit befürchtete sie, beim nächsten »Oh mein Gott!« irgendeine dumme Bemerkung darüber zu machen, dass sie sich ja schließlich an einem Ort befanden, der seit Jahrtausenden für genau diese Handlungen berühmt war. Thor sagte gar nichts. Er nahm ihr einfach die Lampe ab und leuchtete selbst.

Ravna stand wieder auf. »Und?«

Thor zuckte mit den Schultern. Sein Gesicht lag im Dunkeln, deshalb konnte sie nicht erkennen, wie er auf den Tatort reagierte.

Ravna drehte sich um und wies vage in die Richtung, in der sie den Bärenstein vermutete. »Irgendwie ist es ihm gelungen, Trygg noch mal vom Parkplatz aufs Gelände zu locken. Dann hat er ihn ermordet. Das dürfte nicht lange gedauert haben. Jensen hat ja diesen seltsamen Geisterschrei gehört, also schätze ich, keine zwei Minuten. Kein Vorgespräch, kein Streit. Trygg war verletzt, aber er folgte dem Ruf trotzdem. Und wurde erstochen.«

»Oh mein Gott!«

Ravna drehte sich gar nicht mehr nach dem Mädchen um. Thor senkte nachdenklich den Kopf und umrundete den Opferstein ein weiteres Mal.

»Dann hat der Täter die Leiche mit dem Kopf Richtung

Osten gelegt und die Birkenrinde platziert. Und den Strich gezogen, damit ihm der Geist des Ermordeten nicht folgt. Aber das hat ihm nicht gereicht. Es musste noch ein Opfer geben. Ein Rentier. Das ist ziemlich teuer, aber das war es ihm wert. Er hat es hier getötet und es rituell geopfert. Genau so, wie es sein soll. Also …« Sie brach ab, ordnete ihre Gedanken und begann den Satz noch einmal. »Genau so, wie manche glauben, dass es sein soll.«

Thor umrundete den Stein ein drittes Mal. Dann blieb er stehen und leuchtete auf die beiden Frauen, die auf der anderen Seite standen. Während Ravna mit der Rekonstruktion dieses seltsamen Verbrechens beschäftigt war, hatten sich Ylvas Züge vor Entsetzen und Angst verzerrt.

»Oh mein Gott!« Ylvas Gesicht war wachsbleich.

Ravna wurde bewusst, dass sie Welten trennten. Vermutlich war Ylva eine Studentin, die sich kaum damit auseinandergesetzt hatte, womit sie sich etwas hinzuverdiente. Und dann war hier ein Mord geschehen, was für sich betrachtet schon schlimm genug war. Sie hatte Mitgefühl mit diesem überforderten Mädchen, das tote Rentiere vermutlich nur von Fotos kannte. Wenn überhaupt.

»Es tut mir leid«, sagte sie. »Du solltest das hier eigentlich nicht hören.«

Thor kam um den Stein herum auf sie zu und ging dann zurück Richtung Zaun. Immerhin hatte er die Güte, dort auf sie zu warten und sie nicht völlig im Dunkeln tappen zu lassen.

»Bist du alleine im Museum?«, fragte Ravna.

Ylva nickte. Ihre Hände zitterten, als sie abschloss.

»Vielleicht solltest du Schluss für heute machen. Es kommt doch sowieso niemand mehr vorbei.«

Sie folgten Thor, der den Abhang mit schlafwandlerischer Sicherheit hinaufstieg, als hätte er in Mortensnes mindestens sieben Leben verbracht. Oben angekommen verabschiedete Ravna sich, während ihr Boss schon ungeduldig den Motor startete.

»Und?«, fragte sie, kaum dass sie neben ihm Platz genommen hatte und er den Parkplatz verließ, als wären hundert Dämonen hinter ihnen her.

Aber er antwortete nicht. Bis Vardø verbrachten sie die Fahrt schweigend.

17.

Filip, Jonas und Mikkel standen Spalier, als sie aus Kirkenes zurückkamen. Thor beanspruchte natürlich das Chefbüro mit einer Selbstverständlichkeit, gegen die alle machtlos waren. Der Untersuchungsbericht von Eva war schon eingetroffen. Den drei Polizisten war anzusehen, dass sie sich brennend gerne allein mit Ravna unterhalten hätten, um herauszufinden, was sie hinter ihrem Rücken losgetreten hatte. Thor, die Heimsuchung, hatte sie ja auch noch mitgebracht, da gab es jede Menge Fragen.

»Jensen wurde entlassen«, beantwortete Thor die erste, die im Raum stand. »Aber wir müssen uns darum kümmern, was nach der Auseinandersetzung zwischen ihm und Trygg in Mortensnes geschehen ist. Ravna?«

Drei Köpfe ruckten zu ihr herum. Ihr wurde die Kehle eng. Das alles war etwas zu viel für die ersten Tage. Sie hatte ein schlechtes Gewissen, weil es so aussah, als hätte sie im

Alleingang die Ermittlungen an sich gerissen. Deshalb klang ihre Stimme unsicher, als sie das Wort ergriff.

»Ähm, ja. Also: Es war definitiv eine zweite Person dort. Ich gehe davon aus, dass Trygg noch lebte, als Jensen sich nach dem Treffen davonmachte. Buchstäblich angeschlagen, aber am Leben.«

»Ach ja?«, fragte Mikkel. Seine Augen flitzten zwischen Thor und Ravna hin und her. Sie konnte seine Gedanken hören, so laut rumorten sie in seinem Kopf. Am meisten fuchste ihn, dass er bei sämtlichen Fortschritten nicht dabei gewesen war und stattdessen *seine* Praktikantin sich eine nette Nacht in Kirkenes um die Ohren gehauen hatte. Wahrscheinlich *mit* Thor, wenn sie den anzüglichen Unterton richtig interpretierte. »Wer sagt das?«

Sie war völlig ungeübt, vor vier Profis über das zu reden, was sie herausgefunden hatte. Sicher machte man das ganz anders. Gespickt mit Worten wie *Beweisführung, Annahme* oder *mit an Sicherheit grenzender Wahrscheinlichkeit.* Niemand im Raum stand auf ihrer Seite oder ermunterte sie. Obwohl Thor sie aufgefordert hatte zu reden, schien er gar nicht zuzuhören, sondern rief bereits den ganzen Vorgang auf dem Laptop auf.

»Evas Untersuchungsbericht«, antwortete sie. »Da muss es drinstehen. Sie war heute Nacht in Mortensnes und hat sich alles genau angesehen.«

Filips Züge entspannten sich etwas. Wenn Eva ebenfalls mit von der Partie bei diesem nächtlichen Ausflug gewesen war, war es nicht ganz so fahrlässig.

»Und nur weil ein Irrer da nachts ein Rentier schlachtet,

fangen wir noch mal von vorne an?« Mikkel sah sich nach Zustimmung heischend um.

Aber die Fronten waren nicht so klar, wie er das gerne gehabt hätte. Filip und Jonas, die beiden erfahrenen Provinzpolizisten, wussten ganz genau, was Thors Auftauchen zu bedeuten hatte. Mikkel hingegen dachte noch, er könnte durch reine Motzerei etwas an den Tatsachen ändern. Allerdings kamen ihr auch Filip und Jonas nicht zur Hilfe. Du hast es angefangen, also bring es auch zu Ende, schienen ihre Blicke zu sagen.

»Das Opfer des Rentiers steht in direktem Zusammenhang mit Tryggs Tod.«

»Und wie?«

Ravna spürte wieder, wie ihre Wangen rot wurden. Es war Thor gegenüber schon schwer gewesen, die Zusammenhänge zu beschreiben. Mikkel würde sie auslachen. Er wartete darauf, er platzte beinahe.

Da sagte Thor: »Es ist ein Hinweis auf ein samisches Bestattungsritual.«

Mikkels Blick ließ Ravna los und nahm Thor ins Visier. »Und was heißt das genau?«

»Es vereinfacht die Reise ins Totenreich.«

»Aha.«

»Das sagt uns, dass wir mit Trygg nicht nur ein samisches Opfer haben, sondern außer Jensen auch noch einen weiteren Täter suchen. Den Mörder.«

»Ein Same.« Mikkel nickte, als hätte er das schon immer gewusst. »Dann sollten wir sie uns endlich mal vornehmen.«

»Sehr gut, Mikkel.« Um Thors schmale Lippen spielte ein

Lächeln. »Dann fang am besten gleich damit an. Zeugenbefragung, Alibis. Wer hat Trygg wann und wo zum letzten Mal gesehen? Wer war wo zur Tatzeit? Und vor allem: Wer hatte mit Trygg Ärger? Sollte das nicht schon längst passiert sein?«

»Aber ich dachte, der Fall wäre erledigt! Die reden nicht mit uns. Die sind doch alle auf Kriegsfuß mit der Polizei.«

»Warum?« Thors Stimme klang interessiert, aber Ravna ahnte, dass er mit Mikkel noch lange keinen Frieden geschlossen hatte.

»Weil …« Er sah sich Hilfe suchend nach Jonas und Filip um. »Die haben halt alle was gegen uns. Ist doch klar. Wir sind Recht und Gesetz. Und die Samen sind …«

»Ja?«

»Schwierig«, beendete Mikkel den Satz. Ihm war gerade noch rechtzeitig aufgefallen, auf welch dünnes Eis ihn Thor geschickt hatte. »Also, schwierig halt.«

Thor hob die Augenbrauen. Das blaue Licht des Laptops beleuchtete sein Gesicht von unten und vertiefte seine dämonischen Züge. »Und das sollte uns abhalten, unseren Job zu tun?«

Das sagt der Richtige, dachte Ravna, hielt aber weise den Mund.

»Nein, natürlich nicht.«

»Ravna nimmt dich mit.« Ravna öffnete den Mund, um energisch zu protestieren, aber Thor hatte sich schon wieder in den Bericht versenkt. »Und lasst euch diese Dinger, die *bruksknivs* zeigen.«

»Die was?«

Thor antwortete nicht mehr. Für ihn war Mikkel erledigt, im wahrsten Sinne des Wortes.

Ravna ging zur Tür. »Mikkel?«

Mit zusammengepressten Lippen, den Ärger darüber, wie er hier vor allen abgekanzelt worden war, ins Gesicht geschrieben, folgte er ihr.

Als Erstes räumte sie in seinem Büro alles vom Schreibtisch, was nicht dorthin gehörte. Dann rief sie Evas Bericht auf. Er bestätigte im Großen und Ganzen Ravnas Vermutungen. Die Tatzeiten stimmten überein, auch die Tatwaffe war dieselbe.

Mikkel deutete auf eines der weniger schönen Fotos – es zeigte den Nackenstich, der zum Tod des Tieres geführt hatte. »Das war das Gebrauchsmesser?«

»Jep«, antwortete sie knapp und scrollte sich zu den Fotos, die die Markierung am Ohr zeigten.

»Was ist das, diese Einschnitte und Kerben?«

Sie lehnte sich zurück und sah ihren Kollegen unschlüssig an. »Das sind Kennzeichen. Jeder Besitzer einer Rentierherde hat ein eigenes. Es gibt Hunderte.«

»Darüber kann man also den Eigentümer eines Tieres ausfindig machen.«

»Ja.«

»Der eurer Meinung nach der Täter ist.«

»Der zumindest etwas mit dem Täter zu tun hat. Weil der es von ihm gekauft hat oder gestohlen, bevor er es geopfert hat. Jensen kann so etwas nicht. Für diesen Stich braucht man Übung, das schafft keiner auf Anhieb beim ersten Mal. Und der zweite Stich trifft genau die Halsschlagader. Das Tier blutet aus. Auch dieses Mal gab es kein Zögern, kein zweites Ansetzen, kein Suchen und Zaudern. Zack, es sitzt. Und so sollte es auch sein. Kein Tier darf leiden, nur weil sein Schlächter unsicher ist.«

Mikkel schluckte.

»Sorry. Bist du Veganer?«

»Ich?«, fragte er empört zurück. »Sehe ich so aus?«

Statt einer Antwort vergrößerte Ravna das Foto des markierten Ohrs. Drei Schnitte rechts, einer unten. Sie hatte diese Zeichen schon einmal gesehen, aber sie wusste nicht wo.

»Ich habe ein Buch zu Hause«, sagte sie und meinte damit Lénas Regal der Wunder, in dem man immer genau das fand, was man suchte. »Da sind sämtliche Markierungen der Finnmark verzeichnet. Ich gehe es holen.«

»Ich würd's googeln.« Er schob sie einfach zur Seite.

Um der Berührung auszuweichen, stand sie auf und ging zur Tür. »Na dann, viel Glück.«

Vielleicht fand sie irgendwo in diesem Haus noch einen Teebeutel. Ihr Magen knurrte, die Zimtschnecken am Morgen waren das Letzte, das sie gegessen hatte, und es war schon längst später Nachmittag.

»Bingo.«

Erstaunt, schon fast draußen, drehte sie sich um.

Mikkel grinste über alle vier Backen. »Rássmos. Sture Rássmos, Vardø.«

In drei Schritten war sie am Schreibtisch und sah ihm über die Schulter. Es war kaum zu glauben: Die einfache Zeichnung stimmte exakt mit der Markierung am Ohr des toten Rentiers überein. Er hätte stundenlang, tagelang suchen können, aber schon die erste Seite, die er aufgerufen hatte, zeigte unter den ersten fünfzig Beispielen genau das, das sie suchten.

Er stand triumphierend auf. »Ich sag's mal dem Boss.«

»Ja. Mach das. Glückwunsch.«

Sie sah sich die Seite genauer an. Er hatte einfach nur unfassbares Glück gehabt. Sie ärgerte sich, dass sie nicht auf die Idee gekommen war. Wasser auf Mikkels Mühlen, dass die hinterwäldlerische Ravna es noch mit einem Buch hatte versuchen wollen, während er, der begnadete IT-Spezialist, mit einer einfachen Suchanfrage so schnell vorangekommen war. Immerhin hatten sie jetzt einen Namen, Rássmos.

Ausgerechnet Rássmos.

Vor Ravnas Augen erschien ein ärmliches Haus. Die verschreckten Gesichter der Kinder, die strenge Stimme der Mutter. Der Rássmos-Clan blieb selbst beim Winterauftrieb unter sich. Nicht, weil Armut und Strenge sie zu etwas Besonderem gemacht hätten. Darunter litten viele. Sondern eher, weil sie sich, genau wie die Tryggs, abgrenzten und nichts mit den anderen zu tun haben wollten. Mit Máre Rássmos hatte Ravna dieselbe Klasse besucht. Sie erinnerte sich an ein dünnes, bleiches Mädchen mit irgendwie altmodisch wirkender Kleidung und seltsamen Schuhen. Auch eine Außenseiterin, aber eine stille. Ganz anders als Ravna, die sich immer gewehrt hatte.

»Ravna?«

Thor stand im Türrahmen, den Mantel schon angezogen.

»Ja?«

»Los.«

18.

Natürlich wusste Ravna, wo Rássmos wohnte. Auf Vestervagen, dem oberen rechten Schmetterlingsflügel der Insel. Nicht weit von Léna, fast um die Ecke. Deshalb stieg sie auch für die paar Hundert Meter in den Wagen. Es war vier Uhr nachmittags, sie wollte das Auto nach dem Ende der Befragung zurückgeben.

Mikkel war anzusehen, wie sehr es ihn wurmte, dass nicht er zusammen mit Thor die Zeugenbefragung durchführen würde. Schließlich hatte er den glorreichen Treffer gehabt! Aber statt zu diskutieren, war er nur von seinem Chef gefragt worden, warum er nicht schon längst unterwegs zu den anderen samischen Familien war, um nach dem *brukskniv* zu suchen. Die Tatwaffe – für einen Mord und ein Tieropfer. Ravna spürte, dass sie damit und mit dem Namen Rássmos ein ganzes Stück weitergekommen waren.

Aber Thor erstickte jeden Anflug von Stolz schon im Keim. »Du kennst ihn?«

»Wir kennen uns alle.«

Für die zwei Minuten Fahrt hatte er ihr großzügigerweise das Steuer überlassen. Sie fuhren die Strandgata entlang, zur Linken den Hafen, zur Rechten die Siedlungen, überragt von einem Hügel, auf dessen Rücken die NATO-Abhöranlagen thronten wie riesige weiße Golfbälle.

»Er gehört, glaube ich, zu den *Laestadianern*, der christlichen Erweckungsgemeinde. Das sind ziemliche Fundamentalisten. Kein Fernseher, keine Verhütungsmittel, null Alkohol, noch nicht mal Blumen im Haus sind geduldet. Keine bunten Klamotten, keine Partys. Freudlos.« Sie bog kurz vor Lénas Haus rechts ab in die Tandberggata. »Ich kenne Máre, Rássmos' Tochter, aus der Schule und von den Sommerweiden. Ihr *Lavvu*, die Sommerhütte, stand immer abseits, sie durfte nicht mit den anderen spielen.«

Blinker nach links, rein in die Nordre Langgate. Thors *Warum* ließ auf sich warten. Um die Stille zu überbrücken, sprach sie einfach weiter.

»Noch nicht mal mit uns durfte sie das. Meine Schwester und ich hatten Smartphones und trugen Jeans. Máre musste immer in knielangen Röcken rumlaufen. Kinder sind grausam. Sie beißen jeden weg, der nicht so ist wie sie.«

Ravna hatte keine Ahnung, was Máre jetzt machte. Vielleicht hatte sie den Absprung geschafft und Vardø verlassen? Sie war ihr seit dem letzten Schultag nicht mehr begegnet.

»Die Rássmos sind eine *Siida*, eine samische Familie, der

es nach dem Gesetz erlaubt ist, Rentierzucht zu betreiben. Wie wir auch. Die Persens.«

Ein schneller Blick zu ihrem Boss – er hörte gar nicht zu.

»Deshalb haben wir auch ein Recht auf eine Renmarke, quasi unser Familienwappen, mit dem wir im Frühsommer die Ohren der Kälber markieren. Das geht zurück bis ins 17. Jahrhundert. Alter samischer Landadel, sozusagen. Alle zusammen gehören wir zur *Várjat Siida*, die den Distrikt 5 und 6 nutzen darf. Sommer und Winter. Wir haben über dreißig Wörter für Rentier: gezähmt, ungezähmt, einhörnig, kastriert, Streuner und solche mit Glöckchen und so weiter. Im Herbst schlachten wir die Bullen. Und im Frühling ist die Renscheide, mit der die großen Herden wieder in ihre Familiengruppen aufgeteilt werden.«

Sie unterdrückte einen Seufzer. Ihr Beifahrer könnte wenigstens einen Hauch von Interesse heucheln.

»Hier ist es.«

Ein kleines Haus, umgeben von einem kahlen Grundstück. Mehr war im Licht der Straßenlaternen nicht zu erkennen. Der Anstrich blätterte vom Holz, aus dem Schornstein quollen dichte Wolken. Keine Zentralheizung. Hoffentlich hatte Rássmos sich wenigstens irgendwann für fließendes Wasser entschieden.

Und auch kein Schild, keine Klingel. Ravna klopfte, während Thor, die Hände in den Taschen seines Mantels vergraben, ein paar Schritte an der Hausfront entlangging und versuchte, einen Blick durch die verschlossenen Fensterläden zu werfen.

Dann öffnete sich die Tür und ein hagerer Mann stand

vor ihr. Er trug einen selbst gestrickten Pullover aus dicker Wolle, ausgebeulte Cordhosen und Fellstiefel, die aber fürs Haus und nicht für draußen gemacht worden waren.

»*Hei*«, begann Ravna, aber da war Thor auch schon neben ihr aufgetaucht, den Ausweis in der Hand, den er dem verblüfften Rássmos unter die Nase hielt.

»Thor, *C.I.N.*«, sagte er. »Und das ist Ravna Persen.«

»Die kenne ich.« Rássmos ließ sich gar nicht dazu herab, ihren Gruß zu erwidern. »Um was geht es?«

»Können wir reinkommen?«, fragte sie.

Widerwillig machte er Platz. Der Flur war dunkel und eng, der Holzboden abgetreten. Es roch feucht und muffig, und es war so kalt, das Ravnas Atem sogar im Inneren des Hauses Wölkchen bildete. Rássmos schloss die Tür und damit wurde es ziemlich finster.

»Hier entlang.« Er ging an ihnen vorbei.

Sie roch muffige Wäsche und Schweiß – eine Kombination, die einen leichten Würgereiz hervorrief. Rássmos öffnete eine niedrige Tür und ließ sie hinein in etwas, das eine Art Wohnzimmer oder Gemeinschaftsraum darstellte. Kleidung hing zum Trocknen auf einer Leine, in der Ecke bullerte ein Holzofen. Auf dem Sofa lag ein Überwurf, um den schlimmsten Verschleiß zu überdecken. Darüber, unübersehbar, hing ein Holzkreuz mit einem geschnitzten Jesus. Außerdem stand noch ein Tisch mit vier Stühlen in dem kleinen Raum, auf ihm stapelweise alte Zeitungen, benutztes Geschirr und Dosen mit Keksen und Haferflocken. Alles wirkte arm und verwahrlost. Ein Finnspitz, der rote Hütehund, lag unter dem Tisch und sprang knurrend auf.

»Ruhe!«, blaffte ihn sein Herrchen an.

Das Fell des Tieres war stumpf und schmutzig. Es rollte sich wieder auf seinem Platz zusammen.

Rássmos deutete auf die Stühle, aber Thor blieb lieber stehen und betrachtete den Raum wie ein Alien, der zum ersten Mal die Behausung eines Menschen betritt. An den Wänden mit den verblichenen Tapeten hingen Rentiergeweihe. Licht kam von einer matten Glühbirne unter einem Kunststoff-Lampenschirm, der so alt sein musste wie das Haus. Sechzigerjahre, schätzte Ravna. Die Zeit, in der die letzten Nomaden sesshaft geworden waren. Immerhin hatte es die Familie im Gegensatz zu Léna nicht in einen dieser grässlichen Neubaublocks verschlagen.

»Wir ermitteln im Mordfall Trygg«, sagte Thor. »Hast du in der Nacht von Sonntag zu Montag in Mortensnes eines deiner Tiere geopfert?«

»Was?«

»Geopfert. Abgestochen und ausbluten lassen auf einem Stein.«

»Nein. Warum sollte ich?«

»Fehlt dir ein Rentier?«

»Die sind alle oben auf den Winterweiden. Zusammen mit den Rentieren von Torbjørn, Torbjørn Skjelsbæk. Wir wechseln uns ab. Ein Jahr ist er oben, ein Jahr ich, bis zur Renscheide.«

»Klär das.«

»Aber …« Rássmos' Blick flackerte. »Das geht erst im Frühjahr. Vorher zählen wir sie nicht.«

»Dann ändern wir den Plan. Ich will wissen, wie eines

deiner Tiere in der Nacht von Tryggs Tod nach Mortensnes kam.«

»Das weiß ich doch nicht!« Die Stimme des Mannes überschlug sich fast. Sein Gesicht lief rot an. Er war es sichtlich nicht gewohnt, dass man in diesem Ton mit ihm sprach, denn in diesem erbärmlichen Haus war er der Herr, Meister und Gebieter. »Was soll das überhaupt? Ich habe keine Ahnung! Aber wenn es so ist, dann nehmt gefälligst eine Anzeige auf. Mir ist ein Tier gestohlen worden!«

»Zeig uns deine Messer.«

»Meine Messer?«

»Deine … Rentiermesser.«

Ravna zuckte innerlich zusammen. Thor hatte wirklich von nichts eine Ahnung.

»Rentiermesser?«, fragte Rássmos zurück. Sein Ton war überheblich, fast so, als ob er sich über den Kommissar amüsieren würde. »Kenne ich nicht.«

»Dein *bruksniv«,* kam Ravna zur Hilfe. Hätte Thor im Auto lieber mal aufgepasst. »Wo ist es?«

Jetzt sah Rássmos sie zum ersten Mal richtig an. Und das mit einem Blick, mit dem man vor hundert Jahren aufsässigen Schülern die Prügelstrafe verkündete. »Warum?«

»Hol es.«

Er wandte sich an Thor, der den Kopf leicht schief legte wie ein Rabe, mehr nicht. Rássmos begriff, dass Ravna mit diesem seltsamen Mann offenbar unter einer Decke steckte, tatsächlich von der Polizei kam und dass es besser wäre, zu tun, was man von ihm verlangte. Unter Protest begann er, in dem Zimmer herumzuwühlen.

»Keine Ahnung, wo das ist. Ich benutze es nur im Frühjahr. Wie das hier aussieht! Wie soll ein Mensch bei dieser Unordnung etwas finden? Hier ist es nicht.« Er ging vom Tisch zu einem schiefen Schrank und öffnete ihn. Daraufhin fiel ihm ein Berg zerknitterte Klamotten entgegen, eine Angelrute und der halbe Inhalt eines Regals, auf dem wild übereinandergestapelte Zeitschriften ins Rutschen geraten waren. In der Schrankecke lehnte ein Gewehr. Aber das war im Land der Jäger keine Seltenheit. Außerdem standen einige alte Whiskyflaschen auf dem Schrankboden, gefüllt mit einer braunen Flüssigkeit. Selbst gebrannter Molteschnaps wahrscheinlich. Auch kein Grund, nervös zu werden.

»Ich habe es hierhin getan. Ich weiß es ganz genau! Da. Da ist es ja.«

Er präsentierte das *Storkniv*, das Großmesser mit der geschwungenen Säbelspitze. Als Ravna und Thor nicht reagierten, zog er es aus der Scheide und zeigte ihnen eine rostbefleckte Klinge.

»Das ist es nicht«, sagte Ravna. »Dein *brukskniv*.«

Wollte er sie für dumm verkaufen?

Wütend schob Rássmos die Waffe zurück und warf sie in den Schrank. »Mehr habe ich nicht.«

»Du hast wie jeder von uns drei Messer. Also zeig sie.«

Er drehte sich zum Schrank um und fing erneut an, das Durcheinander zu durchwühlen. Das zweite Messer tauchte auf. Ein *merkekniv*, das kleine Messer, das zum Markieren der Rentierohren benutzt wurde.

»Bitte sehr!«

Wieder schüttelte Ravna den Kopf. Thor betrachtete eingehend die Lehne des Stuhls, der ihm am nächsten stand, bevor er ihn unter dem Tisch hervorzog und sich setzte. Dem Finnspitz gefiel das gar nicht. Er knurrte. Thor sah ihn scharf an. Der Hund verkroch sich.

»Ich sag es nur noch einmal, Sture. Dein *brukskniv*. Wenn du es nicht findest, gehen wir davon aus, dass du ein Mordwerkzeug hast verschwinden lassen.«

»Was? Bist du völlig verrückt geworden? Ich werde mich über dich beschweren, Ravna. Wag es nicht, so mit mir zu reden!«

»Okay«, sagte Thor. »Du kommst mit uns. Die Zelle ist ja wieder frei.«

Rássmos starrte sprachlos von einem zum anderen. Dann stürmte er aus dem Zimmer in den Flur. »Máre!«, schrie er. »Mach, dass du runterkommst! Auf der Stelle!«

Über ihnen, unterm Dach, knarrten Dielen. Dann wurde eine Tür geöffnet und ein dünner Ruf schallte durchs Treppenhaus. »Was ist denn?«

Rássmos Stimme kippte beinahe. »Komm runter! Sofort! Wenn ich es dir sage!«

Sie hörten hastige Schritte auf den Holzstufen und dann kam eine junge Frau mit einem fragenden Blick ins Zimmer.

»Ja?«

Ravna erschrak. Das war nicht das Mädchen, das sie gekannt hatte. Das war ein blasser Schatten mit ungekämmten schulterlangen Haaren und in etwas gekleidet, das aussah wie ein Kartoffelsack, mit hängenden Schultern und gesenktem Kopf.

»Ravna!« Der Ausruf klang erschrocken. Dann sah sie

Thor und schluckte. Der Kopf auf dem mageren Hals ruckte zu ihrem Vater. »Was ist los?«

»Wo hast du mein *brukskniv* hingetan?«

»Das hab ich nicht.«

Rássmos hob die Hand, Máre zuckte zurück und hob zum Schutz die Arme vors Gesicht – und so schnell, dass Ravna kaum die Bewegung mitbekam, war Thor neben Rássmos und drehte ihm den Arm auf den Rücken. Der Mann jaulte auf. Thor gab ihm einen Stoß, der ihn aufs Sofa fliegen ließ.

Dann setzte sich Thor wieder.

Ravna und Máre blieb der Mund offen stehen.

»Das gibt eine Anzeige! Das ist körperliche Gewalt!«

Keine Rede davon, dass er seine Tochter offenbar wegen jeder Kleinigkeit schlug. Ravnas Herz zog sich zusammen. In welcher Situation Máre leben musste! Gab es denn niemanden sonst in diesem Haus?

»Wo ist deine Mutter?«, fragte sie.

Die Augen des Mädchens, unnatürlich groß in dem schmalen Gesicht, weiteten sich noch mehr. »Das weißt du nicht? Sie ist weg.«

»Weg?«

»Sie ist nach Oslo, vor ein paar Jahren.«

Ravna schluckte. »Nein, das wusste ich nicht. Das tut mir leid. Lebst du alleine mit ihm?«

Máre nickte. »Ich bin noch nicht volljährig.«

Rássmos wollte den Mund öffnen, bestimmt für eine Beleidigung, aber ein Blick von Thor brachte ihn zum Schweigen.

»Wir suchen sein *brukskniv*. Hast du eine Ahnung, wo es sein könnte?«

»Nein. Wirklich nicht. Vielleicht hab ich es mal zum Schnitzen benutzt. Ich geh nachsehen.«

Sie ging zur Tür, und irgendetwas, vielleicht war es eine minimale, mit dem Auge kaum wahrnehmbare Geste gewesen, sagte Ravna, dass Máre wollte, dass Ravna ihr folgte. Aber möglichst so, dass ihr Vater keinen Verdacht schöpfte.

Sie wandte sich an Rássmos, der sich den schmerzenden Arm rieb. »Ich gehe mit ihr rauf. Sorry, aber wir sind von der Polizei.«

»Du?«, fragte Máre erstaunt und blieb stehen.

»Ja. Also, ich mache da ein Praktikum. Er …«, sie wies auf Thor, der breitbeinig auf dem Stuhl saß und Rássmos fixierte, »kommt aus Kirkenes. Wir untersuchen den Mordfall Trygg.«

»Trygg?«

»Du hast doch davon gehört?«

Máre nickte. »Ja. Ja, das hab ich. Also, wenn es sein muss?«

Ravna folgte Máre in den Flur und dann über die schmale Stiege hoch auf den Dachboden. Es war eiskalt. Links befand sich ein winziges Badezimmer, in dem man morgens wahrscheinlich das Eis im Eimer zerhacken musste. Umso erstaunter war sie, als Máre die Tür gegenüber öffnete, die in eine kleine Kammer führte, in der es mollig warm war. Ein Heizlüfter lief auf Hochtouren. Das Zimmer war karg, aber ordentlich und sauber. Es reichte genau für ein Bett, einen schmalen Schreibtisch mit einem wackeligen Stuhl und einen schiefen Kleiderschrank.

Máre schloss die Tür. »Schau dich um. Das Messer ist nicht hier.« Damit ließ sich das Mädchen aufs Bett fallen und griff zu seinem Handy.

»Darfst du das haben?«

»Denkst du, ich frage? Hier, schau mal.« Sie zeigte ihr das Display und Ravna konnte kaum glauben, was sie sah: Máre, eine Schönheit mit makellosem Teint, dichten schwarzen Wimpern und glänzendem Schmollmund. »Ich hab schon über fünftausend Follower. *#vardø_mermaid*, falls du mich suchst.«

Ravna setzte sich neben sie aufs Bett und scrollte durch die Aufnahmen. Plötzlich stockte sie. Vor einem der unfassbar schönen, glühenden Sonnenuntergänge am Eismeer stand ein verliebtes Paar. Gegen das Licht konnte man nur die Silhouetten der beiden erkennen, aber Ravna wusste sofort, wen sie vor sich hatte.

»Jonne. Jonne und du?«

Máre zuckte mit den Schultern und wich Ravnas Blick aus.

»Weiß das dein Vater?«

Mit einer hastigen Bewegung wurde ihr das Handy aus der Hand gerissen. »Natürlich nicht. Und wehe, du verrätst ihm was. Mein Vater und Trygg sind sich spinnefeind. Die hassen sich wie die Pest.«

»Romeo und Julia …«

»Genau. Wenn du es unbedingt dramatisieren willst.« Máre öffnete die Schreibtischschublade, die sie vom Bett aus mühelos erreichen konnte, und warf das Handy hinein. Dann zwirbelte sie sich ihre langen Haare im Nacken zusammen. »Und du bist jetzt bei den Bullen?«

Die Verwandlung war kaum zu glauben. Unten, in der Stube: das blasse Mädchen im Kartoffelsack. Hier oben, auf dem Bett: eine selbstbewusste Frau, an der die zerzausten Haare auf einmal genauso sexy aussahen wie der Sack, der ihr von der Schulter gerutscht war.

»Seit wann läuft das schon?«

»Fragst du als Polizistin oder als Ravna?«

»Als beides. Was ist das?« Ravna deutete auf einen blauen Fleck an Máres Oberarm.

Hastig zog das Mädchen den Stoff darüber. »Nichts.«

»Er schlägt dich.«

»Kenn ich, war schon immer so. Er ist ein Schwächling. Ein Loser. Das Einzige, was echt nervt, ist, dass ich ständig mit in die Kirche muss. Heute Abend schon wieder.«

Ravna sah sich um. »Wirklich das Einzige?«

Máres dunkle Augen wurden schmal. »Du bist echt Polizistin, was? Du hast dich doch noch nie für uns interessiert. Wir waren immer die Assis vom Ende der Straße. Als ob es nicht reicht, Same zu sein, macht ihr auch noch eure eigene Hierarchie auf. Ohne mich. Ich bin schon so gut wie weg.«

»Mit Jonne?«

Máre zuckte wieder mit den Schultern. Es sollte gelangweilt aussehen, aber Ravna spürte, dass sie einen wunden Punkt getroffen hatte.

»Mal sehen. Es ist ja nicht so, dass ich keine Auswahl hätte. Hast du einen Freund?«

Es war klar, dass das Thema damit erledigt war.

Ravna stand auf und öffnete die Schranktür. »Sorry, ich muss mich hier umsehen.«

»Tu, was du nicht lassen kannst.« Máre griff in die Schublade und holte ihr Handy wieder heraus.

Wie zum Teufel machte man eine Hausdurchsuchung? Durfte sie das überhaupt? Es fühlte sich falsch an, geradezu übergriffig, als sie mit der Hand in die ordentlichen Kleidungsstapel fuhr und jedes einzelne Regal abtastete. Natürlich fand sie nichts, was nach einem Messer aussah. Aber im unteren Fach standen ziemlich teure Sneaker, und als sie eines der Sweatshirts herauszog, prangte in großen Lettern ein riesiger Label-Aufdruck auf der Rückseite. Das war so ein krasser Gegensatz zu den ärmlichen, geflickten Sachen in den oberen Regalen, dass sie sich erstaunt, das Teil in der Hand, zu Máre umdrehte.

»Woher hast du das?«

Das Mädchen, völlig versunken in seine Likes, sah gar nicht erst hoch. »Gekauft.«

»Wo?«

»Internet.«

»Von welchem Geld?«

Mit einem genervten Seufzer ließ Máre das Handy sinken und geruhte, einen winzigen Teil ihrer Aufmerksamkeit Ravna zu schenken. »Geht dich nichts an.«

»Ich ermittle in einem Mord. Da geht mich alles was an. Du und Jonne, ihr kommt aus zwei Sippen, die sich spinnefeind waren. Ein Rentier wurde geopfert und das Messer deines Vaters ist verschwunden. Und genau so ein Messer war die Mordwaffe. Ich sehe jede Menge Motive, aber nichts, das das hier erklärt.«

Sie warf Máre das Sweatshirt zu. Die rührte keinen Finger, es fiel auf den Boden. »Bist du fertig?«

Ravna wollte gerade den Mund öffnen, um dieser kleinen, gerissenen *vardø_mermaid* zu sagen, was sie von ihr hielt, als von unten Rássmos' Schrei durchs Haus gellte.

»Máre?«

Mit einem unwilligen Stöhnen wurde das Handy wieder in die Schublade geworfen und diese geschlossen.

»Máre!«

»Ich komme schon!«

Die Gerufene stand auf und verwandelte sich vor Ravnas Augen wieder in die graue, geschlagene Maus. »Du sagst ihm doch nichts?«

»Máre …«

»Wenn er das mit Jonne erfährt … Wir sind nicht so eng. Es war eine Affäre, diesen Sommer. Ist doch klar, dass das keine Zukunft hat. Wer will schon einen Rentierzüchter?«

»Er erbt Land. Viel Land.«

»So what?«

Es sollte cool klingen, aber Rássmos' Tochter hatte Angst. Angst vor ihrem Vater. Aber vielleicht steckte auch mehr dahinter.

»Ihr habt ein Motiv«, sagte Ravna leise.

»Máre! Kommst du oder soll ich dich holen?«

»Bin gleich da!«, schrie das Mädchen in Richtung Treppe. Und dann trat es nahe an Ravna heran. »Du suchst ein Motiv? Dann hör dich mal um. Es gibt niemanden in

Vardø, der Trygg nicht die Pest an den Hals gewünscht hätte.«

»Ich weiß, er war kein angenehmer Zeitgenosse.«

»So nennst du das also? Wenn der Vater deines Freundes dir an die Wäsche will? Und ich war nicht die Einzige. Frag mal Torbjørns Tochter.«

Damit verließ sie ihr Zimmer. Ravna blieb schockiert zurück. Was hatte Máre gerade gesagt? Dass Trygg sie belästigt hatte und sie nicht die Einzige gewesen war?

Sie hob das Sweatshirt auf und stopfte es zurück in den Schrank. Eine Handtasche fiel heraus – eine riesige Logo-Schnalle verriet, dass sie mindestens tausend Euro gekostet haben musste, oder sie war ein verdammt guter Fake. Woher hatte Máre das Geld? Waren es Geschenke von Jonne? Bestimmt nicht. Väter hielten ihre Kinder kurz, so war das hier. Es gab, was man brauchte, alles andere war Luxus.

Von unten waren Stimmen zu hören. Ravna überlegte eine Sekunde, dann öffnete sie die Schublade und holte Máres Handy heraus. Natürlich war es mit einem Code gesichert, aber eine Whatsapp-Nachricht ploppte trotzdem auf dem Bildschirm auf. Kurz genug, um sie lesen zu können.

Sein Name war Drakkar Leviathan. Und er schrieb: *Heute Abend.*

Leise legte sie das Handy zurück. Heute Abend wäre es vielleicht Zeit für einen Gottesdienstbesuch der Erweckungsgemeinde und einen scharfen Blick auf Máre, die vermutlich irgendwann ihren Platz in den hinteren Bänken verlassen und hinausschleichen würde.

19.

Unten war die Hölle los. Thor hatte den Schnaps konfisziert und Rássmos tobte wie ein Irrer. Máre tat das einzig Richtige: Sie stand hinter dem Sofa und kraulte den Hund.

»Das lasse ich nicht mit mir machen! Das ist Diebstahl!«

Thor reichte Ravna wortlos vier Flaschen und verließ das Haus. Sie wollte ihm folgen, aber schon stand Rássmos ihr im Weg.

»Dass du dich nie wieder hier blicken lässt!«, spuckte er.

»Sei froh, wenn du dafür nicht in den Knast kommst«, erwiderte sie ungerührt.

Seine Beschimpfungen verfolgten sie noch bis hinaus auf die Straße. Am Auto angekommen, verstaute sie den Schnaps im Kofferraum und setzte sich hinters Steuer. Máre stand am Fenster und sah zu ihr. Ihre Blicke kreuzten sich, und es war, als ob das Mädchen ihr ein Versprechen abringen wollte: Verrate mich nicht. Ravna unterdrückte einen Seufzer. Wie ging man um mit all den Beichten, die man als Polizistin abnahm? Die Beifahrertür wurde aufgerissen und Thor wollte einsteigen.

»Ich geb das Auto bei meiner Urgroßmutter ab. Vielleicht willst du lieber laufen?«

Er überlegte kurz. »Ist das die, die sich so gut mit Rentiermarken auskennt?«

»Ja.«

Irgendetwas arbeitete hinter seiner blassen Stirn. Dann schien er einen Entschluss zu fassen und stieg ein.

»Ich will sie kennenlernen.«

Verblüfft startete Ravna den Motor, was ihr erst beim zweiten Versuch gelang. Er hustete und stotterte, als ob er protestieren wollte: nicht noch einmal so eine Höllenfahrt wie die von Kirkenes hierher! Sie gab sanft und behutsam Gas, und der Motor beruhigte sich, zumindest die zwei Ecken zurück bis zur Strandgata. Dort ließ sie den Wagen vor dem hässlichen Mietshaus stehen, in dem Léna wohnte. Bevor Thor ihr ins Haus folgte, holte er eine der Schnapsflaschen aus dem Auto.

»Thor … Das sind, ähm, Asservate. Jensens Wodka und Rássmos' Selbstgebrannter, wir können das nicht immer …«

Er ließ sie einfach stehen und ging durch die immer offene Tür ins Haus.

»… klauen«, beendete sie den Satz ins Leere.

Sie klingelte, damit Léna nicht zu überrascht war, wenn sie von ihrer Urenkelin und einem *Gand* besucht wurde. Und so stand die alte Frau auch schon bereit, als die beiden den zweiten Stock erreichten.

»Léna, das ist Rune Thor, der *kommissær* aus Kirkenes. Ich hab dir von ihm erzählt.«

Thor reichte ihr die Hand und Léna ließ sie nicht los. Ließ sie einfach nicht los. Sekunden verstrichen, Léna schloss die Augen. Thor warf Ravna einen fragenden Blick zu, doch die konnte nur mit den Schultern zucken.

Plötzlich riss Léna die Augen auf, rief »Hereinspaziert!« und trat zur Seite.

Irritiert folgte Ravna ihrem Chef in den kleinen Raum, der Lénas Wohn- und Schlafzimmer war. Auf dem Tisch standen drei Teebecher, es duftete nach frisch gebackenen Keksen und der aromatischen Kräutermischung, die Léna in den kurzen Sommermonaten immer noch selbst sammelte.

»Ich habe euch erwartet. Nehmt Platz.«

Es brannten nur die kleine Lampe neben dem Sofa und eine Kerze auf dem Tisch. Alles sah sehr gemütlich aus und Ravna atmete innerlich auf. Immerhin brachte sie ihren Chef zu einem Überraschungsbesuch mit, auch wenn Léna so tat, als hätte sie das schon gestern aus den Teeblättern gelesen. Wahrscheinlich hatte sie nur am Fenster gestanden und die beiden kommen sehen. Siedend heiß fiel Ravna ein, was sie ihrer Urgroßmutter über Thor erzählt hatte. Hoffentlich wurde das nicht zum Gesprächsthema Nummer eins bei dieser arktischen Teestunde.

Thor ließ sich auf einen Stuhl fallen, stellte die Flasche neben das Stövchen mit der Kanne und hielt es wohl für das Normalste der Welt, dass sein Kommen telepathisch angekündigt worden war.

»Ravna hat mir erzählt, dass du alle Kälbermarkierungen kennst«, begann er.

Léna trat an den Tisch und goss Tee ein. Ravna schälte sich aus ihrem Anorak und setzte sich.

»Ja. Ich bin mit ihnen großgeworden. Ich kenne alle Familien in diesem *Renbeite*-Distrikt. Nesseby, Vardø, Vadsø und Båtsford. Die Persens sind *rendrifter* seit dem siebzehnten Jahrhundert. Davor waren wir das natürlich auch, aber erst als König Christian die Siedler schickte, wurde das aufgeteilt.«

»Im siebzehnten Jahrhundert?« Thor öffnete die Flasche und roch daran. »Das war auch die Zeit der großen Hexenprozesse.«

»Und der großen Landnahme durch die Fremden.« Léna setzte sich auf den dritten Stuhl und schob die Kekse in Thors Richtung. Ravna konnte sich gerade noch einen sichern.

»Die Aufteilung der Rentierweiden.«

Ravna verschlang den Keks und rührte etwas Zucker in ihren Tee. Hatte Thor doch aufgepasst? Sie kam einfach nicht dahinter, was sich in seinem Hirn abspielte.

Léna griff über den Tisch und nahm ihm die Flasche ab. »Ist das Rássmos' Gift?«

Ravna nickte unsicher. »Das haben wir gerade konfisziert«, sagte sie und klaubte sich noch zwei Kekse von dem Teller. Sie musste dringend etwas essen.

»Wollt ihr blind werden?«

Léna nahm die Flasche, trug sie in die Küche, und das Nächste war das gluckernde Geräusch, mit dem der Fusel im Abfluss verschwand. Thor verschränkte die Arme, mehr

Ärger ließ er sich nicht darüber anmerken, dass sein Feierabendschnaps gerade ganz woanders versickerte. Ravna platzte innerlich fast vor Lachen, aber nur so lange, bis Léna wieder zurückkam und an ihr Regal der tausend Wunder ging. Sie schob einen Korb mit Strickwolle zur Seite und holte eine Glasflasche hervor, in der es tiefrot funkelte.

Ravna setzte sich kerzengerade auf. »*Àhkku*!« Was zum Teufel tat ihre Urgroßmutter? Sie holte auch noch drei Gläser aus dem Regal und stellte sie, mitsamt der Flasche, auf den kleinen Tisch. »Wo hast du das her?«

»Ach, *mu çáppa ráhkis áhkkut.*« Mein süßes liebes Enkelchen! »Du musst nicht alles wissen.«

»Das ist unversteuerter, selbst gekelterter Wein! Ich bin bei der Polizei. Ich müsste das anzeigen!«

Léna entkorkte die Flasche und goss ein. »Er doch auch. Aber ich glaube nicht, dass unser Konstabel dieses kleine Treffen rapportieren wird, nachdem er mir erst diesen Mist von Rássmos ins Haus geschleppt hat. Er mischt Rentierpisse rein. Das riecht man zehn Meter gegen den Wind.«

»Rentier…?«

»Pisse. *Skål.* Zum Wohl.«

In Thors Gesicht bewegte sich nichts. Er nahm einfach das Glas, führte es an den Mund und kippte seinen Inhalt hinunter. Ravna roch erst einmal an ihrem. Wer wusste schon, was Léna alles so hineinmischte in ihren Sommerwein. Ihre Urgroßmutter lächelte.

»Du willst wissen, was darin ist? Eisblumen und der letzte Schnee. Lava vom Meeresgrund und das Blut der Fledermäuse aus den Dolmen-Höhlen. Und eine Träne von Máttaráhkká, der Urmutter, wenn ein Kind sich verirrt und den Weg zu seiner Mutter nicht findet.«

»Wacholder«, sagte Thor und schob sein leeres Glas über den Tisch zu Léna. Die goss wieder ein. »Außerdem rostige Nägel und Straßenteer im Abgang. Du kennst dich aus.«

Ein listiges Lächeln huschte in die Augenwinkel der alten Frau. »Das will ich doch meinen.«

»Was hat es mit den Wanderseelen auf sich?«

Das Lächeln verschwand. Léna lehnte sich zurück und legte die Hände in den Schoß. Sie trug ihre alte Arbeitstracht. Verblichen die Farben und verschlissen der Stoff, aber immer noch wunderschön mit dem roten Kolt, dem kittelähnlichen Kleid und dem bunten Fransentuch. Fehlte nur noch ihre Mütze, dachte Ravna und machte sich nun völlig ungeniert über die restlichen Kekse her. Woher hatte Léna gewusst, dass sie kommen würden? Selbst wenn sie sie gesehen hätte, die Zeit wäre zu kurz gewesen, sich in ihrem Alter noch ohne Hilfe in diese Klamotten zu werfen.

»Wir alle sind Überlebende«, begann Léna und wandte sich an Thor. »Unsere Ahnen haben sich wacker geschlagen, sonst wären wir nicht hier. Menschen wie du leben im Hier und Jetzt, im Augenblick. Ihr glaubt, es ist allein eure Leistung und euer Geschick, was ihr erreicht. Aber ihr vergesst dabei, dass es vor euch tausend Geschlechter gab. Menschen, die für euch gekämpft und gelitten haben und gestorben sind. Jeder Einzelne von ihnen hat euch dorthin gebracht, wo ihr jetzt steht. Wir sollten sie würdigen, unsere Ahnen und die vielen, die uns vorausgegangen sind.«

Léna hob ihr Glas. Thor kippte seines wieder hinunter,

als wäre Wasser drin, während Ravna schon der erste Schluck die Tränen in die Augen trieb. Vielleicht sollte das Wein sein, was Léna da in ihrer Küche zusammengebraut hatte, aber es schmeckte wie der Bodensatz einer Öltonne.

»Himmel! Léna! Was ist das?«, keuchte Ravna.

»Doch unter den vielen, vielen«, fuhr ihre Urgroßmutter ungerührt fort, »sind auch welche, die uns nicht wohlgesonnen sind. Sei es, dass Fehden aus früheren Zeiten nie beigelegt wurden oder dass wir mit einem Nachbarn über Kreuz lagen. All das Ungeklärte, Feindliche kann uns heimsuchen. Nach dem Tod eines Menschen wandert seine Seele und jemand muss sie heimführen in die Unterwelt. Wenn das nicht geschieht, kann es ungemütlich werden.«

»Was heißt das?«, fragte Thor.

Léna trank einen Schluck Tee. »Ihr Städter habt ein Märchen daraus gemacht: Geister, die herumspuken. Aber wir, die wir noch im Einklang mit der Natur, der Schöpfung und den Welten leben, wir wissen, dass es sie gibt: Seelen, die nicht heimfinden. Entweder weil man ihnen die Heimkehr verwehrt hat oder weil man sie nicht gehen lässt.«

Das flackernde Licht der Kerze malte tanzende Schatten auf Lénas Gesicht. Ihre dunklen Augen funkelten. Erlaubte sie sich mit Thor einen Scherz? Nein. Es stimmte, was sie erzählte. Aber warum erzählte sie es *ihm*?

Thor räusperte sich. »Nicht gehen lässt?«

Léna schenkte ihm wieder ein. Vielleicht hatte sie einfach Spaß daran, einen Norweger mit ihrem Wein zu vergiften. Viel Abwechslung hatte sie ja nicht in ihrer kleinen Butze.

»Du musst den Strich ziehen. Irgendwann musst du das

tun. Sonst bleiben sie bei dir, die Toten. Und wer will schon sein Leben mit Toten verbringen?«

Es war, als ob ein Lufthauch Ravnas Nacken streifte. Als ob jemand leise atmend direkt hinter ihr stünde. Der Wunsch, sich umzudrehen, war übermächtig, aber sie widerstand. Das war lächerlich. In diesem Zimmer waren nur drei Personen. Da stand Léna auf und ging zu dem Regal. Ravnas Herz pochte, als sie sah, wo die alte Frau zu suchen begann.

»*Áhkkut*?« Léna ließ resigniert die Arme fallen und wandte sich an ihre Urenkelin.

Ravna erhob sich zögernd und warf einen unsicheren Blick zu Thor. Was wurde das hier?

»Kommst du da oben ran?«

Es war wie damals. Diese pochende Angst, erwischt zu werden. Etwas Verbotenes zu tun. Nur dass es dieses Mal Léna war, die sie dazu anstiftete. Ravna wurde die Kehle eng.

»Was willst du?«, fragte sie heiser.

»Meine *runebomme*.«

»Deine Runentrommel? Du hast eine?«

»Das weißt du doch, *áhkkut*. Das weißt du doch schon lange.«

Ravna wollte etwas sagen, aber ihr fehlten die Worte. Léna wusste es! Sie musste Ravna und Inga beobachtet haben, als die Kinder die Trommel heruntergeholt und versucht hatten, den Teufel zu rufen …

»Ja, aber ich glaube, das ist nicht so gut.« Sie warf einen schnellen Blick zu Thor, der gerade über den Tisch nach der

Flasche angelte. Verdammt! Warum konnte er sich nicht einmal zusammenreißen?

»Oh doch. Ich glaube, es ist sogar sehr gut. Sie liegt ganz oben. Bitte sei vorsichtig, das alte Ding fällt beinahe auseinander.«

Ravna schob ihren Stuhl vor das Regal und stieg hinauf. Ihre Hände tasteten über das Bord und berührten den mürben Stoff. Vorsichtig, als wäre sie aus Glas, zog sie die Trommel hervor und reichte sie hinunter zu Léna. Die hatte mittlerweile etwas Platz auf dem Tisch geschaffen und legte die Trommel vorsichtig vor Thor ab.

»Eine Zeremonie-Trommel«, sagte sie. »Wir nennen sie *goavvdis.*«

Goavvdis. Das war keine normale Familientrommel, wie sie früher noch üblich gewesen waren. Das war der direkte Zugang eines Schamanen in die Unterwelt. Also hatte Inga recht gehabt: Léna war eine *noaidi.* Eine, die mit den Geistern sprach. Warum hatte sie ihr das nie gesagt? Warum musste erst ein *Gand* hereinspazieren und ihr dieses Geheimnis entlocken? Ravna stand immer noch auf dem Stuhl und konnte die beiden von oben sehen. Thor, wie er sich vorbeugte und interessiert auf das sah, was Léna gerade enthüllte. Und ihre Urgroßmutter, die einem Fremden so bereitwillig zeigte, was sie ihrer eigenen Familie so lange verschwiegen hatte. Thor berührte vorsichtig das Trommelfell und nahm dann den kleinen, knöchernen Hammer mit der Silberspitze in die Hand. Léna fuhr mit dem Zeigefinger über die Symbole.

»Das Kreuz ganz oben, das ist die Sonne. Dies hier sind

ein Bär und ein Elch. Sie stehen für die Wildnis und ihre Verbindung zu den Göttern. Dies hier sind Bäume, Leibomails Zeichen, das ist der Gott der Jagd. Und hier, diese kleine Figur, die aussieht wie ein Streichholzmännchen, ist Jusakka, die Göttin des Bogens.«

Vorsichtig stieg Ravna vom Stuhl. Manche Bedeutungen erfuhr man in der Schule oder bei einem Museumsbesuch. Aber Lénas Trommel, übersät mit Zeichen, Runen und Symbolen, war *echt*. Sie wurde benutzt. Sie lag nicht hinter Glas, an dem sich Touristen und lärmende Sechstklässler die Nasen platt drückten. Sie war kein historisches Schaustück, an dem sich Wissenschaftler abarbeiteten. Für die beiden am Tisch war sie das Tor zu den Toten.

Noch nie hatte sie auf Thors Gesicht so ein Interesse gesehen. Er schien alles in sich aufzusaugen, als ob er es sich für immer einprägen wollte. Es machte ihr Angst, sein völliges Eintauchen in eine Welt, von der er keine Ahnung hatte. Sogar sie, Ravna, hatte riesigen Respekt davor.

Léna nahm den Hammer und legte die *vuorbi*, eine Art Anzeiger, auf das Trommelfell. Dann schlug sie. Leise. Ein, zwei Mal. Das runde Messingstück wurde durch die Vibration verschoben.

»Dort, wo die *vuorbi* liegen bleibt, ist die Antwort auf unsere Fragen. Hast du Fragen, Thor?«

»Nein«, sagte Ravna und schaute überdeutlich auf ihre Armbanduhr. »Es ist gleich sechs. Wir müssen eigentlich noch auf die Wache, vielleicht hat Mikkel was rausgekriegt. Und dann will ich heute Abend noch in den Gottesdienst.«

Léna ließ verblüfft den Hammer sinken. »Du?«

»Es hat was mit unserer Ermittlung zu tun. Thor, ich kann dich noch im Hotel vorbeibringen, wenn Léna mir das Auto lässt.«

Der *Gand* fuhr sich mit der Hand über die Augen. Es schien, als wäre er gerade aufgewacht und müsse sich erst einmal zurechtfinden. Drei Gläser von Lénas Wein wirkten offenbar stärker als eine Flasche von Jensens Wodka.

»Ja«, sagte er und stand auf. »Ich danke dir, Léna. Das war sehr interessant. Kann ich noch einmal vorbeikommen, wenn ich weitere Fragen habe?«

Léna lächelte geheimnisvoll. »Du hast doch noch gar keine gestellt.«

»Ich glaube, Thor meint ermittlungstechnische Fragen«, schaltete sich Ravna wieder ein. »Danke dir. Wir müssen wirklich los.«

Ihr Chef sah das anders. Er blieb vor dem Fernseher stehen und betrachtete zwei Fotos von Inga und Ravna: gekleidet in ihre Tracht inmitten der Rentiere.

»Schön«, sagte er. »Sehr schön.«

Sie bugsierte Thor in Richtung Tür, der sich aber noch mal umwandte und Lénas Hand ergriff. »Danke.«

»Jederzeit«, kicherte sie. »Jederzeit.«

Erst unten auf der Straße konnte Ravna aufatmen. Was zum Teufel war das gewesen? Thor marschierte schon wieder voraus, und als sie ihn eingeholt hatte, summte er leise vor sich hin. Dancing Queen von Abba. *DANCING QUEEN!*

»Willst du noch mal auf die Wache?«

Thor schüttelte den Kopf. »Ich muss erst mal was essen. Ich verhungere. Und du, was willst du in der Kirche?«

»Máre … Sie ist ganz anders. Oben in ihrem Zimmer hat sie jede Menge teure Markenklamotten, Schuhe und Handtaschen. Sie hat auf Instagram als *vardo_mermaid* mehr als fünftausend Follower. Ihr Profil will ich mir mal genauer ansehen. Und sie hat ein Verhältnis mit Jonne. Damit nicht genug: Es gibt einen Typen, der sich Drakkar Leviathan nennt. Wahrscheinlich hat er sich von der Skulptur am Meer inspirieren lassen. Er will sich heute Abend mit ihr treffen. Und die einzige Gelegenheit, zu der Rássmos seine Tochter abends aus dem Haus lässt, ist der Gottesdienst. Da will sie hin. Ich werde dort sein und sie nicht aus den Augen lassen. Falls Jonne dieser Drakkar ist, würde ich die beiden gerne nach ihren Alibis fragen.«

»Máre sieht mir nicht so aus, als ob sie ein Rentier schlachten könnte.«

»Vielleicht. Aber Jonne hat das schon von Kindesbeinen an gesehen. Er ist kräftig und er käme durchaus infrage.«

»Braucht man viel Kraft dazu?«

Ravna überlegte. »Eigentlich nicht. Hauptsache, das Tier ist ruhig. Das spricht für jemanden, der sich auskennt und viel mit Rentieren zusammen ist. Den Stich kann jedes Kind ausführen.«

»Also auch ein Mädchen.«

»Aber Tryggs tödliche Verletzung? Eva hat geschrieben, dass sie mit ziemlicher Kraft ausgeführt worden sein muss. Von einer ungefähr gleich großen Person.«

»Es sei denn«, antwortete Thor, die Hände in den Manteltaschen, »Trygg hat gekniet. Er war verletzt. Ist vielleicht gestolpert oder zu Boden geworfen worden.«

»Spricht doch eigentlich alles für einen Mann.«

Ravna konnte es kaum glauben. Das war das erste Gespräch, das sie miteinander führten, das sich wie eines unter *Partnern* anfühlte. Keine gebellten Befehle, keine sarkastischen Bemerkungen. Vielleicht war der Besuch bei Léna so eine Art Therapiesitzung gewesen? Ravna hatte zwar keine Ahnung, wie ihre Großmutter das angestellt haben sollte, aber vielleicht müsste man ihren Wein patentieren und als Psychopharmaka auf den Markt werfen. Sie würden alle Millionäre werden.

Sie kamen an der Polizeistation vorbei, aber Thor ging nicht hinein.

»Und«, sagte Ravna, »Trygg hat Máre und einige andere Mädchen belästigt. Unter anderem auch Torbjørns Tochter. Das ist der Typ, der auf den Winterweiden ist und mit dem sich Rássmos abwechselt. Vielleicht sollten wir mit ihm auch mal sprechen. Schon allein wegen des Messers.«

»Gute Idee.«

»Okay«, sagte sie und blieb unschlüssig stehen. »Ich geh noch mal rein und bin dann heute Abend in der Kirche auf der *Steilneset.* Das ist ganz in der Nähe von Tryggs Haus und dem Hexenmahnmal.«

»Ich komme später dazu.«

Er reichte ihr die Hand. »Und danke. Gute Arbeit.«

Verblüfft sah sie ihm hinterher. Multimillionäre. Sie würden Multimillionäre werden.

20.

Mikkel war weg, Filip und Jonas auch. Nur Sjur hing noch im Aufenthaltsraum herum und spielte mit seinem Smartphone. Er ließ es sinken, als Ravna den Raum betrat und sich suchend umsah.

»Keiner mehr da?«

Sjur schob einen Zahnstocher vom einen in den anderen Mundwinkel. »Niemand hat Überstunden angeordnet.«

»Seit wann muss das in einer laufenden Ermittlung angeordnet werden?«

Sie trat an den Automaten und entschied sich nach einigem Hin und Her gegen die heiße Schokolade, aber für eine Tütensuppe. Eigentlich brauchte sie einen Kaffee. In der Wärme erwischte sie die Müdigkeit und drohte beinahe, sie zu überwältigen. Kein Wunder, sie hatte nicht geschlafen, und der Tag war ein einziges Stroboskopgewitter auf ihr Nervensystem gewesen. Mit dem dampfenden

Becher in der Hand setzte sie sich zu ihrem Kollegen an den Tisch.

»Ravna«, begann er. »Ich mag dich. Du weißt, dass ich dich mag. Und Filip und Jonas auch. Sonst hätten sie dich und Inga damals eingebuchtet.«

Ravna trank einen Schluck und sah ihn über den Rand des Bechers an. Sjur war noch nicht alt, vielleicht Ende zwanzig. Eine Winzigkeit zu klein, um wirklich groß zu sein, eine Winzigkeit zu dick, um schlank zu sein. Außergewöhnlich an ihm war der helle Braunton seiner Haare, die genauso kurz waren wie sein Bart. Ein mildes Gesicht, buschige Brauen, sanfte Augen. Der gute Cop, der, der Verständnis hatte und dem man sich irgendwann anvertraute, wenn es gar nicht mehr anders ging.

»Der Schuppen hatte nur noch vier heile Fenster«, sagte sie. »Alle anderen waren doch schon kaputt. Warum habt ihr uns dafür hochgenommen und nicht die anderen?«

»Weil ihr euch habt erwischen lassen. Du und deine Schwester. Noch mit den Steinen in der Hand. Mannomann.«

»Und ich dachte immer, weil ihr den doofen Samen mal zeigen wolltet, wer in der Stadt das Sagen hat.«

Sjur hob die Schultern. Sie waren rund, sein Hals ging fast übergangslos in den Oberkörper über. »Nein. Nimm nicht immer alles persönlich. Und wenn ich dir einen guten Rat geben darf, schalte mal einen Gang runter. Niemand hat was gegen dich. Keiner will dir was. Also lauf nicht immer rum wie die verfolgte Unschuld vom Lande.«

»Okay.« Sie setzte den Becher ab. »Die *Message* ist angekommen. Trotzdem wundert es mich, dass keiner mehr da ist. Mikkel sollte doch nach den *bruksknivs* fragen. Hat er sich gemeldet?«

»Da musst du ins Intranet schauen. Ich hab meine Runde gemacht, und als ich zurückkam, war nur noch Hanno vorne.« Er wies mit dem Kopf vage in die Richtung, in der sich im Haus der Empfang befand.

»Ist er noch da?«

»Nein. Die Tür war offen. Hast du heute Nachtschicht?«

»Ja.«

»Dann bis später.« Sie nahm den Becher und ging zur Tür.

»Ich vermisse sie«, sagte Sjur.

Ravna blieb stehen, sah sich aber nicht um. Sie atmete tief durch. Dann sagte sie: »Ich auch.«

Sie spürte, dass er noch etwas hinzufügen wollte, deshalb verließ sie so schnell wie möglich den Raum.

In Mikkels Büro roch es dieses Mal nach nassen Socken. Sie loggte sich in den Computer ein, und natürlich hatte er unter dem Vorgang Trygg nichts abgelegt, deshalb rief sie ihn an. Erst beim zweiten Versuch meldete er sich.

»Ravna hier. Was hast du herausgefunden?«, fragte sie.

»Wie ich schon sagte: Ihr redet nicht mit der Polizei.«

»Ich *bin* die Polizei, Mikkel. Versuch einfach mal ein bisschen zu differenzieren. Mit wem hast du geredet?«

»Mit allen, die aufgemacht haben. Drei. Oder vier.«

Ravna kippte den Rest der Suppe auf die Pizzakartons in Mikkels Papierkorb und warf den Pappbecher hinterher. Der Geruch im Raum bekam dadurch noch eine leichte Hühnerbrühen-Note. »Namen?«

»Weiß ich nicht. Also nicht aus dem Kopf. Ich hab's aufgeschrieben.«

»Und wo finde ich das?«

»Direkt an meiner Heldenbrust. Komm und hol es dir.«

Sie überlegte, Mikkel einfach den Befehl zu geben, sofort hier aufzuschlagen und die Befragungsprotokolle noch an diesem Abend einzugeben. Aber dann dachte sie an den Rat, den Sjur ihr gegeben hatte. Lieber einen Gang runterschalten. »Ich hab noch was vor. Könnte sein, dass ich dich brauche. Bleib bitte in Bereitschaft.«

»Was hast du vor?«, fragte er misstrauisch.

»Ich muss jemanden observieren. Vielleicht kommt es zu einer Festnahme, ich weiß es nicht.«

»Wen?«

»Frag Thor, der kommt später noch dazu.«

Mikkel schwieg. Wahrscheinlich dachte er schon wieder darüber nach, was *sein* Praktikant hinter *seinem* Rücken mit dem Kommissar aus Kirkenes am Laufen hatte. »Wann?«

»Ich sag doch, ich melde mich, wenn ich dich brauche. Was soll ich Thor sagen, wenn er nach deinen Protokollen fragt?«

»Dass … ähm … Hör zu, ich komme vorbei und erledige das. Danke.«

Damit legte er auf. Verdutzt starrte Ravna den Hörer an. Was war das denn? Ein Danke von Mikkel? Wahrscheinlich hatte er gedacht, sie hätte ihn vor Thor gewarnt und dazu noch vor dem Donnerwetter, das sich unweigerlich über Mikkels Kopf zusammenbrauen würde, wenn er nicht endlich in die Hufe kam.

Es fühlte sich gut an, dieses Danke. Und es war auch ein gutes Gefühl, ihn gewarnt zu haben, obwohl das eher unabsichtlich geschehen war. Dann kam ihr Lars' Lächeln in den Sinn und dass sie es geschafft hatte, Thor zum Wiedereinstieg in die Ermittlungen zu bewegen, und als sie nach ihrem Handy griff und Máres Instagram-Account suchte, stellte sie fest, dass das alles in allem ein verdammt guter Tag gewesen war.

Aber Lars hatte sich noch nicht gemeldet.

War auch zu früh.

Wäre trotzdem schön gewesen.

21.

Die Meerjungfrau von Vardø hielt ihre Follower ganz schön in Atem. Máre poste auf den Klippen des Skagen, schmollte auf einem gestrandeten Fischerboot am Hafen, musste halb erfroren sein in den eiskalten Wellen am Strand von Guldringnes, turtelte mit Möwen, ließ sich vom Wind zerzausen und vor farbenfrohen Sonnenuntergängen ablichten. Glitt übers Eis, rollte im Schnee, versteckte sich hinter dem gefrorenen Wasserfall von Sandfjord … Die Kommentare waren begeistert: *L♥ve! Kisses! Wow! Faerie magic! Frozen beauty! Flawless! Love uuu! You are so beautiful!!!*

Und das stimmte. Máre zauberte mit Silberhaarperücke, Make-up und Filtern die Illusion eines zerbrechlichen, fast durchsichtig schönen Wesens, nicht von dieser Welt. Diese zweite Seite von ihr war fremd und irgendwie faszinierend, und Ravna ahnte, wie viel sie dem geschlagenen Mädchen in einem eiskalten, lieblosen Haus bedeuten musste.

Warum war ihr das nie aufgefallen? Weil es Rássmos gelungen war, eine unüberwindliche Mauer zwischen seiner Familie und dem Rest der Welt hochzuziehen. Die Erinnerung an Máre war verschwommen und unwirklich, als ob sie nie richtig dagewesen wäre. Ein huschender Schatten, eine Bewegung aus den Augenwinkeln. War da was? Ach, nur Máre …

Sie presste die Lippen zusammen und versuchte, das Gefühl zu ignorieren, das sich in ihrem Magen zusammenballte. Schämen konnte sie sich später. Jetzt musste sie Licht ins Dunkel eines Verbrechens bringen, das von Tag zu Tag rätselhafter wurde. Und irgendwie hatte sich die kleine Meerjungfrau darin verfangen. Ravna hätte nicht sagen können, was genau es war, das Máre verdächtig machte. Das Doppelleben, das sie führte? Wahrscheinlich würde das jeder tun, um nicht wahnsinnig zu werden, bevor man mit achtzehn endlich aus diesem Haus fliehen konnte. Oder diese perfekte Inszenierung von arktischer Schönheit und Unschuld? Wenn Máre das konnte, dann verbarg sie vielleicht noch viel mehr … Oder war es Jonne? Diese seltsame Romeo-und-Julia-Geschichte, von der niemand etwas erfahren durfte, weil die Tryggs und Rássmos' Todfeinde waren?

Warum eigentlich? Sie hätte Léna nach der Fehde fragen sollen, anstatt ihr die Chance zu geben, Thor den Kopf zu verdrehen. Sie ärgerte sich, wenn sie nur daran dachte, wie der *Gand* jedes einzelne Wort ihrer Urgroßmutter in sich aufgesogen hatte, als wäre sie das Orakel von Delphi.

Doch dann ließ sie mit einem Stirnrunzeln ihr Handy sinken. Sie hätte Léna niemals von Thors Schicksal erzählen dürfen. Er war verwundbar, auch wenn man sich das angesichts seines Auftretens kaum vorstellen konnte. Und Lénas Worte tröpfelten wie Gift auf nie verheilte Wunden … Quatsch. Sie nahm das Handy wieder hoch und scrollte nach unten. Wo war Jonne? Diese wunderschöne, romantische Aufnahme vor einem der letzten Sonnenuntergänge, aber sie konnte das Foto nicht mehr finden. Máre hatte es gelöscht.

Sie nahm sich frühere Selfies vor und durchforschte die Kommentare. Ein Jonne tauchte nirgendwo auf. Natürlich konnte er sich auch hinter Pseudonymen wie Drakkar Leviathan verstecken … Da! Da war er! Und wie nicht anders zu erwarten, zeigte sein Profilfoto eine Detailansicht der Skulptur: den Drachenkopf, herausgearbeitet aus dem Bug eines Wikingerschiffs. Sehr originell. Sie tippte auf seinen Namen, und das Profil öffnete sich. *Hei! Handsome boy looks for handsome girls …* Süßer Typ sucht süße Mädchen, Ravna kicherte. Für was hielt Jonne sich eigentlich? Seine Fotos zeigten nie ihn, sondern einsame Landschaften, ein Herz im Sand oder aus Steinen zusammengelegt und … Ölfelder. Fauchende Flammen im Nachthimmel. Gewaltige Industrieanlagen in ewigem Eis. Das war seltsam. Interessierte er sich genau wie sein Vater für die Landnahme der großen Montanfirmen? Aber warum bezog er dann nicht Position und schrieb Hashtags wie *#stop_fracking* oder *#f***streamprom?* Das musste sie ihn selbst fragen, den *handsome guy*, der durch den Tod seines Vaters wahrscheinlich Millionär werden würde, wenn er die Winterweiden verkaufte.

Mit einem Seufzen stand sie auf und schlüpfte in ihren Anorak. Halb acht. Zeit für die Kirche.

Ein ungemütlicher Wind fegte vom *Skinnstakkvika*, dem schmalen Fjord zwischen Festland und Vardø-Insel, und machte den kurzen Weg zur *Steilneset* so ungemütlich, dass Ravna bereute, nicht das Auto genommen zu haben. Hinter dem Hotel, die Skippergata hinauf, begegneten ihr zwei vermummte Gestalten, die genauso schnell wie sie auf die kleine, weiß gestrichene Holzkirche zustrebten.

Drinnen war es nicht viel wärmer als draußen, aber das würde sich schnell ändern, denn es waren mindestens zwei Dutzend Leute gekommen. Ravna kannte die meisten – das ließ sich nicht vermeiden, wenn man in einer Zweitausend-Seelen-Stadt groß geworden war, aber sie hätte gerne auf die erstaunten Mienen bei ihrem Anblick verzichtet. Kirchgänge gehörten nicht zu ihren Hobbys. Als wenig später Rássmos und Máre eintrafen, verzog sie sich in den Schatten der letzten Reihe, um nicht von ihnen erkannt zu werden. Eine gute Entscheidung, denn mit den letzten dünnen Schlägen der Glocke traf auch noch Karen ein.

Es dauerte einen Moment, bis Ravna begriff, dass Männer und Frauen auf getrennten Seiten Platz nahmen. Sie blieb in der Nähe der Tür, um Máre besser im Blick zu haben. Die hatte sie noch immer nicht bemerkt und das blieb hoffentlich auch so. Auf gar keinen Fall wollte Ravna riskieren, dass das Mädchen ihren Freund vorwarnte.

Der Rest der Gemeinde setzte sich aus einem Touristen-Ehepaar zusammen und den ehrenwerten, gottesfürchtigen

Bürgern der Stadt: die Bibliothekarin, ein Lehrer, ein paar Globus-II-Angestellte, Knud Kristian vom Hotel und … Hanno, der Wachtmeister. Sie nickte ihm zu, aber er machte ein ratloses Gesicht und tat so, als hätte er sie nicht erkannt. Der Pfarrer war ein junger Mann aus Neiden, einem kleinen Kaff auf der anderen Seite des Varangerfjords, und er hatte, wie Léna einmal verächtlich bemerkt hatte, von Tuten und Blasen keine Ahnung. Als er nach vorne ging und sich an die Orgel setzte, fiel Ravna auf, dass er gar nicht mehr so jung war, wie Léna behauptet hatte: Der Geistliche musste mindestens dreißig Jahre alt sein. Ein schlanker, etwas gebeugter Mann mit einem freundlichen Gesicht und schütterem hellem Haar. Es dauerte, bis ihr sein Name wieder einfiel: Lars Göran.

Lars Göran lächelte beseelt in die doch beachtliche Menge seiner Schäflein und begann, mit Schwung und Verve die erste Strophe von *Hør dette, alle folk*[15] zu spielen, in die die Gemeinde sofort einfiel. Zum anschließenden Gebet standen alle auf und das war Máres Chance.

Sie stand ganz außen in der vorletzten Bank und huschte, umarmt und verhüllt von der kurzen Unruhe, durch eine kleine Seitentür nach draußen. Ravna folgte ihr und sah im trüben Licht der Laternen, dass Máre über den Friedhof zum Hexenmahnmal lief. Sollte sie ihr wirklich folgen? Es kam ihr übertrieben und kleinlich vor, aber dann machte sie sich klar, dass sie nicht als Máres Schulkameradin hier draußen in der Kälte stand. Doch dieses kurze Zögern hatte

15 Hör dies, Menschheit …

gereicht, um sie aus den Augen zu verlieren. Wohin war sie gelaufen? Hinunter zum Meer? Von dort wehte der Wind fast in Orkanstärke. Das war wohl kaum der Platz für ein romantisches Treffen. Der lang gestreckte, schmale Bau des Hexenmahnmals? Dort konnten kaum zwei Menschen nebeneinander stehen, so eng war es da. Und wer traf sich schon gerne unter den Lebensläufen von achtundneunzig hingerichteten Menschen? Dann der schwarze Glaswürfel, in dem Tag und Nacht zur Erinnerung an die vielen unschuldig Ermordeten die Flammen brannten.

Ravna lief los, doch sie kam nicht so schnell voran, wie sie es sich wünschte. Die alte Hinrichtungsstätte lag auf einem flachen Feld, ein paar Meter über dem Meer. Die Böen fegten ungehindert darüber und trieben ihr die Tränen in die Augen. Als sie das Mahnmal endlich erreicht hatte, war weit und breit niemand zu sehen.

Und dann hörte sie einen Schrei. Dünn und hoch.

»Máre?«, rief sie, doch der Wind nahm ihre Stimme einfach mit und trug sie fort. »Máre!«

Wieder ein Schrei! Jetzt war Ravna sicher, dass er aus dem großen Glaswürfel kam. Sie rannte los und musste sich so gegen den Wind stemmen, dass sie atemlos den Eingang erreichte. Hier war es windgeschützt. Sie lief einmal um die Ecke und gelangte in den einzigen, großen Raum, in dem die Flammen fauchend aus dem Stuhl emporschlugen und von den riesigen Spiegeln zurückgeworfen wurden.

Máre versuchte, sich aus der Umklammerung eines Mannes zu befreien. »Lass mich los! Bist du völlig verrückt geworden?«

»Loslassen!«, schrie Ravna und war in drei Schritten bei dem kämpfenden Paar. Sie riss den Mann herum – und starrte in Jensens Gesicht. Ihre Hand fuhr zurück, als hätte sie sich verbrannt.

»Harald Jensen?«

Wütend starrte er sie an. »Ja? Was willst du denn hier? Mich wieder verhaften?«

Ravna schluckte und wandte sich an Máre. »Was ist los?«

Aber das Mädchen war überhaupt nicht glücklich über diese seltsame Rettung. »Bist du mir etwa gefolgt? Hast du sie noch alle?«

»Du hast geschrien! Und draußen rennt ein Mörder frei herum!«

»Ja, ja!« Máre strich sich die Haare aus dem Gesicht. Ihre Wangen glänzten rot, aber es sah ungesund aus, als wäre sie bei etwas ertappt worden. »Kann man nicht mal fünf Minuten unbeobachtet bleiben? Das war nichts.«

»Nichts? Und warum hast du dann geschrien?« Langsam kehrte Ravnas Sicherheit zurück. Das war ja auch kaum zu glauben: Harald Jensen gab sich im Internet den Namen Drakkar Leviathan und baggerte junge Mädchen an! »Ist das dein neuer Freund? Hast du die Sachen von ihm?«

»Und wenn? Geht es dich was an?«

Blitzschnell drehte Ravna sich zu Jensen um, der gerade versuchte, den Disput zwischen den beiden jungen Frauen zu seinen Gunsten zu nutzen und abzuhauen.

»Hiergeblieben! Was machst du in Vardø?«

Er grinste und es sah nicht sehr sympathisch aus. Was Máre an diesem Typen bloß fand? Er war mindestens zwanzig Jahre älter als sie, und außerdem hatte er vor, den Rentierzüchtern die Existenzgrundlage zu nehmen.

»Ihr habt mich freigelassen. Ich kann gehen, wohin ich will.«

»Irrtum«, erwiderte Ravna und stellte sich ihm vorsichtshalber in den Weg. Die Flammen fauchten und der Wind fuhr um die Ecken und heulte wie eine Armada von Geistern. »Du darfst den Distrikt nicht verlassen und musst jederzeit für uns erreichbar sein. Du glaubst, der Mord an Trygg wäre für dich ausgestanden? Das ist er noch lange nicht.«

»Doch«, erwiderte Máre zu Ravnas Verblüffung. »Ich war in der Nacht bei ihm, im Hotel.«

»Ach ja? Und was habt ihr da zusammen gemacht?«

Nun dämmerte es Jensen, dass seine minderjährige Meerjungfrau bei aller Liebe anfing, sich um Kopf und Kragen zu reden. »Geredet«, antwortete er schnell. »Nur geredet.«

»Er rief mich an und ich bin aus dem Haus geschlichen.« Máre kam näher. Sie stellte sich neben Jensen und griff nach seiner Hand. Er ließ es geschehen. »Er sah furchtbar aus und hatte sich mit Trygg gestritten. Ich habe ihn verarztet. Dann haben wir was getrunken und ich bin heim.«

»Soso.« Ravna spürte Wut in sich aufsteigen. »Das ist zwar kein Alibi, aber du hättest es mir trotzdem sagen müssen!«

»Es hat ja keiner gefragt. Und Harald ist ein Gentleman.«

»Ein Gentleman, der für seine Firma von Trygg die Winterweiden kauft? Um dort nach Bodenschätzen zu schürfen?

Schon mal was von Fracking gehört? Und von den Gasterminals, die sie jetzt überall entlang der Küste bauen? Er nimmt uns unsere Existenz!«

Jensen verzog unschön den Mund. »Das sieht mir nicht nach einer unvoreingenommenen Ermittlung aus.«

»Das muss sie auch nicht sein, jedenfalls nicht von mir.« Sie dachte gar nicht daran, ihn über ihren Status aufzuklären. »Wenn ich will, sitzt du morgen wieder im Knast.«

Er ließ Máres Hand los und kam drohend einen Schritt näher. »Ach ja? Und wie willst du das anstellen?«

»Flucht- und Verdunkelungsgefahr.« Sie holte ihr Handy aus der Tasche, um Mikkel anzurufen, aber sie hatte nicht mit Jensens Schnelligkeit gerechnet. Er schlug es ihr einfach aus der Hand und trat darauf.

»Bitte!« Máre hatte sich offenbar entschlossen, wieder in ihre Rolle als verschüchterter Underdog zurückzukehren. »Das hat doch keinen Sinn! Ravna, er war es nicht. Du kannst ihm nichts anhängen. Und Harald, gib ihr das Handy.«

Jensen überlegte und trat dann einen Schritt zurück. Ravna ging in die Knie und hob es auf.

»Weiß es Jonne?«, fragte sie und wischte den Dreck von dem Gerät.

Máre biss sich auf die Lippen.

»Hast du ihm für diesen Freak den Laufpass gegeben? Und für ein paar schicke Klamotten und Schuhe? Wofür bezahlt er dich noch?«

Da erklang eine Stimme. »Ravna? Es reicht.«

Sie fuhr herum. Thor lehnte an der schwarzen Glaswand,

halb verdeckt von der Abtrennung, und musste ihre Auseinandersetzung schon einige Zeit mit angehört haben. Sein Gesicht lag im Schatten, aber seine Augen glühten im Licht der züngelnden Flammen. Er stieß sich von der Wand ab und kam auf sie zu wie ein Cowboy in einem schlechten Western. Aber keiner lachte über ihn. Alle starrten ihn an. Er schwankte leicht, und Ravna betete, dass er sich nicht doch noch eine Flasche von Rássmos Rentierpisse ins Hotel mitgenommen hatte.

»Dein Vater sucht dich.«

Er blieb kurz vor dem eisernen Stuhl stehen und streckte die Hände aus, als ob er sie am Feuer wärmen wollte. Máre stieß einen erstickten Schrei aus. »Oh mein Gott! Er darf mich hier nicht erwischen!«

Damit stürzte sie hinaus. Jensen wollte ihr folgen, aber da wurde er auch schon von Thor gepackt und an die Glaswand gedrückt. Er wollte sich wehren, aber auch wenn er kräftiger wirkte, gegen diesen Griff kam er nicht an.

»Was soll das?«, schrie er. »Ich werde euch verklagen! Alle beide!«

»Sie ist siebzehn«, zischte Thor. »Siebzehn, du Schwein!«

»Alt genug, um selbst zu entschei–«

Thors Faust landete auf seinem Mund. Mit einem Jaulen klappte Jensen zusammen und presste sich die Hände aufs Gesicht. Blut tropfte zwischen seinen Fingern herab. Thor holte aus und versetzte Jensen einen zweiten Kinnhaken, dass die Kiefer krachten.

»Nein!« Ravna stürzte sich auf ihn und zog Thor zurück. »Aufhören!«

Ihre Gedanken schossen wie Blitze durch den Kopf: Thors Tochter, sie musste so alt gewesen sein wie Máre, als das Unfassbare geschehen war. Und Jensen war für ihn der Stellvertreter des Bösen, der Verführer, und wenn Thor schon seine Tochter nicht retten konnte …

»Lass ihn!« Mit fliegenden Fingern suchte sie ihr Handy. Jensen kippte stöhnend zur Seite und zuckte theatralisch mit den Beinen, die gar nichts abgekriegt hatten. Gott sei Dank ging Sjur schon beim zweiten Klingeln an den Apparat.

»Streife und Krankenwagen zur *Steilneset*!«

»Wir haben keinen Krankenwagen.«

»Dann die Streife. Schnell.« Sie legte auf. Thor hatte sich abgewandt und rieb sich die Hand. Ravna war außer sich vor Wut.

»Sie ist über dem Schutzalter! Wenn sie freiwillig mitmacht …«

»Freiwillig?« Thor drehte sich nach Jensen um, der unter diesem Blick fast wie eine Schnecke in sich zusammenkroch. »Welches junge Mädchen geht mit so etwas freiwillig ins Bett?«

»Da war nichts!«, brüllte Jensen. Es klang, als hätte er Schnupfen. »Ich wollte das nicht! Aber sie hat mich nicht in Ruhe gelassen!«

»Oh ja.« Ravna konnte den Sarkasmus in ihrer Stimme nicht verbergen. »Du *handsome guy.* Drakkar Leviathan, so nennst du dich im Internet. Ich bin gespannt, was wir auf deinem Account noch so alles herausfinden.«

»Drakkar?«, fragte Thor. »Das da nennt sich – Drachen?«

»Jep«, antwortete Ravna, froh, dass ihr Boss sich langsam wieder einkriegte. War sie eigentlich im Kindergarten gelandet und die einzig Vernünftige hier?

Thor schüttelte den Kopf und ging auf Jensen zu. Der kroch vor Angst einen halben Meter weiter. »Fass mich nicht an! Du bist fertig, Rune Thor. Hörst du? Fertig!«

Thor ging in die Knie und schaute verächtlich auf Jensen herab. »Du bist Dreck am Schuh, mehr nicht. Geh ins Hotel. Du wirst Vardø nicht verlassen.«

»Was?«

»Raus.«

Jensen rappelte sich auf und machte, dass er davonkam. Ravna ging langsam zum Ausgang und wartete. Thor war wieder an die Flammen getreten. Er sah in sie hinein und verfolgte ihr tanzendes Spiel. Eine Weile beobachtete sie ihn, aber er schien sie und die Welt um ihn herum völlig vergessen zu haben. Sie wusste nicht, ob es richtig war, aber sie ging zurück zu ihm.

»Das hättest du nicht tun dürfen. Er ist es nicht wert.«

Thor schwieg. Sie sah sein scharfkantiges Profil und die tiefen Falten, die das Alter und die Trauer in sein Gesicht gekerbt hatten.

»Ich dachte, sie hätte was mit Jonne. Aber das ist vorbei, seit sie mit Jensen zusammen ist.«

Er rieb sich über die Augen.

»Mir gefällt das alles auch nicht. Aber wir müssen uns wohl oder übel auch auf Rássmos und Jonne konzentrieren. Und Torbjørn, der hat vielleicht ebenfalls ein Motiv, wenn er ähnlich reagiert wie du.«

Thor nickte. Durch das schwarze Glas zuckten graue Blitze, der Streifenwagen kam herangeholpert. Sie verließen den Glaskasten und Ravna lief auf das Auto zu.

»Alles okay. Falscher Alarm.«

Sjur sah über sie hinweg zu Thor, der wortlos an ihnen vorbei den Weg zurück zur Stadt nahm.

»Und nun?«

»Feierabend«, sagte sie.

Sjur nickte und ließ die Scheibe wieder hochfahren. Ravna umrundete den Wagen und stieg ein. »Aber du kannst mich mitnehmen.«

Im selben Moment wusste sie, dass es ein Fehler gewesen war. Sjur musste noch etwas loswerden, und einfach davongehen wie im Aufenthaltsraum klappte nun nicht mehr. Und so hielt sie auf dem Weg zurück Ausschau nach Thor, aber die Polarnacht hatte ihn verschluckt.

Kurz bevor sie die Wache erreichten, sagte Sjur: »Sie hätte nicht fortgehen sollen.«

Ravna nickte. »Aber es war nicht unsere Entscheidung, oder?«

22.

Freitag, 29. November 2019, Vardø – Finnmark
Polarnacht

– *Inga? Bist du da?*
– *Wo soll ich denn sonst sein?*
– *Warum bist du weggegangen?*
– *Das weißt du doch. Ich habe es einfach nicht mehr ausgehalten. Es gab nichts, wofür es sich gelohnt hätte.*
– *Noch nicht mal mich?*
– *Nein. Noch nicht mal dich.*

Ravna brauchte mehrere Anläufe, um überhaupt wach zu werden. Um ins Bad zu taumeln, nicht über dem Waschbecken einzuschlafen und zu registrieren, dass Freitag war.

Freitag! Der letzte Tag der Arbeitswoche! Aber … Gab es in einer laufenden Ermittlung überhaupt ein Wochenende?

Die Antwort erhielt sie eine Stunde später, als sie mit einer Thermoskanne Tee und einem Ketchup-Sandwich in der Wache eintraf. Thor hatte eine Lagebesprechung für neun Uhr anberaumt, wie Hanno ihr zurief, und das war in zwei Minuten.

Als sie nach dem kurzen Sprint oben in Filips Büro eintraf, waren schon alle da. Thor saß mit gerunzelter Stirn über den Laptop gebeugt, Mikkel schwitzte Blut und Wasser, Filip und Jonas starrten an die Decke. Auf dem Tisch lag die aktuelle Ausgabe der *Øhavet*, der Lokalzeitung von Vardø. Die Schlagzeile lautete wenig charmant: *Mortensnes-Killer immer noch nicht gefasst! Verdächtiger wieder auf freiem Fuß!*

Thors Blick ignorierte das Blatt und glitt über die Köpfe der Anwesenden. »Habt ihr Mikkels Bericht gelesen?«

Er blieb an Ravna hängen. Die beschloss, lieber zu essen, statt zu antworten. Viel war bei Mikkels Suche nach den Messern ja nicht herausgekommen.

»Wie viele samische Familien leben in Vardø? Und du hast vier, genau vier von ihnen erwischt?«

»Die anderen haben nicht aufgemacht.«

Ravna schluckte hastig hinunter. »Das ist normal. Von der Polizei haben die wenigsten etwas Gutes zu erwarten. Ich übernehme das heute.«

»Nein.« Thor klappte den Laptop-Deckel zu. »Du fährst mit mir auf die Winterweiden. Wir müssen mit Torbjørn reden. Er ist der *rendrifter*, der auf Rássmos' Tiere aufpasst.

Das Rentieropfer in Mortensnes kam aus dieser Herde. Außerdem hat die Befragung von Rássmos und seiner Tochter gestern noch einen zweiten Aspekt ergeben. Ravna?«

Ravna wischte sich einen Ketchupfleck am Mund ab. »Máre hatte was mit Jonne, dem Sohn von Trygg. Der wurde aber ziemlich schnell abserviert, als Jensen auftauchte.«

»Jensen?«, fragte Filip erstaunt. »Harald Jensen?«

»Wo die Liebe hinfällt. Ich weiß nicht, was genau die beiden verbindet. Er macht ihr teure Geschenke, aber als ich die beiden gestern Abend auf der *Steilneset* überrascht habe, sah es eher nach einem Handgemenge aus und nicht nach Rumturteln.«

»Vielleicht erpresst sie ihn?«, fragte Jonas.

»Schon möglich. Fragt sich dann, mit was. Sie hat ein Instagram-Profil, *vardø_mermaid*. Das sollten wir uns mal genauer ansehen. Und das von *drakkar_leviathan*, das ist Jensens Profil. Vielleicht gibt uns das Aufschluss über ihre Verbindung. Wir müssen auch noch mal mit Jonne reden. Wenn Máre teuren Geschenken gegenüber so aufgeschlossen ist, könnte Jonne sich vielleicht überlegt haben, wie er an Geld kommen kann.«

Das wäre überall auf der Welt eine ungeheuerliche Anschuldigung. Aber in diesem Raum durfte es keine Tabus geben.

»Du meinst, Jonne könnte seinen Vater ermordet haben?« Filip ging das doch etwas zu weit.

»Ich frage mich nur, ob er von Tryggs Plänen wusste, die Winterweiden zu verkaufen. Vielleicht wollte er es auch nur verhindern?«

Bevor Thor den Mund öffnen konnte, schoss es aus Mikkel heraus: »Das mach ich. Ich schau mir die Profile mal genauer an.«

Immerhin hatte er sich schon einmal als das Internet-Ass erwiesen. Thor nickte und Mikkels Gesichtsfarbe normalisierte sich langsam.

»Wo ist Jensen?«

Filip nahm Haltung an. »Hab ich heute früh gecheckt. Immer noch im Vardø-Hotel.«

»Irgendwelche Äußerungen von ihm?«

»Nein.«

Ravna atmete auf. Jensen hatte wohl nicht vor, Anzeige zu erstatten. In Thors unbewegtem Gesicht war nicht zu erkennen, wie er das aufnahm.

»Wir müssen davon ausgehen, dass wir es bei dem Täter entweder mit einem Samen zu tun haben oder mit jemandem, der sich mit samischen Ritualen gut auskennt und nach dem Mord eine Art Wiedergutmachung leisten wollte. Hätten wir einen Profiler hier, wäre das ein gefundenes Fressen. So können wir nur weiter nach dem Motiv suchen.«

»Respekt?«, fragte Ravna. »Ich kenne niemanden, der Trygg zu Lebzeiten mochte. Aber mit seinem Tod scheint offenbar eine Schuld getilgt worden zu sein.«

»Welche Schuld?«

»Das Verbrechen, unser Land an die Montanindustrie zu verkaufen.«

»Euer Land?«

Ravna sah in die Runde. »Unser Land. Das war es, bis

die Siedler kamen. Ich glaube, es gibt eine Fehde, die bis in diese Zeit zurückreicht.«

Sie dachte an Léna und das Gespräch am Teetisch und wusste, dass Thor denselben Gedanken hatte – die große Zeit der Landnahme. Sie hatte etwas zu bedeuten, auch wenn sie schon Jahrhunderte zurücklag.

»Es geht aber auch banaler. Trygg hat Máre belästigt und Torbjørns Tochter eventuell auch. Es wäre gut, herauszufinden, ob das zwei sogenannte Ausrutscher waren oder Trygg generell auf junge Mädchen stand.«

»Norwegerinnen oder Saminnen?«, fragte Jonas.

Ravna überlegte. »Ich könnte mir vorstellen, dass er es bei seinem Ruf eher nicht bei Norwegerinnen versucht hat. Aber fragt doch mal rum.«

Filip setzte sich kerzengerade auf. »Meine Tochter ist siebzehn. Wenn der es auch nur ansatzweise bei ihr versucht hätte!«

»Dann?«, fragte Thor.

»Hätte er es mit mir zu tun gekriegt. Ich hätte ihn vielleicht nicht gleich umgebracht, aber …« Er schlug mit der Faust in die Handinnenfläche.

»Frag sie«, sagte Ravna. »Wir müssen herausfinden, wer alles in Vardø Grund gehabt hätte, Trygg eins auszuwischen.«

Thor sah schlecht aus. Aber seine Augen hatten Glanz, immerhin. »Und ihr, Filip und Jonas, nehmt euch noch die beiden von unten mit und klappert jedes einzelne Haus, jede Wohnung, jede Kammer und jede Hütte ab. Wer auch immer ein *rendrifter* ist, hat euch seine Messer zu zeigen. Ist das klar? Bis morgen will ich Ergebnisse haben.«

Schweigen. Bye bye Wochenende.

»Ob das klar ist? Wir ermitteln in einem Mord. Das scheint noch nicht jeder begriffen zu haben. Wie oft kommt das hier vor?«

Filip knetete die Hände in seinem Schoß. »Gar nicht.«

»Gar nicht. Kein Wunder.« Thor ließ offen, was er damit meinte, aber jeder verstand. »Wer sich weigert, bekommt eine Vorladung. Wenn der Täter seinem Opfer eine Mütze gestrickt hätte, würde ich jede einzelne Stricknadel in diesem Kaff suchen. Aber der Täter hat ein samisches *bruksniv* benutzt. Ich will es finden.«

Thor stand auf. »Noch Fragen?«

Niemand antwortete.

»Dann los.«

Ravna hoffte, dass Mikkel nicht gleich in sein Büro und an den Computer stürzen würde. Sie schloss die Tür hinter sich und rief ihre Mutter an.

»Ich bin's«, sagte sie, als Hedda abnahm.

»Ravna! Das ist ja eine Überraschung!«

Es klang reserviert. Deshalb meldete Ravna sich auch so selten: weil es lange dauerte, bis das Eis brach, und das am Telefon nicht oft gelang.

»Ich wollte nur wissen, ob Torbjørn in Kaldoaivi ist?«

»Torbjørn? Warum?«

»Mein Chef und ich müssen mit ihm reden. Und bevor wir uns drei Stunden in der Dunkelheit auf den Weg machen … Hast du vielleicht eine Telefonnummer von ihm?«

»Ich kann sie dir als SMS schicken.«

»Danke. Wie geht es dir?«

»Es muss. Es wird von Jahr zu Jahr schwieriger. Gestern habe ich mich geschnitten. Im Gatter stehen die Ausreißer, die wir im Tal und an den Straßen eingesammelt haben, die wollte ich einfangen und hoch zu den anderen bringen. Das ist schwer, so allein.«

Ravna erinnerte sich an die Zeit, in der sie und Inga das übernommen hatten. Es schnitt ihr ins Herz. Aber eine Rückkehr ans Feuer und auf die Winterweiden hätte bedeutet, alles aufzugeben.

Ihre Mutter seufzte. »Ich hoffe, ich muss nicht zum Arzt.«

»Aber du solltest zum Arzt, wenn so was passiert!«

Hedda lachte, aber es klang nicht fröhlich. »Ich mach mir Umschläge. Das wird schon wieder.«

»Vielleicht können wir uns in Nuorgam auf einen Kaffee treffen?«

Nuorgam war ein winziges Kaff, gelegen an der einzigen Straße, die nach Kaldoaivi und zu den Winterweiden führte.

»Da bin ich erst morgen, zum Einkaufen.«

»Kannst du das nicht auch heute machen?«

»Tut mir leid. Heute kann ich nicht weg.«

Ravna unterdrückte einen Seufzer. Hedda hatte ihr nie verziehen, dass sie sich für einen anderen Beruf entschieden hatte. So, wie es aussah, war ihre Mutter die Letzte der Persens, die noch Rentierwirtschaft betreiben würde. Danach war Schluss. Eine jahrhundertealte Tradition würde aus der Familiengeschichte verschwinden, und das nur, weil weder Inga noch Ravna genug Verantwortung besessen hatten. Sie sagte es nie, aber der Vorwurf stand im Raum.

»Okay«, sagte sie resigniert.

»Um was geht es denn?«

»Um den Mord an Trygg.«

»Trygg? Trygg ist tot?«

»Wusstest du das nicht?«

»Nein«, antwortete Hedda bestürzt. »Ich brauche die Batterien für wichtigere Dinge als das Radio.«

»Er wurde erstochen, in Mortensnes. Und dann hat ihm jemand ein Rentier geopfert und ihm Birkenrinde in den Schuh geschoben.«

»Was?«

»Und den Strich gezogen.«

»Oh mein Gott. Einer von uns?«

Ravna spähte zu der Tür, die sie einen Spaltbreit hatte offen stehen lassen, damit sie Mikkel hören konnte, wenn er im Anmarsch war. »Könnte sein.«

»Das ist ja furchtbar!«

»Oder einer, der sich gut bei uns auskennt. Deshalb muss ich mit Torbjørn sprechen.«

»Moment!« Heddas Stimme bekam wieder diesen aggressiven Unterton. »Du glaubst doch nicht, dass er etwas damit zu tun hat?«

»Das Opfertier kam aus der Herde von Rássmos. Und der hat sie bei Torbjørn stehen. Vielleicht ist ihm was aufgefallen. Ist seine Tochter bei ihm?«

Ravna wusste nicht mehr, wie sie hieß. Das war früher anders gewesen, da kannte sie die Namen aller *rendrifter* und die ihrer Tiere noch dazu.

»Malin? Ja. Die ganze Familie ist da, bis auf die kleine

Lilly. Die muss ja zur Schule, deshalb ist sie bei den Großeltern in Varangerbotn.«

»Kannst du ihm sagen, dass ich sie sprechen muss?«

»Sag es ihm selbst.«

»Wo bist du denn heute Mittag?«

»Am Feuer, wo sonst.«

»Wenn ich es schaffe, komme ich vorbei.«

»Lass das lieber. Ich muss noch Holz sammeln.«

Hedda legte auf. Ein paar Sekunden später hatte Ravna eine SMS mit Torbjørns Nummer. Sie ging hinunter in den Aufenthaltsraum, wo Mikkel, Sjur und Jonas gerade eine heiße Diskussion am Laufen hatten, aber schlagartig verstummten, als sie hereinkam.

»Lasst euch nicht stören. Wo ist Thor?«

»Draußen auf dem Parkplatz«, sagte Jonas. »Er wollte noch eine rauchen.«

»Die Winterweiden sind weiter oben möglicherweise schon zugeschneit. Wir brauchen vielleicht ein Schneemobil. Wo kriegen wir das denn?«

Jonas kratzte sich am Hinterkopf. »Die in Vadsø haben eins. Wo wollt ihr denn hin?«

»Nach Kaldoaivi.«

»An die Grenze? Heute noch?«

»Ich versuche, Torbjørn zu erreichen. Vielleicht kann er uns entgegenkommen.«

Die Aussicht, erst drei Stunden in die Wildnis zu fahren und dann in völliger Dunkelheit den Gesuchten samt seiner Herde ausfindig zu machen, war deprimierend. Zumal es weiter oben in den Bergen ungemütlich werden konnte. Noch lag in Vardø kein Schnee, aber in den höheren Lagen musste man damit rechnen. Offenbar hatte Thor keine Ahnung, was es bedeutete, da draußen unterwegs zu sein. In seinen Klamotten schon gar nicht.

Er stand neben seinem Wagen und trat die Zigarette aus, als sie ankam. Ravna schickte noch ein schnelles Stoßgebet gen Himmel, bevor sie einstieg. Dann gab er Gas.

Dieses Mal ließen sie Mortensnes und Vadsø links liegen und erreichten das Ende des Varangerfjords in rekordverdächtigen zwei Stunden. Ravna versuchte mehrmals, Torbjørn anzurufen, und schließlich hatte sie ihn tatsächlich am Apparat. Hedda hatte ihm schon erzählt, was passiert war, deshalb war er vorbereitet.

»Ich kann die Tiere jetzt nicht zählen. Wie soll das denn gehen? Es ist Polarnacht und sie sind über Quadratkilometer verteilt!«

»Ich weiß«, antwortete Ravna. »Aber vielleicht hast du eine Idee, wie jemand an das Kalb gekommen sein kann?«

»Hab ich nicht. Ehrlich nicht. Es verschwinden ja immer wieder welche, das weißt du doch genau.«

Torbjørn war ein Baum von einem Mann, groß und kräftig, mit wild zerzausten Haaren und Händen wie Baggerschaufeln. Seine Familie gehörte zu den etwas besser gestellten, was nicht hieß, dass es ihnen finanziell gut ging. Sie kamen über die Runden, weil Torbjørn Touristen aufnahm und im Sommer mit seinem Rundzelt von Festival zu Festival reiste.

»Wir müssen auch mit Malin sprechen.«

»Warum?«, kam es äußerst misstrauisch zurück.

»Könnt ihr nach Nuorgam kommen? Wir sind in einer Stunde da. Raus zu euch geht es leider nicht, wir müssten sonst ein Schneemobil von Vadsø kommen lassen.«

»Nee, Ravna.« Sie sah vor ihrem inneren Auge, wie er sein Haupt mit der Löwenmähne schüttelte. »Und wer zahlt mir das Benzin? Ich bin am *Fjellet*, das ist mir echt zu weit weg.«

Thor, der über Lautsprecher mitgehört hatte, schnippte mit den Fingern. Sie reichte ihm ihr Handy.

»Thor, *C.I.N.* Du bist in einer Stunde in«, schneller Blick zu Ravna, die Nuorgam mit den Lippen formte, »in Nuorgam, und zwar mit deiner Tochter, oder du bist morgen früh um acht in Vardø auf der Polizeiwache. Wir führen eine Befragung im Mordfall Trygg durch. Deine Entscheidung.«

Er beendete die Verbindung und reichte ihr das Handy zurück.

»Das sind Freunde!«, protestierte sie. »Ich hätte ihn bestimmt dazu gebracht!«

»Nein«, erwiderte er.

Und dabei blieb es, bis in der Ferne die bleichen Lichter von Varangerbotn auftauchten. Dort gab es eine Tankstelle, ein geschlossenes Heimatmuseum, ein Restaurant, das nur im Sommer für die Touristen geöffnet war, und ein winziges Café. Das Wasser schwappte träge ans Ufer. Die Straße nach Süden führte weiter nach Kirkenes und Murmansk, die in Richtung Westen nach Finnland – Nuorgam lag hinter der Grenze, aber die hatte Rentiere noch nie interessiert.

»Wie lange noch?«, fragte Thor und setzte den Blinker.

»Laut Navi eine gute halbe Stunde.«

Er grinste. »Das schaffen wir in der Hälfte.«

23.

Nuorgam bestand aus der E6 und einer Tankstelle. Irgendwo weiter weg musste es noch menschliches Leben geben, denn einige Lichter funkelten in der Dunkelheit. Aber das Dorf selbst dürfte Glück haben, wenn seine Einwohnerzahl dreistellig war. Außer der Tankstelle gab es noch einen winzig kleinen Supermarkt. Thor ging hinein und kam wenig später mit zwei Kaffeebechern wieder nach draußen.

»Willkommen in Finnland«, sagte er.

Sie verließ den Wagen und nahm ihm den Becher ab. »Ich war hier schon öfter.«

»Stimmt. Die Winterweiden. Wer passt eigentlich auf eure Tiere auf?«

»Meine Mutter«, sagte sie und blies in den Kaffee, um ihn etwas abzukühlen. Der Wind hatte sich gelegt. In der Luft knisterte die Kälte – Vorbote des Schnees, der gerade in den Bergen seine Kräfte sammelte.

»Deine Mutter? Allein?«

»Ja.«

Sie wandte sich ab und lief ein paar Schritte über den Parkplatz. Vier Autos standen vor dem Supermarkt. Ein Mann mit einem voll beladenen Einkaufswagen kam gerade heraus und peilte seinen Jeep an. Er nickte in ihre Richtung, sie nickte zurück. Auch wenn man sich nicht kannte, grüßte man sich.

Thor war ihr gefolgt. »Ein hartes Leben.«

»Es wird Schnee geben«, sagte sie und hob den Kopf. Sie schnupperte. Die trockene Kälte schien wie elektrisch geladen. »Viel Schnee.«

»Sagt das der Wetterbericht?«

Der Jeep fuhr weg, dafür schaukelte ein anderer Wagen über die Schlaglöcher auf den Parkplatz. Es war ein Range Rover, dafür gedacht, in der Wildnis nicht stecken zu bleiben. Er hielt direkt neben Ravna. Die Scheibe fuhr hinunter und Torbjørns Kriegerhaupt kam zum Vorschein.

»Ist er das, der *drittsekk*?«

Ravna nickte. »Rune Thor, *politiinspektør* aus Kirkenes.«

Thor trat an das Fenster.

»Ist er das, der *sucker*?«

»Das ist Torbjørn Skjelsbæk«, sagte sie.

Drecksack und Idiot hatten ihre Meinungen übereinander geklärt und reichten sich kurz die Hand. Dann stieg Torbjørn aus.

»Wo ist Malin?«, fragte sie. »Hast du sie nicht mitgebracht?«

»Wenn ihr was von ihr wollt, dann geht zu ihr. Oder

schickt ihr eine Vorladung. Ich bin nur hier wegen deiner Mutter und weil sie schon genug am Hals hat. Polizei.« Torbjørn spuckte aus, tat dies aber wohlweislich nicht in Thors Richtung. »Ich hab nichts am Hut mit der Polizei. Bei mir ist alles in Ordnung. Und Rumschubsen und Anschreien lasse ich mich nicht. Auch nicht von einem Herrn Kommissar aus Kirkenes.«

Den Herrn interessierte dieser Ausbruch überhaupt nicht. »Wo warst du in der Nacht von Sonntag auf Montag?«

Torbjørn trug eine Fellmütze, dazu Outdoorkleidung, ohne die man hier oben im Winter aufgeschmissen war, Tracht hin oder her.

»Am *autsutj*, das ist ein Waldstück am Fuß des Njunjes.«

Ravna nickte. »Ich kenne den Platz. Den hast du dir gut ausgesucht. Windgeschützt, mit genug Weidegrund für deine Herde.«

»Zeugen?«, blaffte Thor.

Torbjørn schob sich die Mütze aus der Stirn. »Meine Frau und meine Tochter.«

»Sonst noch jemand?«, fragte Thor unerbittlich.

»Na, zweihundertachtzig Rentiere, wenn's beliebt. Was soll das?«

»Kanntest du Olle Trygg?«

»Es gab keinen, der ihn nicht kannte. Wir ziehen hier mit unseren Herden übers Land, Grenzen interessieren uns nicht. Heute Norwegen, morgen Finnland. Das ist das Land unserer Väter und Großväter. Aber Trygg behauptete auf einmal, es würde ihm gehören.«

»Wie kam er darauf?«

»Er hat wohl eine Urkunde. Mit Brief und Siegel, uralt. Ich sag euch, damit kann er sich sonst was abwischen. Aber er behauptet, das Ding ist echt. Das ging schon vor Jahren los. Wir waren immer am *autsutj*, immer. Ravna weiß das, wenn ihr neuer Job sie nicht den Rest ihres bisschen Hirns gekostet hat.«

Ravna hob nur die Augenbrauen. Das war der normale Umgangston unter *rendriftern* – hart, aber herzlich.

»Plötzlich sagt er, das gehört ihm und wir sollen uns verpissen.«

»Und ihr?«

Torbjørns Augen weiteten sich in Erstaunen. »Wir haben ihm natürlich gesagt, er kann uns mal.«

»Und ihn deshalb umgebracht?«

»Was? Bist du noch ganz richtig im Kopf? Wir Samen töten nicht, niemals!«

»Aber Olle Trygg wurde ermordet.«

»Nicht von einem von uns.«

Thor schwieg.

Als auch Ravna nichts sagte, rückte Torbjørn sich die Mütze wieder zurecht. »Was soll das heißen?«, fragte er. »Warum seid ihr hier?«

Da Thor sich lieber seinem mittlerweile lauwarmen Kaffee widmete, lag es wohl an Ravna, den zweiten Teil der Befragung durchzuführen.

»Hat Malin mal was über Trygg gesagt?«

»Malin?« Torbjørn sah von ihr zu Thor. »Was soll sie denn gesagt haben?«

Ravna strich sich mit einer hilflosen Geste die Haare aus

dem Gesicht. »Es gibt da eine, na ja, Aussage würde ich es nicht nennen. Einen Hinweis.«

»Was für einen Hinweis?«

»Trygg soll … übergriffig geworden sein.«

»Übergriffig?«

»Er soll junge Mädchen belästigt haben. Ist dir da was aufgefallen?«

»Ob mir was aufgefallen ist?«, wiederholte Torbjørn. »Dass er sich an meine Tochter rangemacht hat? Malin ist sechzehn. Sechzehn! Ich hätte ihm jeden einzelnen Knochen gebrochen, wenn … Oh verdammt. Oh verdammt! Oh du große gottverdammte …!«

Er rammte sich die Faust vor den Mund und wandte sich ab. Thor ließ den Becher sinken. Es begann, interessant zu werden. Als der Mann sich wieder umdrehte, glänzten seine Augen verräterisch. Er musste zwinkern, um die Wuttränen loszuwerden.

»Wo ist das verdammte Schwein?«, brüllte er. »Ich schleif seinen Kadaver über die Berge, bis nichts mehr von ihm übrig ist! Ich häng seine Därme an den Geweihen meiner Tiere auf!«

Eine Frau kam mit ihrem Einkaufswagen aus dem Supermarkt, hörte das Gebrüll, drehte ab und ging wortlos wieder hinein. Ravna streckte die Hand aus, aber Torbjørn ging schwer atmend ein paar Schritte zurück. Es dauerte, bis er sich wieder in der Gewalt hatte.

Dann sagte er: »Wir sollten weg. Trygg wollte uns vertreiben. Wir lagen uns in den Haaren, das ging über Wochen und Monate so. Dann kam er damit an, dass mit mir ja nicht zu reden wäre. Bevor er mit Gewalt gegen uns vorgeht ...« Er brach ab und fuhr sich über die Augen.

»Was ist passiert?«, fragte Ravna sanft. »Hat Malin mit ihm geredet?«

Torbjørn nickte. »In seinem Wohnmobil. Er hat sie abgeholt. Ich war nicht da, sonst hätte ich das nicht zugelassen. Malin sagte, sie hat mit ihm gesprochen, und dass ... dass wir einen Aufschub haben. Noch diesen Winter. Mehr haben wir nicht aus ihr herausbekommen.«

»Das kann durchaus so gewesen sein«, sagte Ravna, auch wenn sie es nicht glaubte. »Sag ihr nicht, dass wir darüber gesprochen haben.«

»Nein?«

»Wenn sie mag, kann sie mich anrufen. Hedda hat meine Nummer. Es ist, wie gesagt, nur ein Gerücht. Bestimmt war es ganz harmlos.« In Wirklichkeit wollte Ravna nur verhindern, dass Torbjørn auf seine typische, unsensible Weise dem Mädchen die Hölle heißmachte.

»Aber wenn deshalb die Polizei ...«

Glücklicherweise schaltete sich Thor endlich wieder ein. »Das ist nicht der Grund, weshalb wir hier sind. Wir wollen wissen, ob du eines von Rássmos' Kälbern weggegeben oder verkauft hast.«

Torbjørn schüttelte den Kopf. Dankbar, dass Malins und Tryggs seltsame Absprache offenbar keine Rolle mehr spielte.

»Nein«, sagte er. »Und wie gesagt, wenn eins fehlt, merken wir das erst zur Renscheide im Frühjahr.«

»Es kann also auch gestohlen worden sein?«

»Ja, das kommt vor. Oder es wurde falsch markiert. Das

passiert öfter. Die Kälber werden von der Mutter getrennt und eins nach dem anderen wird freigelassen. Fast immer rennt es dann schnurstracks zu ihr zurück und wir wissen, zu wem es gehört. Aber natürlich kann es vorkommen, dass eins nicht ganz richtig im Kopf ist oder abgelenkt oder erschreckt. Dann rennt es zu einer anderen Mutter, in eine andere Herde. Das merken wir aber irgendwann. War es doppelt markiert?«

»Nein«, sagte Ravna. »Es trug nur das Zeichen von Rássmos.«

»Dann hat es einer geklaut. Vor Jahren ist das mal vorgekommen. Touristen, auf den Spuren der Samen. Diese Typen, die unsere heiligen Plätze aufsuchen und dort nackt bei Vollmond tanzen, ihren ganzen Müll liegen lassen und von nichts eine Ahnung haben. Da ist mal eins geklaut und geschlachtet worden. Ist aber schon lange her. Die meisten Verluste haben wir durch Autounfälle. Tut mir leid. Ich hätte gerne geholfen.«

»Das hast du«, sagte Thor.

Sucker und *drittsekk* reichten sich die Hand. Ravna bekam einen zärtlichen Schlag auf die Schulter. »Bist wohl auch falsch markiert worden. Was wäre aus dem Mädchen geworden, wenn ihr sie nicht in eure Fänge gekriegt hättet?« Torbjørn grinste, tippte sich an seine Mütze und ging zu seinem Wagen.

»Danke«, sagte Ravna leise.

Thor hätte auf einer Aussage Malins bestehen können.

Aber er hatte sie nicht gehört. Oder wollte sie nicht hören. Er drückte ihr nur den Kaffeebecher zum Zurückbringen in die Hand und hatte die Güte, mit hochgejazztem Standgas auf sie zu warten, bis sie aus dem Supermarkt zurückkehrte.

24.

Es war kurz vor drei Uhr nachmittags, als sie nach Vardø zurückkehrten. Bis dahin hatte Ravna durch verschiedene Telefonate herausgefunden, dass Tryggs Wohnmobil abgemeldet in seiner Garage stand. Die Spurensicherung, die sich schon auf einen entspannten Feierabend gefreut hatte, wurde aus Vadsø herangeordert und war bereits an der *Steilneset* angekommen, als Thor und Ravna dort eintrafen.

Es war ein gespenstischer Anblick. Große Scheinwerfer beleuchteten die Einfahrt. In dem Raum, durch eine Seitentür mit dem Haus verbunden, bewegten sich mehrere Beamte in weißen Overalls wie Aliens auf einem fremden Planeten. Sie nahmen den Wagen auseinander, leuchteten hinein, holten Polster und Möbel heraus und stellten sie an der Wand ab. Ravna folgte Thor in den eiskalten Raum.

»*Hei!*«, hörte Ravna Evas Stimme aus dem Inneren des Wohnmobils. »Wartet bitte, ich komme gleich heraus.«

Die Verbindungstür zum Haus wurde geöffnet und Karen kam in die Garage. Sie trug ein Tablett mit einer Thermoskanne und einem halben Dutzend Becher. Geblendet vom Licht, wäre sie um ein Haar über eine der Zuleitungen gestolpert.

Ravna sprang ihr gerade noch rechtzeitig bei. »Warte, ich helfe dir.«

Karen hatte sich wieder gefangen. »Danke, Ravna. Das schaffe ich auch alleine. Die Männer können ja nichts dafür.«

Es klang sehr reserviert, aber wahrscheinlich war Karen auch nur genervt von der ganzen Situation. Erst der grausame Mord an ihrem Mann, dann all die fremden Leute in der Garage.

Sie stellte das Tablett in einem Werkstattregal ab und rieb dann die Handflächen aneinander, um sie zu wärmen. »Was erwartet ihr denn zu finden?«

Ravna schielte so hungrig zu dem Teller mit Zimtschnecken, den Karen auch noch auf dem Tablett untergebracht hatte, dass es auffallen musste.

»Nimm dir. Du siehst hungrig und verfroren aus.«

»Danke.«

Thor war damit beschäftigt, das Wohnmobil zu umrunden und sich jeden einzelnen Kratzer einzuprägen. Alle, die es sich leisten konnten, besaßen so ein Gefährt. Das waren nicht viele, deshalb hätte Ravna dieses auch sofort wiedererkannt. Ein weißes, großes Ding mit einem aufklappbaren Dach und jeder Menge Schnickschnack im Inneren. Es ersparte einem das Aufbauen eines Zeltes, vor allem in der kalten Jahreszeit.

Und es war ein Bett darin, eine Heizung, Decken. Ein Kühlschrank, Alkohol, leise Musik. Trygg, der große Zampano. Was hatte er mit Malin und Máre darin angestellt? Karen schien keine Ahnung davon zu haben. Ihr Ärger war echt und unverfälscht.

»Ich kann dir nichts sagen«, antwortete Ravna mit vollem Mund. Langsam musste sie über ihr Ernährungsmanagement nachdenken. So ging das jedenfalls nicht weiter. »Du weißt ja.«

»Natürlich. Du bist ja jetzt bei der Polizei. Macht es eigentlich Spaß?«

»Was?«, fragte Ravna und stopfte sich den Rest der Zimtschnecke in den Mund. Ob das zu unverschämt war, sich noch eine zu nehmen?

»Überall herumzuschnüffeln? Ihr seid Samen und *rendrifter* wie wir. Ich dachte, du hättest so etwas wie Ehre im Leib.«

Karen erwartete keine Antwort. Was sollte Ravna auch dazu sagen? Tryggs Witwe machte kehrt und verschwand im warmen Haus. Immerhin – der Tee war heiß. Ravna füllte zwei Becher. Einen brachte sie Thor, den zweiten Eva. Dann holte sie noch einen für sich.

»Oh, danke. Das brauche ich jetzt.« Die Pathologin kletterte aus dem Wohnmobil und streifte die Schutzhaube ab. »Wir sind soweit fertig, der Fotograf muss noch kurz rein, dann kann ich es euch zeigen.«

»Was?«

»Blut. Auf der Matratze. Jemand hat sie umgedreht, damit es nicht auf den ersten Blick zu sehen ist. Beim Beziehen ist da nichts Auffälliges, der Fleck kann also schon Jahre unentdeckt dort gewesen sein. Keine sichtbaren Kampfspuren, auch kein Sperma auf den ersten Blick. Wir sichern jetzt erst mal alles, was wir finden. Stoff, Haare, Hautschuppen … Ihr wollt wahrscheinlich wissen, wer da mit wem?«

Ravna nickte. Thor kam von der Inspektion des vorderen Nummernschildes zurück.

»Kannst du uns mehr sagen?«

»Nein, ich muss damit ins Labor.« Eva strich sich eine Haarsträhne zurück. Eben noch war sie ganz normal gewesen, aber Thors Auftauchen schien sie irgendwie zu verunsichern. »Da drin ist keiner verblutet, wenn du das meinst.«

»Sondern?«

Eva sah in ihre Teetasse. »Das Blut könnte von einer Entjungferung stammen. Aber ich kann nur spekulieren. Solche Flecken entstehen auch, wenn ein Tampon oder eine Binde verrutscht. Das Blut scheint älter zu sein.«

»Wie alt?«

»Das weiß ich erst, wenn ich es im Labor habe. Wie alt ist Karen Trygg?«

»Sechsundfünfzig«, sagte Thor. »Ich nehme an, er war mit einer jüngeren Frau drin.«

»Einer sehr viel jüngeren Frau?«, fragte Ravna und spürte, wie ihr Magen rebellierte. Entweder war es die Zimtschnecke oder der Gedanke an das, was in diesem Wagen passiert sein konnte.

»Wir können rein.«

Der Fotograf verließ das Wohnmobil und zeigte ihnen einen hochgereckten Daumen. Eva stellte ihre Tasse auf dem Tablett im Regal ab, Thor und Ravna machten es ihr nach. Dann stiegen sie ein.

Obwohl das Auto von außen ganz normal wirkte, war es von innen ein Raumwunder. Es gab eine Essecke, ein winziges Bad und ein Doppelbett. Alles war in edlem Holz und dunklem Leder gehalten.

»Das Bett war nicht bezogen. Deshalb haltet euch fern, damit ihr es nicht kontaminiert. Wir müssen erst mal eine große Folie organisieren, um die Matratze einzuwickeln«, sagte Eva. Sie setzte sich an den Tisch in der Essecke und öffnete ihren Laptop. Thor ließ sich eine Stablampe geben, denn das Wagenlicht war für eine kriminaltechnische Untersuchung nicht ausreichend.

»Die Luminolreaktion an den Wänden und im Rest des Wagens ist negativ«, sagte sie und fügte mit einem Blick auf Ravna hinzu: »Keine weiteren Blut- oder Abrinnspuren. Nur der eine Fleck.«

Er war klein, nicht größer als ein Fünf-Kronen-Stück. Niemand hatte versucht, ihn auszuwaschen oder abzureiben. Er war einfach getrocknet. Dann hatte jemand die Matratze umgedreht und er war aus dem Blickfeld verschwunden.

»Es könnte auch sein«, flüsterte Ravna, »dass Jonne hier gewesen ist.«

»Tryggs Sohn?«, fragte Thor in normaler Lautstärke, sodass Eva alles mitbekam. Aber sie war völlig ins Hochladen der Fotos vertieft.

»Wir müssen einfach alles in Betracht ziehen.« Ravna stieß sich fast den Kopf, als sie zurück zur Sitzecke ging. Für sie wäre so ein Wohnmobil nichts. Sie hätte das Gefühl zu ersticken.

Eva sah hoch. »Wenn es Jonne war, werden wir DNA von ihm finden. Er ist zu Hause, wir können gleich eine Probe von ihm nehmen. Wenn ich hier raus bin, könnt ihr euch noch genauer umschauen.«

Thor stieg aus dem Wagen. Ihm schien es drinnen auch zu eng zu sein.

»Aber wenn er es nicht war«, fuhr Ravna fort, »müssen wir wohl von einer ganzen Menge Mädchen ebenfalls eine Probe holen.«

Ihr war nicht wohl bei dem Gedanken. In welche Situation das die jungen Frauen bringen würde! Viele Familien hier waren sehr konservativ. Was würde Rássmos tun, wenn er erfuhr, dass Máre mit Jensen … Was Torbjørn, wenn herauskam, dass Malin mit Trygg … Manchmal war es besser, wenn so etwas gar nicht erst ans Licht kam. Aber wenn es nun in einem Zusammenhang mit dem Mord stand? Sie hatte geglaubt, dass Polizisten immer ganz genau wussten, was richtig und was falsch war. Wurde es einfacher, wenn man älter war und länger in diesem Job? Vielleicht hatte Thor ja einen inneren Kompass, der ihm die Entscheidung zeigte.

»Ravna?«

»Ich komme.«

Mit einem entschuldigenden Lächeln in Evas Richtung folgte sie ihrem Chef ins Haus.

Es war Karen anzusehen, was sie von dieser Invasion hielt: nichts.

»Wir müssen von dir und Jonne eine DNA-Probe nehmen«, sagte Thor. »Wir haben Blut in eurem Wohnmobil gefunden.«

»Ah ja?« Karen trug heute Jeans, Pullover und eine Strickjacke, wie aus dem Ei gepellt. Ravna fragte sich, wo man solche Klamotten herbekam. Ihre sahen nach drei Mal tragen schon völlig verpillt aus. Möglich, dass Karen die Sachen entsorgte, sobald sie nicht mehr aussahen wie neu, aber vielleicht waren sie auch aus einem anderen, teureren Material. Die Lebens- und Einkaufsgewohnheiten reicher Leute waren Ravna ein Rätsel.

»Mein Mann hat es sich nicht zum Vergnügen angeschafft. Er ist damit auch Jagen und Angeln gefahren. Da kann es schon sein, dass beim Ausnehmen was danebengeht.«

»Seit wann ist es in eurem Besitz?«

Sie spielte nervös mit einem Ring, der Ravna schon in der Garage aufgefallen war, weil der zart rosafarbene Stein genau zu ihrem Pullover passte. »Vier, fünf Jahre vielleicht? Warum? Ist das wichtig? Olle wurde in Mortensnes ermordet. Was glaubt ihr denn hier zu finden?«

»Wo ist Jonne?«

»Oben. Ich hole ihn.« Sie wollte zur Tür.

»Bleib. Wir haben noch einige Fragen, bei denen dein Sohn nicht anwesend sein muss.«

Karen hob verwundert die Augenbrauen. Dann marschierte sie zum Sofa und setzte sich. »Bitte.« Eine Handbewegung lud auch die beiden Ermittler ein, es ihr gleichzutun.

Aber Thor blieb lieber stehen, und Ravna, immer noch verunsichert von ihren Gedanken in der Garage, machte einfach das, was er tat.

»Hatte dein Mann eine Geliebte?«

»Wie bitte?«

»Mit wem hat er in diesem Ding da draußen geschlafen?«

»Geschlafen?«

Karen strich über ihre Jeans. Eine nervöse Geste, weil sie nicht wusste, wohin mit ihren Händen. »Mit mir natürlich. Und dann hat er den Wagen manchmal auf die Winterweiden mitgenommen. Da gab es vielleicht mal Besuch oder Besprechungen.«

»Ich meine eine Frau. Eine junge Frau.«

Karen starrte Thor an. »Ich verstehe nicht …«

Thor hatte keine Lust mehr, um den heißen Brei herumzureden. »Wen hat dein Mann in diesem Wagen im Bett gehabt? Soll ich noch deutlicher werden?«

Karen sprang auf. »Das lasse ich mir nicht gefallen! Ich werde mich beschweren! Olle wurde umgebracht und ihr wollt ihm jetzt eine Mitschuld geben? Und ihm nach seinem Tod auch noch ein Verhältnis andichten? Das ist schäbig. Abgrundtief schäbig.« Sie sah zu Ravna. »Das hätte ich nicht von dir erwartet.«

»Karen, wir müssen diese Fragen stellen.«

»Nein! Mein Mann wurde niedergeschlagen und ermordet! Und statt den Täter zu suchen, wühlt ihr in unseren Sachen und verleumdet uns!«

Thor ließ die wütenden Anschuldigungen einfach an sich abperlen. Er stand in diesem düsteren Zimmer, immer noch in seinem langen schwarzen Mantel, den Kragen hochgeklappt, und ließ Karen nicht aus den Augen.

»Wir werden es so oder so herausfinden«, sagte er. »Und wenn wir alle Frauen unter achtzehn in Vardø testen müssen.«

Karen wurde so bleich wie die Asche in ihrem kalten Kamin. »Das könnt ihr nicht machen. Wollt ihr, dass da draußen wieder Scheiterhaufen brennen? Diese Schande! Nicht nur für uns, sondern auch für jedes einzelne Mädchen in der Stadt!«

Thor fragte nur: »Wer war es?«

»Ich weiß es nicht! Da war nichts! Gar nichts! Ich war seine Frau! Ich hätte das doch gewusst! So was merkt man doch!« Karen schlug die Hände vors Gesicht und begann zu schluchzen.

Schritte trampelten die Treppe hinunter und Jonne kam ins Zimmer gestürmt. »Was ist hier los?« Er lief zu seiner Mutter und nahm sie in den Arm. »Könnt ihr uns nicht in Ruhe lassen? Seht ihr nicht, wie es ihr geht?«

Aber Thor ließ die beiden gar nicht erst zum Nachdenken kommen. »Wer ist im Wohnmobil entjungfert worden?«

Ravna biss sich auf die Lippen. Am liebsten wäre sie im Erdboden versunken. Aber diese Fragen mussten gestellt werden, selbst wenn die Tryggs in Zukunft jedes Mal die Straßenseite wechseln würden, sobald sie Ravna von ferne sähen. Vielleicht war es doch keine so gute Idee, ausgerechnet in einer Kleinstadt, wo jeder jeden kannte, zur Polizei zu gehen. Vielleicht hätte sie versuchen sollen, sanfter zu sein. Verstehender. Mitgefühl für diese schlimme Situation zu zeigen. Was immer auch Olle Trygg verbrochen hatte – er war ermordet worden und seine Familie litt.

Jonne starrte Thor an, als hätte der den Verstand verloren. »Was redest du da?«

»Du oder dein Vater. Wer von euch beiden war es? Und wer war das Mädchen?«

Langsam ließ Jonne seine Mutter los, die kraftlos auf dem Sofa in sich zusammensank. »Ich«, sagte er langsam. »Es tut mir leid, *mamma*. Ich wollte nicht, dass du es so erfährst. Vater hätte mich totgeschlagen.«

»Hätte er das?«, fragte Thor und wurde von Jonne wütend angeblitzt.

»Nein. Oh nein! Wir lassen uns von euch nicht in diese Ecke drängen! *Pappa* wäre ausgeflippt, das meine ich. Sein Wohnmobil war sein Ein und Alles. Aber wo kann man in diesem Kaff denn mal allein mit jemandem sein?«

»Mit wem?«

»Sag ich nicht.«

Thor nickte, als hätte er diese Antwort erwartet. »Wir werden das prüfen. Uns stehen sämtliche labortechnischen Möglichkeiten zur Verfügung. Es wird herauskommen, ob du die Wahrheit sagst. Und wenn es so war, werden wir auch wissen, mit wem du zusammen warst. Wenn du es uns nicht sagst, muss die ganze Stadt zum Test antreten.«

»Okay. Wenn es sein muss? Aber ich habe dann wenigstens noch Ehre und Anstand bewahrt, was man von euch nicht gerade sagen kann.«

»War es Máre?«, fragte Ravna leise.

Jonne presste die Lippen aufeinander. Sie versuchte, ihm

eine Brücke zu bauen, indem sie ihre Worte sorgfältig wählte und eine Wärme hineinlegte, die sie angesichts dessen, was passiert war, nicht empfand. War das schon lügen? Nein. Eher eine Hilfe, die Wahrheit an den Tag zu bringen, so schwer das auch sein mochte.

»Wann hat sie mit dir Schluss gemacht? Als ein anderer auftauchte und ihr Geschenke machte, die du dir nie leisten konntest? Das ist jetzt anders. Du erbst das Land. Wirst du es verkaufen und reich werden?«

Jonne sah zu seiner Mutter.

Mit tränenverschmierten Augen blickte sie zu ihm auf, fassungslos. »Wollt ihr damit andeuten, dass mein Sohn etwas mit dieser Tat zu tun hat?«

»Ich will nur wissen, was ihr mit dem Land macht.« Ravna spürte, dass sie viel zu betroffen reagierte, aber das war ihr egal. »Das geht uns alle an, und ich glaube, irgendjemand hat diesen Landverkauf sehr persönlich genommen. Seit wann gehört es euch eigentlich?«

Karen suchte in den Taschen ihrer Jeans nach etwas, mit dem sie sich die Nase putzen konnte. »Schon immer. Das weiß jeder.«

»Ihr habt das behauptet. Aber gibt es einen Beweis? Eine Urkunde? Einen Eintrag ins Register? Irgendwas?«

»Das liegt alles beim Notar«, sagte Jonne. »Anders in der Fridtjof Nansen Gate um die Ecke. Und um auf deine Frage zu antworten: Mein Vater liegt noch nicht einmal unter der Erde. Ich habe mir darüber noch keine Gedanken gemacht, wie es weitergehen soll. Außerdem erbt Karen alles. So steht es im Testament.«

»Und das liegt auch bei Anders?«

Die Witwe nickte und presste das Taschentuch auf die Augen. Irgendetwas lag in der Luft. Eine Lüge, ein Verschweigen, ein falsches Spiel, mit dem die beiden sie hinters Licht führen wollten.

»Ich muss noch mal ins Büro deines Vaters.«

Thor betrachtete Ravna mit einem rätselhaften Blick, der alles bedeuten konnte. Aber er hielt den Mund, und das rechnete sie ihm hoch an.

»Bitte. Tut, was ihr nicht lassen könnt.«

Jonne setzte sich zu seiner Mutter aufs Sofa. Ravna konnte sie flüstern hören, als sie den Raum verließ und der *Gand* ihr folgte wie ein Schatten.

Oben angekommen, schlüpfte sie in den kleinen Raum, ließ Thor eintreten und schloss hinter ihm ab.

»Was suchst du?«, fragte er und warf einen Blick auf das Bett, in dem er vorgestern seinen Rausch ausgeschlafen hatte.

»Den alten Zettel, von dem Torbjørn erzählt hat. Trygg hatte etwas in der Hand, einen Beweis, der den *siidas* weismachen sollte, dass sie in Zukunft ihre Rentiere woanders weiden sollen, weil er das Land verkaufen will. Wenn er alles beim Notar hinterlegt hat und die Verhandlungen mit Streamprom schon so weit fortgeschritten waren, wird er rechtlich wahrscheinlich auf der sicheren Seite stehen. Aber …«

Sie sah sich um. Die Ordner lagen immer noch auf- und nebeneinander in der Ecke. Die hatte sie durchgesehen, allesamt.

»Er hatte etwas dabei. Der Anspruch muss darauf gegründet sein. Vielleicht haben die Tryggs das Land vor hundert Jahren gekauft. Aber von was? Niemand ist hier reich genug, um so viel zu besitzen. Es muss weiter zurückgehen, viel weiter. Es muss etwas Altes sein. Thor?«

Thor hatte schon wieder die Klinke in der Hand. »Ich will noch mal zur KTU. Sie müssen die DNA-Tests bei Jonne und Karen *jetzt* machen, sonst verlangen die beiden da unten noch einen richterlichen Beschluss.«

»Thor ...« Sie wusste nicht, wie sie anfangen sollte. »Willst du wirklich von allen Mädchen in Vardø einen Speicheltest nehmen? Weißt du, was das in den Familien anrichten kann?«

»Ich habe gesehen, was es in Mortensnes angerichtet hat.«

»Du glaubst also, es war Mord aus Eifersucht oder so etwas Ähnliches? Und wenn es viel größer war, viel ... älter?«

Er ließ die Klinke los. »Was meinst du?«

»Keine Ahnung. Alles dreht sich ums Land. Selbst die Sache mit Malin und Trygg hat etwas damit zu tun.«

Seine Augen verengten sich. Er sah zum Fürchten aus. Die Bartschatten auf seinen schmalen Wangen, die dunklen Augen, die wirren, in die Stirn hängenden Strähnen. Das Leuchten in seinem Blick war verschwunden, Lénas Sommerwein hatte seine Wirkung verloren. »Ich tue, was ich für richtig halte. Weder Jonne noch Karen sagen die Wahrheit. Also muss man sie dazu zwingen.«

Er ging hinaus. Mit einem resignierten Seufzen schloss Ravna die Tür hinter ihm. Er hatte recht, in diesem Haus gab es wohlgehütete Geheimnisse. Vielleicht lüftete sie eines davon, wenn sie nur lange genug suchte.

Aber sie fand nichts. Weder in den Ordnern noch in den Regalen. Du suchst wie ein Polizist, dachte sie. Such wie ein Same. Wo würde jemand wie Trygg etwas verstecken, das sein Leben bedeutet? Seinen Reichtum? Ihn noch reicher machen würde? Wo?

Sie verließ den Raum und hatte schon die Hand zur Tür von Jonnes Zimmer ausgestreckt, als sie sie wieder zurückzog. Nein, nicht hier. Irgendwo anders, an einem Ort, zu dem nur er Zutritt hatte. Die Garage fiel aus, dort hatte Ravna nichts gesehen, was sich für ein Versteck eignen würde. Das Wohnmobil? Wurde von der KTU auseinandergenommen.

Trygg war ein *rendrifter* gewesen, ein Angler und Jäger. Wo waren seine Messer? Seine Waffen?

Sie schlich hinunter ins Erdgeschoss. Im Wohnzimmer saßen immer noch Jonne und Karen und redeten leise. Ravna sah sich um. In der Küche vielleicht? Nein. Dieser hochmoderne, glänzende und ultra-aufgeräumte Raum war nicht Tryggs Reich. Er musste sich an anderer Stelle ausgebreitet haben. Im Keller vielleicht?

Unter der Treppe befand sich eine schmale Tür. Das war in diesem dunklen Haus die einzige Möglichkeit. Die Geräusche und Stimmen aus der Garage, die durch die Verbindungstür in den Flur drangen, waren laut genug, um ihr Schutz zu geben. Sie drückte die Klinke hinunter, holte ihr Handy heraus und schaltete das Spotlight ein.

Eine ziemlich schmale, einfache Betontreppe führte in die

Dunkelheit. Sie beschloss, vorerst kein Licht anzumachen, und stieg die Stufen hinab. Offenbar war nur ein Raum des Hauses unterkellert, der unterm Wohnzimmer, denn es gab nur eine Tür. Glücklicherweise war sie nicht verschlossen. Ein kurzer Blick über die Schulter: Niemand folgte ihr.

Sie öffnete und befand sich in dem Raum, den sie gesucht hatte: eine sogenannte Männerhöhle oder ein Hobbyraum. Kein Partykeller, Trygg hatte keine gesellschaftliche Ambitionen. Es roch noch strenger als oben in seinem sogenannten Büro. Hier unten musste er die Tiere ausgenommen haben, denn in der Mitte des Raumes stand ein Stahltisch mit Ablauf, der sie fatal an Evas Sektionsraum erinnerte.

Sie schloss die Tür und tastete nach dem Lichtschalter. Eine Neonröhre sprang an, ihr bleicher Schein erhellte jeden Winkel. An den Wänden standen einfache Regale mit Werkzeug: Sägen, Hämmer, Meißel. Die Messer lagen dort, alle drei. Sie nahm sie in die Hand, spürte die Glätte der Horngriffe und sah die Verzierungen, die von jahrzehntelangem Gebrauch fast verschwunden waren. Die geschliffenen Klingen, scharf wie ein Rasiermesser, bestens in Schuss. Jagdwerkzeuge, die von einem langen Leben draußen bei den Rentieren zeugten. Vorsichtig legte sie sie wieder zurück. Rechts ein Waffenschrank. Nicht verschlossen, sehr nachlässig. In ihm standen vier Jagdgewehre. Auf den ersten Blick sah es so aus, als ob keines fehlen würde.

Langsam drehte sie sich einmal um sich selbst und scannte jede Ecke, jeden Winkel. Wo hatte er die Urkunde versteckt? Er hatte sich sicher gefühlt in seinem Haus, auch vor dem neugierigen Nachforschen von Karen und Jonne. Niemand interessierte sich dafür, was er draußen in der Wildnis, hier unten im Keller oder, noch schlimmer, in seinem Wohnmobil trieb.

Ihr Blick blieb an einem ledernen Köcher hängen. Hatte Trygg Pfeil und Bogen benutzt? Dann müsste der Bogen irgendwo zu sehen sein, das war er aber nicht. Sie ging zum Regal und nahm den Köcher in die Hand. Er fühlte sich seltsam leicht an.

Mit dem Gefühl, unmittelbar vor einer großen Entdeckung zu stehen, öffnete sie den Verschluss. Heraus fiel ein uraltes Pergament. Vorsichtig rollte sie es auseinander. Die Tinte war verblasst und in winziger Schrift, kaum lesbar und auch noch in Alt-Norwegisch geschrieben. Ravna hielt den Atem an, als sie das brüchige Siegel ganz unten entdeckte und ein Datum: 11.3.1691. Unterschrieben war es von einem Niels Knag, *distrikt dommer* von Vardø, und einem … Daumenabdruck.

Sie rollte das Pergament zusammen, nahm den Köcher, lief die Treppe hinauf – und direkt in Jonne hinein.

»Wo warst du?«, herrschte er sie an. »Gib das her!«

»Tut mir leid, aber das wird erst mal beschlagnahmt.«

»Hast du sie noch alle?« Er wollte nach der Rolle greifen, aber Ravna war schneller und versteckte sie hinter ihrem Rücken.

»Was hast du gefunden?«

»Ein Dokument, das ich prüfen möchte. Lass mich durch.«

»Du möchtest was prüfen? Du? Ein Praktikant? Ich werde unseren Anwalt anrufen und dann kriegst du Ärger, Ravna. Richtigen Ärger.«

Hinter ihm tauchte ein Schatten auf. Thor. »War das eine Drohung?«, fragte er.

Jonne fuhr herum. »Sie schnüffelt hinter unserem Rücken! Dafür braucht ihr einen Durchsuchungsbefehl!«

Thor streckte die Hand aus, Ravna reichte ihm das Pergament. Vorsichtig rollte er es auseinander. Dann tat er so, als ob er in Alt-Norwegisch ein Ass gewesen wäre, konnte aber mit Sicherheit genauso wenig entziffern wie Ravna.

»Das stammt aus dem Ende des siebzehnten Jahrhunderts«, sagte sie. »Sei vorsichtig.«

»Ja, sei vorsichtig!«, höhnte Jonne. »Sonst zerfällt euer kostbarer Beweis zu Staub! Das ist …« Er versuchte, Thor über die Schulter zu sehen. »Das ist eine Urkunde. Über das Land draußen in Kaldoaivi.«

»Du kennst sie?«, fragte Ravna.

»Mein Vater hat sie mir mal gezeigt. Er meinte, das wäre der Anfang. Der Beginn von allem. Die Geburtsstunde der Tryggs. Es ist wertlos. Wir haben alles längst ordentlich registriert. Das hat höchstens einen symbolischen Wert.«

»Immerhin hat es im Lauf der Zeit dazu geführt, dass ihr geglaubt habt, einen Anspruch auf das Land zu haben.«

»Irrtum«, zischte Jonne. »Wir haben es nicht nur geglaubt. Wir haben Brief und Siegel!«

Thor rollte das Pergament zusammen. »Beschlagnahmt.«

Ravna reichte ihm den Köcher und er verstaute die Urkunde nicht gerade vorsichtig. Jonne wollte etwas sagen, aber Thors Wille war wie eine Wand, gegen die er laufen würde. Mit einem ärgerlichen Seufzer ging er aus dem Weg.

»Ihr solltet einen Mörder suchen.« Verächtlich drehte er sich um und ging zurück ins Wohnzimmer.

»Was machen wir jetzt damit?«, fragte Ravna leise, damit Jonne und Karen sie nicht hörten. »Wir müssen das untersuchen lassen. Dieser Name Niels Knag kommt mir irgendwie bekannt vor.«

Thor ging voran in die Garage, aber dort waren nur noch zwei Kriminaltechniker, die sich gerade aus ihren Overalls pellten. Eva war fort.

»Das muss sich jemand vom *Varanger Samiske Museum* anschauen.« Thor ging hinaus, Ravna folgte ihm.

»Ende des siebzehnten Jahrhunderts, das war doch die Zeit der großen Hexenprozesse.« Sie blieb abrupt stehen. Keine zweihundert Meter entfernt vom Haus der Tryggs lag die *Steilneset*, die steile Landzunge, und auf ihr das Mahnmal für die verbrannten Hexen der Finnmark.

»Thor!«, rief sie. »Warte!«

Sie rannte los und holte ihn auf dem Weg zu seinem Wagen ein, den er einfach am Wegesrand zwischen Kirche und Mahnmal abgestellt hatte. Er hatte schon die Fahrertür geöffnet und die Pergamentrolle auf dem Rücksitz verfrachtet.

»Niels Knag! Mir kam der Name gleich bekannt vor. *Distrikt dommer* von Vardø – er war Bezirksrichter der letzten großen Hexenprozesse!«

Thor stieg ein. Mit einem leisen Fluch auf den Lippen umrundete sie den Wagen und setzte sich neben ihn.

»Und er hat einem von Tryggs Vorfahren ein riesiges Stück Land übertragen. Warum? Die Tryggs waren Samen.

Knag war Norweger. Für so einen Gefallen muss dieser Urahn irgendetwas getan haben, das außergewöhnlich war. Die Zeit der großen Landnahme durch die Siedler! Und jeder konnte als Hexe oder Zauberer angeklagt werden! Ich muss ins Mahnmal.«

»Warum?«

»Weil da die Namen von allen stehen, die auf den Scheiterhaufen verbrannt sind. Und die ihrer Ankläger. Und die Gründe.«

»Das sind fast hundert Fälle.«

»Wir müssen nur nach diesem einen Jahr suchen. 1691. So viele Prozesse wird es da nicht mehr gegeben haben. Warum bin ich da nicht gleich draufgekommen?«

Sie stieg aus. Es war ihr egal, ob Thor mitkam oder nicht. Etwas in ihr hatte zu vibrieren begonnen, ganz leise, wie die Saite einer Harfe, die im Vorübergehen berührt worden war. Oder wie in einem Tier, das ausgehungert in einer Senke liegt und den Kopf in den Wind hebt, der nur ein, zwei Geruchsmoleküle mit sich trägt. Aber die reichen, damit etwas erwacht. Jagdinstinkt vielleicht. Die richtige Fährte. Das Gefühl, einem Geheimnis auf der Spur zu sein und endlich einen losen Faden in diesem verwirrten Knäuel in den Händen zu halten.

25.

Eine Autotür schlug zu. Wenig später war Thor bei ihr und gemeinsam stemmten sie sich gegen den eisigen Wind, der vom Meer herübertrieb. Zwischen Wolkenfetzen tauchte die Sichel des Mondes auf, silbernes Licht brach sich auf den Wellen des Meeres. Eine unwirkliche, zeitlose Starre lag über diesem Stück Land, das mit so viel Blut getränkt worden war.

Das Mahnmal war Tag und Nacht geöffnet. Dieses Mal ging Ravna nicht auf den schwarzen Würfel zu, sondern auf den zweiten Bau, das fragil wirkende Holzgerüst mit seiner silbernen Haut. Das eiserne Schwingtor machte den Weg zu den Stufen frei, über die sie hinauf in den schmalen, dafür aber sehr langen Raum gelangten.

Sofort war es still. Die vielen Glühbirnen verbreiteten ein gedämpftes Licht. In die Wände entlang des Gangs waren kleine quadratische Fenster eingelassen. Daneben hingen die Lebensläufe der Menschen, die des Hexenwahns bezichtigt worden waren und selbst Opfer eines Wahns geworden waren: der Hexenprozesse.

Ravna hatte sie sich vor Jahren durchgelesen. Einer hatte sie besonders berührt. Es ging um ein Mädchen, kaum älter, als sie selbst damals gewesen war. Denunziert von seiner Nachbarin, weil es einen Jungen verhext hatte, der sich fühlte, »als würde ein kleiner Hund um sein Herz rennen«. Mein Gott! Der Junge war verliebt! Und die eifersüchtige Nachbarin hatte leichtes Spiel, ihre Konkurrentin aus dem Weg zu räumen. Hatte der Wahnsinn einmal begonnen, reihte sich Prozess an Prozess. Unter Folter wurden weitere Namen genannt. Der Teufel erschien als Katze oder schwarzer Hund oder Feuer speiender Dämon, er verlangte ihre Seele und dass sie ihm dienen sollten. Er führte seine Opfer in die Hölle und in die Hexenhöhle am Dolmen zur Mittsommernacht, und Satan spielte sein langes Horn und die Sitar für sie, und Liiren verlor ihren Schuh, als sie mit dem Teufel tanzte, er gab ihnen Wein und Bier, und sie sprachen einen Fluch aus über Jens Ottensens Boot und den Schlitten von Jørgen Friies, sie flogen in Gestalt verschiedener Vögel, und Karen Andersdatter und Elli Andersby waren auch dabei, so viele Hexen wie Sandkörner am Strand, und sie fischten mit Seegras und sahen Satan in Gestalt einer Krähe und später in Gestalt eines Mannes mit Klauen an Händen und Füßen und aschefarbenem Rock, und er versprach ihnen Glück und Essen im Überfluss, und sie flogen mit den anderen am Weihnachtsabend über das Lyderhorn und beschworen einen furchtbaren Sturm, und sie alle wurden denunziert, vor Gericht gestellt, gefoltert, überlebten die Wasserprobe, und wurden dann zum Tod auf dem Scheiterhaufen verurteilt … Was für ein Martyrium.

»Ravna?«

Sie schreckte hoch, war völlig versunken gewesen in die knappen Sätze, mit denen das Unfassbare zusammengefasst worden war.

»Hier hinten.«

Die Gedenktexte waren chronologisch aufgehängt worden. Sie begannen mit Christen dem Schneider, vor Gericht gebracht in der Festung Vardøhus 1601, und endeten mit Anders Poulsen, angeklagt der gottlosen Zauberei und dem Besitz einer Runentrommel am 9. Februar 1692.

»Es gibt nur einen Prozess in dieser Zeit. 1691, gegen Quiwe Rássmos.«

»Rássmos?«, fragte sie bestürzt und eilte zu Thor, der fast am Ende des Ganges stand. Die Arme auf dem Rücken, vornübergebeugt, mit seinem knöchellangen schwarzen Mantel und dem Krähenblick, den er auf das Dokument gerichtet hatte, zumindest optisch in diesen Zusammenhängen eine durchaus verdächtige Gestalt.

»Quiwe Rássmos, verheiratet, lebte in Skatøre. War ein wohlhabender Mann und besaß achtzig *Daler*. Vor Gericht gestellt im Februar 1691. Angeklagt: den Teufel auf Birette gehetzt zu haben, Knut Lauritsens Frau, die direkt danach verstarb.« Thors Stimme klang nüchtern, fast so, als ob er gerade als Ankläger die Vorwürfe zusammenfassen würde.

Ravna überlief eine Gänsehaut. Dreihundert Jahre verschmolzen zu einem Wimpernschlag, als wäre das alles erst gestern passiert.

»Hat Flecken gehext, schwarz wie der Boden eines Kessels, an Birettes Rücken. Hat einen Fluch auf Andersen geschickt, der wahnsinnig wurde und seiner Dienstmagd ins Gesicht schlug. Hat Andersen von Schmerzen befreit, als er gerufen wurde. Wurde der Wasserfolter ausgesetzt und schwamm wie ein Korken. Kam erneut vor Gericht und wurde gefoltert. Wurde überführt der Ausübung von Hexerei. Zum Tode verurteilt auf dem Scheiterhaufen.« Er richtete sich auf. »Denunziert von Guri von Ekkerøy und Bodelle Trygg. Vor Gericht gebracht in einer Folge miteinander verbundener Gerichtsverfahren, in denen zwölf Frauen und ein Mann zum Tode auf dem Scheiterhaufen verurteilt wurden.«

Er redete, als würde er einen Vortrag auf einem wissenschaftlichen Kongress halten. Er las vor, was dort stand. Dürre Worte, die das Grauen nicht beschreiben konnte, das hier gewütet hatte.

»Trygg?«, flüsterte Ravna.

Die Buchstaben verschwammen vor ihren Augen. Ihr wurde schwindelig, aber sie fing sich sofort wieder, bevor Thor etwas bemerkte. Sie hatte kaum etwas im Magen. Wenn das so weiterging, wäre sie verhungert, bevor ihr Praktikum vorüber war.

»Diese Bodelle Trygg hat Quiwe Rássmos denunziert? Und dreizehn Männer und Frauen wurden daraufhin verbrannt …«

Ob das Bodelles Daumenabdruck auf dem Pergament

gewesen war? Dafür, dass sie mit dem Finger auf andere gezeigt und damit quasi deren Todesurteil unterschrieben hatte? Das war ein Grund. Ein verdammt guter Grund für eine uralte, nie gesühnte Schuld.

Thors Augen schienen in dem Dämmerdunkel zu glühen. »Kann es sein, dass dich deine Urgroßmutter hinters Licht geführt hat?«

»Warum?«

»Dreizehn Menschen wurden zu einem grauenhaften Tod verurteilt. In so einem kleinen Nest, das Vardø damals gewesen war, hat es fast jede Familie erwischt. Wenn Léna wirklich die große Schamanin ist, für die sie sich ausgibt, hat sie das gewusst. Das vergisst man nicht. Das wird weitergegeben, von Generation zu Generation.«

»Ja? Tut man das?« Sie hielt sich gerade noch zurück, ihm die Gegenfrage zu stellen. Würde er von dem modernen Wahnsinn, der ihm seine Familie geraubt hatte, auch jedem Fremden erzählen? Stattdessen fragte sie: »Willst du damit sagen, sie hat uns angelogen?«

»Wenn sie in der Unterwelt ein und aus geht, müsste sie doch alle getroffen haben. Alle.« Er wies auf die vielen Lebensläufe an den beiden Wänden.

»Vielleicht hat sie das ja?«

»Nein. Das hat sie nicht. Das ist Scharlatanerie. Sie hat deshalb nichts gesagt, weil sie nichts wusste. Dabei war das«, er deutete auf Quiwe Rássmos' Lebenslauf, »vor aller Augen. Jeder hätte es wissen können. Jeder. Du auch.«

Er ließ sie stehen und ging die paar Meter zum anderen Ende des Baus, von dem eine weitere Treppe hinausführte.

»Aber ich habe es nicht gewusst!«, schrie sie ihm hinterher. Eine böse Ahnung stieg in ihr auf: War das das Ende ihrer Partnerschaft? Glaubte er, sie hätte ihm das verschwiegen? Wütend hieb sie die Tür auf, die gerade wieder ins Schloss fallen wollte, und trat ins Freie.

»Wäre ich sonst mit dir hier? Hätte ich nicht in Tryggs Haus nach genau diesem Beweis gesucht?«

Er blieb am Fuß der Treppe stehen. Sein Blick war so kalt wie das Eismeer, das in der Ferne brüllte. »*Ein* Besuch beim Notar und die Sache wäre klar gewesen. Dafür brauche ich diesen Hokuspokus nicht. Ich habe dich vor Jonne und Karen in Schutz genommen, weil du ohne Ermittlungsauftrag Hausfriedensbruch begangen hast. Ich bin mit dir hierher gegangen, weil ich glaubte, wir hätten einen Durchbruch. Aber was wird das hier? Die große Hexerei? Der Versuch, alles auf eine uralte Fehde abzuwälzen, während in einem Wohnmobil vielleicht ein Mädchen vergewaltigt wurde und das um alles in der Welt vertuscht werden soll? Ich frage dich nicht mehr, auf welcher Seite du stehst, Ravna. Ich weiß es jetzt.«

»Halt!«, schrie sie, aber er lief los. Sie fiel beinahe die Treppe hinunter und rannte den halben Weg zurück zum Auto, bis sie ihn endlich erreicht hatte. »So war das nicht. Ich schütze niemanden. Wir gehen zu Léna und fragen sie. Wenn sie uns etwas verschwiegen hat, wird sie einen Grund dafür haben. Und den wird sie mir sagen.«

Er reagierte nicht. Tat einfach so, als wäre sie Luft. Hatte schon die Autoschlüssel in der Hand und löste die Zentralverriegelung. Die Scheinwerfer blendeten auf.

»Thor! Ich kann nichts dafür, wenn Léna so gehandelt hat! Vielleicht, weil du Norweger bist? Du verstehst uns nicht. Das kann man nur, wenn man als Same geboren ist. Aber du kannst wenigstens versuchen zu akzeptieren, dass wir manchmal etwas anders denken!«

Er stieg ein. Ravna hastete zur Beifahrertür, bevor die Zentralverriegelung wieder zuschnappte, und ließ sich auf den Sitz fallen. Was nun? Würde er sie mit Gewalt aus dem Auto werfen? Zuzutrauen wäre es ihm.

»Vielleicht hängt auch beides miteinander zusammen«, sagte sie schnell. »Die Fehde und die Vergewaltigung, wenn es eine war.«

Er schnaubte verächtlich und startete den Wagen.

»Wir haben noch keinen Beweis dafür, oder? Aber wir wissen, dass es eine uralte, blutbefleckte Verbindung zwischen dem Reichsten und dem Ärmsten von uns gibt. Und dass ihre Kindeskinder was miteinander hatten. Wenn Léna mehr darüber weiß, dann lass sie uns fragen.«

»Ich habe dir gesagt, dass ich so etwas nicht dulde. Diese Unterscheidung zwischen Norweger und Same.«

»Aber es gibt sie«, sagte sie leise. »Das kann man doch nicht einfach beiseiteschieben. Man kann doch trotzdem eine gute Polizistin sein.«

»Das habe ich in Tryggs Haus gesehen.«

»Es kommt nicht wieder vor.«

»Das war unverantwortlich!« Er sah sie an. Und plötzlich glitzerte ein Lächeln in seinen Augenwinkeln. »Aber gut. Verdammt gut.«

26.

Und wieder standen drei Teller auf dem Tisch, als Léna öffnete. Heute trug sie die Festtagstracht: einen reich bestickten *Gáhkti* – die traditionelle Tunika – und ein buntes Fransentuch um die Schulter, dazu auch ihre Mütze, als ob sie gleich mit ihrer Tanzgruppe auf einem *tivoli* auftreten würde.

»*Mu çáppa ráhkis áhkkut!*«, rief sie und drückte Ravna ans Herz. Meine süße kleine Enkelin!

»*God kveld*«, antwortete Ravna nur, Guten Abend, und ging an ihr vorbei in die Wohnstube.

»Aah, der Konstabel!« Thor wurde von Léna mindestens genauso herzlich begrüßt. »Kommt herein. Das Essen ist gleich fertig.«

Es duftete nach *bidos* und Ravnas Magen krampfte sich zusammen. Es war egal, woher Léna wusste, dass sie Besuch bekam. Hauptsache, es gab etwas Warmes zu essen.

»Setzt euch, setzt euch. Halt, Ravna! Hilf mir, den Topf aufzutragen.«

Hastig schälte sie sich aus ihrem Anorak, während Léna eine Flasche Wasser holte und sich nach einer zweiten, verdächtigen Flasche bückte, die sie tief unter der Spüle vergraben hatte.

»Nein!«, flüsterte Ravna ärgerlich. »Wir sind dienstlich hier!«

»Dienstlich!« Léna betrachtete liebevoll das rot schimmernde Gift in ihren Händen. »Umso besser. Eine der letzten von den Sommerweiden, die ich noch selbst gebraut habe.«

Wie lange mochte das her sein? Ob Léna das Leben draußen vermisste? Diese harten Jahre, im Winter fast minus fünfzig Grad, im Sommer zerstochen von Mücken, und das alles, damit eine Tradition nun mit ihr, Ravna, ausstarb?

Mit einem Seufzen hievte sie den schweren Eisentopf vom Herd und trug ihn ins Wohnzimmer. Thor stand vor dem Regal und betrachtete die Runentrommel, aber er rührte sie nicht an. Die Hände wieder auf dem Rücken verschränkt, ein Besucher aus einer anderen Welt, den ein unglücklicher Zufall in diese kleine Wohnung verschlagen hatte.

»Wein?«, fragte Léna.

»Nein«, sagte Ravna.

»Ja«, sagte Thor.

Ravna ließ den Topf auf den Untersetzer knallen, aber Thor reagierte nicht auf sie. Léna lief erstaunlich leichtfüßig in die »Küche«, diese völlig überladenen drei Quadratmeter, und kam mit drei Weinkelchen zurück, die sie zu den Wassergläsern stellte.

»Und samisches Brot.« Sie zauberte von irgendwoher ein paar runde Fladen hervor, legte sie einfach auf den Tisch und setzte sich. Ravna teilte den Eintopf aus – Kartoffeln, Gemüse und Rentierfleisch. Als Léna ihr ein Glas Wein einschenken wollte, schüttelte sie energisch den Kopf. Einer musste ja schließlich nüchtern bleiben.

»Was ist das?«, fragte Thor und probierte einen Löffel, während Ravna schon fast die Hälfte ihres Tellers geleert hatte.

Kein Wunder, dass er so dünn war. Hier oben im Norden überlebte auf Dauer nur, wer all diesem veganen Gesundheitsgerede eine Absage erteilte und mit Fett, Blutwurst und Innereien zurechtkam. Okay, wenn er auf den Winterweiden überleben wollte. Vielleicht nicht in Kirkenes, wo es mittlerweile frische Ananas und Avocado in den Supermärkten geben sollte. Zu Preisen, für die Ravna wahrscheinlich lebenslänglich auf Toast und Ketchup umsteigen musste, um sich das einmal im Monat zu erlauben.

Lénas Blick wanderte zu dem Köcher, den Thor auf dem Sofa abgelegt hatte. »Nichts Besonderes. Ein Familienrezept. Wir kochen die Hufe und die weichen Hörner der jungen Rentiere aus, mischen es mit Knorpel und Blut und …« Sie zog etwas Undefinierbares aus ihrem Teller. »Gedärmen.«

Ravna prustete in ihren Teller. Thor sah entsetzt auf seinen Löffel. Léna saugte schlürfend das Stück eingeweichtes Brot auf, das sie ihm gerade gezeigt hatte.

»Das ist Rentier«, sagte Ravna, »und es sieht alles nicht deshalb so rot aus, weil Blut darin ist, sondern Rote Bete. Aber es ist wahr, im Winter, wenn wir die Rentiere schlachten, essen wir alles. Blutsuppe, Blutwurst … sogar die Hufe von jungen Tieren.« Sie grinste Thor an, der nun doch vorsichtig probierte. »Natürlich über Stunden weich gekocht. Und das ist nichts anderes als das, was sich Städterinnen für viel Geld als Schönheits-Drinks andrehen lassen.«

»Brauchst du nicht, *áhkkut*«, kicherte Léna. »Du wirst schön sein bis ins hohe Alter, so wie ich.« Sie goss Thor das Glas randvoll.

»Léna?«

»Ist doch nur ein kleiner Schluck.«

Thor griff nach dem Glas und spülte damit den Eintopf hinunter. Léna schenkte nach, was Ravna mit einem Stirnrunzeln quittierte.

»Was habt ihr mir denn mitgebracht?«, fragte ihre Urgroßmutter und sah wieder zu dem Köcher auf dem Sofa.

»Eine alte Urkunde.« Ravna riss sich noch ein Stück Brot ab und tunkte es in den Eintopf. »Ausgestellt von Niels Knag, 1691.«

»Ah. Soso.«

»Er schenkt Land an die Tryggs. Und das zu einer Zeit, in der die Siedler hier im Norden ankamen und einfach ihre Claims absteckten. Das war doch sehr großzügig, oder?«

Léna schob den Teller ein kleines Stück zurück. Dann tupfte sie sich die Lippen mit einer Papierserviette ab. Thor hatte auch das zweite Glas fast halb leer. Seine Augen bekamen wieder diesen Schimmer, den Ravna fürchtete.

»Interessant wird es, wenn wir uns ansehen, wofür die Tryggs vielleicht das Land bekommen haben. Für eine Denunziation. Für einen Verrat an ihren eigenen Leuten. Bodelle Trygg war eine Frau, mehr wissen wir nicht über sie. Vermutlich war sie arm, wie die meisten Samen. Aber aufgrund ihrer Aussage landeten dreizehn Menschen auf dem Scheiterhaufen. Unter ihnen auch Quiwe Rássmos. Und Quiwe war reich. Er besaß 80 *Daler*. Das muss ein Vermögen gewesen sein, sonst wäre es in den Gerichtsakten nicht erwähnt worden.«

Léna faltete die Hände im Schoß. Ihr Lächeln war verschwunden.

»Also, wenn mich jemand morgen anzeigen würde für irgendetwas, von dem wir wissen, dass es nicht existiert, und ich sollte dafür lebendig verbrannt werden und verliere auch noch mein gesamtes Vermögen, ich denke, meine Familie wäre ziemlich sauer auf die Person, die dafür verantwortlich ist. Und dann kriegt diese Person auch noch ein riesiges Stück Land von einem Bezirksrichter? Was war das? Eine Kopfgeldprämie? Eine Belohnung?«

Léna zuckte mit den mageren Schultern. »Ich weiß es nicht.«

»Aber du wusstest von der Fehde! Du wusstest, warum sich die Tryggs und die Rássmos' seit Jahrhunderten in den Haaren lagen! Warum hast du uns nichts davon gesagt?«

»Das ist so lange her …«

»Es ist eine Fehde! Eine Blutsfehde! Dreihundert Jahre später wird Trygg ermordet, der Nachfahre von Bodelle. Natürlich hat er nichts mit den Hexenprozessen zu tun.

Aber er besitzt nach wie vor das Land, das durch diesen dreckigen Handel damals an seine Familie gegangen ist. Und dieses Land, Léna …«

»Es ist verflucht«, flüsterte die alte Frau.

»Nein. Es ist gutes Land. Unsere Herden waren dort auf der Weide, ich habe meine Kindheit in Kaldoaivi verbracht. Denkst du, Hedda hätte das zugelassen, wenn es verflucht wäre? Und die zwölf anderen Familien? Ich habe die Namen gelesen, ein paar von ihnen kenne ich. Sie hätten das niemals getan.«

»Doch.« Léna schaute auf ihre Hände. »Wir haben geopfert, jedes Jahr, um die Seelen der Verstorbenen zu ehren und zu beruhigen.«

»Ihr habt was?«

Ravna sah fassungslos von Léna zu Thor, der in sein mittlerweile leeres Glas stierte. Eine tolle Hilfe, der Herr Konstabel.

»Wir haben versucht, das Unrecht der Tryggs im Zaum zu halten. Aber es hat sich Bahn gebrochen. Der Fluch kam zurück und er hat ihn sich geholt.«

»Nein, *àhkku.* Es war ein kaltblütiger Mörder. Und er hatte einen Grund, Trygg zu töten.«

»Frag sie«, sagte Thor.

Ravna sah ihn überrascht an. »Wen?«

»Frag die Toten.«

»Erlaube mal! Léna besitzt vielleicht eine Trommel, aber sie ist doch kein Jahrmarkts-Schamane!«

Zu Ravnas Entsetzen stand Léna auf und ging zum Regal. »Ravna? Räum bitte den Tisch ab.«

»Hört zu, beide. Ich werde nicht erlauben, dass so etwas passiert! Thor, das hat nichts mehr mit einer polizeilichen Ermittlung zu tun!«

Er lehnte sich zurück und parierte ihren wütenden Blick. »Wenn sie es kann, soll sie es tun. Ich bin gespannt, was gerade in der Unterwelt Gesprächsthema Nummer eins ist.«

»Das kann ich dir sagen: Norweger, die glauben, sie könnten uns verstehen.«

»Ravna?«

Léna stand abwartend da, die Trommel auf dem Arm. Was sollte das werden? Selbst im berühmtesten Hexenprozess, von dem mittlerweile jedes Kind wusste, war es dem Schamanen Anders Poulsen nicht gelungen, Kontakt mit seinen Schutzgeistern aufzunehmen. Weil er die Trommel in der Gegenwart von Norwegern schlug.

Widerwillig räumte Ravna den Tisch ab. Während sie die Teller abwusch, fragte sie sich, warum sie so wütend war. Vielleicht interessierte Thor sich wirklich für ihre Kultur? *Bullshit.* Sie war ihm egal. Warum begab er sich dann auf so dünnes Eis? Der Staatsanwalt in Kirkenes würde die Hände über dem Kopf zusammenschlagen, wenn Thor einen Bericht abgab, in dem die Toten von der *Steilneset* eine Zeugenaussage machten.

Und dann fiel es ihr ein: Sie war eifersüchtig. Ganz einfach deshalb, weil Léna zu Thor offenbar mehr Vertrauen hatte als zu ihrer Enkelin. Ravna fühlte sich zurückgesetzt und in die Ecke verbannt, während Léna in Thor ihr letztes Publikum gefunden hatte.

Sie schluckte. Was für eine egoistische, verbohrte Person

sie doch war. Wenn Léna noch einmal die Trommel schlagen wollte, wer war sie, es ihr zu verbieten? So lange hatte das Instrument verstaubt im Regal gelegen. Niemand war mehr gekommen, um sie um Rat zu fragen. Wenn ihre Großmutter das Gefühl hatte, auf ihre Weise zu helfen, dann sollte sie es tun.

Mit einem etwas gezwungenen Lächeln kehrte Ravna zurück an den Tisch.

»Mach das Licht aus«, sagte ihre Urgroßmutter.

Ravna legte den Schalter um. Nun erhellte nur noch eine Kerze den kleinen Raum.

Léna wartete, bis Ravna sich gesetzt hatte.

»Kennst du den Joik?«, fragte sie und wandte sich an Thor.

Der nickte. »Das ist euer Gesang, in dem die Musik wichtiger ist als die Worte. Ihr singt über den Wind, den Schnee, das Land. Und über eure Gefühle.«

Léna nickte wie eine Lehrerin, die gerade ihren Einser-Schüler abgefragt hatte. »Fast richtig. Nur joiken wir nicht *über* etwas. Wir joiken *es*. Wir joiken den Wind, den Schnee, das Land. Unser Gefühl oder einen anderen Menschen. Was ich joike, bin ich in diesem Moment. Jeder von uns bekommt bei seiner Geburt einen Joik.«

Sie schloss die Augen und sang einen hohen Ton, der lange im Raum stand, bevor sie ihn etwas variierte.

Ravna lächelte. »Das ist meiner. Mein Joik.«

Sie holte Luft und stimmte mit ein. Es war ein seltsames Gefühl, diese Melodie wieder zu joiken. So lange hatte sie es nicht getan. Man hätte doch meinen können, mit Ingas

Weggang in die große Stadt hätte sie sich mehr auf die Traditionen besonnen, aber das Gegenteil war der Fall gewesen. Vielleicht, weil sie begonnen hatte zu hassen, was Inga vertrieben hatte. Sie schloss die Augen. Die Melodie, zweistimmig, traf auf die Wände und flog dann zum Fenster hinaus über den Hafen, die Seen, Fjelle und Wälder, über Berge und Täler und weites Meer, über die Winter- und Sommerweiden und die gewaltigen Herden der Rentiere, über die *Goathi*, aus denen Rauch vom Herdfeuer aufstieg, hinauf in das sternenklare Firmament der Polarnacht, an dem die Nordlichter tanzten.

Léna brach ab, Ravna hielt den Ton noch einen Moment.

»Meiner«, sagte sie noch einmal.

»Schön.« Thor goss sich das nächste Glas ein. Er lächelte, und es war seltsam, wie es sein düsteres Gesicht aufhellte. »Sehr schön.«

Léna griff nach der Trommel und dem Messingring, den sie in der Mitte platzierte. Sie schlug einmal. Der Ton hallte durch den kleinen Raum.

»Wenn wir in die Unterwelt fahren«, sprach sie mit leiser Stimme, »passieren wir die Erde und das Meer. Wir kommen an den Seelen der Toten vorbei und dann an einen breiten, tiefen Abgrund.«

Léna schloss die Augen und schlug ein zweites Mal. Thors Blick ruhte auf dem Messingring. Er hatte sich nicht bewegt.

»Dann kommen wir an ein gewaltiges Rad aus Eis, das schnell läuft und das wir überqueren müssen. Dahinter wartet ein großes, wüstes Weib mit Vogelflügeln und Amuletten im Haar, und um sie herum sind all die Seetiere, die sie gefangen hat. Es wird einen Kampf geben und nur die Besten und Weisesten gewinnen ihn und entreißen ihr das Amulett. Die Seetiere sind befreit und schwimmen davon, und wir folgen ihnen, so kommen wir zurück.«

Wieder schlug Léna die Trommel, und dann stimmte sie einen Joik an, der so traurig und schön zugleich war, dass Ravna fast vergaß zu atmen. Sie vergaß, dass sie in dieser heruntergekommen Neubauwohnung saß, sie vergaß den Geruch von Eintopf und toxischem Wein, sie vergaß sogar Thor. Es gab die Wände nicht mehr, die Enge und das überfüllte Regal. Stattdessen war es, als ob sie um die Glut eines Feuers zusammenrückten, unter dem dunklen Eishimmel der Arktis. Die Kerzenflamme schien matt über die Gesichter, die fast im Dunkeln lagen. Es gab nichts mehr in diesem Raum außer drei Lebenden und einer Trommel, die die Brücke zu den Ahnen schlug.

Die Schläge wurden schneller. Lénas Atem kam abgehackt, sie beugte sich vor und zurück. Noch immer lag der Messingring in der Mitte, aber er hüpfte mit jedem Schlag etwas in die Höhe. Die Zeit verlor ihre Bedeutung, sie verschwand einfach im Rhythmus der Trommelschläge, die mal hell, mal dunkel tönten, auf den Schwingen von Lénas Gesang. Im flackernden Licht schien es, als ob die Runen sich bewegten. Und dann begann der Ring zu wandern, mit jedem Schlag ein Stückchen, nach unten, dann nach links, nach oben, nach rechts. Vom Vater der Allmacht zur Mutter der Schöpfung. Von der Ziege zum Rentier zum Zaubervogel. Von der himmlischen Oberwelt ins Haus der Bauern.

Über die Stiege in die Unterwelt zu *rota*, dem Bösen, auf einem Opferpferd reitend. Zum untersten Heim einer anderen Welt, über ein Rad zu Wolf und Abendröte, zu *Juoksáhkká*, der man für einen Sohn opfert, und *Uksáhkká*, der Beschützerin der Kinder, zu den drei heiligen Tagesmännern und der Sonne. Wer hatte ihr je die Runen erklärt? Wann war das geschehen? Irgendwann in Ravnas Kindheit, an irgendeinem Feuer in irgendeiner nicht enden wollenden, langen Nacht … Alles vergessen und doch nie verschwunden. Der Ring blieb zwischen dem Gott des Donners und dem des Windes liegen. Lénas Gesang verstummte und ihr Atem normalisierte sich.

Schließlich öffnete sie die Augen und sah sich um, als könnte sie sich nicht erinnern, wie sie jemals in dieses Zimmer gekommen war. Sie griff nach ihrem Glas und trank einen Schluck.

»Ich war in *saivvo*«, sagte sie mit heiserer Stimme. »Dort, wo unsere Toten glücklich sind. Wo ihre Herden auf saftigen Weiden grasen und sie nie mehr Wache stehen müssen, denn kein Wolf wird mehr kommen und die Kälber reißen. Sie müssen kein Holz mehr hacken und es gibt Mehl im Überfluss. Aber ich habe Trygg dort nicht getroffen.«

Sie trank noch einmal. »Und dann war ich in *jabmiaibmo,* tief im Inneren der Erde, wo der Teufel wohnt. Doch ich bin alt und konnte nur an seine Pforte klopfen, und sein Weib tat mir auf und ihre Zaubertiere spien Feuer, ich musste umkehren. Oh.« Sie sah auf die Trommel und den Ring. »Ihr werdet Glück haben, der Zeiger ist im Uhrzeigersinn gewandert. Und ihr findet euer Ziel in der Nacht.«

Kaum merklich atmete Ravna auf. Es klang, als hätte Léna nur ein paar Tarotkarten gelegt. Thors Gesicht lag im Dunkeln. Es war nicht zu erkennen, wie er diese Mischung aus Prophezeiung und echter Versenkung aufnahm. Das wäre ja auch zu einfach gewesen, wenn Léna tatsächlich dem toten Trygg begegnet wäre und der ihr auch noch ein paar brauchbare Hinweise auf seinen Mörder gegeben hätte.

Doch dann sagte Léna: »Es geht ihnen gut.«

»Wem?«, fragte Ravna. Léna hatte das zu Thor gesagt.

»Sie sind in *saivvo* und es geht ihnen gut.«

»Aber …« Ravna verstand nicht. »Von wem redest du?«

Lénas Hand wanderte zu der von Thor. Er zog sie nicht weg, sondern saß reglos da, wie versteinert.

»Von den Wanderseelen«, antwortete Léna und lächelte. »Von den Menschen, die uns so gerne verlassen möchten, die wir aber nicht gehen lassen. Es ist egal, wie wir Himmel und Hölle nennen, ob wir daran glauben oder nicht. Wir müssen loslassen.«

Thor zog die Hand weg und rieb sich damit über die Augen. Es schien, als wäre er aus einem sehr seltsamen Traum erwacht. »Was haben sie gesagt?«

»Das ist doch nur im übertragenen Sinne …« gemeint, wollte Ravna den Satz beenden. Aber ein Blick aus Thors verhangenen Augen ließ sie verstummen.

»Das weiß ich«, sagte er mit einer Stimme, die Feuer zu Eis gefrieren konnte. »Ich will trotzdem wissen: Was haben sie gesagt?«

Ravna sah zu Léna. Sie musste damit aufhören. Sofort! Das alles wieder geradebiegen, Trance hin oder her. Thor hatte irgendetwas intus, das in diesem Wein war. Er hatte zum ersten Mal einen Joik gehört und gesehen, wie jemand in die Welt der Toten stieg. Er wusste nicht, wie man damit umging. Und hielt Lénas Botschaft für echt, für wahrhaftig. Für einen letzten Gruß der Toten.

»Sie warten auf dich, in großer Liebe«, sagte Léna. »Und sie werden geduldig sein.«

»Kann ich auch mit ihnen reden?«

Fassungslos sah Ravna von einem zum anderen.

»Nein«, sagte Léna mit Bedauern, »das kannst du nicht. Jetzt noch nicht. Aber eines Tages bestimmt. An dem Tag, der auf uns alle wartet.«

»Das reicht«, sagte Ravna, stand auf, machte das Licht an und ging zur Couch.

Mit dem Köcher kam sie wieder und knallte ihn neben die *runebomme*. Thor zuckte zurück. Am liebsten hätte sie ihm auch noch einen Kübel Eiswasser über den Kopf geschüttet. Dem brillantesten, grandiosesten Ermittler Norwegens. Der nach drei Gläsern bewusstseinserweiternder Substanzen, zusammengepanscht von ihrer eigenen Urgroßmutter, plötzlich glaubte, mit Verstorbenen reden zu können.

»Hier drin ist eine Urkunde. Hast du von ihr gewusst?«

Langsam wanderte Lénas Hand zu dem mürben Leder und öffnete die Lasche. Dann holte sie das Pergament heraus. »Ich kann das nicht lesen. Was ist das?«

»Der Beweis, dass Trygg die Winterweiden gehören. Von wegen reich geheiratet und geschickt verhandelt. Das hast du gewusst und mir einfach verschwiegen, als ich dich danach gefragt habe. Dieses Land, das vor dreihundert Jahren seiner Familie geschenkt worden ist, soll verkauft werden. Damit sind nicht nur wir, sondern auch alle anderen *rendrifter* im Distrikt am Ende. Und jetzt, *àhkku*, will ich von dir wissen: Wer von ihnen hat das mit einem Mord verhindert?«

»Das weiß ich doch nicht.«

»Eben hast du noch mit Toten geredet. Sag mir nicht, dass es mit den Lebenden schwieriger wäre.«

Léna rollte das Pergament wieder zusammen. »Ich komme nur noch raus hier, wenn ich zum Arzt muss.«

»Das stimmt nicht. Dein Autotank war halb leer, als ich nach Kirkenes gefahren bin, und ich habe erst vor vier Wochen getankt. Mit wem triffst du dich?«

»Ich war mal bei Hedda. Vor zwei Wochen. Ich wollte sehen, wie es ihr geht und wie sie zurechtkommt. Sie ist ganz allein da draußen. Sie hat sich Vorwürfe gemacht, sie hat geweint. Sie ist das Einzige, was ich noch habe. Außer dir.«

»Okay.« Das hatte gesessen. Ravna verfrachtete das Pergament in den Köcher und warf ihn zurück aufs Sofa. »Ich glaube, wir sollten gehen.«

»Das ist aber sehr unhöflich von dir. Vielleicht möchte Thor ja noch etwas trinken?«

»Ganz sicher nicht«, sagte Ravna scharf.

Léna hatte ihr gerade eine moralische Ohrfeige verpasst. Und es fühlte sich ganz und gar nicht richtig an, für Thor mitzuentscheiden. Sie war zu jung für so einen Quatsch. Sie sollte selbst irgendwo an diesem Freitagabend etwas trinken gehen und mit irgendwelchen Typen flirten, die so aussahen wie Lars. Noch nicht mal der hatte sich gemeldet.

Und zu ihrer größten Erleichterung stand Thor auf und nahm den Köcher an sich. »Ich melde mich noch mal bei dir, wenn wir noch Fragen haben.«

»Gerne. Sehr gerne.« Léna strahlte übers ganze Gesicht und begleitete die beiden mit größter Liebenswürdigkeit noch bis zur Wohnungstür. »Ich bin jederzeit für euch da.«

Die Kälte im Treppenhaus ersetzte das Eiswasser. Ravna wartete, bis sie auf der Straße waren, dann sagte sie: »Sie wusste es.«

»Was?«

Thor suchte seinen Autoschlüssel.

»Dass sie tot sind. Frida und Leni.«

Er brach die Suche ab. »Woher?«

»Ich hab es ihr gesagt.«

»Du hast … was?«

»Ich hab es ihr gesagt. Das war keine Hellseherei. Und keine zufällige Begegnung am Wegesrand der Unterwelt. Sie hat es gewusst. Da kannte ich dich noch nicht richtig. Du bist, also sagen wir mal so, schwierig. Ich habe mit ihr über meinen ersten Tag mit dir geredet. Und ich dachte, es hätte was damit zu tun.«

»Womit?«, fragte er gefährlich leise.

»Dass sie … dass …«

»Du meinst, dass die beiden einzigen Menschen auf dieser Welt, die mir etwas bedeutet haben, von einem Massenmörder hingerichtet worden sind? Erst Leni, und dann Frida, ihre Mutter, die das noch mit ansehen musste? Diese

Geschichte erzählst du herum, um deine eigene Unfähigkeit zu entschuldigen?« Er fand den Autoschlüssel, öffnete den Wagen und warf den Köcher hinein.

»Du solltest vielleicht in diesem Zustand nicht mehr …«, begann sie zaghaft.

»Erzähl mir nichts über meinen Zustand. Du weißt nichts, gar nichts. Du wirst nie eine Polizistin, Ravna. Geh raus zu deinen Rentieren, die sind klüger als du.«

Damit ließ er sie stehen, stieg ein und brauste davon.

Ravna, wie vor den Kopf geschlagen, sah hoch zum Fenster ihrer Urgroßmutter. Licht brannte und die Gardinen bewegten sich. Hatte sie mitbekommen, was Thor zu ihr gesagt hatte? Dachte sie auch so? War das alles vielleicht ein einziger, großer Fehler?

III.

Máttaráhkká folgte dem Sonnenstrahl, der sich
zur Erde hinunterstreckte. Der Weg war
voller Gefahren, deshalb begab sie sich
auf Umwege und achtete, dass ihr niemand folgte.
Schließlich sah sie weit unten ein schwaches Licht.
Dort warteten ihre drei Töchter. Sie waren den
Menschen am nächsten, nahmen Anteil an ihrem
Leben, halfen ihnen und beschützten sie.[16]

---

16 Sissel Horndal: »Máttaráhkkás weite Reise. Eine Erzählung aus dem Samenland«.

27.

– *Inga?*

– *Ja?*

– *Ich bin so ein Loser.*

– *Warum?*

– *Ich habe jemanden schützen wollen und ihn noch viel mehr verletzt.*

– *Den* Gand.

– *Ja. Woher weißt du von ihm?*

– *Seit einer Woche denkst du ja praktisch an nichts anderes mehr. Bist du verliebt?*

– *In Thor? Bist du verrückt? Ich weiß, was die anderen auf der Wache denken. Wir arbeiten gut zusammen, aber er hat immer wieder diese Aussetzer. Er war mit mir bei Léna, und sie will angeblich seine Frau und seine Tochter getroffen haben.*

– *Wo?*

– *In der Unterwelt.*

– *Hm. Du weißt, was ich von Léna halte. Sie ist mit allen Wassern gewaschen und würde alles tun, um ihre Familie zu schützen. Und mir war schon lange klar, dass sie die Runentrommel auch benutzt.*

– *Du hast es gewusst?*

– *Na ja, eher geahnt. Folklore ist es bestimmt nicht, was sie damit anstellt. Aber wieso glaubt Thor, was sie sagt? Er ist doch kein Same.*

– *Sie kriegt ihn mit den Wanderseelen, weil er noch immer nicht mit dem Tod seiner Frau und seiner Tochter abgeschlossen hat. Und das macht mir Angst.*

– *Warum? Das geht dir doch nicht anders.*

– *Aber bei ihm ist es so … schlimm. So verzweifelt. So, als ob es erst gestern passiert wäre. Man sagt doch, die Zeit heilt alle Wunden. Irgendwann wird es besser. Das ist Jahre her.*

– *Und nur weil er es zeigt und du nicht, seid ihr so verschieden?*

– *Er zeigt es ja nicht. Er lebt es nur. Zum Leidwesen aller, die mit ihm zu tun haben. Was soll ich denn jetzt machen?*

– *Also, mach einfach weiter wie bisher. Wenn du ihn darauf angesprochen hast, und das hat ihn getroffen, will er morgen bestimmt nicht daran erinnert werden.*

– *Bist du sicher?*

– *Nein.*

Ravna blieb, die Kapuze tief ins Gesicht gezogen und die Hände in den Taschen ihres Anoraks versenkt, vor dem Haus von Rássmos stehen. Die Luft war trocken und eiskalt. Sie knisterte beinahe. Immer noch schneite es nicht richtig, aber das würde kommen. Bald. Sehr bald. Ihre Wangen brannten, aber sie wusste nicht, ob das von der Kälte kam oder von Thors wütenden Worten, die sie verletzt hatten. Geh raus zu deinen Rentieren, die sind klüger als du … Das war hart. Aber, wenn sie ehrlich zu sich war, auch nicht ganz aus der Luft gegriffen. Sie musste ja dastehen wie jemand, der wie ein Waschweib all den Klatsch und Tratsch weiterverbreitet hatte, den es über ihn gab.

Sie war wütend auf Léna. Wie konnte ihre Großmutter Thor dermaßen in die Irre führen? Er hatte geglaubt, was sie gesagt hatte, und war deshalb so wütend geworden, weil er auf einen uralten Taschenspielertrick hereingefallen war.

Durch die Ritzen der verschlossenen Fensterläden drang mattes Licht, oben wie unten. Sie waren zu Hause.

Einmal tief durchatmen, klingeln. Noch war sie nicht offiziell gefeuert.

Als sich nichts rührte, klopfte sie.

»Ich bin's, Ravna. Ich will nur kurz zu Máre.«

Es dauerte ewig, bis sagenhafte drei Riegel zurückgeschoben wurden und die Tür sich einen Spalt öffnete. Wovor hatte Rássmos Angst? Vor Einbrechern? Hinter ihm tauchte sein Hund auf.

»Was willst du?«

»Ich möchte mit Máre sprechen.«

»Die liegt schon im Bett.«

Es war kurz vor acht.

»Sie ist noch wach, ich habe Licht gesehen. Lass mich rein, ich will auch dich noch was fragen.«

»Muss ich?«

Sie seufzte. »Nein. Aber … ganz ehrlich, Sture. Wir kennen uns so lange. Wir hatten nie viel miteinander zu tun. Denkst du, mir macht das Spaß, in euren Angelegenheiten herumzuschnüffeln? Trygg ist tot und ich bin bei der Polizei. Ich will wissen, wer das getan hat, und ich glaube, du kannst mir helfen.«

»Ich habe nicht das Mindeste damit zu tun!«, giftete er sie an. Aber immerhin wurde der Spalt etwas breiter und er pfiff den Hund zurück.

»Weiß ich doch.« Natürlich wusste sie das nicht, jeder war verdächtig. Jeder, der zu einer der Familien gehörte, die damals unter den Hexenprozessen gelitten hatten. »Aber du hast meinen Chef ja kennengelernt. Er ist, na ja …« Sie suchte nach Worten, die Thor passend beschrieben, ihn aber nicht gleichzeitig in die Pfanne hauten. »Nicht sehr sensibel.«

»Das kann mal wohl sagen.« Rássmos öffnete die Tür. »Aber nur ein paar Minuten. Ich möchte gleich beten.«

»Oh. Ja. Natürlich.«

Ravna trat ein in den eisigen, dunklen Flur und folgte ihm in das Wohnzimmer. Hier hatte sich seit dem letzten Besuch nichts getan. Auf dem Tisch standen ein Krug Wasser, ein Glas und ein Teller, auf dem wohl mal ein Stück Brot gelegen hatte.

»Setz dich.«

»Danke.«

»Wo ist mein Schnaps?«

»Beschlagnahmt.«

Rássmos räumte das Geschirr ins Regal. Man konnte die

Enttäuschung sogar seinem mageren Rücken ansehen. »Also? Was willst du wissen?«

»1691«, begann sie, »fand im *Vardøhus*, oben im Fort, ein großer Hexenprozess statt. Quiwe Rássmos wurde der Zauberei und Hexerei angeklagt, schuldig gesprochen und auf der *Steilneset* hingerichtet. Denunziert hatte ihn Bodelle Trygg. Wer war das?«

»Da musst du nach Kirkenes oder Varangerbotn in die Archive. Die haben noch die alten Gerichtsakten, glaube ich.«

Er kehrte an den Tisch zurück, setzte sich und zog eine abgegriffene Bibel zu sich heran. Der gekreuzigte Jesus schaute, so kam es Ravna zumindest vor, missbilligend auf sie herab. Was wollte sie von seinem frommsten Schäfchen?

»Aber ihr habt euch doch bestimmt etwas über sie erzählt, von Generation zu Generation.«

»Das ist dreihundert Jahre her!«

»So genau weißt du das noch?«

Mit einem verlegenen Räuspern öffnete Rássmos die Bibel an einer beliebigen Stelle.

»Bodelle Trygg hat 1691 dreizehn Familien ins Unglück gestürzt. Spätestens bei der Einweihung des Hexenmahnmals muss das doch wieder ein Thema gewesen sein. Dort steht das, für alle sichtbar. Der Aufstieg der Tryggs, der Untergang der Familie Rássmos. Dein Urahn war ein reicher Mann, bevor ihm das Geld abgenommen und er hingerichtet wurde. Ihr seid danach nie wieder auf die Beine gekommen. Was ist mit den anderen, die sie der Hexerei beschuldigt hat?«

Er schlug die Bibel zu. »Die auch nicht. Niemand von

uns. Bodelle bekam das Land für ihre Denunziation. Die Tryggs wurden Herren und wir die Knechte. Aber damit ist ja wohl auch Schluss. Was sagt die Regierung eigentlich dazu? Sollen wir unsere Rentiere jetzt nach Russland treiben?«

»Geht das denn?«, fragte sie, ehrlich interessiert. Und vielleicht etwas naiv, denn seine Stimme klang nach mühsam unterdrücktem Ärger.

»Natürlich nicht. Ich habe keine Ahnung. Vielleicht weiter in den Süden, zu den Fluss-Samen. Die werden sich bedanken.«

»Das Land ist groß. Es gibt Platz genug.«

»Darum geht es doch gar nicht. Weißt du nicht, was er vorhatte? An die Montanindustrie wollte er verkaufen! Ich sag dir eins: Trygg war gierig. Ja. Aber Jonne, sein Sohn, ist auch durchtrieben. Mit Tryggs Tod sind diese Pläne nicht auf Eis gelegt. Es geht weiter. Also, was soll da *ein* Mord bewirken?«

»Hat …« Ravna brach ab. Wenn sie diesen Mann jetzt nach einem Verhältnis zwischen seiner Tochter und Jonne fragte, konnte sie Gott weiß was anrichten. »Hat es jemals den Versuch einer Annäherung der Tryggs an euch gegeben?«

»Eine Annäherung?«

»Gab es, na ja, Treffen? Das Angebot für eine Abfindung?«

Rássmos prustete seine Verachtung in die Luft. »Abfindung? Trygg hat das *Recht,* diese Hure Babylon, auf seiner Seite. Wie heißt es in der Schrift? Auge um Auge, Zahn um Zahn.«

»Nach so langer Zeit?«

»Schuld verjährt nicht.«

Ein Glück, dass Rássmos niemals in eine Position gelangt war, in der er *Recht* hätte sprechen müssen. Ravna fragte sich einen Moment, ob unter Menschen wie ihm auch die Scheiterhaufen geglüht hätten.

»Danke. Wir werden das auch alle anderen Familien fragen müssen.«

»Die gibt es nicht mehr oder sie sind weggezogen. Wir sind die letzten. Und sieh uns an, wie es uns geht.«

»Genauso wie uns«, hielt sie ihm entgegen.

Er spielte mit dem Lesezeichen der Bibel. »Du hast deine Schäfchen ja ins Trockene gebracht. Ein ruhiger Job bei der Polizei in einem Provinznest.«

»Was macht Máre eigentlich?«

»Nichts.«

»Nichts?«

»Seit dem Schulabschluss hockt sie zu Hause herum und kommt kaum noch aus ihrem Zimmer heraus. Einmal habe ich sie erwischt. Sie hat sich angemalt wie … wie eine …«

»Sie ist bald achtzehn.«

»Ja? Und? Sie müsste draußen sein und sich um die Tiere kümmern!«

»Vielleicht will sie das ja nicht?«

»So wie du, ja?« Es ging wohl einfach nicht in seinen Kopf, dass es Kinder gab, die nicht machten, was ihre Eltern wollten. »Was sagt eigentlich Hedda dazu? Erst Inga …«

»Lass Inga aus dem Spiel.«

»Zwei Kinder, zwei Mal Totalausfall. Na ja, was soll man sagen. Ihr ist ja der Mann weggelaufen.«

Und dir die Frau, dachte sie. Lass dich nicht provozieren, Ravna. Im Vergleich zu diesem freudlosen Haus war deine Kindheit Disneyland.

»Ich geh mal nach oben.«

Sie stand auf. Rássmos, dem vielleicht klar wurde, dass er etwas übers Ziel hinausgeschossen war, sagte nichts.

Sie ging in den Flur, stieg die enge Treppe hoch und klopfte an Máres Zimmertür. Niemand öffnete. Sie klopfte noch einmal. Die Stille sagte ihr, dass sich keiner in dem Raum aufhielt.

»Máre?«

Sie drückte die Klinke hinunter, aber die Tür war verschlossen. Was tun? Hatte das Mädchen heimlich das Haus verlassen? Aber wie? Sie trat an die kleine Dachluke am Ende des Flurs. Die Scharniere waren verrostet, und es gelang ihr erst nach einigen Mühen, sie aufzustoßen. An Máres Fenster lag eine Holzleiter. Von vorne nicht zu sehen, vermutlich hatte sie sie versteckt zwischen Gerümpel, Müll und verrosteten Gerätschaften, die hinter dem Haus vor sich hin gammelten.

»Schlaues Kind«, murmelte sie und verschloss die Luke wieder. Dann setzte sie sich für zwei Minuten auf die Stufen, damit Rássmos glaubte, sie würde sich mit seiner Tochter unterhalten. Nicht im Traum würde sie daran denken, das Mädchen zu verraten. Wahrscheinlich war sie heimlich bei Jensen im Hotel.

Sie betrachtete nachdenklich die Tür. Ein einfaches Schloss, das sie mit einem Kleiderbügel öffnen könnte. Und Máre nicht zu Hause … Nein, das konnte sie nicht tun. In ihren Sachen herumschnüffeln, ohne jeden ernsthaften Verdacht, ohne Durchsuchungsbeschluss … Eine Nagelfeile würde reichen. Aber was, wenn Máre plötzlich zurückkäme und sie überraschen würde? Und was hoffte sie, zu finden? Das *brukskniv* des Mörders im Schrank eines Teenagers?

Trotzdem stand sie auf und ging in das winzige, eiskalte Badezimmer. Eine Toilette, ein kleines Waschbecken, ein halb blinder Spiegelschrank. Sie öffnete die Türen und ihr fielen beinahe ein Dutzend Lippenstifte und Lidschatten entgegen. Es war so peinlich, so gegen alles an Rechtschaffenheit in ihrem Herzen, dass sie die Tür schnell wieder schloss.

Nicht schnell genug. Irgendein Stift war hinter den Schachteln verborgen gewesen und fiel ins Waschbecken. Er war weiß, erinnerte an einen Kugelschreiber, hatte aber keine Miene. Dafür ein kleines Fenster an der Seite und in dem war ein hellblauer Strich.

Schwanger.

Máre war schwanger.

Ravna hielt den Tester in der Hand und konnte kaum glauben, was sie sah. Über diese Dinge musste man nicht mehr aufgeklärt werden. Sie selbst hatte sie nie gebraucht, aber sie kannte die Werbung: blauer Strich – positiv.

Sorgfältig legte sie den Tester zurück. Ihre Gedanken überschlugen sich. Ich muss Thor informieren, nein, lieber nicht, ich muss in die Wache, mit Jonas und Filip sprechen – nein, ich muss Máre finden und sie fragen, wer der Vater ist. Wie weit sie ist. Was sie vorhat. Ob sie Hilfe braucht. Wer sie vor diesem Vater schützt, der wahrscheinlich noch aus Autoreifen einen Scheiterhaufen errichten würde …

Sie trampelte, so laut es ging, die Treppe hinunter. Die Tür zum Wohnzimmer war verschlossen.

»*Bye*!«

Rássmos antwortete nicht. Wahrscheinlich war er schon ins Gebet vertieft oder hatte einfach keine Lust, sie noch einmal zu sehen. Sie lief hinaus in die Nacht, die Strandgata hinunter, am Hafen vorbei. Nicht anhalten. Nicht nachdenken. Máre finden und sie fragen, ob das Kind von Trygg war und er deshalb sterben musste.

28.

Kurz vor dem Vardø-Hotel verlangsamte Ravna ihre Schritte. Sie sah Thors Wagen auf dem Parkplatz, was an und für sich ein erfreuliches Zeichen war. Er hatte also nicht vor, die Stadt wutschnaubend zu verlassen und den Fall abzugeben. Was an und für sich auch ein ziemlich schlechtes Zeichen sein konnte.

Dann sah sie Licht in Jensens Zimmer. Konnte das gut gehen? Thor und Jensen unter einem Dach? Aber noch wichtiger: War Máre bei Jensen? Oder bei Jonne?

Sie trat ein, aber die Rezeption war nicht besetzt. In der Luft hing noch die Erinnerung an ein leckeres Abendessen, das den Gästen serviert worden sein musste. Vermutlich war Knud Kristian im Restaurant. Sie trat ein – der Gastraum war leer –, sah zum Tresen – und in das erstaunte Gesicht von Eva Hovland.

Eva saß allein vor zwei Gläsern Wein. Knud Kristian

stand in der Küche, dem Geschepper zufolge spülte er gerade Töpfe ab.

»Eva?«

Wenn sie nicht alles täuschte, stieg gerade eine verräterische Röte in die Wangen der Pathologin.

»*Hei,* Ravna.«

»Was machst du denn hier?«

»Ich habe erste Ergebnisse. Und die wollte ich, nun, ich habe Thor angerufen und wir sind verabredet, eigentlich. Ich warte auf ihn. Hast du eine Ahnung, wo er sein könnte?«

»Sein Auto steht draußen. Weit kann er nicht sein.«

Sie würde sich hüten, etwas von dem Abend bei Léna und ihrem Rausschmiss zu erzählen, und von der blendenden Laune, die das alles in ihm hervorgerufen hatte. Wahrscheinlich hatte er Eva vergessen. Oder, schlimmer: Sie war ihm sowieso nicht wichtig genug. Bevor das Schweigen peinlich werden konnte, deutete die Ärztin auf den Barhocker neben sich. »Setz dich. Du bist doch schon achtzehn?«

»Ja.«

Eva schob ihr das zweite Glas hin. »Ich war wohl zu übermütig und habe einfach schon bestellt. Nimm du es.«

Ravna schnupperte. Wein, echten Wein, gab es selten. Eigentlich nie. Er war weiß, was ihn schon einmal wohltuend von Lénas Gebräu unterschied.

»Danke. *Skål.*«

»*Skål.*«

Und er schmeckte auch anders. Frisch, etwas zu sauer für Ravnas Geschmack, und viel war auch nicht in dem Glas, denn Wein war unfassbar teuer.

»Du fragst dich bestimmt, warum ich extra hierher gefahren bin.«

Ja, das fragte sich Ravna in der Tat. Wenn sie aber die unabsichtlichen Zeichen, die Eva seit ihrer ersten Begegnung mit dem *Gand* aussandte, richtig deutete, konnte das nur eins heißen.

»Weil es wichtig ist?«, fragte sie stattdessen. »Was hast du herausgefunden?«

»Es gibt ein neues Verfahren, mit dem man anhand eines Blutflecks das ungefähre Alter des Menschen bestimmen kann, von dem er stammt. Wir suchen tatsächlich eine junge Frau zwischen fünfzehn und fünfundzwanzig Jahren. Es gibt aber noch mehr auf der Matratze zu entdecken, wie ich es mir schon gedacht hatte. Vaginalsekret und Sperma. Es kam also zum Geschlechtsverkehr.«

»Wie alt ist der Mann?«

»Das kann noch nicht zuverlässig bestimmt werden. Beim Blutalter geht das einfach besser, weil es resistenter ist gegen Licht und Temperatur. Zu Sperma gibt es zwar Versuche, aber die sind noch nicht spruchreif. Ob es Trygg war, kann ich noch nicht sagen. Die anderen Tests dauern noch etwas. Aber sie arbeiten mit Hochdruck daran.«

»Máre ist schwanger.«

Eva trank einen Schluck Wein. »Vom Alter her würde sie passen.«

»Aber sie sagt, sie war mit Tryggs Sohn zusammen. Und dann mit Jensen. Wie soll da noch Trygg –« Reinpassen, wollte Ravna sagen, bevor ihr auffiel, dass es missverständlich klingen könnte.

»Hat sie dir gesagt, wer der Vater ist?«

»Ich hab noch gar nicht mit ihr gesprochen.«

»Woher weißt du es dann?«

Ravna räusperte sich verlegen. »Badezimmerschrank.«

»Der älteste Trick der Welt …« Eva trank einen Schluck Wein.

»Wir haben auch noch Malin, die Tochter eines *rendrifters*. Ihr Vater hat ausgesagt, dass Trygg sie mit dem Wohnmobil mitgenommen hat.«

»Hast du sie sprechen können?«

»Nein. Sie ist auf den Winterweiden. Da erreiche ich sie nur über Funk, und das auch nur über ihren Vater.«

Knud Kristian kam aus der Küche, griff nach der Weinflasche und hob sie hoch. »Noch jemand ohne Fahrschein?«

Eva lächelte und schob ihm ihr fast leeres Glas hin. Er schenkte ein und danach ging er in den Gastraum und wischte die Tische ab.

»Es sei denn, ich frage meine Mutter. Sie ist auch draußen bei den Rentieren und kommt vielleicht eher an Malin ran.«

»Deine Mutter ist ein *rendrifter*? Alle Achtung.«

»Ja. Aber ganz ehrlich, ich weiß nicht, ob sie uns hilft. Sie hat gehofft, ich würde mal die Herde übernehmen.«

Warum erzählte sie das? Und auch noch einer Norwegerin? Eva sah sie nachdenklich an. »Das stelle ich mir sehr schwer vor für sie. Hast du noch Geschwister?«

»Ja, eine Schwester. Aber sie ist nach Oslo gegangen.«

Alles musste Eva ja auch nicht wissen. Irgendwo im Haus wurde eine Tür zugeschlagen und hastige Schritte eilten die

Treppe vom Hotel hinunter in den Empfangsraum. Es war Máre, und noch bevor sie die Tür öffnen konnte, war Ravna auch schon bei ihr.

»Halt!«

Erschrocken fuhr das Mädchen herum. »Ravna? Was machst du denn hier?«

»Dasselbe könnte ich dich fragen. Du bist heimlich von zu Hause abgehauen.«

»Ja und? Was wird das? Schnüffelst du mir hinterher?«

Máre strich sich eine Strähne ihres Meerjungfrauenhaars zurück. Sie sah umwerfend aus: perfekt geschminkt, in einer hautengen Leggins und den teuren Turnschuhen, auf denen sie, wenn draußen schon höher Schnee läge, keinen Meter weit gekommen wäre.

Aber ihr Make-up sah etwas verschmiert aus, und ihre Nase war gerötet, das Haar ziemlich verwuschelt.

Ravna sah nach oben, wo sich die Hotelzimmer befanden. »Du warst bei Jensen. Himmel! Máre!«

Eva kam, mit ihrem Glas in der Hand, blieb aber in der Verbindungstür zum Gastraum stehen.

»Wer ist die da?«, fauchte Máre.

»Sie gehört zu uns. Was wolltest du bei ihm?«

»Was wohl? Was denkst du, was ich getan habe? Das Einzige, was ein bisschen Abwechslung in dieses Nest bringt. Und jetzt lass mich in Ruhe. Ich muss nach Hause.«

»Ist Jensen der Vater?«

»Was?«

»Erpresst du ihn?«

Máre starrte sie an wie einen Geist. Sie wurde bleich

unter der Farbe und ihre Unterlippe fing an zu zittern. »Was sagst du da?«

»Du bist schwanger«, sagte Ravna leise, sodass noch nicht einmal Eva es hören konnte. »Wer ist der Vater? Jensen? Trygg? Jonne?«

»Du spinnst.«

Sie wollte sich umdrehen und hinauslaufen, aber Ravna stellte sich zwischen sie und die Tür. »Rede mit uns. Sonst rede ich mit deinem Vater.«

»Du … Du Dreckstück!« Máre ging auf Ravna los.

Aber da hatte Eva auch schon blitzschnell ihr Glas auf dem verwaisten Tresen der Rezeption abgestellt und war bei ihnen. »Schluss! Stopp! Máre, Ravna! Soll ich euch beide auf die Wache mitnehmen?«

Keuchend, mit Wuttränen in den Augen, stolperte Máre zwei Schritte zurück.

»Kommt mit rein. Wir müssen reden.«

Eva schob die zerzauste *mermaid* in die Gaststube. »Knud Kristian?«

Der Wirt sah kurz von seiner Arbeit hoch.

»Dürfen wir für ein paar Minuten den Raum haben?«

»Klar.«

Er warf sich das Handtuch über die Schulter und marschierte in die Küche. Eva ging zum Frühstücksbüffet, das an der Wand stand. Dort warteten Müsli, Knäckebrot und Marmeladen, also alles, was keinen Kühlschrank brauchte, auf den nächsten Morgen. Und Gläser. Eva holte eines, füllte es mit Wasser aus dem Krug, der immer auf dem Tresen stand, und ging damit zu Máre.

»Hier.« Sie stellte das Glas auf einem Tisch ab. »Setz dich.«

Máre tat, wie ihr geheißen wurde. Ravna zog sich auch einen Stuhl heran, Eva holte ihr Weinglas. Dann saßen sie zusammen, als wären sie eine nette kleine Reisegruppe, die den Hafenblick genoss und nichts weiter zu tun hatte, als die Ausflüge des nächsten Tages zu planen.

»Máre«, begann Eva. »Wir müssen dich das fragen. Bist du schwanger?«

»Sag ich nicht. Geht euch nichts an.« Mit einem provozierenden Blick auf Ravna griff sie sich deren Weinglas und leerte es in einem Zug.

»Ist es Jensen?«

»Fuck!« Sie setzte das Glas wieder ab. »Steckt eure Nase nicht in meine Angelegenheiten!«

»Du irrst dich. Seit dem Mord an Trygg ist das nicht mehr deine Privatsache. Wir können und dürfen dich jetzt nicht verhören, aber wir stellen dir Fragen. Und wenn du sie uns nicht beantwortest, musst du eine offizielle Aussage machen.«

»Und«, schloss Ravna sich an, »es werden alle jungen Mädchen von Vardø einen DNA-Test machen müssen, wenn du uns nicht sagst, ob du mit Trygg geschlafen hast.«

»Mit Trygg? Seid ihr irre?«

»Was hast du vor? Du bist noch nicht volljährig. Wie willst du das alles händeln?«

»In zwei Monaten.« Máres Stimme zitterte fast vor Triumph und Ungeduld. »In zwei Monaten ist es so weit. Dann bin ich hier weg, auf Nimmerwiedersehen.«

»Was willst du machen?«

»Keine Ahnung. Ich geh nach Oslo. Da findet sich immer was.«

»Für eine schwangere Achtzehnjährige?«, fragte Ravna. »Du hast nichts. Keine Ausbildung, kein Geld. Wovon willst du leben? Oder andersrum: Wer zahlt dafür?«

Eva schwieg. Ihr Blick ruhte voller Sorge auf dem jungen Mädchen, das so unvorbereitet in eine schwierige Zukunft stolperte. Aber Máre schien zu glauben, alles würde sich fügen. Von allein oder mit einem Schubs in die richtige Richtung. Ravna glaubte nicht, dass dieses halbe Kind Trygg ermordet und dann auch noch ein Rentier geschlachtet hatte. Aber eine Erpressung? Vielleicht war das draußen in Mortensnes ein Eifersuchtsdrama zwischen zwei alten Männern gewesen, die um die Gunst einer Siebzehnjährigen buhlten? Auch wenn ihr Jensen in dieser Hinsicht eher wie das Phlegma auf zwei Beinen erschien und Trygg … brrr … nein. Nein! Dann kam als Vater nur noch einer infrage.

»Jonne. Hast du es ihm schon gesagt?«

Máre beugte sich vor und fixierte Ravna. Der Blick aus ihren blauen Augen war kalt wie ein Gletscher im Februar. »Das geht dich nichts an. Niemanden. Das ist privat. Schickt mir eine Vorladung und den Amtsarzt, wenn ihr euch traut. Aber von mir erfahrt ihr nichts. Und wenn ich mitbekomme, dass du rumläufst und irgendwas über eine Schwangerschaft von mir erzählst, wenn du mich fertigmachen willst, vor meinem Vater und der ganzen Stadt, dann kannst du dich auf was gefasst machen.«

»Vorsicht, Máre«, sagte Eva leise.

Das Mädchen sprang auf. Ravna konnte es gerade noch festhalten. »Ihr könnt mich mal! Ich habe nichts mit der Sache zu tun. Und ich lasse mich von euch doch nicht zur Nutte von Vardø machen! Heute der Sohn, morgen der Vater …«

»Übermorgen der Mann, der unsere Winterweiden zu Frackingzonen macht«, ergänzte Ravna.

Máre funkelte sie wütend an.

»Sollen wir hochgehen und ihn fragen?«

»Macht, was ihr wollt.« Damit stürmte sie hinaus.

»Oh verdammt«, stöhnte Ravna. »Ich dachte, sie sagt was. Irgendwas, das uns weiterhilft! Dass sie was mit Trygg hatte oder von mir aus auch mit Jensen …«

»Das hat sie.« Eva stand mit einem Lächeln auf und ging zur Küche. »Knud Kristian? Hast du eine Plastiktüte für mich?«

Sie bekam das Gewünschte, kehrte zurück und steckte mit Hilfe einer Papierserviette vorsichtig das leere Weinglas in die Tüte. »Der zweitälteste Trick der Welt.« Sie grinste Ravna an. »Morgen wissen wir mehr.«

»Am Wochenende?«

»Wir haben bei Mordfällen absolute Priorität. Das machen die Kollegen in Trondheim. Geh jetzt nach Hause, Ravna. Ich fahre auch gleich los. Aber nach dem Wein …« Sie sah sich ratlos in der Gaststube um. »Ich sollte mir hier ein Zimmer nehmen. Knud?«

Eva konnte unmöglich hier schlafen. Sie würde den ganzen Abend unten sitzen bleiben und darauf warten, dass Thor doch noch kam. Das war peinlich. Noch peinlicher, wenn er tatsächlich auftauchte und ihr Manöver durchschaute. Ravna würde niemals behaupten, Thor zu kennen. Aber eine Vorstellung davon, wie kalt er darauf reagieren würde, hatte sie schon. Vor allem seit seinem Wutausbruch vor Lénas Haus. Eva war lieb und zauberhaft in ihrer Naivität. Aber … Er steht nicht auf dich, dachte sie. Zwei Seelen halten ihn fest. Er ist noch nicht zurück unter den Lebenden und er wird es vielleicht auch nie sein.

»Du kannst bei mir schlafen, im Bett von meiner Schwester.«

Eva trank den kleinen Rest Wein aus, der noch in ihrem Glas war. Das gab ihr Gelegenheit, über das Angebot nachzudenken und mit Anstand aus dieser Kiste wieder herauszukommen.

»Außerdem kostet es hier ein Vermögen«, schob Ravna nach.

»Danke.«

Während Eva den Plastikbeutel mit dem Glas verstaute und dann bei Knud Kristian den Wein bezahlte, ging Ravna in den kleinen Vorraum mit der Rezeption. Hinter der Panoramascheibe glitzerte das Hafenbecken. Der Wind hatte nachgelassen – die Ruhe vor dem Sturm. Sie musste den Wetterbericht hören, aber sie wusste auch ohne diese Information, dass sich etwas zusammenbraute.

Von hier aus konnte man direkt auf die andere Seite des Hafenbeckens auf den rechten Flügel der Insel schauen. Sie entdeckte das Wrack des alten Krans und die Polizeistation. Dann, ein paar Häuser weiter, Lénas Wohnblock. Man konnte sogar die Fenster sehen und hinter ihrem brannte

Licht. Ein Schatten war zu sehen, eine hohe, schmale Gestalt, und eine eiskalte Hand griff an Ravnas Herz.

Thor war bei Léna. Und dieses Mal allein …

»Ravna?«

Eva kam zu ihr. »Ich fahre doch. Ein Glas Wein …«

»Zwei.«

»Zwei winzige. Ich melde mich morgen, sobald ich die Ergebnisse habe. Ich hoffe, ihr kommt bald weiter. Ist was?«

»Nein«, sagte Ravna hastig und wandte sich von dem Fenster ab. »Fahr vorsichtig.«

»Das mach ich. Bis bald!«

Damit verschwand sie hinaus in die Dunkelheit. Knud löschte das Licht im Gastraum, dann kam er hinaus zu ihr und ging hinter die Rezeption. Er sah müde aus und war nur zu höflich, seinen letzten Gast einfach vor die Tür zu setzen.

Thor ist erwachsen, dachte sie. Er braucht mich nicht.

Doch den ganzen Weg nach Hause hatte sie ein anderes Gefühl.

29.

Samstag, 30. November 2019, Vardø – Finnmark
Polarnacht

Niemand rief an, niemand sagte Bescheid, ob es eine Lagebesprechung gab oder nicht. Trotzdem schien es Ravna geboten, auch an diesem Morgen um acht auf der Wache zu erscheinen. Falls sie ihre Praktikantenstelle noch hatte.

Der dicke Hanno brummte nur, als sie unter dem Tresen durchschlüpfte und über den Flur zur Hintertür ging. Sie warf einen Blick auf den Parkplatz – nur die beiden Streifenwagen standen dort – und ging enttäuscht wieder zurück ins Warme.

Unten im Aufenthaltsraum saß heute Niklas. Ein unwirscher Mensch, der kaum die Zähne auseinanderkriegte, als sie ihn begrüßte und sich eine heiße Schokolade am Automaten zog.

»Wo sind die anderen?«

»Alle oben.«

»Was ist oben?«

Niklas sah umständlich auf seine Armbanduhr. »Der Herr Kommissar aus Kirkenes geruhte vor fünf Minuten einzutreffen.«

Sie machte kehrt und rannte die Treppen hinauf. In Filips Büro hatten sich alle versammelt. Alle, bis auf Thor.

»Wo ist er?«, fragte sie atemlos und stellte das, was von ihrer Schokolade bei dem Sprint übrig geblieben war, auf Filips Schreibtisch ab. Dann holte sie ein Taschentuch heraus, um die gröbste Schweinerei zu beseitigen.

»Filips Laptop spinnt«, sagte Mikkel. »Er liest sich unsere Berichte auf meinem Computer durch.«

Sie zog ihren Anorak aus, atmete tief durch und sah erst mal auf ihr Handy. Keine Nachricht von Lars. Das konnte sie vergessen. Wie hatte Inga immer gesagt? Wer sich nach drei Tagen nicht meldet …

»Schon was von Eva?«, fragte sie.

»Alles im Intranet.«

Mit einem Seufzen steckte sie das Handy wieder ein. Noch nicht einmal einen Zugang zum polizeiinternen Informationssystem hatte sie. Wahrscheinlich verstand Filip unter vertrauensbildenden Maßnahmen, dass sie sich das Büro mit Mikkel teilte. Da konnte er lange warten.

»Alle da?«

Thors Stimme kam von der Tür. In drei Schritten war er am Schreibtisch und setzte sich. Durch die Anwesenden ging ein Ruck. Ravnas und sein Blick kreuzten sich. Wenn du was zu sagen hast, dachte sie, dann sag es jetzt. Dümmer als meine Rentiere ist ja wohl nur der, der sich von meiner Urgroßmutter aufs Glatteis führen lässt.

»Dann fangen wir mal an.« Er trug einen schwarzen Rollkragenpullover, der ihn mager, aber nicht dünn erscheinen ließ. Die Haare fielen ihm unordentlich in die Stirn, aber er sah aus, als hätte er heute Morgen geduscht und sich auch ausnahmsweise mal rasiert. Er hätte fast wie ein Mensch wirken können.

»Mikkel?«

Mikkel räusperte sich und sah in die Runde. »Von zweiundzwanzig samischen Haushalten konnten gestern achtzehn angetroffen werden. Bei allen waren die typischen Gebrauchsmesser vollzählig. Keiner von ihnen wohnt allein, deshalb hatten auch alle ein Alibi. Zumindest haben sie es sich gegenseitig gegeben.«

»Die anderen vier?«

Mikkel schaute schnell auf seine Notizen. »Siversen, Larsen, Skjelsbæk, Persen.«

»Die sind auf den Winterweiden«, sagte Ravna. »Mit Torbjørn Skjelsbæk haben wir gestern gesprochen.«

Noch vor ein paar Tagen wären ihr die Worte im Hals stecken geblieben. Jetzt hatte sie das Gefühl, mit ihren Informationen einen Puzzlestein zu den anderen zu legen. Niemand würde sie auslachen. Keiner sagte: Ravna, geh Kaffee holen! Sie waren Kollegen und arbeiteten an einer gemeinsamen Sache: den Mord an Olle Trygg aufzuklären.

»Zu Persen, meiner Familie, kann ich sagen: Ich habe mit meiner Mutter telefoniert, sie ist in Kaldoaivo. Und ich bin hier. Meine Messer sind vollzählig, die der *rendrifter* auch, sonst könnten sie nicht arbeiten.«

Mikkel wollte etwas sagen, aber Thor war schon beim nächsten Thema.

»Jonas?«

Der Wachtmeister hatte seinen Notizblock in der Hand und warf einen kurzen Blick darauf. »Trygg war laut Aussage seiner Frau am Samstag zu Hause, am Abend waren sie gemeinsam in der Kirche. Sonntagmittag verließ er das Haus. Er sagte nicht, was er vorhatte, das war wohl so bei den beiden. Freunde hatte Trygg keine. Feinde … Niemand, der das offiziell zugeben würde. Der Lebenslauf steht im Ermittlungsordner. Zusammengefasst: hier geboren und aufgewachsen. Keine Schulden, offenbar wohlhabend, die Bankabfrage läuft noch. Zwei Mal verheiratet, seine erste Frau ist vor vierzehn Jahren gestorben. Keine Vorstrafen.«

»Filip?«

Filip reckte das Kinn. Sein Gesicht war entweder von der Wärme im Raum oder plötzlichem Arbeitseifer gerötet. »Wir bereiten uns darauf vor, die gesamte weibliche Bevölkerung Vardøs unter fünfundzwanzig einem DNA-Test zu unterziehen. Die Einwohnerlisten sind bereits vierfach ausgedruckt, es wird im Gemeindehaus ein Raum dafür vorbereitet. Ich habe außerdem mit meiner Tochter gesprochen. Sie wird sich diskret umhören, denn im Interesse der Familie des Toten …«

Ravna lehnte sich zurück und betrachtete ihre Kollegen. War es das, wovon alle gesprochen hatten, wenn sie Thor einen der besten Ermittler Norwegens nannten? Vor ihm saß eine Truppe wie aus einem schlechten Comic. Dorfcops. Noch nie hatten sie es mit einem Mord zu tun gehabt. Vielleicht mal ein Diebstahl oder ein Knöllchen wegen Geschwindigkeitsüberschreitung im Autotunnel. Filip mit den abstehenden Ohren, aus denen Haarbüschel wucherten und der aussah wie ein zu groß geratener Kobold. Neben ihm Jonas, immer die zweite Geige, immer der, der tat, was man ihm sagte. Und Mikkel in der zu engen Uniform, der schon beim Reden ins Schwitzen geriet. Sjur mit den hängenden Schultern und dem Seehundsblick. Nicht zu vergessen: Ravna, Praktikant in der ersten Woche.

Und es war, als ob jemand mit einem Zauberstab über sie gegangen wäre. Alle waren mit Feuereifer bei der Arbeit. Thor brauchte nur einen Namen zu sagen und wie aus der Pistole geschossen kamen die Antworten. Gerade war Mikkel dabei, umständlich und lang und breit über das Instagram-Profil von Drakkar Leviathan zu referieren. Jensen hatte es dazu genutzt, um junge Frauen anzubaggern, aber, bis auf Máre, relativ wenig Erfolg gehabt. Als Mikkel endlich zum Ende kam, sah er sich Beifall heischend um. Thor, mit den Gedanken offenbar ganz woanders, wurde durch die plötzliche Stille aufgeschreckt.

»Der Untersuchungsbericht von Eva Hovland weist auf zwei Besonderheiten hin«, begann er, ohne auch nur einen Blick auf irgendwelche Unterlagen oder den Laptop zu werfen, den Mikkel schnell aus seinem Büro geholt hatte. »Es war definitiv ein junges Mädchen, von dem das Blut in Tryggs Wohnmobil stammt. Der Kreis derer, die infrage kommen, kommt aus ganz Vardø. Vor den Tests möchte ich, dass die Mädchen so diskret wie möglich befragt werden. Wer macht das?«

»Ich!«, riefen Sjur und Mikkel gleichzeitig.

Thor nickte Mikkel zu, der sich mit zwei Fingern unter den Hemdkragen fuhr, sonst würde mit Sicherheit ein Knopf abspringen.

»Die zweite: Es wurden Spuren von Trygg und Jonne auf der Matratze gefunden, aber keine von Karen. Jonne wird vorgeladen.«

Sjur meldete sich wie in der Schule. »Das mache ich.«

»Wo steckt Jensen?«

»Im Hotel«, antwortete Jonas. »Er hat die Auflage, sich zu melden, sobald er vorhat, Vardø zu verlassen. Wie lange?«

»Solange ich will.«

Niemand stellte das infrage.

»Aber wir müssen vorankommen. Ich will ihn nicht noch mal laufen lassen, um dann herauszufinden, dass er doch mehr als ein windiger Geschäftemacher ist. Ravna und ich gehen zu Anders, dem Notar. Ich will wissen, ob Trygg tatsächlich Besitzer des Landes war, das er verkaufen wollte. Wenn nicht, wäre das möglicherweise für Jensen ein Motiv. Jetzt ist es«, Blick auf die Armbanduhr, »zehn vor neun. Jonne soll um elf hier sein.«

»*Okidoki*.« Sjur grinste.

»Ravna?«

Sie stand auf und sagte: »Abmarsch.«

Anders' *kontor* lag in der Fridtjof Nansen Gate, die von der Hafenstraße hinauf zur *Steilneset* führte. Von der Polizeiwache keine zehn Minuten zu Fuß entfernt. Der Wind hatte aufgefrischt und führte eine leere, trockene Kälte mit sich.

»Heute Nacht wird es schneien«, sagte sie, als sie hinaus auf die dunkle Straße traten. Der Himmel war bedeckt, kein Stern zu sehen. »Es ist überfällig. Der *Gråtefossen* wird einfrieren. Der Winter kommt.«

Sie warf einen Blick auf Thors dünnen Mantel. Wenigstens hatte er ihn zugeknöpft, bevor sie die warme Wache verlassen hatten. »Hast du was dabei?«

»Was?«, fragte er. »Drogen? Alkohol? Frag konkret und nicht wie ein Dealer.«

»Irgendwas. Einen Schal? Handschuhe?«

»Ich friere nicht. Aber danke der Nachfrage. Es liegt noch was im Wagen.«

Er schritt weit aus, und sie hatte wieder einmal Mühe, neben ihm zu bleiben. Dabei hatte sie sich mittlerweile schon ganz gut an sein Tempo gewöhnt.

»Es tut mir leid«, sagte er. »Ich war gestern Abend ungerecht. Nimm es nicht persönlich.«

»Was hat sie gesagt?«

»Wer?«

»Léna. Gestern Abend. Als du noch mal zu ihr gegangen bist.«

Er lachte. Das klang ungewohnt, geradezu unerhört. Ein bellendes Kojote-Lachen, kurz und heiser. Genauso seltsam wie Dancing Queen. »Schleichst du mir nach? Bis zu deiner Urgroßmutter? Kommt jetzt die Frage aller Fragen: Hast du was mit ihr? Nein. Ich kann dich beruhigen.«

Das war nicht Thor. Diese leichten, fast tänzelnden

Schritte. Der Witz. Das Lachen. Sie wusste nicht, was unheimlicher war: der *Gand* oder der humorige Konstabel.

»Ich hab dich vom Fenster aus gesehen, im Hotel. Ich war noch mal da. Von der anderen Seite des Hafens kann man Lénas Haus sehen und ihr Fenster.«

Er wurde langsamer. Sie kamen ans Hafenbecken und die Kreuzung Strandgata – Ecke Kirkegata. Die Rushhour tobte: gleich drei Autos wollten hinauf zum Nato-Stützpunkt, mittlerweile einer der größten Arbeitgeber der Stadt. Thor überquerte die Straße, ohne nach links und rechts zu sehen, und überhörte auch das aufgeregte Hupen.

»Ist sie noch einmal für dich in die Unterwelt? Willst du sie sehen? Kontakt mit ihnen aufnehmen? Das geht nicht. Das ist gefährlich. Es ist ja schon für uns eine heikle Sache. Aber für dich …«

»Ja?«

»Thor, das wird nicht funktionieren. Ihr seid Norweger. Ihr seid im Himmel oder in der Hölle oder im Fegefeuer, aber bestimmt nicht in *hilvet tol.* Léna kann euch gar nicht kontaktieren.«

Auf der anderen Straßenseite blieb er tatsächlich stehen. Die Laternen waren weit entfernt, sein Gesicht lag im Schatten.

»Frida war *sámi*«, sagte er. »Sie kam aus Arvidsjaur.«

»Aus der *Ume* Lappmark?«, fragte Ravna perplex zurück.

»Ja, sie konnte den Dialekt noch sprechen. Eine von zehn, die von ihrem Volk übrig geblieben sind. Sie arbeitete am Institut für Semitistik an der Universität in Oslo. Sie hat Sprachen gerettet von Völkern, die es nicht mehr gibt. Sie hat sich dafür engagiert, dass junge Leute wie ihr ihre Herkunft nicht vergessen. Dass Tradition und Moderne sich nicht ausschließen.«

»Warum hast du das nicht gesagt?«

»Weil es dich nichts angeht.«

»Klar. Natürlich.«

Sie setzten ihren Weg fort. »Dafür, dass du mit einer Samin verheiratet warst, hast du erstaunlich wenig Ahnung von uns.«

Wieder stieß er ein schnaubendes Geräusch aus, das fast ein Lachen hätte sein können. »Sie hat es versucht. Aber tote Sprachen … Ich habe mich mehr um tote Menschen gekümmert. Übrigens hast du dich getäuscht. Ich war nicht da.«

»Aber …«

Sie erreichten die Fridtjof Nansen Gate, die ein kleines Stück bergauf führte. Anders' Haus war das dritte zur Rechten, ein hübscher neuerer Bau in Hanglage mit Panoramafenstern hinaus auf den Hafen. Auf dem Grundstück lag ein malerisch verrottetes Fischerboot. Einige Pflanzkübel wiesen darauf hin, dass der Eingang zum *kontor* im Sommer wohl mit Blumen geschmückt wurde. Rechts neben der Haustür, etwas verdeckt von einer Treppe, die hinauf in den ersten Stock zu den Räumen mit den Panoramafenstern führte, stand eine Bank. Auf der saß Karen.

Ravna stoppte. Auch Thor blieb stehen und nahm die Hände aus den Taschen. Etwas an der Art, wie Karen dort saß, stimmte nicht. Ihre Handtasche war auf den Boden gefallen, aber das schien sie nicht zu bemerken. Sie starrte leicht vornübergebeugt hinunter auf den Hafen. Im Schoß ihres camelfarbenen Mantels mit dem Pelzkragen sammelte sich ein dunkler Fleck.

»Karen!«

Ravna wollte auf sie losstürmen, aber Thor hielt sie zurück. Er ging vorsichtig voran und scannte das Gelände ab, so weit dies bei der mageren Straßenbeleuchtung möglich war. Unten auf der Strandgata fuhren Autos vorbei, aber hier oben befand sich außer ihnen niemand. Karen hätte sie sehen müssen, wie sie den Hang hinaufgegangen waren.

Wenn Karen noch etwas sehen konnte. Sie saß da, wie in Gedanken versunken beim Anblick des Hafens mit seinen Lichtern und den Fischerbooten. Von ferne schrien die Möwen, das war, bis auf Ravnas keuchenden Atem, das einzige Geräusch.

Thor lief über das abschüssige Gelände auf sie zu. Ravna musste blinzeln, weil ihr Tränen in die Augen stiegen. Tryggs Witwe war tot. Thor hätte gar nicht den Kugelschreiber ziehen und ihr damit die Haare im Nacken zur Seite legen müssen, sie hätte es auch so gewusst: Stich in die Halswirbelsäule, Stich ins Herz.

Er ging in die Hocke und betrachtete das, was man von der tödlichen Wunde erkennen konnte. Das Blut war unter dem Mantel und der Kleidung den Körper entlang nach unten gelaufen. Viel mehr als ein kleiner Riss war nicht zu erkennen. Aber in ihrem Schoß schimmerte es leuchtend dunkelrot. Noch nicht mal die Ränder schienen getrocknet. Sie konnte noch nicht lange tot sein.

Thor zog sein Handy und wählte eine Nummer. »Eva? Es

gibt Arbeit. Karen Trygg ist tot. Erstochen vor Anders' Kontor in der Fridtjof Nansen Gate.« Er legte auf und sah sich um. »Vor ungefähr einer Viertelstunde, zwanzig Minuten würde ich sagen. Vermutlich hatte sie den Termin um neun. Siehst du was? Fällt dir was auf?«

Ravna leuchtete mit ihrem Handy über die Bank, dann hielt sie direkt auf Karens Stiefel. Sie waren aus Seehundfell, was in der Arktis nichts Besonderes war, aber die Machart und der schimmernde Glanz ließen darauf schließen, dass sie teuer gewesen waren. Ravna begann, den Boden im weiteren Umkreis zu untersuchen, kehrte aber wenig später ohne Ergebnis zu Thor zurück. Der hatte ein Taschentuch herausgeholt und damit Karens Handtasche geöffnet. Ihr Inhalt schien überschaubar. Kein zusammengefalteter Zettel, keine Waffe. Aber das hatte nichts zu sagen, sie waren ja erst am Anfang.

»Nichts«, sagte sie. »Aber es ist auch zu dunkel. Vielleicht hat er oder sie den Strich auch auf der Straße gezogen, symbolisch. Aber keine Birkenrinde, zumindest sehe ich keine.« Sie traute sich nicht, höher als bis zum Pelzkragen zu leuchten.

Thor stand auf. »Warum nicht? Sie war *sámi*.«

»Weiß ich nicht. Karen kam aus dem Süden. Das ist sehr weit weg und hat mit unseren Lebensgewohnheiten nicht viel zu tun. Ich denke, der Mörder ist hier verwurzelt. Alles, was südlich von Murmansk liegt, ist Ausland.«

Thor holte seinen *C.I.N.*-Ausweis hervor. »Ruf die Wache an und komm dann rein.«

Ravna nickte, ihre Kehle war wie zugeschnürt. Der zweite Mord in einer Woche. *Ihrer* ersten Woche. Mit zitternden Händen rief sie Mikkel an und gab ihm durch, was sie gefunden hatten.

»Wir sind gleich da«, sagte der. »Drei Minuten.«

Es waren zweieinhalb, und das Martinshorn schrillte über die Dächer Vardøs bis hinauf zur *Steilneset*. Ravna hatte den schönsten Blick auf den Hafen, aber sie sehnte nichts anderes herbei als das Blaulicht des Polizeiwagens, der kurz darauf mit qualmenden Reifen eine Vollbremsung vor Anders' Haus hinlegte.

Mikkel sprang heraus, gefolgt von Sjur und Hanno. Ravna ging zu ihnen.

»Ich glaube, wir müssen erst mal absperren, bis Eva kommt. Muss sie da sitzen bleiben?«

Hanno nickte. »Ich denke schon.«

Mikkel hatte bereits das Band geholt und wollte es Ravna in die Hand drücken.

»Ich soll rein«, sagte sie.

Er nickte nur und machte sich mit den beiden anderen an die Arbeit. Ein Wagen kam von oben herangerollt, wurde langsamer, hielt an.

»Weiterfahren!«, brüllte Sjur. »Hier gibt es nichts zu sehen!«

»Sjur?«

Der Polizist drehte sich zu Ravna um.

»Bitte sperrt auch die Straße ab. Vielleicht finden wir noch was.«

Mikkel war zu ihr getreten. »Einen geopferten Hund oder so?«

Sie ließ ihn einfach stehen.

Iven Anders war uralt. Mindestens sechzig. Vielleicht war er mal blond gewesen, aber mehr als einen mattgelben Stich in den wenigen Haaren, die ihm die Halbglatze gelassen hatte, war nicht zu erkennen. Er war blass, was aber auch an der Nachricht liegen konnte, die Thor ihm gerade mit der ihm eigenen Sensibilität überbracht hatte. Ein mittelgroßer Mann mit kleinem Bauch, adrett gekleidet in Anzug, Hemd und Krawatte. Ravna fand die beiden in seinem Büro, das direkt neben einem mit Antiquitäten eingerichteten Wartezimmer lag. Vom Flur aus führte noch eine Treppe nach oben in die Privaträume. Der Boden war mit hellen Steinfliesen belegt, das schmiedeeiserne Geländer weiß gestrichen und in sich auf eine seltsam verspielte Art verdreht. Vermutlich Sechzigerjahre, Bungalow, mit Erfolg im Beruf noch ein Stockwerk draufgesetzt. Immer eins nach dem anderen, nichts überstürzen.

»Das kann doch nicht sein!« Er hatte eine hohe, fiepende Stimme, die sich vor Aufregung fast überschlug. »Ich hatte schon den Kaffee fertig!«

Eine Kanne und drei Tassen standen auf einem kleinen Tisch neben einer bequemen, aber dennoch seriös wirkenden Couchgarnitur aus schwarzem Leder. Im Gegensatz zum Warteraum war die Kanzlei gediegen, aber wesentlich moderner eingerichtet.

»Was wollte Karen von dir?«

Thor betrachtete Iven Anders' Klage als Aufforderung, sich den Kaffee einfach selbst zu genehmigen. Er goss sich eine Tasse ein, nahm sie und kehrte zum Schreibtisch zurück. Hinter dem hatte sich der Notar verschanzt, als wären mit der Polizei auch gleich die Hunnen in sein hübsches Büro eingefallen.

»Sie wollte die Erbschaftsangelegenheiten regeln. Ein paar Unterschriften, Vorlage des Totenscheins ...« Anders verlor den Faden.

Vor seinem Fenster tauchte Mikkel mit der Taschenlampe auf und leuchtete den Garten ab.

In zwei Schritten war Thor am Fenster, riss es auf und brüllte: »Raus da! Niemand betritt den Tatort, bevor die Spurensicherung nicht das Okay gibt!«

Die Taschenlampe erlosch augenblicklich. Ravna schielte zu der Thermoskanne mit dem Kaffee, traute sich aber nicht, es Thor nachzumachen.

»Was noch?«

»Also, nichts weiter.«

Der Mann stand unter Schock, aber das schien Thor nicht im Mindesten zu interessieren. »Das hätte alles Zeit gehabt. Was treibt Karen Trygg an einem Samstag zu dir?«

Anders' Handflächen fuhren nervös über die Schreibtischkante. Vor ihm lagen einige Aktenordner, die Thor nun ungefragt in die Hand nahm.

»Lass das!«, protestierte der Notar. »Das ist vertraulich! Komm mit einem Durchsuchungsbeschluss wieder, dann sehen wir weiter!«

Thor knallte die Tasse auf den Schreibtisch, sodass der Rest ihres Inhalts überschwappte und auf eine Mappe kleckerte.

»Sorry«, sagte er nur und nahm die Mappe hoch, um den Kaffee, wie es schien, mit dem Mantelärmel abzuwischen.

Anders wollte schnell danach greifen, aber er kam nicht weit genug über den Schreibtisch. Blätter rutschten heraus und fielen auf den Boden. Ravna bückte sich, um sie aufzuheben.

»Das tut mir aber wirklich leid«, sagte Thor und nahm ihr die Blätter ab. »Kaufvertrag, soso. Über das Land draußen in Kaldoaivi, zwischen Karen Trygg und …« Er kniff die Augen zusammen, während Anders blitzschnell aufsprang und um den Schreibtisch herumlief. »… Streamprom ASA, Martin Lingen vei 19, Oslo, vertreten durch Harald Jensen …«

Da war Anders auch schon bei Thor und riss ihm die Blätter aus der Hand. »Das ist unfassbar! Ich werde dich anzeigen!«

Aber Thor zuckte nur mit den Schultern. »Wenn du es mir direkt vor die Nase hältst?«

Die Gesichtsfarbe von Anders wechselte in Sekunden von weiß zu rot. »Raus! Raus hier!«

Thor sah sich um. »Alles klar. Iven Anders, das Büro ist beschlagnahmt und wird versiegelt. Du rührst hier nichts mehr an.«

»Wie bitte?«

Thor ging um den Schreibtisch und ließ sich auf Anders' Platz fallen. »Den Vertrag.«

»Nie im Leben! Das ist vertraulich!«

»Und die Erbschaftsregelung.«

»Ich werde mich beschweren! Ich werde bis ins Innenministerium gehen! Das wirst du bereuen, Rune Thor.«

Der Kommissar hob die Hand. Augenblicklich verstummte das Gezeter. »Keine Drohungen, Anders. Draußen vor deinem Haus sitzt eine tote Frau auf deiner Bank. Ihr Mann wurde vor einer Woche grausam ermordet. Wer sagt mir, dass du nicht deine Hände im Spiel hast?«

»Ich?« Jetzt sah Anders aus, als würde er gleich ersticken.

»Mit einer Leiche vor der Haustür wäre ich kooperativer. Wie sah die Nachlassregelung aus?«

»Steht alles da drin.« Der Notar spuckte Gift und Galle.

»Sag es mir. Ich bin nicht der Hellste, was Gesetze betrifft.«

Widerwillig legte Anders die Blätter auf dem Schreibtisch ab. Seine grauen, blassen Augen wandten sich Hilfe suchend an Ravna, aber die zuckte nur mit den Schultern. Hoffentlich kam Eva bald, aber von Vadsø nach Vardø war es eben ein langer Weg.

»Die Regelung sah vor, dass nach Tryggs Tod Karen alles erbt und dann nach ihrem Hinscheiden Jonne.«

»Das Land, das verkauft werden soll, gehörte auch wirklich ihm?«

»Ja«, sagte Anders bestimmt. »Ich weiß, es gibt Zweifel daran. Aber sogar uralte Urkunden haben Belegkraft. Er kam erst vor ein zwei Jahren damit an.«

»Warum so spät?«

»Bis dahin war das wohl nie ein Thema gewesen. Aber plötzlich wurde es aktuell. Landkäufer durchzogen die Gegend, windige Typen, die das große Geschäft witterten. Trygg wollte wissen, ob die Ländereien ihm gehören, wirklich ihm. Bis dahin hatte sich niemand außer ein paar Vermessern vor zweihundert Jahren darum gekümmert. Also beauftragte er mich, das herauszufinden und zu beurkunden. Mit Brief und Siegel. Dieser Ordner fasst die Korrespondenz mit dem Katasteramt in Kirkenes, diversen weiteren Amtsgerichten und Behörden.« Es war ein dicker Ordner, randvoll mit Papier. »Trygg hatte Glück: Niemand war je auf den Gedanken gekommen, das Land für sich zu beanspruchen. Es gibt noch nicht mal Naturschutzauflagen. Das haben sie damals wohl einfach vergessen, als all die Landschaftsschutzzonen eingerichtet wurden. Es hat keinen interessiert.«

Ravna unterdrückte einen ärgerlichen Seufzer. Wie auch? Es hatte ja allen gehört. Die unendliche Tundra, die Inseln, die Berge. Seit Jahrtausenden waren die Rentiere darüber gestreift und nie hatte jemand die Frage nach Besitz gestellt. Das hatte einen ganz einfachen Grund: weil es ihn nicht gegeben hatte. Aber irgendwann zur Zeit der Hexenprozesse und König Christians war man anderer Meinung gewesen …

»Also gingen wir durch die erforderlichen Instanzen. Zunächst, und das war das Schwierigste, musste beglaubigt werden, dass es sich bei der vor dreihundert Jahren ausgestellten Urkunde um ein echtes Dokument handelt. Die Expertisen füllen fast schon einen zweiten Ordner. Dann mussten wir diese dreihundert Jahre alte Urkunde in heutiges Recht umwandeln. Also Eintrag ins Grundbuch, Neuvermessung, das alles dauerte seine Zeit. Zudem hatte Trygg darauf bestanden, äußerst diskret vorzugehen.«

»Warum?«, fragte Thor.

Anders faltete die Hände vor seinem Bauch. Er stand

immer noch vor seinem eigenen Schreibtisch. »Wann immer jemand etwas besitzen möchte, nimmt er es anderen weg. Herrenloses Gut in dem Sinne gibt es nicht, vor allem nicht, wenn es Liegenschaften betrifft.«

»Seit wann?«

»Seit … seit immer, oder?«

»Und es gab niemanden, der dagegen Einspruch erhoben hat? Was ist mit eurem *Sameting*?« Die letzte Frage nach der parlamentarischen Vertretung der Samen hatte Thor an Ravna gestellt.

»Das ist nur für kulturelle Angelegenheiten zuständig«, antwortete sie. »Aber ich bin mir sicher, wenn jemand davon gewusst hätte, wäre die Angelegenheit vor den Rat gekommen. Das Land ist unsere Kultur, die Rentiere sind mehr als nur eine Lebensgrundlage. Ich nehme an, dass die Sache deshalb so diskret gehandhabt werden sollte, damit niemand Wind davon kriegt und es in letzter Sekunde verhindert. Herrenloses Gut sind die Winterweiden auf gar keinen Fall.«

Anders entfaltete die Hände und hob sie mit einer Geste an, die sagen sollte: Was kann ich dafür?

»Also«, fuhr Thor mit der Befragung fort, »wann war es so weit?«

»Dass alles in Sack und Tüten war? Vor ein paar Monaten. Trygg wurde auch immer ungeduldiger.«

»Hat er dich bezahlt?«

»Selbstverständlich. Er war ja nicht gerade arm. Aber dieser Deal hätte ihn zum Millionär gemacht.«

»Warum der Termin heute?«

»Das sind vertrauliche Mandanteninformationen.«

»Karen ist tot!« Thor beugte sich vor und nahm Anders ins Visier, der unter diesem Blick in sich hineinzukriechen schien. »Sie wurde vor deinen Augen ermordet! Vor diesem Fenster! Was hast du gesehen?«

»Nichts! Rein gar nichts! Es ist stockdunkel draußen! Ich habe um halb neun die Heizung angemacht und dann den Kaffee geholt. Meine Frau hat ihn gekocht, die kann das alles bezeugen. Kurz vor neun kam ich zurück, und ab dann habe ich gewartet, bis ihr gekommen seid.«

»Sie hat nicht geklingelt?«

»Nein!«

»Aber es ist kalt draußen. Niemand setzt sich in der Polarnacht auf eine Bank im Garten!«

»Das kann ja alles sein. Wirklich!« Anders rang die Hände. »Aber es war so, wie ich sagte. Sie war eine sehr pünktliche Person, soweit ich mich erinnere. Vielleicht kam sie etwas früher? Und wollte die zwei Minuten noch draußen warten? Ich weiß es doch nicht!«

»Warum? Warum an einem Samstagmorgen?«

Der Notar schleppte sich hinüber zu seiner Couch und ließ sich fallen. Dann holte er ein Taschentuch hervor und tupfte sich damit die Stirn ab. »Sie wollte es so«, sagte er schließlich.

»Okay.« Thor gab Ravna ein Zeichen. »Geh raus zum Wagen und hol die Handschellen. Iven Anders, ich nehme dich fest unter dem Verdacht des Mordes an Karen Trygg, des Mordes an Olle Trygg, der Verdunkelung und Beihilfe beim Verstoß gegen das Grundstücksverkehrsgesetz ...«

»Nein!«

»Ich weise darauf hin, dass alles, was du ab jetzt sagst, gegen dich verwendet werden kann.«

»Also gut. Also gut! Sie rief an und fragte, ob wir am Wochenende eine Beurkundung machen können.«

»Das heißt, sie wollte das Land *heute* verkaufen?«

»Es war ja alles vorbereitet, das hatte ich für ihren Mann schon durchexerziert. Ich musste nur den Namen verändern. Sie musste nur noch alle Unterlagen beibringen, die sie als Alleinerbin ausweisen, und unterschreiben.«

»Sollte Jensen auch kommen?«

»Ja.«

Thor und Ravna sahen gleichzeitig zum Tisch mit den drei Tassen. Sie konnte kaum Luft holen, da brüllte Thor schon: »Und das sagst du uns erst jetzt?«

Er sprang auf und rannte aus dem Büro hinaus auf die Straße. Ravna brauchte einen Moment, um zu begreifen, dann schrie sie: »Raus hier!«

Anders, völlig verwirrt, erhob sich. Sie schob ihn aus dem Büro.

»Du rührst da drin nichts mehr an!«

Dann stürmte sie auf die Straße und brüllte dem verdutzten Mikkel zu: »Das Büro versiegeln, sofort!« Sie konnte sich gerade noch vor die Motorhaube des Streifenwagens werfen, den Thor schon gestartet hatte. Ravna riss die Beifahrertür auf und ließ sich neben ihn fallen. Dann rasten sie mit Blaulicht hinunter zum Hafen, zum Vardø-Hotel.

30.

Der Geruch nach Kaffee und frisch gebackenen Croissants verursachte bei Ravna eine gelinde Übelkeit. Der Frühstücksraum war voll besetzt, aber sie hatten nicht die Zeit, Knud Kristian davon zu informieren, dass sie nur nachsehen wollten, ob in einem seiner Zimmer ein Toter lag. Sie rannten die Treppe hinauf, Ravna nicht ganz so schnell wie Thor, der zwei Mal an der Klinke rüttelte und dann mit einem gezielten Tritt die Tür aufbrach.

»Jensen?«

Er schlug auf den Lichtschalter und war schon am Bett, noch bevor Ravna die zurückfedernde Tür davon abhalten konnte, ihr direkt ins Gesicht zu springen. Thor riss die Decke weg, sah sich wild um, aber Jensen hielt sich nirgendwo versteckt, auch nicht im Bad. Ravna öffnete den Kleiderschrank, er war leer.

»Verdammt!«, brüllte Thor.

Dann lief er an ihr vorbei hinunter zur Rezeption. Dort kam ihnen auch schon Knud Kristian entgegen, ein einziges schnaufendes Fragezeichen.

»Was ist denn los? Was wollt ihr?«

»Wo ist Jensen?«

»Keine Ahnung. Ist er nicht oben?«

»Hat er ausgecheckt? Ist sein Wagen noch da?«

Knud Kristian sprintete vor die Tür und kam sofort zurück. »Sein Auto ist weg, aber ausgecheckt hat er nicht. Das musste er nicht, weil er mir seine Kreditkarte schon bei der Ankunft gegeben hat. Was wollt ihr denn von ihm?«

Thor fuhr sich durch die Haare und wandte sich ab.

»Vielleicht macht er nur einen Spaziergang? Habt ihr etwa die Tür aufgebrochen?«

»Ähm – ja«, antwortete Ravna. Ihr Chef ging zum Fenster und starrte auf die Lichter des Hafens. »Wir müssen das Zimmer leider wieder beschlagnahmen.«

Knud Kristian gefiel das gar nicht. »Sagt mal, wisst ihr eigentlich noch, was ihr tut? Erst den Mann festnehmen, dann freilassen, und jetzt …«

»Melde dich bei uns, sobald er auftaucht. Es ist wichtig.« Sie trat näher zu ihm. »Du wirst es sowieso bald erfahren. Karen ist tot.«

Erst das Entsetzen auf seinem Gesicht machte ihr klar, was geschehen war: Der Täter lief immer noch frei herum, und Karen, die noch gar nicht begriffen hatte, was eigentlich geschehen war, hatte seinen Weg gekreuzt.

»Wir ersetzen die Tür, das ist ja klar. Ich lasse jemanden kommen, der sie erst mal provisorisch verschließt.« Hanno vielleicht? Oder Niklas? Langsam gingen ihnen die Leute aus.

Jetzt holte Thor auch noch sein Handy hervor, wählte eine Nummer und sagte: »Ringfahndung, Straßensperre. Wir suchen – Knud?«

»Einen Toyota, Mietwagen, glaube ich. Dunkelblau.«

»Einen dunkelblauen Toyota, angemietet von Harald Jensen, zuletzt gesehen in Vardø. Er ist auf der Flucht, kann aber auch entführt worden sein. Außerdem brauche ich einen Hubschrauber, er soll nach Kaldoaivi auf die Winterweiden der *rendrifter* und eine Malin Skjelsbæk nach Vardø auf die Wache bringen. Haltet zwei Hundestaffeln bereit für die Fähre, es könnte sein, dass wir sie brauchen.« Er legte auf und drehte sich zu ihnen um. »Zu Trygg«.

Das Haus der Tryggs wurde vom Blaulicht des Streifenwagens gespenstisch erhellt. Das Garagentor war mittlerweile wieder verschlossen, die Fensterläden waren heruntergelassen.

Ravna klingelte, mehrmals. Endlich wurde Licht im Flur eingeschaltet und die Tür öffnete sich. Jonne starrte sie an, offensichtlich aus dem Schlaf gerissen.

Er kam noch nicht einmal dazu, etwas zu sagen, da stand Thor schon im Haus. »Ist Jensen hier?«

»Jensen?«

Ravna trat ebenfalls ein.

Jonne schloss die Tür, zu verschlafen, um sich wieder in die Wut zu werfen, die er bei ihrer letzten Begegnung gefühlt hatte. »Nein. Warum?«

»*War* er hier?«

»Nein. Hört mal, was soll das?«

Thor kam langsam wieder zur Besinnung. »Hat Jensen sich bei euch gemeldet?«

Jonnes Blick wurde unsicher. Er fror, was in diesem kalten Haus kein Wunder war. Er musste direkt aus dem Bett gefallen sein und trug nur einen dünnen Pyjama. »Ich weiß nicht ...«

»Das ist doch keine so schwierige Frage. Hat er sich gemeldet?«

»Nicht bei mir.«

Ravna holte tief Luft. »Wollen wir vielleicht erst mal ins Wohnzimmer gehen? Ich mache uns einen Tee. Und dann reden wir über alles.«

»Was ist denn eigentlich los? Ihr kommt hier mitten in der Nacht wie ein Überfallkommando?«

»Karen ...«

»Was ist mit Karen?«

Sie sah kurz zu Thor, der nickte knapp. Sie holte Luft und sagte: »Sie ist tot.«

Jonne starrte sie an. Dann ging er zwei Schritte zurück und schüttelte den Kopf. »Was sagst du da?«

»Jemand hat sie umgebracht. Heute Morgen.«

»Zeig uns deine Messer, Jonne«, sagte Thor. »Und die deines Vaters. Jetzt.«

Natürlich. Er war genauso verdächtig wie alle anderen. Vielleicht sogar noch ein wenig mehr, da er jetzt das ganze Vermögen erben würde. Aber Ravna wusste, dass dieser Junge unschuldig war. Sie mussten ihn beschützen, denn aus irgendeinem Grund schien es der Täter auf diese Familie abgesehen zu haben. Und darauf, den Landverkauf zu verhindern.

»Jetzt«, wiederholte Thor.

Jonne schluckte. Sein Adamsapfel tanzte auf und ab. Er drehte sich um und lief die Treppe hinauf.

»Muss das sein?«, fragte Ravna leise.

Thor ging ungefragt ins Wohnzimmer. Er spähte durch die Fenster, aber es blieb dunkel da draußen, und kein Täter kam an die Tür, klopfte höflich und sagte: Ich stelle mich. Ravna merkte, dass ihre Beine anfingen zu zittern. Karens Tod war ein Schock gewesen, der sich erst jetzt bemerkbar machte.

»Ich hole Tryggs Messer«, sagte sie.

Sie brauchte ein paar Minuten für sich. Einfach nur die Augen schließen, sich auf die dunkle Kellertreppe setzen und das alles verarbeiten. Kurz bevor Thor misstrauisch werden konnte, kam sie mit den Messern zurück. Vollzählig, ein Leben lang in Gebrauch, und bestimmt nicht vor einer Stunde dazu genutzt, um Karen Trygg zu erstechen.

Wenige Sekunden später war Jonne wieder bei ihnen. Er hatte seine Messer bei sich, eingeschlagen in ein weiches Tuch. Sie sahen neu und unbenutzt aus. Kein Wunder: Jonne gehörte zwar zur reichsten *rendrifter*-Familie, aber er hatte sich bisher wohl kaum selbst die Finger schmutzig gemacht.

»Was ist mit Karen passiert?«

Er war immer noch barfuß. Seine Zähne klapperten.

Thor holte sein Handy heraus, schaltete die Aufnahmefunktion ein und legte es auf dem Couchtisch ab. »*Lensmann* Rune Thor, Finnmark *politidistrikt,* Kirkenes. Ravna Persen, Polizeipraktikant Vardø. Vernehmung Jonne Trygg.«

Jonne starrte auf das Gerät, als würde es ihn jede Sekunde mit Haut und Haar verschlingen. Ravna war überhaupt nicht wohl bei der Sache. Sie hatten auf die unsensibelste Weise, die es gab, eine schlimme Todesnachricht überbracht. Und jetzt sollte dieser Junge im Pyjama auch noch vernommen werden? Hatte das nicht Zeit?

Aber Thor war anderer Meinung. Und vom ermittlungstaktischen Standpunkt aus hatte er recht. »Deine Stiefmutter Karen starb kurz vor neun.«

Jonnes Blick flitzte zu der Wanduhr über dem Kamin. Es war sieben Minuten vor zehn. Tränen schossen in seine Augen. »Wer hat das getan?«

»Wir vermuten, derselbe Täter, der auch deinen Vater getötet hat«, sagte Thor. Seine Stimme klang emotionslos, aber zumindest nicht eiskalt. »Was wollte Jensen von ihr?«

Wieder musste Ravna bewundern, wie Thor herausfand, was Menschen vor ihm verbargen. Jonne hatte lediglich gesagt, Jensen hätte sich nicht *bei ihm* gemeldet. Damit hatte er Karen schützen wollen. Das war nun zu spät, und er erkannte es und brach beinahe zusammen. Es war die zweite, wirklich große Tragödie in seinem Leben, wenn man vom Tod seines gewalttätigen Vaters absah. Karen musste zumindest etwas Wärme ins Leben dieses Jungen gebracht haben, der seine leibliche Mutter durch seelische Grausamkeit verloren hatte.

»Setz dich doch«, sagte Ravna. »Willst du einen Tee? Oder Kaffee?«

Jonne schüttelte den Kopf. Seine Schultern zuckten. Eine Träne lief hinab und blieb zitternd an der Nasenspitze hängen. Aber er ging zur Couch und setzte sich. Ravna sah noch Karen dort in ihrem plüschigen Jogginganzug und es brach ihr fast das Herz.

»Er kam vorbei, gestern Abend. Er wollte zu ihr, und er sah aus, als ob er sich gerade geprügelt hätte. Vielleicht war das der Mörder gewesen? Vielleicht ist er ihm begegnet?«

»Ganz sicher nicht«, sagte Thor ungerührt.

Jonne schluckte und fuhr fort. »Sie haben sich hier unten getroffen, mich hat sie hochgeschickt. Aber ich habe alles gehört, über den Kaminschacht. Er ist wie ein Zimmertelefon, das haben sie nur nie gecheckt.«

»Was wollte Jensen?« Thor verschränkte wieder die Arme hinter dem Rücken. Langsam ging er auf und ab. Er war nervös. Er vibrierte. Ravna konnte das spüren. Sie waren nur Minuten zu spät gekommen, und das hieß: Der Mörder war hier, unter ihnen in Vardø.

»Das Land.« Jonnes Stimme klang bitter. Er fuhr mit dem Handrücken über die Nase. »Er meinte, das wäre die letzte Chance. Er hätte die Schnauze voll von diesem Kaff und den Verdächtigungen und er wolle nur zurück nach Oslo. Er wollte heute fahren, ziemlich früh. Und wenn meine Mutter das Vermächtnis meines Vaters erfüllen wolle, dann solle sie sich beeilen. Dies wäre sein letztes Angebot.«

»Um wie viel ging es?«

»Zehn Millionen Kronen.«

»Hat er euch Geld gegeben?«

Jonne schüttelte den Kopf. Thor, so ungeduldig wie er war, nahm sich jetzt doch die Zeit und setzte sich in den Sessel gegenüber. Ravna ging in die Küche, konnte aber durch die geöffneten Türen hören, was die beiden miteinander besprachen.

»Er durfte gar nicht nach Oslo«, sagte Thor. »Er hatte die Auflage, in Vardø zu bleiben. Er hat euch verarscht.«

Stille, nur unterbrochen von einem leisen Schluchzen. Ravna nahm den Wasserkocher, der so aussah, als ob er nie benutzt worden wäre, und füllte ihn.

»Was hat Karen gestern noch gemacht?«

»Sie war hier. Das heißt, am Abend ist sie noch mal zu Sören.«

»Wer ist Sören?«, fragte Thor ungeduldig.

»Das ist der Tischler, der auch Särge macht. Und dann ist sie in die Kirche. Um halb neun war sie wieder hier und ist früh ins Bett.«

»Und sie hat dir nichts erzählt? Dass sie vorhatte, jetzt anstelle deines Vaters das Land zu verkaufen?«

»Nein.«

»Jonne, warst du mit Máre im Wohnmobil?«

Stille. Ravna kippte den Schalter des Wasserkochers auf ON, warf einen Teebeutel in einen Becher und kehrte zurück ins Wohnzimmer.

Jonne sah auf, als sie eintrat. »Einmal«, sagte er leise.

Ravna setzte sich neben ihn auf die Couch. Sie hätte gerne den Arm um ihn gelegt, aber sie wusste nicht, wie er das auffassen würde. Er war älter als sie und trotzdem so verwundbar.

»War Máre noch Jungfrau? Ich muss das fragen, Jonne.«

Tryggs Sohn sah zu Boden. Dann schüttelte er kaum merklich den Kopf. »So weit kamen wir nicht. Es war«, begann er, stockte und zog die Nase hoch. »Eine Sommerliebe. Wahrscheinlich war sie das. Für sie zumindest.«

Ravna merkte, dass Thors Geduldsfaden zum Reißen gespannt war. Deshalb ließ sie ihn gar nicht erst zu Wort kommen, als er den Mund öffnete.

»Und für dich?«, fragte sie.

»Mehr. Aber dann hat sie mich abserviert, von einem Tag auf den anderen.«

»Wann war das?«

»Ende September.«

Vor zwei Monaten. Von der Zeit her konnte es hinkommen. Die Periode setzt aus, der Test ist positiv, man schmiedet große Pläne und braucht einen solventen Vater für das Kind. Und das war Jonne damals noch nicht. Aber Jensen, der zu dieser Zeit zum ersten Mal hier oben aufgetaucht war. Drakkar Leviathan, sie kam immer noch nicht über diesen Tarnnamen hinweg.

»Warum?«

Er schniefte, hob die Schultern, sagte nichts. Thor warf sich in dem Sessel zurück und sah an die Decke. Die Liebe unter Teenagern war definitiv nicht sein großes Thema.

»Hatte sie einen anderen?«

»Nein, glaub ich nicht.«

Sie wartete. Schließlich sagte er: »Sie hat sich verändert.«

»Wie?«

»Okay, sie hat Schluss gemacht. Aber danach ging sie mir aus dem Weg. Richtig aus dem Weg. Ich bin ein paarmal in der Kirche gewesen. Das war nie so mein Ding, aber wegen ihr … Sie hat mich noch nicht mal gegrüßt. Als ob ich ihr was getan hätte. Aber das hab ich nicht!« Er sah sie an. »Woher weißt du das alles eigentlich? Dass wir zusammen waren?«

»Man muss nur auf Instagram nachsehen. *Vardø_mermaid*.«

Er lachte bitter auf. Ravna sah zu Thor. Der hatte die Augen mittlerweile geschlossen. Hoffentlich schlief er nicht wieder ein.

»Aber irgendjemand hat ein Mädchen im Wohnmobil entjungfert«, sagte Ravna. »Das weiß ich von unserer Spurensicherung. Warst du das?«

Seine Hände ballten sich zu Fäusten.

»Jonne?«

Keine Antwort.

»Oder machst du es nur mit fünf Nutten und ihrem Zuhälter?«

Thor öffnete die Augen und sah sie an, als ob sie den Verstand verloren hätte.

Jonne packte sie am Kragen, ließ aber sofort los und stand auf. Er stolperte fast über den Teppich. Seine Stimme überschlug sich, als er sie anbrüllte. »Du Miststück! Nur weil dich keiner will, stocherst du in meinem Leben rum? Schau dich an! Hässlich wie die Nacht! Wer will dich schon ficken? Brauchst du es so sehr, dass dir einer abgeht, wenn du an unseren Matratzen riechst?«

»Setz dich«, sagte Thor, »halt den Mund und rede nur, wenn du gefragt wirst.«

Jonne atmete schwer. Das Erbe seines Vaters, das er so sehr versucht hatte, zu unterdrücken, war bei der ersten kleinen Provokation hervorgebrochen. Ravna wusste, dass hässlich wie die Nacht ein relativer Begriff war. Aber *wer will dich schon ficken?* wurde niemand gerne gefragt, schon gar nicht vor seinem direkten Vorgesetzen.

»Sorry.« Der Junge fuhr sich durch die Haare. »Manchmal gehen die Gäule mit mir durch.«

Er ließ sich wieder auf die Couch plumpsen, achtete aber auf Abstand zu Ravna.

»Hast du ein Mädchen im Wohnmobil entjungfert und wenn ja, wen?«, fragte sie. Ein Glück, dass ihre Stimme nicht verriet, wie sehr sie sein Ausbruch getroffen hatte.

»Das weiß ich nicht«, giftete er. »Tun sie nicht alle so, als wär's das erste Mal, wenn sie mit dir ins Bett gehen?«

»Keine Ahnung. Ich hab mit Jungfrauen wenig Erfahrung. Mit wem hast du dort geschlafen?«

»Sag ich nicht.«

»Jonne, die Zeit, sich herauszureden, ist abgelaufen. Dein Vater und deine Stiefmutter sind ermordet worden! Wen schützt du?«

Keine Antwort.

»Wen schützt du, verdammt?«

Er senkte den Kopf, und Ravna wurde alles klar. Alles. Sie sah zu Thor, der auch gerade begriff, was Jonnes Geständnis verriet: Er schützte sich selbst.

»Du hast gar nicht …« Sie brach ab und sah auf das

Handy, das jeden Satz, jedes Wort unbarmherzig ohne Ansehen der Personen, von Gut und Böse, Wahrheit oder Lüge aufzeichnete. »Du … *Du* bist noch Jungfrau?«

»Tut das irgendwas zur Sache?«, giftete er. Dass er das ausgerechnet vor ihr zugeben musste, war für ihn kaum zu ertragen.

»Ja, das tut es. Denn dann war es dein Vater, der mit einem sehr jungen Mädchen im Wohnmobil zugange war. Mit wem zum Teufel war er da drinnen?«

Jonne sah sie an. Wieder erkannte sie in diesem Blick den des Jungen, der er einmal gewesen sein musste. »Ich weiß es nicht. Ich schwöre es. Es hätte Karen umgebracht.«

»So wie deine Mutter, seine erste Frau?«

»Er ist wohl vorsichtiger geworden.«

Sie nickte. »Wir müssen dieses Mädchen finden.«

Thors Handy brummte. Auf der Glasplatte des Couchtischs drehte es sich fast einmal im Kreis.

»Unterbrechung Vernehmung Jonne Trygg.« Er beendete die Aufnahme und nahm das Gespräch an, lauschte kurz, sagte dann »Gut. In Ordnung« und legte auf. »Jonne, du verlässt das Haus nicht. Wir schicken dir jemanden von der Wache, der bei dir bleibt. Ravna?«

Sie stand auf. Beim Hinausgehen bemerkte sie, dass der Wasserkocher sich schon längst wieder ausgeschaltet hatte.

31.

Die Temperatur war um einige Grade gefallen und musste nun unterhalb des Gefrierpunktes liegen. Eine feine Schicht Puderzuckerschnee lag über der *Steilneset,* und sie waren die Ersten auf dem Weg zum Streifenwagen, die ihre Fußabdrücke hineinsetzten. Der Wind hatte aufgefrischt, und wenn die Flocken auch noch winzig klein waren, Ravna wusste, was das bedeutete.

»Malin Skjelsbæk wurde gefunden und ist in vierzig Minuten auf dem Revier.«

»Mit dem Hubschrauber?«, fragte sie.

Thor nickte.

»Dann müssen sie sich beeilen, am Nachmittag geht's los. Ich schätze, es kommt ein Schneesturm auf uns zu. Der Wintereinbruch, ausgerechnet jetzt.«

Thor schloss den Wagen auf, sie stiegen ein. »Und Jensens Auto wurde gefunden. Am Hafen, offen. Sein Gepäck lag im Kofferraum.« Er startete den Wagen und warf ihr das Handy hinüber. »Ruf Kirkenes an. Wir brauchen Verstärkung und die Hunde. Und sie sollen Taucher bereithalten. Es ist die letzte Nummer.«

Ravna schnallte sich an. Dann wählte sie und ließ beinahe das Gerät fallen, als sie Lars am Apparat hatte.

»*Politistation* Kirkenes, Lars Normann am Apparat?«

»Lars! Ähm, hallo. Hier ist Ravna.«

»*Hei* Ravna, das ist jetzt ganz schlecht am Diensttelefon.«

Sie schluckte. »Ja, klar.«

Thor nahm die Kurve hinunter zum Hafen, die Kieselsteine spritzten links und rechts auf.

»Thor meint, wir brauchen Verstärkung und die Hunde. Jensens Wagen wurde am Hafen von Vardø gefunden, er wollte sich wohl auf und davon machen, jedenfalls ist er nicht da. Oder tot. Keine Ahnung.«

Was redete sie da für einen Stuss? Thor warf ihr einen scharfen Blick zu.

»Also, habt ihr Taucher?«

»Meinst du die Bereitschaftstruppen? Die sitzen in Oslo oder trainieren in der Telemark.«

»Ich meine Taucher.«

»Ich frag mal. Ravna?«

»Ja?«, sagte sie knapp.

»Hat Thor dir nicht ausgerichtet, dass, also, ich hatte so eine blöde Idee, aber ich hab nichts mehr von dir gehört …«

»Was für eine blöde Idee?« Ihr Herz begann zu hüpfen, schnell und in kleinen Sprüngen. Thor bog gerade in die Zufahrt zum Hafen ein.

»Ich dachte, ich komm mal rauf am Wochenende. Aber jetzt ist ja schon Sonntag, und als du dich nicht gemeldet hast …«

»Warum hast du denn nicht geschrieben?«

Thor hielt an, stellte den Motor aus und lehnte sich zurück. »Das ist ein Diensttelefon«, sagte er nur.

»Ich melde mich.« Ravna legte auf und reichte es ihm. »Lars kümmert sich drum.«

»Um sein Privatleben oder zwei Morde und einen Vermissten?«

»Warum hast du –«

Er stieg aus und schlug die Tür zu, dass der Wagen wackelte. Ravna verhedderte sich in ihrem Gurt und konnte das Auto in letzter Sekunde verlassen, bevor die Zentralverriegelung zuschnappte. Sie war wütend auf Thor und gleichzeitig wollte sie nicht drüber nachdenken. Der Fall war wichtig und nicht Lars' Absicht, nach Vardø zu kommen und sie zu besuchen. Trotzdem flatterte ihr Herz wie ein Vögelchen. Oder so, wie wenn ein kleiner Hund darum herumrennen würde … Und dann dieses dämliche Lächeln, das sie ganz schnell wieder loswerden musste.

Denn Hanno kam ihnen schnaufend entgegen, gefolgt von Niklas. Wahrscheinlich lag die Polizeiwache von Vardø still und ausgestorben da, weil alle irgendwo in der Stadt einen Mörder jagten. Vier Dorfcops, eine Praktikantin und ein *Gand*.

»Da hinten steht er.«

Er deutete auf einen Wagen, der direkt unter einer der Laternen geparkt worden war. Die Fahrertür war offen, auf dem Dach und der Kühlerhaube sammelte sich der Schnee. Also stand das Auto schon länger hier. Wahrscheinlich hatte Jensen es hier unten abgestellt, damit niemand Verdacht schöpfte, wenn er den Notar aufsuchte.

»War das schon so?«, fragte Thor.

»Ja. Wir haben nichts angefasst und den Kofferraum auch nur mit einem Taschentuch geöffnet.«

»Dann mach ihn mal wieder auf.«

Hanno eilte zum Auto, zückte ein Baumwolltaschentuch und kämpfte mit dem Verschluss, bis die Luke aufsprang. Thor und Ravna kamen näher. Eine Reisetasche lag darin.

»Handschuhe?«

Alle sahen sich an. Thor stieß einen ungeduldigen Seufzer aus und öffnete den Reißverschluss mit bloßen Händen. In der Tasche befanden sich getragene Klamotten und ein Kulturbeutel. Thor richtete sich wieder auf und stieß sich den Kopf an der Klappe, fluchte leise und drehte sich um. Von der Strandgata kam ein Auto auf sie zugerollt und stoppte. Heraus sprang Eva.

»Ich war gerade oben«, rief sie etwas atemlos. »Das ist ja schrecklich! Karen Trygg … Ich kann es kaum glauben. Und was ist das hier?«

»Jensens Mietwagen. Solange wir nicht wissen, ob er freiwillig untergetaucht ist …« Thor warf einen Blick ins Hafenbecken, was seiner Überlegung einen makabren Touch verlieh. Eva nickte.

»Ich sehe es mir gleich an. Aber erst mal muss ich zurück zum Tatort. Die Spurensicherung ist schon da, aber wir brauchen noch etwas Zeit.«

Thor nickte. »Wir sehen uns auf der Wache.«

Ein Geräusch kam vom Meer, seltsam, dröhnend, nie gehört. Alle wandten sich in Richtung *Steilneset*. Der kleine Hügel der Landzunge verbarg, was sich von dort näherte, aber es hörte sich dumpf und gefährlich an. Und dann erschien ein Licht, zwei Lichter, stark gebündelt und blendend stachen sie durch die Nacht. Das Röhren wurde lauter und lauter, und wie ein riesiges, majestätisches Insekt schwebte unter ohrenbetäubendem Lärm ein dunkler Hubschrauber über den Hügel. Keiner sprach ein Wort. Es war beängstigend und faszinierend zugleich, dieses machtvolle Statement des Staates: Schaut her. Wir sind da. Wir überwinden das Meer und die Berge und wir setzen, wenn es sein muss, Himmel und Hölle in Bewegung.

Der Hubschrauber hielt auf den Hafen zu. Die Wasseroberfläche kräuselte sich unter dem Luftzug, das Dröhnen ließ den Boden erzittern. Hanno starrte mit offenem Mund nach oben, Niklas hob die Hand über die Augen, um nicht von den Scheinwerfern geblendet zu werden.

In kaum zwanzig Metern Höhe flog der Hubschrauber langsam über sie hinweg und dann weiter auf den östlichen Teil der Vardø-Insel zu, in Richtung Nato-Basis, wo er Platz zum Landen haben dürfte. Ravna kannte die Hubschrauber der Katastrophenhilfe und die der Ambulanz. Aber dieses dunkle, riesige Ding war ein anderes Kaliber. Als ob jemand den Kriegszustand ausgerufen hätte.

»Malin?«, rief sie gegen den Lärm.

Thor nickte. Dann machten sie sich auf den Weg zur Wache.

Zwanzig Minuten später erschienen zwei uniformierte Polizisten, die Torbjørn, seine Frau Rika und Malin begleiteten. Thor begrüßte sie knapp und ordnete an, Malin in Filips Büro zu bringen. Vier weitere Beamte tauchten auf und wurden von Thor sofort zu Tryggs Haus geschickt und zum Spurensichern an Jensens Wagen. Seine Anweisungen waren präzise, kein Wort zu viel. Er funktionierte wie ein Uhrwerk, und alle waren froh, dass endlich etwas Einzug hielt, was man durchaus Professionalität nennen könnte. Aber er schwankte. Kaum merklich, und wahrscheinlich war Ravna die Einzige, der das auffiel. Seine Augen glühten, und jeder, der einen Befehl von ihm bekam, nickte widerspruchslos und machte, dass er aus seinem Gesichtskreis kam.

Um sie herum herrschte koordiniertes Chaos. Männer rannten hinaus. Filip kam mit den ersten sichergestellten Asservaten herein – Akten aus Anders Büro – und brachte die Kisten gemeinsam mit Sjur in den Keller. Oben auf einem Karton lag Karens Handtasche, in einen Beutel verpackt. Ravna sah sie, aber sie verbot sich, an die Tote zu denken. Im Moment waren die Lebenden wichtiger, vor allem eine: Malin.

»Was machen sie mit ihr?«, fragte Rika, Malins Mutter. Sie war eine schlanke Frau mit schulterlangen, lockigen Haaren, modern gekleidet, auf den ersten Blick eher ein Stadtmensch. Aber ihre Hände sahen aus, als ob sie zupacken könnten, und ihre braunen Augen funkelten kampfeslustig. Ganz zu schweigen von Torbjørn, der so wütend war, dass Ravna sich fragte, wie man ihn bei einem Ausbruch im Zaum halten könnte.

»Wir befragen sie nur«, antwortete sie und wich in dem engen Flur einem weiteren Polizisten aus Kirkenes aus, der sich, eine Waffe am Gürtel, an ihnen vorbeidrängte. Besorgt sah sie ihm hinterher. Polizisten in Norwegen trugen so etwas nicht, normalerweise. Aber dies war spätestens seit Karens Tod keine normale Ermittlung mehr. Es war, als ob die Ahnung von etwas Schrecklichem in der Luft schwebte und man nicht wusste, aus welcher Richtung es zuschlagen würde.

»Wozu?«, knurrte ihr Vater. »Ich hab doch schon alles gesagt!«

»Das wollen wir gerne noch einmal in Malins Worten hören.«

Aus den Augenwinkeln bemerkte Ravna, dass Malin schon über die Treppe in den ersten Stock und außer Hörweite gebracht wurde.

»Unten ist ein Aufenthaltsraum. Da könnt ihr gerne warten.«

Rika schüttelte den Kopf. »Sie ist sechzehn. Das dürft ihr gar nicht!«

»Glaub mir, wir dürfen das. Es kann natürlich jemand von euch dabei sein. Aber …«

Torbjørn bekam genau mit, was Ravna meinte.

»Was aber?«, fragte er drohend. »Es geht um Trygg. Das weiß ich. Und was er mit ihr gemacht hat. Das weiß ich auch: nichts! Denn wenn er etwas getan hätte, dann, das schwöre ich, hätte ich ihn nicht einfach nur abgestochen. Ich hätte ihn –«

»Nichts!«, fiel ihm seine Frau ins Wort. »Nichts hättest

du. Ich will bei ihr sein.« Sie sagte das so bestimmt, dass Widerspruch zwecklos war.

»Okay.«

Sie stiegen die Treppe hinauf. Im ersten Stock war es etwas ruhiger. Jonas und Mikkel waren noch in der Fridtjof Nansen Gate, Filip im Keller. Sie hielt auf sein Büro zu, weil sie vermutete, dass die Befragung dort stattfinden würde.

Malin war ein zartes Mädchen, hell und durchsichtig wie ein Geist. Hanno versuchte gerade, ihr mit seinen täppischen Pfoten einen Tee aus seiner Thermoskanne zu servieren, verschüttete aber die Hälfte und entschuldigte sich ununterbrochen. Er, der Herr des Tresens, musste mit ansehen, wie seine schöne Wache von Polizisten aus Kirkenes gestürmt wurde, die im Haus das Durcheinander einer mittleren Kohorte entfachten. Ravna konnte sich nicht erinnern, dass es jemals einen Mord in Vardø gegeben hatte. Und jetzt waren es schon zwei. Und was mit Jensen geschehen war, wusste niemand. Jonne stand unter Polizeischutz. Was zum Teufel war über diese Stadt hereingebrochen? Was hatte das alles entfacht?

Es brannte nur eine Schreibtischlampe, der Rest des Zimmers lag im Dunkeln und war eine Insel der Ruhe in diesem aufgestörten Haus. Sie entdeckte Thor, in einer Ecke an der Wand, der physisch spürbare Wellen von Ungeduld durch den Raum sandte, die Hanno noch nervöser machten. Er stolperte auf dem Weg hinaus fast über seine eigenen Beine.

»Danke«, flüsterte Malin und tupfte mit einem Papiertaschentuch die Untertasse ab.

Rika trat zu ihr und nahm sie in die Arme. Malin ließ das mit sich geschehen, ohne irgendeine Anteilnahme zu zeigen. Das wunderte Ravna. Sie wäre außer sich gewesen: mit dem Hubschrauber von den Winterweiden nach Vardø! Oder zumindest nervös, weil sie nicht gewusst hätte, wofür der Aufwand getrieben wurde. Oder: noch nervöser, weil sie es wusste und keine Ahnung hatte, wie sie sich aus der Affäre ziehen könnte.

Aber Malin, das Eismädchen mit den hellen blauen Augen und dem fast weißblonden Haar, sah irgendwie durch alles hindurch oder war mit ihren Gedanken ganz woanders.

»Malin? Ich bin Ravna Persen, Polizeipraktikant. Und das ist Rune Thor, der ermittelnde Kommissar aus Kirkenes. Wir hätten einige Fragen an dich. Wärst du bereit, sie uns zu beantworten?«

Thor stand immer noch im Schatten. Sie spürte seinen Blick wie zwei Dolche in ihrem Rücken. Hoffentlich machte sie jetzt nichts verkehrt! Außer ihr gab es keine weitere Polizistin, die eine Befragung hätte durchführen können, und sie war ja noch nicht mal das. Seltsam, wie schnell sich Dinge ändern konnten. Sie war an einem Platz, an den zu denken sie vor einer Woche nicht im Traum gewagt hätte. Aber sie spürte keinen Stolz, nur die jämmerliche Angst davor, zu versagen.

Malin zuckte mit den Schultern. Das konnte alles heißen.

»Wir wollen dich weder verhören noch zu irgendetwas zwingen. Natürlich kann deine Mutter bei dir bleiben. Aber aus meiner eigenen Erfahrung weiß ich, dass man Dinge in Gegenwart der Eltern anders sieht als …«

»Wie meinst du das?«, fauchte Rika. »Ich würde Malin beeinflussen?«

»Nein«, kam es aus der Dunkelheit.

Rika fuhr erschrocken zusammen, sie hatte Thor wohl noch gar nicht richtig bemerkt.

»Sie wird nicht reden, wenn du dabei bist. Und wir müssen Malin zum Reden bringen.«

»Und wie habt ihr das vor? Mit Daumenschrauben? Ich dachte, die drehen *Black Hawk Down* auf den Winterweiden! Das war ja schon fast eine gewaltsame Entführung!«

Thor stieß sich von der Wand ab und kam zu ihnen. Rika hatte wohl nicht mit dieser Gestalt gerechnet: der hagere, düstere Mann mit dem grimmigen Blick und den tiefen Schatten unter den Augen. Schockiert musterte sie ihn, und Ravna gestand ihr zu, dass jeder, der Thor in diesem Zustand zu sehen bekam, sich erst mal fragte, ob er nicht irgendwo in einer netten, ländlichen Psychiatrie besser aufgehoben wäre.

»Wir haben keine Zeit. Und wir brauchen eine Information von deiner Tochter. Wenn du bleibst, verlieren wir Zeit. Das kann andere in große Gefahr bringen.«

Rika wollte etwas sagen, aber dann nickte sie nur. Thors Ansage war unmissverständlich gewesen. Sie drückte Malin einen Kuss auf den messerscharf gezogenen Scheitel und verließ den Raum. Sie waren zu dritt. Ravna setzte sich neben Malin, Thor nahm hinter Filips Schreibtisch Platz. Die Lampe blendete, deshalb bog er den Schirm etwas hinunter.

»Malin. Trygg ist tot.«

Das Mädchen hatte die Hände gefaltet in den Schoß gelegt. Es trug einen dicken Norwegerpullover, Jeans und Stiefel. Der Anorak und eine kleine Handtasche hingen über der Stuhllehne.

»Er hatte Mädchen in seinem Wohnmobil. Warst du eines von ihnen?«

Malin rührte sich nicht. Sie sah auf ihre Teetasse, als ob dieser Gegenstand der einzige wäre, an dem sie sich mit ihren Gedanken und Gefühlen festhalten könnte.

»Dein Vater hat uns erzählt, dass Trygg euch ziemlich unter Druck gesetzt hat. Ihr hättet schon letztes Jahr von seinem Land verschwinden müssen. Stimmt das?«

Ein kaum merkliches Schulterzucken.

»Aber dann kam Trygg mit einem Angebot zur Verlängerung. Und weil dein Vater und er im Clinch lagen, wollte er mit dir darüber sprechen. Dafür lud er dich in sein Wohnmobil ein. Was ist dann geschehen?«

Keine Antwort, keine Reaktion. Ravna beugte sich zu Malin, aber es gelang ihr nicht, einen Blickkontakt herzustellen. »Wir haben einen Blutfleck auf der Matratze gefunden. Ich weiß, wie unangenehm das hier für dich ist, und ich verspreche dir, dass nichts von dem, was du uns sagst, diesen Raum verlässt.«

Durfte sie das? Thor reagierte nicht, aber er griff auch nicht ein.

»Wenn wir durch dich herausfinden, was passiert ist, dann ersparen wir allen jungen Mädchen in Vardø das, was du gerade durchmachst. Wir müssen sie sonst vorladen und einem DNA-Test unterziehen. Wir finden es heraus, es wird nur etwas länger dauern und für alle Mädchen unangenehm sein, weil wir sie erst einmal unter Generalverdacht stellen müssen. Deshalb, Malin, bitte sag uns, was du weißt.«

Eine bleiche, zarte Hand fuhr aus dem überlangen Pulloverärmel hervor und tastete nach der Teetasse. Malin trank einen Schluck und stellte sie vorsichtig zurück.

»Er hat gesagt, es tut nicht weh.«

Ravna hielt den Atem an. Thors Hand ballte sich zur Faust. Es war still im Raum, so still.

»Aber es hat wehgetan«, flüsterte das Mädchen schließlich. »Und es war … Ich kann nicht. Ich schäme mich.«

Keine Tränen, kaum eine Regung in ihrem Porzellangesicht. Malin brauchte Hilfe, dringend. In Ravna schoss ein heißer, glühender Schmerz hoch, bis hinauf in die Kehle. Es fiel ihr schwer, weiterzufragen, aber es ging nicht anders.

»Ist es in dem Wohnmobil passiert?«

»Ja.«

»Hat er dir … hat er, also, war er …« Sie sah hilflos zu Thor. Der nickte ihr zu, und dieses kurze Nicken, dieses Vertrauen, das er ihr gab, half ihr. »Hat er dich vergewaltigt?«

»Ja. Er hielt mir dabei den Mund zu, damit ich nicht schreie. Mehr will ich nicht sagen.«

»Malin, du musst irgendwann darüber reden. Aber nicht jetzt und auch nicht mit uns. Versprich mir, dass du dir Hilfe holst. Möchtest du, dass eine Ärztin dich untersucht? Wir haben gerade eine hier.«

Malin schüttelte den Kopf. »Es ist schon Monate her. Ich hatte Angst, es könnte was passiert sein. Aber wenigstens damit habe ich Glück gehabt. Ich fühle mich so … dreckig. Ich wasche mich im Schnee, ich schrubbe mir fast die Haut ab, aber ich fühle mich dreckig. Ich bin eine Nutte.«

»Nein, das bist du nicht. Du hast Trygg vertraut. Er hat die Situation ausgenutzt. Du musst darüber hinwegkommen, und das wird dir auch gelingen. Möchtest du wieder zu deinen Eltern?«

Malins Kopf ruckte herum. Die Angst verzerrte ihr Gesicht. »Die dürfen das nicht erfahren! Niemals! Das kann ich ihnen nicht antun! Ihr müsst es mir versprechen. Sonst leugne ich alles! Alles!«

»Willst du nicht wenigstens mit deiner Mutter –«

»Nein! Will ich nicht! Ich wollte es gar niemandem erzählen, nie! Und jetzt wollt ihr mir einen Strick daraus drehen?« Sie sprang auf. Der Stuhl, unter dem Gewicht des Anoraks und der Tasche, kippte nach hinten und fiel um. Malin fegte auch noch die Teetasse vom Tisch. Dabei schrie sie: »Kein Wort! Ich will das nicht! Lasst mich in Ruhe!«

Die Tür wurde aufgerissen, Torbjørn und Rika stürmten herein.

»Was ist hier los?«, brüllte der Vater.

Rika breitete die Arme aus, Malin stürzte hinein.

»Was macht ihr mit meiner Tochter? Wie Verbrecher werden wir behandelt! Von der Polizei, damit es auch alle sehen! Was wollt ihr von uns? Was haben wir getan?« Torbjørn hieb mit der Faust auf den Schreibtisch.

Malin schluchzte, Rika strich ihr über die Haare und

murmelte beruhigende Worte. Ravna war aufgestanden, als Torbjørn auf sie zugestürmt war, um ihm aus dem Weg zu gehen. Thor blieb hinter seinem Schreibtisch, reglos, stumm.

»Was wollt ihr?« Der wütende Vater wandte sich an seine Tochter und brüllte sie ebenfalls an. »Was hat dieser *drittsekk* von dir gewollt?«

Malin schluchzte nur noch mehr.

Ravna sagte: »Wir wollten von Malin wissen, was Trygg mit ihr im Wohnmobil gemacht hat, bevor wir dieselbe Frage an alle anderen jungen Mädchen in Vardø richten.«

»Und?«, schnaubte Torbjørn und kam drohend auf sie zu. »Was hat sie gesagt?«

Entsetzt wand sich Malin aus den Armen ihrer Mutter und sah zu Ravna.

Die hob bedauernd die Hände. »Sorry, Malin. Es tut mir leid, wirklich. Aber du bist halt die Erste auf der Liste und da können wir dich jetzt abhaken. Es ist ja nichts passiert. Ihr werdet selbstverständlich wieder zurückgebracht. Aber geh bitte vorher noch zu Hanno und lass den Test machen. Du auch, Rika.«

Torbjørn sah verwirrt von einem zum anderen. »Was für einen Test?«

»Wir müssen herausfinden, mit wem Trygg alles in seinem Wohnmobil war. Das ist Routine, lästig, aber Routine. Für die Staatsanwaltschaft. Ich kann denen schlecht sagen, Rika und Malin sind zwei so sympathische Frauen, die lassen wir mal als Verdächtige völlig raus. Es werden ausnahmslos alle getestet, bis wir herausfinden, wer es war.«

»Verdächtige?« Torbjørn war immer noch wütend. Aber langsam, ganz langsam schien er sich zu beruhigen.

Ravna hob Malins Anorak und die Tasche auf, reichte beides weiter und stellte auch den Stuhl wieder hin. »Wir suchen Tryggs Mörder und den von seiner Frau. Karen.«

Rika griff sich wieder ihre Tochter und zog sie an sich. »Karen? Um Himmels willen! Wann ist das denn passiert?«

»Heute Morgen. Deshalb haben wir einen ungeheuren Druck, und deshalb möchte ich mich bei euch entschuldigen und mich bedanken, dass ihr hergekommen seid. Und danke dir, Torbjørn, dass du uns das von Malin und Trygg erzählt hast, auch wenn es in diesem Fall eine harmlose Begegnung war.«

Womit sie ihm einfach mal den Schwarzen Peter zuschob. Der wilde Mann begriff, dass er sich offenbar umsonst aufgeregt hatte und, schlimmer noch, selbst daran schuld war, seine Tochter in diese missliche Situation gebracht zu haben.

»Es ist also … nur eine Routinebefragung?«

»Jep.«

»Und alle anderen müssen das auch machen?«

»Ja.«

»Thor? Kann ich das auch von dir hören?«

Thor stand auf und kam um den Schreibtisch herum auf sie zu. »Malin kann gehen. Sie hat uns sehr geholfen, aber leider nicht weitergebracht.«

»Okay. Okay! Dann gehen wir mal. Wie kommen wir jetzt zurück?«

»Mit dem Hubschrauber, falls das Wetter es zulässt. Sonst bleibt ihr so lange im Vardø-Hotel.«

»Okay.« Torbjørn, immer noch verwirrt, griff sich Frau und Tochter und drängte sie zur Tür hinaus. Im Gehen wandte sich Malin noch einmal um. Ihre Lippen formten still das Wort *Danke.*

Kaum waren sie draußen, ging Thor zum Telefon, wählte eine Nummer und brüllte »Lagebesprechung!« hinein. »Alle! Jetzt!«

Ravna schloss die Tür. Thor ließ sich wieder auf den Stuhl hinter dem Schreibtisch fallen. »Kommt sie darüber hinweg?«

Sie ging zum Fenster und sah hinaus. *Deavgádat,* frisch gefallener, weicher Schnee. Er taute nicht mehr weg wie vor ein paar Tagen, er blieb liegen. Und wenn Ravna die Temperaturen und den Nordwind richtig einschätzte, kam noch eine Menge mehr hinzu. Die Flocken wurden größer und dichter, verbanden sich miteinander zu fluffigen Gebilden, die sanft auf dem Boden aufsetzten. Die Stadt wirkte heller, das Licht der Laternen wurde von der weißen Fläche reflektiert. Endlich. Der Winter war da.

Sie kehrte zurück und setzte sich auf Malins Platz. »Ich weiß es nicht. Vielleicht, wenn sie stark ist. Und Hilfe annimmt, eines Tages. Manchmal denke ich …«

Sie brach ab. Aber Thor konnte offenbar auch noch Gedanken lesen und setzte ihren Satz fort. »… dass es den Richtigen erwischt hat? Denk das als Privatperson. Aber niemals als Polizist.«

Die Ersten trudelten ein: der schwitzende Hanno, der keuchende Filip. Dann kamen auch Jonas, Niklas, Sjur und

Mikkel, ein belegtes Brot in der Hand. Einer der Polizisten aus Kirkenes, offenbar der Einsatzleiter, gesellte sich auch noch dazu und stellte sich allen mit knochenbrechendem Händedruck als Bengt vor. Und schließlich kam Eva, einen Becher mit Kaffee in der Hand und sichtlich gestresst.

Thor stand auf. Augenblicklich stoppte das Flüstern, Scharren und Stühlerücken. Das Büro war zu eng für so viele Leute, aber das war kein Grund, jetzt nicht die absolute Aufmerksamkeit auf diesen Mann in Schwarz zu richten, der das Wort ergriff.

»Heute Morgen wurde Karen Trygg tot vor dem Haus des Notars Anders gefunden. Todeszeitpunkt war?«

»Zwischen halb neun und neun«, antwortete Eva. »Stich in den Nacken mit einer ähnlichen Klinge wie der, die auch bei Trygg und dem Rentier benutzt wurde. Dann der tödliche Stich ins Herz. Sie war sofort tot. Kein Hinweis auf einen Kampf, keine Abwehrverletzungen. Der Täter muss sich auf der Bank neben sie gesetzt haben. Hat vielleicht noch den Arm um sie gelegt und dann den Stich ausgeführt.«

Es war, als ob nicht nur die Anwesenden, sondern auch der Raum um sie herum den Atem anhalten würde. Diese Zusammenfassung aus Evas Mund zu hören, gab dem Entsetzen und den schrecklichen Gefühlen eine begreifbare Richtung und machte die Tat zu einem glasklaren Verbrechen, das alle noch einmal schockierte.

»Sie hatte eine Verabredung mit Harald Jensen, der aber nie dort ankam und dessen Wagen wir im Hafengebiet gefunden haben. Filip?«

»Alles wurde sichergestellt, der Wagen wird nach Vadsø gebracht und dort genauer untersucht. Im Kofferraum befand sich eine Reisetasche. Aber kein Ausweis, kein Geldbeutel.«

Thor wandte sich wieder an Eva. Sie sah müde aus. Kein Wunder, sie machte seit einer Woche Überstunden und hatte sich die vorherige Nacht auch noch um die Ohren geschlagen, um einen *Gand* zu treffen und unverrichteter Dinge wieder abzuziehen. Vielleicht war das der Grund, weshalb sie für Ravna seit ihrem Eintreten noch nicht einmal ein knappes Lächeln übriggehabt hatte. Keiner liebte die Zeugen seiner Blamage.

»Wir konnten Jensens Auto zunächst nur oberflächlich untersuchen. Es gibt Haare, Fingerabdrücke, Fußspuren und mit Sicherheit DNA-Spuren. Aber es war ein Mietwagen. Da stehen wir noch ganz am Anfang.«

Thors Blick fiel nun auf Bengt. »Wir haben Kollegen aus Kirkenes unter uns, die den Personenschutz für Jonne Trygg übernehmen und im weiteren Umkreis nach Jensen suchen.«

Bengt trat einen Schritt vor. Er war ein durchtrainierter, muskulöser Mann mit einem kantigen Gesicht. Niemand, mit dem man sich gerne anlegen würde. »Noch keine Treffer bei den Straßensperren. Wenn die Suche in Vardø nichts bringt, nehmen wir Drohnen mit Wärmebildkameras und weiten auf die Umgebung aus. Die Hundestaffeln stehen bereit, aber der Fährbetrieb ist wegen des Wetterumschwungs eingestellt. Sie warten noch zwei Stunden, dann machen sie sich über Land auf den Weg und könnten am späten Abend hier sein.«

Er trat wieder zurück und überließ Thor das Wort.

»Karen Trygg wollte Jensen das Land verkaufen. Der große Deal, der durch den Mord an Trygg verhindert wurde, sollte doch noch abgeschlossen werden. Um neun Uhr heute Morgen hatten sie und Jensen einen Termin beim Notar. Irgendjemand hat davon gewusst und Karen ermordet, vor Anders' Haus. Die Frage ist: Reicht der Landverkauf als Motiv? Oder soll durch die Morde noch etwas ganz anderes gesühnt werden? Wir wissen, dass Trygg sein Wohnmobil benutzte, um in mindestens einem Fall eine junge Frau zu vergewaltigen. Gehen wir davon aus, dass es nicht nur eine war. Er hat den drohenden Verkauf und seine Machtstellung dafür ausgenutzt, den Familien der Mädchen einen Aufschub anzubieten. Der Kreis der Verdächtigen erweitert sich also nicht nur um Tryggs Opfer, sondern auch um die Familien aller jungen Frauen, die die Winterweiden nutzen. Eva hat dazu einige interessante Details herausfinden können.«

Er drehte sich zu ihr um. Alle warteten. Aber die Ärztin sah in ihre Kaffeetasse und sagte nichts.

»Die … Altersbestimmung?«, fragte Ravna. »Du hast gestern gesagt, dass der Blutfleck beweist, dass in Tryggs Wohnmobil ein junges Mädchen gewesen sein könnte.«

Verwundert sah Thor zu Ravna. Die hätte sich im selben Moment auf die Zunge beißen können. Eva strich sich mit einer verlegenen Geste die Haare zurück. Hoffentlich wurde sie jetzt nicht vor allen gefragt, warum sie gestern Abend noch einmal in Vardø gewesen war.

»Ja. Das ist mittlerweile möglich. Das Blut stammt von

einer jungen Frau zwischen fünfzehn und fünfundzwanzig Jahren. Aber wir haben auf der Matratze noch mehr Spuren gefunden, von Trygg und insgesamt drei Frauen, die wir bisher nicht zuordnen konnten.«

»Eine kennen wir mittlerweile. Es ist Malin«, sagte Ravna. Durch den Raum ging ein entsetztes Aufstöhnen. »Sie hat es uns eben gesagt, aber wir behandeln das vertraulich.«

Alle nickten.

»Aber wer sind die anderen beiden?«

Máre, dachte Ravna. Sie ist ganz bestimmt die Nummer zwei. Fehlte nur noch die Dritte. Wenn sie die hatten, führte sie das vielleicht zu dem Mörder.

Eva nickte. »Gestern Abend konnte ich ein Glas mit DNA-Spuren von Ravna Persen und Máre Rássmos sichern. Ich war im Vardø-Hotel und dort haben wir uns getroffen. Es war Zufall, aber manchmal hat man Glück.«

Thor ließ Eva nicht aus den Augen. Das, was sie *nicht* sagte, war zweifellos das Interessanteste für ihn.

»Die Ergebnisse aus Trondheim sind da.«

»Ja?«, fragte Thor. »Und sie lauten wie?«

Irgendetwas stimmte nicht. Eva hielt etwas zurück, das sie nicht sagen wollte. Dabei musste sie als vereidigte Rechtsmedizinerin wissen, dass es bei Mord keine Geheimnisse mehr gab. Wollte sie Máre schützen? Wohl kaum.

»Ich möchte sie zunächst mit dir und Ravna allein besprechen.«

Etwas Ungutes breitete sich aus. Eine Ratlosigkeit, ein Befremden. Bengt verschränkte die Arme und schob sein

Kinn vor. Das sah markant und bestimmend aus und genauso klang auch seine Stimme. »Hast du kein Vertrauen zu uns?«

»Doch«, antwortete Eva schnell. »Aber bevor ich falsche Schlüsse ziehe, würde ich eine Besonderheit der Ergebnisse gern im kleinen Kreis besprechen.«

Bengt sah sich um. »Seht ihr das auch so? Ich werde als Verstärkung angefordert, weil ihr mit euren Morden nicht klarkommt, und werde aus dem Zimmer geschickt, wenn es interessant wird? Nicht mit mir. Karten auf den Tisch.«

Die anderen murmelten zustimmend. Ravna hingegen hatte das Gefühl, mit ihrem Stuhl am Rand einer Klippe zu sitzen und das Gleichgewicht zu verlieren. Was wollte Eva von ihr? Warum diese Geheimniskrämerei? Thor verzog keine Miene. Er wartete das Stimmungsbild ab, und das war eindeutig.

Eva holte tief Luft. Wieder vermied sie es, Ravna anzusehen, und das verstärkte das Gefühl, der Stuhl würde sich unweigerlich in Richtung Abgrund neigen.

»Wie gesagt: Als wir Tryggs Wohnmobil durchsuchten, haben wir auf der Matratze Spuren von Blut, Körperflüssigkeiten und Hautschuppen gefunden. Da er das Auto erst seit vier Jahren hatte, können wir durchaus annehmen, dass seine Taten sich auch in diesem Zeitraum abspielten. Die Proben habe ich an die Kollegen in Trondheim geschickt. Sie konnten daraus ein sogenanntes mitochondriales DNA-Profil erstellen. Das Ergebnis ist in einem Fall eindeutig: Es gibt eine klare Übereinstimmungen mit Olle Trygg. Zudem waren drei weitere Personen mit Trygg im Bett gewesen.

Um herauszufinden, wer das war, brauchten wir Vergleichsanalysen.«

Ravna nickte. Eine war Malin, die andere Máre. Das hatten sie auch ohne DNA-Test herausgefunden. Aber es gab noch dieses dritte Mädchen, das Trygg missbraucht hatte. Eva machte es wirklich spannend.

»Gestern Abend traf ich also im Vardø-Hotel Ravna Persen und Máre Rássmos. Beide Frauen tranken aus einem Glas, das ich anschließend sicherstellen konnte. Die daran befindlichen DNA-Spuren habe ich analysieren lassen. Und hatte zwei Treffer. Es tut mir leid, Ravna. Ich wollte nicht, dass es alle wissen, aber wir sind Kollegen. Wir müssen darüber reden.«

Ravna verstand nicht, was Eva meinte.

»Also ist Máre definitiv eines von Tryggs Opfern?«

Eva hob etwas verwundert die Augenbrauen, sagte dann aber: »Ja.«

»Und die andere?«

»Ravna …«

»Wer ist es?«

»Das Alter stimmt, die DNA stimmt. Ravna, warst du mit Olle Trygg in seinem Wohnmobil? Bist du die Dritte?«

Sie sah zu Thor. Ihre Blicke kreuzten sich. Und dann kippte der Stuhl, und sie fiel und fiel und fiel … fing sich aber, weil um sie herum Stimmen laut wurden, Ausrufe, die sie nicht verstand, Menschen sich auf sie zu- oder von ihr wegbewegten, sie konnte das nicht so genau unterscheiden. Alles war wie hinter einer beschlagenen Glasscheibe. Irgendwie da und doch weit weg.

»Das kann nicht sein«, flüsterte sie. »Das stimmt nicht! Ich war nie, niemals dort!«

Eva trat in die Mitte des Raumes und hob die Hände. »Seid ruhig, bitte! Ravna, was sagst du?«

»Ich war nie dort.«

»Bist du sicher?«

Natürlich war sie das. Sie müsste entweder hochgradig traumatisiert oder geistesgestört sein, um sich daran nicht mehr zu erinnern. Sie war Teil der Ermittlung, nicht der Tat. Und trotzdem … Ravna griff sich an die Schläfe und schloss die Augen. Für die anderen musste das wie ein Geständnis aussehen. Das Wohnmobil. Die Matratze. Der Blutfleck. Die Einrichtung. Eva am Laptop in der Sitzecke. Sie riss die Augen auf.

»Hundert Prozent. Ich habe es gestern zum ersten Mal von innen gesehen.«

Filip, Mikkel, Hanno, alle redeten durcheinander. Das durfte doch nicht wahr sein! Oder: Wie konnte denn so was passieren?

»Es ist ein mitochondriales Bild!«, rief Eva. »Hört doch bitte zu! Das heißt, es muss nicht Ravna selbst gewesen sein, aber jemand aus ihrer Familie. Ein junges Mädchen. Ravna?«

– Inga? Inga! Hilf mir!

»Du hast doch eine Schwester. Wo ist sie? Können wir mit ihr reden?«

Eva beugte sich zu ihr herab. Und plötzlich wurde es ganz still.

»Deine Schwester, Ravna. Wo ist sie?«

Doch ihre Kehle war wie zugeschnürt. Sie konnte nichts

sagen, es wollte einfach nicht heraus. Weil es so furchtbar war und fassungslos machte und man das alles gar nicht begreifen konnte. Sie spürte eine Hand auf ihrer Schulter, und es war, als ob durch sie Wärme und Kraft in ihre Adern zurückflossen.

»Hier. Trink das.« Thor drückte ihr einen Becher Tee in die Hand, wahrscheinlich aus Hannos nie versiegender Thermoskanne.

Sie sah hoch. »Meine Schwester … Ihr wisst es doch. Alle.«

»Ravna? Mach auf! Um Gottes willen! Mach auf!« Hedda klopft an die Tür, ihre Stimme ist gellend. Ravna, schon im Pyjama, rennt in den Flur und öffnet. Sie sieht in das wachsbleiche, tränenüberströmte Gesicht ihrer Mutter. Dahinter taucht Sjur auf, in Uniform. Die Augen rot und blutunterlaufen, der Mund ein Strich. Sie sieht noch nicht, dass er einen Zettel in der Hand hat. Ein Fax von der Kripo in Oslo, die ihre Schwester gefunden hat. Und den Abschiedsbrief. Sie wird ihn erst viel später lesen können, und sie wird wütend sein, so wütend. Und verzweifelt, so verzweifelt. Denn er ist keine Erklärung dafür, warum das Unfassbare geschehen ist. Nur eine Entschuldigung für den Schmerz, den sie ihnen zufügt. Ich muss das tun, es gibt keinen Weg mehr zurück. Es tut mir leid, ich liebe euch. Ich liebe euch!

In den Gesichtern ihrer Kollegen standen Schrecken und Mitgefühl, Entsetzen und Verstehen. Sjur hielt die Faust vor den Mund gepresst und hatte Tränen in den Augen, weil er schneller verstanden hatte als sie. Dann stürzte er aus dem Raum. Eva wandte sich an die, die vor Entsetzen oder Verwirrung nicht wussten, was sie tun sollten. »Geht, bitte.«

Filip wollte etwas sagen. Aber in diesem Raum war einfach zu viel, das man nicht in Worte fassen konnte, also ließ er es bleiben.

Sie wartete, bis alle fort waren, und schloss dann die Tür. Thor saß wieder hinter seinem Schreibtisch im Schatten, aber Ravna spürte, dass er sie nicht aus den Augen ließ.

»Wo ist deine Schwester?«

»In …« Ravna räusperte sich. »In Oslo.«

»Können wir mit ihr reden?«

»Nein.«

Eva holte sich einen Stuhl und setzte sich vor sie hin. »Aber das müssen wir. Sie war in Tryggs Wohnmobil, sie wurde von ihm missbraucht. Kann es sein, dass sie Rache nehmen wollte? An ihm, an seiner Familie, den Kindern, den Erben? Damit das endlich aufhört mit der Angst, von diesem Land vertrieben zu werden? Um andere Mädchen zu schützen, damit es ihnen nicht genauso ergeht?«

»Nein.«

»Aber es ist ein starkes Motiv, Ravna. Und eines, das jeder versteht.«

»Nein.«

»Warum weißt du das so genau?«

Eva hatte sich zu ihr gebeugt, ihre Stimme klang warm und mitfühlend. Aber das half nicht bei der Erkenntnis, versagt zu haben.

»Weil sie tot ist. Sie hat sich umgebracht. Es war im letzten Jahr, und wir alle dachten, dass es eine Kurzschlusshandlung war. Inga hatte Vardø verlassen, weil es ihr hier zu eng wurde. Weil sie mehr vom Leben erwartete und sie das alles hier depressiv machte. Das glaubten wir. Sie ist bei Nacht und Nebel abgehauen und ich dachte, sie schafft es in Oslo.«

Ravna stellte den Teebecher auf Filips Schreibtisch ab. Thor rührte sich nicht. Irgendetwas ging in ihm vor, aber es hatte nichts mit der Wärme und dem Mitgefühl von eben zu tun, das spürte sie. Etwas hatte sich verändert. Es war, als ob die Luft um ihn herum gefror, ein leise knackendes, kaum wahrnehmbares Absinken der Temperatur.

»Und …« In Ravnas Kopf verflochten sich die Gedanken zu einem unentwirrbaren Knäuel. Sie versuchte, sich auf das zu konzentrieren, was eben noch Thema gewesen war. »Die Ergebnisse sind eindeutig?«

»Ja, leider.«

»Dann hat Trygg also auch noch meine Schwester auf dem Gewissen.«

Das war mehr, als sie ertragen konnte. Am liebsten wäre sie hinausgerannt in den Schnee, raus aus der Stadt, weg von der Insel, hinauf in die Berge, bis ganz auf den Gipfel, wo niemand anderes war als Himmel und Hölle und all die verräterischen Götter, die ihre helle Freude haben mussten an dem, was sie anrichteten.

»Du kannst gehen«, sagte Thor. Und, immerhin: »Es tut mir leid.«

»Aber … warum?«

»Komm.« Eva stand auf. »Es ist besser so.«

Ravna verstand. Sie war nicht mehr unparteiisch. Sie hatte persönliche Beziehungen zu der Tat, auch wenn es eine war, die der Teufel geknüpft hatte.

»Ich kann das trennen«, sagte sie und wusste, dass es sinnlos war. Mit einem *Gand* verhandelte man nicht.

Eva folgte ihr durch die Enge des Treppenhauses, vorbei an ihren ehemaligen Kollegen. Sie senkten die Stimme und den Blick, wenn sie sie sahen. Mikkel wollte gerade die Stufen hinauflaufen, stoppte und ging rückwärts wieder hinunter, um ihr Platz zu machen.

»Es tut mir leid. Allen von uns tut es leid.«

Ravna schluckte. Dass sie das auch noch ausgerechnet von Mikkel hören musste! Doch sie spürte, dass er es ernst meinte und dass sich in dieser einen Woche, die sie hier gewesen war, viel verändert hatte.

»Gehst du?«

Sie nickte und schlich wie ein geprügelter Hund an ihm vorbei.

»Ravna, das mit Inga – es ist für uns alle ein Schock. Wir haben das Gleiche gedacht wie du, dass sie es nicht gepackt hat oder Depressionen hatte. Aber dass dieses Schwein sie auch noch …«

Jetzt schaltete sich Eva ein. »Lass sie. Sie muss das doch alles erst mal verarbeiten. – Ravna, ich würde dich gerne nach Hause bringen, aber es wartet so viel Arbeit auf mich.«

»Schon gut.« Sie versuchte ein dankbares Lächeln, aber das klappte nicht so richtig. »Vielleicht ist es gar nicht so schlecht, mal auszuschlafen.«

Er hielt ihr eine eingewickelte Stulle entgegen. Mikkel! Gab ihr etwas von seinem Vorrat ab!

»Essen ist die Wolldecke des Lebens, sagt meine Mutter.«

Mechanisch nahm sie das Brot an und nickte. Dann verließ sie die Wache und blieb vor dem Eingang stehen. Ihre Gedanken und Gefühle waren erstarrt. Sie fühlte sich unfähig, darüber nachzudenken, was sie gerade erfahren hatte.

Also hob sie die Hände und beobachtete, wie dicke Flocken darauf fielen und durch die Körperwärme beinahe sofort verschwanden.

Schnee, der auf Händen schmilzt.

Schnee, der Spuren verwischt.

Schnee, der sich über das Schweigen legt.

32.

– *Inga?*
– *Es tut mir leid.*
– *Du hättest es mir sagen sollen.*
– *Ich konnte nicht. Es war schon schlimm genug, das mit mir allein auszumachen.*
– *Nein. Es wäre besser geworden, irgendwann. Ich hätte dich aufgefangen.*
– *Vielleicht. Vielleicht auch nicht. Und dann hättest du es dir erst recht nicht verziehen.*

Ravna lag in ihrem Bett und wälzte sich von einer Seite zur anderen. Draußen vorm Fenster verlor der Wind seine träumerische Sanftheit und fing an, lebendig zu werden. Bald traf er seinen großen Bruder, den Sturm, um gemeinsam übers Land zu fegen. Immer wieder griff sie zum Handy, um Hedda anzurufen, ließ es dann aber bleiben. Und genauso oft fragte sie sich, was gewesen wäre, wenn Trygg sich nicht an Inga herangemacht hätte. Wäre sie dann in Vardø geblieben? Hätte es ihren überhasteten Aufbruch, ihre Flucht nicht gegeben? Vor allem aber: Würde Inga noch leben?

Sie stand auf und füllte den Wasserkocher, blieb aber gedankenverloren vor dem Foto am Kühlschrank stehen und wusste dann nicht mehr, was sie eigentlich vorgehabt hatte. So plötzlich suspendiert und vor die Tür gesetzt, damit kam sie nicht klar. Von hundert auf null, Vollbremsung. Kein Wunder, dass sie sich überschlug und erst mal wie betäubt die Wunden leckte. Vorsichtig löste sie das Foto ab und nahm es mit in ihr Zimmer.

Es war so ein schöner Tag gewesen. Inga und sie, lachend und übermütig. Es musste kurz danach geschehen sein, denn plötzlich hatte sich ihre Schwester verändert. Sie hatte kaum noch geredet, blickte stumm vor sich hin, und wenn man sie fragte, was los war, bekam man keine Antwort. Oder die, dass alles grau war, alles eng und klein. Keine Chance, kein Leben, kein Ausweg, nur der: Weg hier.

Wenn Trygg nicht schon tot wäre ... Ravna biss die Zähne aufeinander. Tränen stiegen hoch und waren kaum zu stoppen. Die Wut, diese unsägliche Wut. Es half nichts, dass sie damit nicht alleine war. Es gab jemanden in dieser Stadt, der genauso fühlte wie sie und der seine Ohnmacht zu einem mörderischen Plan geschmiedet hatte. Für das geraubte Glück. Für das geraubte Land. Gut, dass Jonne unter Polizeischutz stand. Er war der Nächste, der die Winterweiden in die Finger bekam. Was würde er damit tun? Vor allem aber: Wusste er, in welcher Gefahr er schwebte?

Sie stand auf und schlurfte in das kleine Badezimmer. Aus dem Spiegelschrank sah ihr ein Gespenst entgegen: verquollene Augen, rote Flecken auf der Haut, zerzauste Haare. Sie wusch sich erst einmal mit kaltem Wasser das Gesicht und ging dann zurück in die Küche, um der Sache mit dem Tee noch eine Chance zu geben.

Wenig später saß sie mit einem dampfenden Becher und Mikkels Brot auf ihrem Bett und starrte an die Wand. Nach der Wut kam der Trotz. Sollten sie doch sehen, wie sie ohne sie fertig wurden! Sie würden im Nebel stochern, Jensen ein drittes Mal festnehmen, und irgendwann zögen die Beamten aus Kirkenes ab, Thor packte seine Sachen, Eva schrieb den letzten Bericht, und Ende. So war es doch. Sie würden ihn nie finden.

Aber es ist einer von uns.

Und Karen hat das nicht verdient.

Sie stand auf und begann, in dem winzigen Raum auf und ab zu gehen. Irgendetwas fehlte. Irgendein kleiner Puzzlestein. Drei Mädchen, eine uralte Fehde, der maßlose, gewalttätige Trygg und der mörderische Wunsch eines Wahnsinnigen, das alles ein für alle Mal zu stoppen.

Während sie sich den Kopf darüber zerbrach, tauchten andere Bilder vor ihrem inneren Auge auf. Diese ganze Woche war vergangen wie ein einziger Tag, der es in sich hatte. Sie erinnerte sich an den Moment, in dem sie Tryggs Siegelring gesehen hatte. An den Strich auf dem Boden und die Birkenrinde. An Thors Auftauchen in Vardø, an Jensens erste Festnahme. Den Wodka und Rássmos' Rentierpisse. Die Wohnungseinrichtung im Freien vor einem Mietshaus in Kirkenes.

Ein Foto von ermordetem Glück. An den Stolz und die unbändige Freude, die sie empfunden hatte, als Thor ihr glaubte und sie sich noch einmal auf den Weg zurück machten. Die *runebomme*. Der Joik. Drei samische Messer, das tote Rentier in Mortensnes. Máres zwei Gesichter. Jonnes Liebeskummer. Die erloschene Eisprinzessin in Filips Büro. Mikkels Brot. Sjurs Tränen, als er begriff, dass Ingas Tod mehr gewesen war als Teil der »überdurchschnittlichen Selbstmordrate unter samischen Jugendlichen«. Mikkel. Verdammt.

Sie blieb stehen und versuchte, sich noch einmal in Erinnerung zu rufen, wann Mikkel an diesem Tag den Mund aufgemacht hatte. Sie rechnete ihm sein Butterbrot zum Abschied hoch an, aber das war es nicht.

Mikkel hatte die Aufgabe gehabt, nach den *bruksknivs* der *rendrifter* zu forschen, den drei Gebrauchsmessern, die jeder Same und jede Samin besaß. Und sie, Ravna, hatte die vier fehlenden Namen damit erklärt, dass sie auf den Winterweiden waren und dort die Messer brauchten.

Siversen, Larsen, Skjelsbæk, Persen.

Persen.

Mikkel hatte Ravnas Mutter gemeint, Hedda. Sie besaß keine Wohnung in Vardø und war pro forma bei Léna gemeldet. Léna hätte Mikkel öffnen und ihm das erklären müssen. Vielleicht war sie nicht da gewesen. Oder hatte geschlafen. Oder sie wollte einfach einem Uniformierten nicht die Tür öffnen.

Aber es war seltsam. Und dann fiel ihr ein, was sie am Abend zuvor vom Fenster des Vardø-Hotels aus gesehen hatte: den Schatten eines Besuchers zu später Stunde. Sie hatte geglaubt, es wäre Thor gewesen. Er hatte das abgestritten, und bei allem Ärger, den sie ihm gegenüber empfand, glaubte sie, dass er die Wahrheit gesagt hatte.

Jemand war bei Léna gewesen. Vielleicht, um sich Rat zu holen? Oder sein Gewissen zu erleichtern? Wusste Léna, wer der Mörder war, und schützte sie ihn?

Sie ging in den Flur, zog den Anorak an und die Stiefel, streifte sich die Handschuhe über, öffnete die Tür – und wurde vom Wind fast wieder zurückgeworfen. Schnee wirbelte in den Flur, sodass sie schnell die Tür hinter sich zuzog, damit nicht alles nass wurde. Tief in ihren Anorak verkrochen, machte sie sich auf den Weg zurück zum anderen Teil der Insel.

Als sie den Hafen erreichte, pfiff der Sturm sie fast um. Das Absperrband um Jensens Wagen hatte sich gelöst und flatterte im Wind. Von Polizei war weit und breit nichts zu sehen. Dennoch nahm sie einen Umweg, um nicht direkt an der Wache vorbeizulaufen. Zum einen wollte sie niemandem begegnen, zum anderen aber auch nicht erklären, wohin sie ging: zu Léna. Es war an der Zeit, ihr einige Fragen zu stellen. Das hatten sie zwar schon getan, aber Ravna hatte ignoriert, wie verwurzelt ihre Urgroßmutter in den Traditionen war. Thor war Norweger. In seiner Gegenwart würde sie niemals erzählen, was sie wirklich wusste.

Oh Léna!, dachte Ravna. Du hast uns ganz schön an der Nase herumgeführt! Du weißt es. Du weißt alles, was in dieser Stadt geschieht. Denn sie kommen immer noch zu dir und suchen deinen Rat. Heimlich, denn in modernen Zeiten geht man doch nicht mehr zu einem Schamanen.

Wem hast du gesagt, dass er für Trygg ein Tier opfern muss? Wen hast du gewarnt, dass seine Wanderseele ihn sonst verfolgt? Wer kam zu dir mit Wut, Trauer und Wahn, der in zwei Morden endete? War es ein Mädchen? Ein Vater? Eine Mutter? Bruder oder Schwester?

Doch die wichtigste aller Fragen war auch die, die am schwersten zu stellen war.

Hast du gewusst, warum Inga starb?

Der Schnee stach ihr mit tausend Nadeln ins Gesicht, der Wind heulte fast mit Orkanstärke um die Ecken. Zwei Blocks hinter der Wache kehrte sie auf die Strandgata zurück und erreichte, keuchend vor Anstrengung, Lénas Wohnblock. Es war kurz vor acht, ihre Urgroßmutter würde vor ihrem Eintopf sitzen, das letzte Glas Sommerwein trinken und, vielleicht, ein Gebet für Karen sprechen, die aus dem Süden, die ja nie so richtig dazugehört hatte und deshalb auch kein Opfer, keinen Strich und keine Birkenrinde brauchte.

Doch hinter Lénas Fenstern war es dunkel.

Mit dem Gefühl, dass etwas ganz und gar nicht stimmte, öffnete Ravna die Haustür und stieg die Treppen hinauf. Sie klingelte, aber niemand öffnete.

Sie holte mit klopfendem Herzen ihren Schlüssel heraus. In diesem Moment erlosch das Licht. Es war stockdunkel. Und sie hörte, wie unten jemand leise, ganz leise, die Eingangstür zum Wohnblock öffnete.

33.

Ravna wagte kaum, zu atmen. Sie schlich eine halbe Treppe hoch und wartete. Als Sekunden später das Licht wieder aufflammte und schwere Schritte hinaufkamen, spürte sie, wie ihr Herz an die Rippen hämmerte. Er erklomm den ersten Stock, dann den zweiten. Sie sah, wie ein Schatten größer und größer wurde, der aussah wie ein Rabe mit schwarzen Schwingen, die er nun öffnete …

»Thor?«

Sie hastete die Treppe hinunter.

»Was machst du hier?«, fragte sie und hörte selbst, wie schrill ihre Stimme klang.

»Ich muss Léna sprechen. Ravna, du bist raus. Geh nach Hause.«

Er trug eine Fellmütze mit Ohrenklappen, immerhin. Die nahm er jetzt ab und strich sich die schneenassen Haare aus der Stirn. Sein hageres Gesicht ließ nicht erkennen, wie er diesen Widerstand bewertete. Es hatte wehgetan, als er sie einfach auf die Straße gesetzt hatte. Aber dass er selbst jetzt, wo sie sich in diesem engen Hausflur gegenüberstanden, nicht einen Funken Mitgefühl oder wenigstens Höflichkeit zeigte, war noch schlimmer.

»Ich *bin* hier zu Hause. Was willst du von ihr?«

Genau das Gleiche wie du, gab sie sich selbst die Antwort. Es war einfach nicht möglich, irgendwo vor Thor anzukommen. Er war einfach zu gut.

»Mit ihr reden. Lass mich durch.«

»Sie ist nicht da.«

»Das werden wir sehen.« Er schob sie einfach beiseite und hieb mit der Faust an die Tür, dass sie in den Zargen zitterte. »Léna? *Lensmann* Rune Thor, Finnmark *Politidistrikt.* Mach auf!«

Ravna biss sich auf die Lippen. Das klang ernst, sehr ernst. Unten auf der Straße hatte sie das Gefühl gehabt, dass etwas *seltsam* wäre. Das veränderte sich nun und wurde zu etwas, das ihr Angst machte. Keine Furcht, wic sie sie kannte, sondern blanke Angst – vor dem, das sie noch nicht benennen konnte. Als er wieder die Faust hob, ging sie dazwischen.

»Ich habe den Schlüssel.«

Thor trat einen Schritt zurück und nickte ihr knapp zu. Sie schloss auf und wusste sofort, dass niemand in der Wohnung war. Niemand, der lebte und atmete. Die Angst krallte sich in ihr Herz, als sie das Licht im Flur anknipste.

»Léna?«

Und ließ etwas nach, als sie sah, dass Lénas Stiefel und

ihr altes Pelzcape sich nicht dort befanden, wo sie hingehörten. Sie waren weg, zusammen mit ihrer Besitzerin.

Thor trat nach ihr ein und ging an ihr vorbei ins Wohnzimmer. Léna war nicht da, nirgends, das konnte man auf den ersten Blick sehen, aber auf dem Tisch stand eine Flasche Sommerwein mit zwei Gläsern.

Thor nahm die Flasche und hielt sie prüfend ans Licht.

»Vielleicht erwartet sie Besuch?«, fragte Ravna. »Und ist ihm entgegengegangen?«

»Danke. Ich komme allein zurecht.«

»Allein mit einer Flasche von diesem Zeug?«

Sie trat ans Fenster und sah durch das Schneegestöber hinunter auf die menschenleere Straße. An der Ecke stand ein Streifenwagen geparkt, hinter dem Steuer saß Mikkel. Er hatte den Kopf an die Lehne gelegt, die Augen geschlossen und den Mund geöffnet. Wahrscheinlich schnarchte er, dass die Fahrzeugwände wackelten.

»Ich will wissen, was passiert ist. Es ist meine Familie. Meine Schwester. Meine Urgroßmutter. Ich weiß jetzt, dass wir alle mit drin hängen. Und deshalb werde ich bleiben.«

Sie hörte, wie er die Flasche öffnete und sich ein Glas eingoss.

»Bist du deshalb gekommen?«, fragte sie scharf und drehte sich um. »Willst du in der Unterwelt ermitteln?«

Er sah auf das funkelnde Rot in seiner Hand. »Sie hat uns erwartet. Wie jedes Mal.«

»Weil sie uns aus dem Fenster sehen konnte. So wie ich dich und Mikkel da unten erkannt hätte! Thor, hör auf damit! Léna ist kein Medium, keine Hellseherin!«

Er trank einen Schluck und sah sich genauer um. »Wo bewahrt sie ihre Messer auf?«

»Ist das eine Hausdurchsuchung? Dann komm mit einem Beschluss.«

Er trat ans Regal, legte den Kopf schief und begann, in jeden einzelnen Boden zu spähen. Schließlich, als er unten nicht fündig wurde, zog er sich einen Stuhl heran, stieg darauf und durchsuchte die oberen Fächer.

»Ihre Trommel ist weg.«

»Na und?«

Ravna spürte ihr Herz klopfen, als wäre es selbst eine Trommel. Was hatte das zu bedeuten? Thor sprang vom Stuhl, der Boden zitterte, ein paar Gläser klirrten. Er ging zum Tisch und schenkte sich noch mal ein. Das Glas halb erhoben, als würde er gerade über einen besonders geistreichen Trinkspruch nachdenken, schritt er durch das kleine Zimmer. Ging mal in die Knie, beugte sich hinunter, sah hinter die Vorhänge, kehrte zum Tisch zurück. Dabei ging er auch einmal um sie herum, ohne sie eines Blickes zu würdigen. Als sie ihm übertrieben höflich aus dem Weg ging, sagte er: »Ich habe dich zwei Mal gefragt.«

»Aber ich *bin* Polizist! Was willst du eigentlich? Dass ich mein Herz und meine Gefühle an der Stechuhr abgebe? Wir alle sind Menschen, Thor! Wir haben Freunde, Familien, eine Herkunft. Die können wir nicht einfach vergessen.«

Gerade examinierte er den Heizkörper. Dann ging er zu den Fotos an der Wand, die über dem Fernseher hingen. Ravna und Inga, beide in Tracht und im Sonnenschein des

Lebens. Dort blieb er stehen, trank, schwankte leicht vor und zurück und schien alles andere um sich herum vergessen zu haben.

»Inga«, sagte er schließlich. »Wie alt ist sie auf dem Foto?«

»Siebzehn.«

»Und du?«

»Auch. Meins ist vom letzten Jahr, ihres zwei Jahre älter.«

Er streckte die Hand aus, um Ingas Foto zu berühren. Doch dann klopften nur seine Fingerspitzen ungeduldig aufs Glas, als ob er auf einen Gedanken wartete, der sich partout nicht einstellen wollte.

Langsam, ganz langsam drehte er sich um. »Womit bezahlt man die Dienste eines Schamanen? Bekommt er Geld? Silber? Rentiergeweihe? Was?«

»Keine Ahnung.«

Er ging auf sie zu und blieb vor ihr stehen. Sein Blick drang durch ihre Augen direkt in ihren Kopf. »Womit haben sie bezahlt?«

»Ich weiß es nicht«, flüsterte sie. Er sah, was sie ahnte und fürchtete. »Ich weiß es wirklich nicht. Es gibt eine Schublade im Tisch. Ich durfte sie nie öffnen.«

Thor stellte sein Glas ab und hob die Tischdecke hoch. Und tatsächlich befand sich an einer Seite eine Schublade. Er zog sie heraus. In ihr lagen: kleine Goldmünzen. Geldscheine. Silberschmuck. Goldkettchen. Armreifen. Ein Ring mit einem rosa Stein, gefasst in den samischen Kreis. Sie hatte ihn schon einmal gesehen. Gestern, als sie Tryggs Wohnmobil auseinandergenommen hatten.

»Das ist Karens Ring«, sagte sie. »Ich erkenne ihn wieder.

Sie war es. Sie war gestern Abend hier. Nicht bei Sören oder in der Kirche, sie war hier.«

Thor verzichtete auf das Glas und nahm gleich die Flasche, um sich den nächsten tiefen Schluck zu genehmigen. »Du hast Karen am Fenster gesehen, als sie Léna um Rat gefragt hat. Sie wollte wissen, ob sie das Land verkaufen soll. Was, glaubst du, hat deine Urgroßmutter ihr geraten?«

»Dass … dass sie es nicht machen soll?«

»Und wenn sie es doch machen wollte?«

»Was Karen tun muss, um mit heiler Haut davonzukommen. Falls man daran glaubt.«

Thor deutete mit der Flasche auf den glitzernden Inhalt der Schublade. »Das tun offenbar noch eine Menge Leute.«

»Es gehen ja auch noch immer viele in die Kirche.«

Er grinste. Das Glimmern kehrte in seine Augen zurück. Sie wusste nicht, was sie davon halten sollte: dass es Léna gelungen war, so viel vor ihnen zu verbergen, und dass Thor sie immer noch nicht rausgeworfen hatte.

»Wo ist sie?«

»Ich weiß es nicht. Ich wollte ihr das Abendessen machen und stand genauso vor verschlossener Tür wie du.«

»Verschwindet sie öfter?«

»Nein.«

Er setzte an und trank einen Schluck. Dann wischte er sich mit dem Handrücken über den Mund und ging zum Fenster. »Wie weit kommt man mit diesem Ding, das ihr Auto nennt?«

»Ich verstehe nicht.«

»Wo ist es?«

Ravna trat neben ihn und sah hinunter auf die Straße, hin zu der anderen Ecke, schräg gegenüber vom Streifenwagen, wo sie vorgestern Lénas Wagen abgestellt hatte. Er war nicht da. Aber man konnte erkennen, dass an der Stelle, an der er gestanden hatte, der Schnee nicht ganz so hoch lag. Sie musste am späten Nachmittag losgefahren sein.

»Wie weit?«

»Was meinst du?«

»Wie weit kommt man mit einer halben Tankfüllung, hin und zurück?«

Jetzt verstand sie. Es war so ungeheuerlich, dass ihr keine Antwort einfiel.

»Reicht es nach Mortensnes, hin und zurück?

»Du denkst doch nicht, sie hat Trygg ermordet? Nur weil der Tank halb leer war und ich das in meiner Blödheit erwähnt habe? Sie hat Hedda besucht, auf den Winterweiden! Soll ich sie anrufen?«

»Ja.«

»Was?«

»Ruf sie an.«

»Jetzt?« Sie holte ihr Handy heraus und wählte Heddas Nummer. »Es ist schon halb neun. Kann sein, dass sie gar nicht rangeht.«

»Ja?«, kam es aus dem Apparat, so laut, dass Thor es hören konnte.

»*Mamma*, ich muss dich was fragen. Léna ist verschwunden. Vielleicht ist sie zu dir gefahren?«

»Zu mir? Mitten in der Nacht? Nein.«

»War sie neulich bei dir?«

»Was verstehst du unter neulich?«

Der Boden schwankte. Sie hätte mehr essen sollen. Aber vielleicht war es auch nur das Gefühl, dass die Dinge sich in eine fatale Richtung entwickelten und ihr entglitten. Wie ein Boot, das von der Strömung immer näher an die Kante des Wasserfalls getrieben wurde, wo es unweigerlich hinunterstürzen und zerschellen würde.

»Letzte Woche? Oder davor?«

»Nein. Da war es ja kaum noch hell. Sie soll das auch nicht mehr machen. Im Frühjahr war sie zum letzten Mal da, aber auch nur am Ufer der Sommerinsel, das ist nicht so weit. Da hat sie noch bei der Renscheide geholfen. Warum?«

»Sie ist weg«, sagte Ravna, und es klang ratlos, verwirrt und schockiert zugleich. Thor ging wieder zur Schublade und examinierte den Inhalt.

»Vielleicht wollte sie noch was einkaufen.«

»Das macht Sven aus der Nachbarschaft.«

»Dann hat sie vielleicht jemanden besucht?«

»Du weißt genau, dass sie in der Stadt keine Freunde hat.«

Es dauerte einen Moment, bis Hedda wieder sprach. »Vielleicht brauchte jemand ihre Hilfe.«

»Du … Du hast es gewusst? Dass sie die Trommel benutzt?«

»Ich habe es geahnt. Hinter meinem Rücken wurde immer geflüstert ›Geh doch zu Léna‹, wenn es Probleme gab.«

»Hat sie …« Ravna wandte sich ab von Thor, aber das würde auch nichts helfen. Er hörte ja jedes Wort mit. »Hat sie von Inga gewusst?«

»Von Inga? Natürlich.«

»Woher?

»Ich hab's ihr gesagt. Und das war nicht leicht, das kannst du mir glauben.«

»Wusste sie auch, dass …« Ravna brach ab. Zum einen, weil das Thor wirklich nichts anging, was sie mit ihrer Mutter besprach, zum anderen, weil sie sich nicht im Klaren darüber war, ob und wie sie Hedda beibringen sollte, was Inga passiert war. Denn offenbar hatte ihre eigene Mutter keine Ahnung. Nicht jetzt, dachte sie. Erst müssen wir Léna finden.

»Ja?«

»Nichts. Ich bin in ihrer Wohnung und warte auf sie. Sie wird schon wieder auftauchen.«

»Hast du das mit dem Hubschrauber gewusst?« Ohne dass sie es wollte, schwang so etwas wie Hochachtung in Heddas Stimme mit. »Alle reden drüber. Das war unglaublich. Die Rentiere werden noch Tage brauchen, um sich zu beruhigen.«

»Wir mussten Malin holen. Es war wichtig.«

Das *wir* klang gut.

»Sobald das Wetter besser ist, bringen wir sie wieder zurück. Auch mit dem Hubschrauber.«

»Soso.« Hedda legte auf.

Ravna steckte ihr Handy zurück. »Sie war nicht da. Was hat das zu bedeuten?«

Thor schob die Schublade zu. »Die Messer.«

»Ich weiß nicht, wo sie sind. Sie hatte sie immer im Regal!«

Jemand stieß die Wohnungstür auf und Ravna zuckte vor Schreck zusammen. Mikkel stürzte ins Zimmer, mit wirrem Blick und keuchendem Atem, weil er die drei Stockwerke im Laufschritt hinter sich gebracht hatte.

»Jonne«, stammelte er. »Jonne ist weg. Und Jensen ist wieder da!«

34.

Jonne hatte es wohl durch die Garage geschafft. Hinter dem Rücken des Polizisten, der ihn bewachen sollte.

»Jonne hat ihm gesagt, er würde sich oben hinlegen, und ist dann durch die Seitentür raus. Bis der Kollege das gemerkt hat, war er über alle Berge.«

»Lokalisiert sein Handy.«

»Mach ich gleich.« Mikkel fuhr sich mit der Hand unter den Kragen. »Dafür haben sie Jensen geschnappt. In der Kirche. Sie haben Jonne gesucht und Jensen aufgestört. Er sagt, er hätte Schiss bekommen. Er hat die tote Karen heute Morgen entdeckt, weil sie verabredet waren, und euch beide dann kommen sehen. Kurzschlusshandlung, abgetaucht. Behauptet er. Im Moment kriegt er warme Automatensuppe auf der Wache. Was sollen wir mit ihm tun?«

»In die Zelle«, knurrte Thor.

»*Aye aye, Sir!*«

Der *Gand* hob die Augenbrauen.

Mikkel schluckte und sagte: »Wird erledigt. Was ist nun mit Jonne?«

»Er wird zur Fahndung ausgeschrieben. Er und Léna Persen.«

Ravna und Mikkel starrten ihn wortlos an.

»Léna?«, fragte Mikkel schließlich. »Die alte Léna? Was hat die denn damit zu tun?«

Thor wandte sich zum Gehen. »Das erkläre ich dir, wenn wir sie haben.«

Er ging hinaus, Mikkel folgte ihm.

»Und ich?«, rief Ravna. »Was ist mit mir?«

Aber da war die Tür schon ins Schloss gekracht. Ravna lief zum Fenster und beobachtete ohnmächtig vor Wut, wie die beiden in den Streifenwagen stiegen und wenig später vom dichten Schneetreiben verschluckt wurden.

Sie durchsuchte das Regal ein weiteres Mal, obwohl es aussichtslos war, dass Thors Späherblick etwas verborgen geblieben war. Sie hätte schwören können, dass die Messer dort noch vor ein paar Tagen gelegen hatten. Eingehüllt in ein Ledertuch, griffbereit von der Couch aus zu erreichen. Aber sie waren weg.

Und Léna auch. Und Jonne, der Letzte der Tryggs.

Sie ließ sich auf die Couch fallen und schloss die Augen. Sie war einfach fertig. Es war alles zu viel. Zu viel für einen Praktikant, der auf einmal zum Betroffenen geworden war.

– Inga, warum hast du das getan? Warum hast du mich allein gelassen?

Keine Antwort. Es würde nie eine geben. Sie hatte sich

eingebildet, Kontakt zu ihrer Schwester zu halten mit diesen dämlichen Dialogen, die sie sich ausgedacht hatte. Sie würde nie erfahren, warum Inga diesen Weg gewählt hatte. Das war das Bittere für alle, die zurückgelassen wurden: Für Inga war alles zu Ende. Für sie, Ravna, nie. Noch nie hatte sie Thor so gut verstanden wie in diesem Moment.

Aber dass er jetzt nach Jonne und Léna fahnden ließ … Jonne war kein Killer. Sie setzte sich auf und fuhr sich mit der Hand über die Augen. Er würde niemals seine Eltern töten. Und Léna war eine alte Frau. Sie wusste, wie man mit dem Messer umging, und sie könnte durchaus nach dem Mord an Trygg seine Lotsin ins Jenseits gewesen sein. Aber bitte, wirklich: eine Achtzigjährige, draußen, allein in Mortensnes in der Dunkelheit?

Trotzdem waren beide verschwunden. Es konnte natürlich eine ganz einfache Erklärung dafür geben. Aber einfach, das hatte Ravna in dieser Woche schnell gemerkt, war nichts an diesem Fall. Jonne war verschwunden und Léna wusste alles. Die großen und kleinen Geheimnisse. Wer mit wem und warum nicht mit mir, wo soll ich nächstes Jahr mit den Tieren stehen, wie kann ich der Erste sein? Wie mache ich es, dass mein Mann mich nicht mehr schlägt? Er aufhört zu trinken? Mein Kind keine Drogen nimmt? Ich einen Job finde? Ich will das Land verkaufen, ich kriege so einen Batzen Geld dafür!

War Trygg hier gewesen? Sie beugte sich vor und zog die Schublade ganz heraus. Sie krachte auf den Boden und ihr Inhalt verstreute sich überall. Auch egal. Alles egal. Ich will wissen, ob er hier war.

Sie zählte das Geld. Unter den vielen kleinen Scheinen fielen zwei Fünfhundert-Kronen-Banknoten auf. Frisch und neu, wie eben aus dem Automaten gezogen. Eine außergewöhnlich hohe Summe. Aber es ging ja auch um ein außergewöhnliches Stück Land. Sie hob Karens Ring auf und legte ihn zurück in die Schublade. Léna war es nie um den materiellen Wert dieser Schätze gegangen, sondern nur darum, was sie den Ratsuchenden bedeuteten. Karens Ring war wunderschön, sie hatte sich bestimmt nur schweren Herzens davon getrennt. Ein schwarz angelaufener silberner Kaffeelöffel lag auch noch da, eine bunte Halskette aus Glasperlen, handgeschnitzte Knöpfe und Knebel aus Rentierhorn. Was war Tryggs größter Schatz gewesen? Geld. Es waren seine Scheine, da war sie ganz sicher.

Etwas glitzerte zu ihren Füßen, eine Haarspange mit einer Meerjungfrau. Ravna hob sie auf und betrachtete sie. Irgendwo hatte sie sie schon einmal gesehen. Ein flitterbuntes Meermädchen, das ein bisschen abgeschabt wirkte, weil die Spange gerne und oft getragen worden war. Es gab nur eine Person in Vardø, die so etwas kaufen würde. Sie holte ihr Handy heraus und öffnete die App. *#Vardø_mermaid.* Máre lächelte ihr entgegen, das Gesicht umrahmt vom Pelz ihrer Kapuze. *It's snowing! Love♥♥♥! Winter is coming! #polarnight #firstsnow #arctica #Vardø_mermaid.*

War das Foto von heute? Es musste so sein, denn die anderen Aufnahmen zeigten, wenn sie draußen aufgenommen waren, tiefste Dunkelheit. Ravna scrollte sich hinunter in den Verlauf, weiter und weiter, bis sie zu den Bildern kam, die Máre ihr gezeigt hatte. Schmollmund, Stupsnäschen, photoshop-geglättet. Glitzernde Bänder und Spangen im Haar. Darunter auch die kleine Meerjungfrau, die nun in Lénas Schublade lag. Kein Zweifel: Máre war hier gewesen, hatte die Spange gegeben und sich bei Léna dafür einen Rat geholt. Ravna konnte zwei und zwei zusammenzählen, um zu wissen, um was es dabei gegangen war.

Jensen war nicht der Vater. Und Jonne war nicht der letzte Trygg.

Ravna sprang auf und löschte das Licht. Sie stürmte aus der Wohnung und wäre fast auf der Treppe ins Stolpern geraten, so hastig warf sie sich in ihren Anorak. Unten angekommen, war die Straße leer und weiß. Der Schnee lag bereits knöchelhoch, der Wind wirbelte die obere Schicht hoch und trug sie davon, doch es fiel neuer Schnee, mehr und mehr. Sie musste sich beeilen. Es war etwas im Gange, das man kaum noch aufhalten konnte, und sie wusste nicht, was. Aber sie ahnte es.

Sie rannte um die Ecke in die Tandberggata und keuchte den kleinen Hügel hoch. Der Wind schien es darauf abgesehen zu haben, sie davon abzuhalten, nach links abzubiegen und zu Rássmos' Haus zu eilen. Er warf sich ihr mit ganzer Kraft entgegen, sodass sie kaum zu Atem kam. Aber sie war stärker, und als sie endlich die kleine Kate erreichte, schien er ein Einsehen zu haben und ließ nach.

Alle Spuren waren verweht. Aber die Leiter stand noch an Máres Fenster. Sie kehrte zurück zur Tür, die natürlich abgeschlossen war, und hämmerte dagegen, wie sie es bei Thor gesehen hatte.

»Sture! Mach auf!« Wieder und wieder. Es war stockdunkel hinter den Fensterläden. Vielleicht schlief er schon? Sie trat ein paar Schritte zurück und sah die Fassade hoch. Das Haus lag da wie ausgestorben.

»Sture!«, schrie sie. »Mach auf, oder ich komme mit einer Hundertschaft wieder! Ich will zu Máre, sofort!«

Sie hieb erneut an die Tür. Endlich wurde sie einen Spaltbreit geöffnet. Rássmos tauchte auf, mit einem Kerzenleuchter in der Hand. Stellte er etwa nachts den Strom ab? Er trug Pantoffeln, einen ausgeleierten Pyjama und darüber eine Art Bademantel, der schon vor fünfzig Jahren bessere Zeiten gesehen hatte.

»Wenn du nicht bei der Polizei wärst, ich würde sie holen! Was erlaubst du dir? Mitten in der Nacht?«

Es war noch nicht mal neun. Sie ging so entschlossen auf ihn zu und ins Haus, dass er ihr vorsichtshalber auswich.

»Máre schläft!«, keifte er. »Wie es jede anständige junge Frau um diese Uhrzeit tut!«

Sie lief durch den engen Flur zur Stiege. Er kam zeternd hinter ihr her, gefolgt von seinem Hund, der sogar zu faul zum Bellen war.

»Aber das sind die Persens. Dick, dumm und wasserdicht. Ihr habt es auch zu nichts gebracht und haltet euch trotzdem für was Besseres! Das hätte ich gleich sagen können, dass das mit Inga kein gutes Ende nimmt.«

Ravna, schon auf den ersten Stufen, drehte sich um und kam zu ihm zurück. Irgendetwas in ihrer Haltung oder ihrem Blick schien ihm zu raten, jetzt lieber den Mund zu halten.

»Kein Wort über Inga. Kein. Wort.«

Das verunsicherte ihn. Der Ravna, die er kannte, hätte er mit Wonne den Kerzenleuchter über den Kopf gezogen. Die Frau aber, die jetzt vor ihm stand, schien ihm zu allem fähig.

»Such dein *brukskniv*. Wenn du es nicht findest, nehme ich dich mit.« Sie wandte sich ab und stieg hastig die Treppe hinauf.

»Du willst mich verhaften? Du? Ich zeig dich an! Damit kommst du nicht davon! Das ist Hausfriedensbruch! Mach, dass du rauskommst! Ich will dich hier nie wieder sehen!«

Natürlich war Máres Tür verschlossen. Sie rüttelte an der Klinke, aber es war vergebliche Liebesmüh. Hinter ihr tauchte der keifende Rássmos auf. Wie hatte Thor das im Vardø-Hotel gemacht? Zwei Schritte zurück, alle Kraft rein in den Tritt …

Rássmos schrie auf und wäre fast hintenüber die enge Stiege hinuntergefallen, als das Holz zersplitterte und die Tür zu Máres Stube aufflog.

»Bist du wahnsinnig?«, kreischte er.

Máre war weg. Das Licht funktionierte nicht – es gab tatsächlich keinen Strom. Sie riss die Nachttischschublade auf und natürlich hatte sie ihr Handy mitgenommen.

»Wo ist sie?«

Rássmos stand draußen, die personifizierte Empörung. Der flackernde Kerzenschein blendete eher, als dass er etwas zur Erhellung dieser Situation beitrug. »Das weiß ich nicht!«

Es war eiskalt im Raum. Auf dem Fensterbrett sammelte sich bereits der erste Schnee, der durch den offenen Fensterspalt hineingefallen war.

Máres Vater stürmte ins Zimmer, riss den rechten Flügel ganz auf und sah die Leiter. »Das ist der Teufel!«, spuckte er. »Der Teufel hat ihr das in den Kopf gesetzt! Die wird was erleben, wenn sie wiederkommt.«

»Wo ist dein *brukskniv*?«, fragte Ravna.

»Das weiß ich nicht! Und das interessiert mich auch nicht!«

»Wenn du Máre noch ein einziges Mal anrührst, komme ich mit meinem. Hast du mich verstanden?«

»Du willst mir drohen?«

»Ja.« Ravna wandte sich zum Gehen. »Ich drohe dir, Sture Rássmos, du Schande der Menschheit. Du wirst Máre die letzten Wochen ihres Lebens, die sie noch hier verbringen muss, nicht mehr zur Hölle machen. Du wirst sie in Ruhe lassen. Sonst komme ich, und du wirst dir wünschen, dass es einen Herrn gibt, der dir beisteht.«

Sie lief die stockdunkle Treppe hinunter. In ihren Ohren dröhnte es, ihr Herz klopfte zum Zerspringen. Noch nie in ihrem Leben war sie so wütend gewesen. Sie riss die Tür auf und rannte direkt hinein in Thor.

35.

»Ravna?«

Erschrocken fuhr sie zurück.

Sie hörte Rássmos' polternde Schritte hinter ihrem Rücken.

»Nimm sie fest! Sofort!« Die Stimme des Mannes kippte vor Wut in eine Tonlage, die ähnlich schmeichelnd wirkte wie eine Kreissäge. »Sie hat mir gedroht, dass sie mir was antut!«

»Hat sie das?«, fragte Thor und schlug den Kragen seines Mantels hoch.

»Máre ist nicht da.« Ravna schob sich an ihm vorbei hinaus ins Freie, aber da war es ähnlich gemütlich wie im Haus. »Sie ist abgehauen, über eine alte Holzleiter.«

»Ja und? Was kann ich dafür, dass meine Tochter so ein Drecksluder ist! Ich habe alles getan, alles, um sie zu erziehen.«

»Du hast sie geschlagen!«, schrie Ravna.

Rássmos hob den Kerzenleuchter. Die Flammen züngelten um sein Gesicht, und bei diesem Anblick wusste Ravna nicht mehr, wer von den beiden Männern der eigentliche Dämon war. »Denn wen der Herr liebt, den züchtigt er! Er schlägt mit der Rute jeden, den er liebt!«

Sie spürte Thors harten Griff um ihren Arm und wusste: eine Sekunde später, und sie hätte sich auf diese Kreatur gestürzt. Er zerrte sie von dem Eingang weg, raus auf die Straße und hin zu seinem dunklen Auto, verfolgt von Rássmos' Kreischen, das sich mit dem Heulen des Windes zu einem Kanon des Grauens vermischte.

»Jede Züchtigung bringt die Frucht des Friedens! Ihr habt im Kampf gegen die Sünde noch nicht bis aufs Blut Widerstand geleistet! Denn ihr seid nicht zu dem lodernden Feuer getreten, zu dunklen Wolken, zu Finsternis und Sturmwind! Zum Klang der Posaunen und zum Schall der Worte! Tretet zum Berg Zion und zu Gott, dem Richter aller, und zu den Geistern der schon vollendeten Gerechten!«

Die Autotür schlug zu.

Ruhe.

Thor saß neben ihr, die Hände auf dem Lenkrad. Er überlegte eine Sekunde und startete dann den Wagen. Langsam rollten sie die Straße hinab. Die Scheibenwischer schaufelten den Schnee zur Seite.

»Sie ist weg«, sagte Ravna und wischte sich die Nässe aus dem Gesicht. »Wo könnte sie sein, bei diesem Wetter?«

»Denk nach.«

»Jonne ist nicht der Letzte seiner Familie. Máre erwartet ein Kind von Trygg, seinem Vater.«

»Wo ist sie?«

»Ich weiß es nicht.«

Er hieb so plötzlich aufs Lenkrad, dass sie zusammenzuckte. »Denk nach!«

»Das tue ich doch!«

»Denk nicht wie ein Polizist. Denk wie ein Same. Wo könnte sie sein?«

»Máre?«, flüsterte sie und wusste, dass er jemand anderen meinte.

»Léna.«

Er gab nicht auf. Er gab einfach nicht auf. Und das Schlimmste war: Sie suchten beide das Gleiche. Sie erreichten die Strandgata. Noch ein paar Hundert Meter, und sie wären an der Polizeiwache.

»Jonnes Handy hat sich zum letzten Mal in der Nähe der Festung Vardøhus eingeloggt«, sagte er. »Máres Apparat ganz in der Nähe.«

»Sie haben sich getroffen?«

»Nicht freiwillig, nehme ich an. Wir mussten die Fahndung nach Lénas Auto wegen des Wetters abbrechen. Auch die Drohnen können nicht aufsteigen. Sie hat beide in ihrer Gewalt. Sie wird ihr Werk vollenden. Und ich will wissen, wo.«

Was redete er da? War er noch ganz bei Sinnen? Léna konnte doch unmöglich für die Morde an Trygg und Karen verantwortlich sein!

»Ravna!«, brüllte er.

»Ich weiß es nicht! Ich habe keine Ahnung, wo sie sein könnte! Vielleicht in der Kirche? Oder sie ist im Supermarkt und kommt bei dem Wetter nicht zurück? Das ist doch Wahnsinn, was du denkst! Sie ist achtzig!«

»Sie war bis zum letzten Jahr noch auf den Sommerweiden. Glaubst du, sie kann kein junges Rentier mehr tragen? Ich habe genug, verstehst du? Genug! Ich hatte Geduld mit dir, mehr als mit jedem anderen. Ich habe dir zwei Mal die Chance gegeben, dich zu entscheiden, auf welcher Seite du stehst. Und nun schützt du die Frau, die vielleicht zwei Morde auf dem Gewissen hat? Weil sie deine Urgroßmutter ist, und du dachtest, sie ist zu alt, um noch einen klaren Gedanken zu fassen?«

Die Wirkung des Weines war verpufft. Oder es hatte sie nie gegeben. Oder er war auf Entzug, das könnte natürlich auch sein. Wie kam er dazu, so einen Mist über Léna zu denken?

»Und wenn es Máre ist, die wir suchen? Vielleicht war sie es? Sie hat Léna alles gesagt, und jetzt hat sie Angst, dass es herauskommt?«

»Máre«, schnaubte er verächtlich.

»Oder Jonne? Vielleicht war er auch bei Léna. Und hat ihr erzählt, dass Máre ein Kind von seinem Vater erwartet. Jetzt dreht er durch.«

Er schüttelte nur den Kopf.

»Sie hat dich hinters Licht geführt. Ich kann verstehen, dass dich das wütend –«

»Hör auf! Schluss damit!«

Sie brach hilflos ab. Er fuhr an der Polizeistation vorbei

nach rechts Richtung Hafenbecken, wo irgendwo unter den Schneehauben Jensens Auto stehen musste.

»Ich frage dich zum letzten Mal: Wo ist sie? Wohin könnte sie Jonne und Máre gebracht haben?«

»Nirgendwohin! So was tut sie nicht!«

»Ravna! Sie hat zwei Menschen in ihrer Gewalt. Sie löscht die ganze Familie aus!«

»Aber warum sollte sie das tun?«

Er ließ den Wagen am Straßenrand ausrollen. Wahrscheinlich begriff er, dass er so nicht weiterkam. Ravna stand vor einer Wand, und auf der stand in brennenden Buchstaben: NEIN.

»Weil sie es wusste«, begann er, leiser, sehr darum bemüht, sich unter Kontrolle zu bringen. »Sie muss den Grund für den Selbstmord deiner Schwester schon länger gekannt haben. Ihr Hass auf Trygg und auf alle, die ihm folgen, ist unauslöschlich. Der Landverkauf war vielleicht nur der Tropfen, der das Fass zum Überlaufen gebracht hat.«

Ravna schüttelte den Kopf und starrte auf die unsichtbaren Buchstaben vor ihrem inneren Auge. NEIN.

»Trygg war tot, aber nichts war gesühnt und wiedergutgemacht. Karen hatte vor, in seine Fußstapfen zu treten. Sie ging zu Léna und holte sich ihren Segen. Und wurde von ihr getötet. Eva sagte, es gab keine Gegenwehr. Dass der Täter vielleicht noch den Arm um sie gelegt hat. Eine tröstliche, freundschaftliche, liebevolle Geste. Bevor er zustach.«

»Hör auf.«

»Die Frage ist: Was weiß sie von Jonne? Ich glaube nicht, dass er ihr gesagt hat, dass er noch nie etwas mit einem

Mädchen hatte. Aber vielleicht wollte er einen Zauber von Léna, einen Liebeszauber, damit Máre ihm doch noch eine Chance gibt.«

»Du liest zu viele Märchen. Das gibt es bei uns nicht.«

»Und Máre … Wahrscheinlich suchte sie Hilfe. Kräuter, um eine Schwangerschaft abzubrechen, oder gegen Übelkeit. War sie da?«

»Ja«, sagte Ravna tonlos. »Ich habe eine Haarspange von ihr in der Schublade gefunden.«

»Dann wird Léna gewusst haben, von wem das Kind ist. Die Tryggs sollen ausradiert werden, bis ins letzte Glied. Selbst wenn sie noch nicht geboren sind. Sie wird sie angerufen haben oder sie hat sie unter einem Vorwand aus dem Haus gelockt. Wir warten noch auf die Liste der Anrufe, die von ihrem Telefon aus geführt wurden. Samstag, die Telekommunikationsunternehmen sind unterbesetzt.«

»Ja. Bestimmt.«

»Ich frage mich nur: Warum jetzt?«

Ravna schwieg.

Aber in Thors Kopf jagten sich die Gedanken wie junge Hunde. »Der Landverkauf. Er war bei ihr. Damit fing es an. An diesem Abend ist etwas geschehen. Was? Was genau hat bei Léna den Schalter umgelegt? Was hat sie dazu getrieben, Trygg bis hinaus nach Mortensnes zu folgen und ihn da nach seinem Gespräch mit Jensen zu ermorden?«

»Ich war nicht dabei. Ich wusste bis zu dieser Woche nicht, dass sie eine Schamanin ist.«

»Ravna.«

»Nein, ich wusste es nicht! Woher denn? Wieso sollte sie

es mir sagen? Ich habe doch immer wieder betont, dass ich mich nicht dafür interessiere, dass es mir egal ist. Dass ich nie, nie so sein wollte wie sie.«

Vielleicht war es das, was am meisten schmerzte: um was sie sich selbst gebracht hatte mit ihrer Sturköpfigkeit. Hätte sie sich einfach mal interessiert, einfach mal zugehört – wäre dann alles anders gekommen?

»Du hast mehr von ihr, als du denkst.«

Was hatte er gesagt?

»Du hast es in dich aufgesogen, du bist damit großgeworden. Du kannst es ablehnen und darüber lachen. Aber es wird dich nie verlassen. Léna wusste das.«

Ungläubig sah sie ihn an. Was erzählte er da nach zwei Treffen mit ihrer Urgroßmutter?

»Und sie weiß, dass du sie suchen wirst. Deshalb, Ravna, streng dich an. Denk nach. Sie will nicht, dass wir sie finden, jedenfalls nicht rechtzeitig. Deshalb können wir nicht blind in der Gegend herumirren. Wir müssen sofort zu ihr. Uns läuft die Zeit davon. Sag mir, wo sie ist. Sag es!«

Ravna stieg aus. Der Wind nahm ihr fast die Luft zum Atmen, Schnee peitschte in ihr Gesicht. Sie lief ein paar Schritte und versuchte, in dem Gestöber die Silhouetten der Lagerhäuser am Hafen zu erkennen. Ihr wurde klar, dass sie nur *eine* Chance hatten, bei diesem Wetter irgendwohin zu gelangen. War Léna noch in Vardø? Dann wäre ihr Auto aufgefallen. Thor hatte sicher schon danach suchen lassen. Hatte sie die Stadt verlassen? Sie redete sich ein, dass die Suche so wichtig war, weil Léna nicht die Schuldige, sondern nur Mitwisserin war. Dass Jonne oder Máre auf einem durchgeknallten Trip waren und ihre Urgroßmutter gekidnappt hatten.

Aber so war es nicht.

Verdammt, verdammt. So war es nicht.

Denk wie ein Same. Denk wie ein Polizist.

Sie kehrte zum Auto zurück, stemmte die Tür gegen eine Böe auf und ließ sich schwer atmend fallen.

Denk wie beide zusammen.

»Der *Gråtefossen*. Der Wasserfall. Er wird heute Nacht einfrieren. Wenn sie dort sind, werden wir sie erst im Frühjahr finden.«

»Wo ist das?«

»Auf der Straße nach Norden. Eine Stunde von hier. Aber bei diesem Wetter …«

Sie konnte nicht weitersprechen, denn er gab Gas. Hinter ihnen spritzte eine Schneefontäne auf. Der *Gand* hatte eine Spur und die Witterung würde ihn an sein Ziel führen.

36.

»Der *Gråtefossen*«, begann sie, als sie den Tunnel erreichten, »ist der Legende nach der Ort, an dem ein Mädchen sich aus Liebeskummer vom Felsen gestürzt hat. Er ist ein Stück weit oben in den Bergen. Du wirst es in diesen Klamotten nicht schaffen, da raufzukommen.«

»Warum dort?«

Ravna hielt den Blick auf den Mittelstreifen geheftet, der für Thor allenfalls eine vage Empfehlung war. »Man sagt, dass man da hingeht, um allein zu sein. Oder weiter rauf, in die Berge. Es gibt manche, die sagen, dass es ein guter Ort ist, um heimzugehen. Sie wollen in der Natur sein, wenn es so weit ist. Nicht in einem engen Krankenhauszimmer oder allein in einer winzigen Mietwohnung.«

»Und was macht sie dann mit Jonne und Máre?«

»Ich weiß es nicht. Ich kann nicht nachvollziehen, was sie denkt. Ich dachte, ich kenne sie. Aber das war ein Fehler.«

Sie schossen aus dem Tunnel und hinein in eine weiße, wirbelnde Wand. Ravna tastete nach dem Handgriff. Thor dachte nicht daran, das Tempo zu drosseln. Er fuhr wie ein Wahnsinniger, und das einzige Glück war, dass ihnen bei diesem Wetter niemand entgegenkam. Die Straße war kaum noch zu erkennen, aber irgendwann wurde ihr klar, dass sie die einzig ebene Fläche war und sie darüberglitten wie ein Schlitten in Windgeschwindigkeit. Ab und zu erfasste eine Böe den Wagen und schob ihn aus der Spur, aber Thor nahm das Duell mit den Naturgewalten an, steuerte dagegen, geriet ins Schlingern, bremste, schaltete herunter, ließ den Motor aufjaulen und kehrte zurück auf die Straße.

»Wie weit?«

»Bei Svartnes rechts auf die Straße nach Hamningberg. Ungefähr auf halber Strecke am Sandfjord. Vielleicht eine Stunde.«

Irgendwo hinter der weißen Wand lag der Dolmen: der Berg, auf dem sich die Hexen mit dem Teufel zum Tanzen getroffen hatten. Sie kamen an die Kreuzung, mehr war von Svartnes nicht zu sehen, aber ein Schild, halb verweht vom Schnee, wies nach Hamningberg, dem kleinen Fischerdorf.

»Wir kommen nicht mehr zurück«, sagte sie.

»Ich habe Schneeketten im Kofferraum. Aber sag auf der Wache Bescheid. Vielleicht brauchen wir einen Krankenwagen.«

Südländer. Hatten keine Ahnung von nichts. Das war die Arktis. Dreihundert Kilometer über dem Polarkreis. Sie holte ihr Handy heraus und rief Mikkel an. Ausgerechnet Mikkel.

»Ja?«, fragte er hektisch.

Sie glaubte, im Hintergrund Jensen zu hören – ein wildes Rumgeschreie, aus dem gerade noch die Worte *Beschwerde* und *Anwalt* zu verstehen waren.

»Ich bin mit Thor unterwegs zum *Gråtefossen*. Es kann sein, dass Léna mit Jonne und Máre auch auf dem Weg dorthin ist.«

»Du – mit Thor?«

»Ja. Nur dass ihr wisst, wo ihr nach unseren steif gefrorenen Leibern suchen müsst.«

»Der Wetterbericht sagt, dass der Sturm gegen drei Uhr morgens abflauen wird. Vorher werden wir keine Verstärkung schicken können.«

»Alles klar.«

Schlimmstenfalls saßen sie also bis vier Uhr irgendwo in einer Schneewehe fest. Je weiter sie sich von Vardø entfernten und je tiefer sie in die menschenleere Wildnis vordrangen, umso sicherer fühlte sie sich. Hier draußen wusste sie, wie sie sich zu verhalten und zu schützen hatte. Aber Thor?

Die Straße wurde zu einem Weg. Immer mal wieder rumpelte der Wagen über Schlaglöcher. Gerade als sie glaubte, sie würden nie ihr Ziel erreichen, ging es bergauf und in einer weiten Biegung nach links. Zu erkennen war nur das weiße Nichts im Kegel der Scheinwerfer. Aber sie mussten am Fjord sein, einer Einkerbung des Meeres, in die der kleine Fluss Sandfjordelva führte, der in den Bergen entsprang und auf halber Höhe einen Wasserfall speiste. Wanderwege führten dahin, die schon im Sommer eine Herausforderung waren. Ravna erinnerte sich an einen

Parkplatz und einen Schulausflug, den sie vor langer Zeit gemacht hatte.

Thor verlangsamte das Tempo. Der Weg führte jetzt nicht mehr über eine flache Ebene, sondern schlängelte sich am Steilufer der Barentssee entlang. Auf dem eingebauten Navi-Bildschirm konnten sie sehen, wo sie sich befanden: gefährlich nahe am Meer. Eine falsche Bewegung am Lenkrad und sie würden abstürzen.

»Da vorne!«

Der Parkplatz tauchte auf dem Bildschirm auf und wenig später erfassten die Scheinwerfer ein völlig zugewehtes Schild. Eine einsame Laterne leuchtete im wirbelnden Weiß, man konnte kaum die Hand vor den Augen sehen. Und so erfasste das Licht von Thors Wagen Lénas Auto erst, als er fast hineinfuhr.

Er bremste, stellte den Motor ab und stieg aus. Ravna folgte ihm. Das Auto war nicht abgeschlossen, der Schlüssel steckte, und es war leer.

»Léna?«, schrie sie. »Máre? Jonne?«

Thor öffnete den Kofferraum, holte eine Flasche von Rássmos' Rinderpisse heraus und steckte sie ein. Dann knöpfte er sich den Mantel zu, setzte die alberne Fellmütze auf und streifte Handschuhe über.

»Da entlang?«

Es wurde ernst. »Ich nehme dich nicht mit«, sagte Ravna. »Du bleibst einfach hier unten und wartest, bis ich wieder da bin. Mit ihnen oder ohne sie.«

»Wie weit ist es bis zum Wasserfall?«

»Eine halbe Stunde vielleicht, bei gutem Wetter. Das ist

ein Wanderweg, aber es liegt Schnee. Sogar ich werde Probleme haben – Thor?«

Er ging los. Ging einfach los. Mit Schal und einem Mantel und einer Mütze aus dem Souvenirshop. Wenigstens die Stiefel schienen etwas zu taugen. Angetrieben von einer unerklärlichen Energie, war er fast schon im Schneegestöber verschwunden. Sie rannte ihm hinterher.

»Warte!«, schrie sie gegen den Wind.

Der Aufstieg war einfach, theoretisch. Praktisch erschwerten Wind und Pulverschnee jede Orientierung. Thor ging voran. Mit einer schlafwandlerischen Sicherheit, die man nur haben konnte, wenn man vor nichts und niemandem Angst hatte, setzte er einen Fuß vor den anderen. Sein schwarzer Mantel wehte im Wind. Manchmal, wenn das frisch gefallene Pulver aufstob und seine Silhouette fast verschwinden ließ, wurde er zu einer geisterhaften Erscheinung, ein Schatten im Schnee. Und dann war er verschwunden.

»Thor!«, schrie sie. »Thor?«

Eine Hand kam aus dem Nichts und ergriff ihren Arm. »Am besten bleibst du direkt hinter mir.«

»Danke«, giftete sie. »Gute Idee!«

Es war wie verhext: Ravna kam kaum vorwärts, aber Thor schien durch das Unwetter fast schon beflügelt. Er schritt weit aus, ging stetig bergan und drehte sich immer genau dann um, wenn sie nicht mehr hinterherkam. Ihre Bemerkung auf dem Parkplatz kam ihr schon nach zehn Minuten albern vor. Woher hätte sie wissen sollen, dass er bei diesem Wetter zu Höchstform auflief?

Und dann war er wirklich weg. Keine Hand kam mehr, keine Antwort auf ihre Rufe. Sie blieb stehen, keuchend und schwitzend, denn obwohl die Temperatur tief unter null gefallen war, hatte die Anstrengung sie fast an die Grenzen ihrer Kräfte gebracht.

Wo waren sie? Man konnte kaum die Hand vor den Augen sehen. Ihr fehlte, und das war ungewohnt, jedes Gefühl für die zurückgelegte Strecke. Verzweifelt versuchte sie sich zu erinnern, in welche Richtung es zum Wasserfall ging. Vorbei an einem Felsen, dann weiter hinauf, und über einen schmalen Pfad und viele Steine hin bis zu der Stelle, an der das Wasser donnernd aus der Höhe aufprallte. Wie ein Vorhang aus Eis würde es sich schließen, von unten nach oben, von den Rändern zur Mitte. In ein paar Stunden konnte es schon so weit sein.

»Thor!«

Seine Fußspuren waren verschwunden. Sie wusste nicht mehr, in welche Richtung sie gehen sollte. Jede Drehung, jede Wendung konnte ihre letzte sein. Sie hätte weniger auf ihn als auf den Weg achten sollen.

Ravna …

Ein Wispern, als ob die Schneeflocken ihren Namen flüstern würden. Sie blieb stehen, zu Eis erstarrt, und das würde ihr auch in der nächsten halben Stunde blühen, wenn sie den Weg nicht mehr fand.

Kehr um …

War das ihre Fantasie, die ihr vorgaukelte, jemand stände direkt neben ihr?

»Ist da jemand?«

Geh nicht weiter …

»Thor!«

Nicht weiter …

War das Magie? Einbildung? Sprachen die Felsen zu ihr, die Steine, das Wasser? Konnte sie hören, was sie nie zuvor gehört hatte?

Nicht …

Wer oder was auch immer mich aufhalten will, ich bin stärker. Sie dachte an Hedda, den Schnee, das Eis, die vielen Kilometer jeden Tag, die riesigen Herden und die rauen Rufe der Treiber. An die Nordlichter in tiefster Polarnacht und an ihren Joik. An Inga, den Eisentopf über dem Feuer, um das sie sich mit rot glühenden Wangen scharten. An die Schönheit in den Gesichtern und Seelen der Menschen, an Liebe, Lachen und das Gefühl, Teil des großen Ganzen zu sein, aber auch an Armut, Bitterkeit und Hass. Das alles sind wir, dachte sie. Ich bin ein Kind dieses Landes, dieser Erde. Ich bin im Schnee geboren und in Stürmen großgeworden. Ich habe keine Angst vor der Natur, denn sie ist meine wilde Mutter.

Sie nahm alle Kraft zusammen und setzte den ersten Schritt. Den zweiten. Noch einen und noch einen. Der Wind wurde schwächer, die Schneeschleier zogen sich zurück, und sie bog um einen Felsen herum ein auf den schmalen Pfad, der direkt zum Wasserfall führte.

Wolkenfetzen flogen über den Mond und gaben für einen Moment dem silbernen Licht freie Bahn. Der Wirbelsturm, gefangen von den Felswänden des Fjords, beruhigte sich und Schnee fiel sanft auf die Erde. Es war, als ob die

Elemente mit einem Mal innegehalten hätten, um ihr diesen Anblick zu bescheren: Das Wasser strömte an glitzernden Stalaktiten aus Eis entlang hinunter in die Tiefe. Der schmale Weg schmiegte sich an den Felsen und führte hinter diesen Vorhang aus Wasser und Eis, bizarr, majestätisch, nicht von dieser Welt.

Licht blitzte auf und verschwand wieder. Hinter dem Wasserfall musste ein Vorsprung im Felsen sein. Dort war Thor. Aber waren dort auch Léna, Jonne und Máre? Ravna lief weiter. Sie musste vorsichtig sein, denn unter dem Schnee lag lockeres Geröll, und mehr als einmal rutschte sie aus und konnte gerade noch das Gleichgewicht halten. Es ging bestimmt dreißig Meter in die Tiefe. Unten schlug das Meer an die Felsen, sie konnte die Wellen hören und das Rollen der Steine am Grund.

»Thor! Wo bist du?«

Feiner Sprühnebel traf auf ihr Gesicht. Am Fellbesatz ihrer Kapuze hingen Eistropfen. Noch zwanzig Schritte bis zum Wasserfall. Noch zehn.

Zwei Gestalten taumelten aus der Dunkelheit auf sie zu. Hinter ihnen tauchte Thor auf. Die erste war Máre. Dann kam Jonne.

»Was ist passiert?«, schrie Ravna. Es war laut, das Wasser brüllte von oben und von unten.

»Léna«, keuchte Máre. Ihre Augen waren weit aufgerissen, ihr Gesicht totenbleich. Ravna nahm sie in die Arme und drückte das zitternde Mädchen an sich. »Léna ist verrückt. Verrückt! Sie wollte uns sterben lassen da drin! Es war so schrecklich! So furchtbar!«

Jonne rieb sich die Handgelenke. Sogar in diesem diffusen Mondlicht waren die blutigen Striemen zu erkennen. Beide sahen aus, als hätten sie sich im Schlamm gewälzt. »Sie hat mich angerufen. Sie wüsste was über den Landverkauf.«

»Mir hat sie gesagt, dass Jonne alles weiß und er mich trotzdem sehen will.« Máre fing haltlos an zu schluchzen. Der Schock stand beiden ins Gesicht geschrieben. Léna hatte die beiden mit ihren größten Wünschen gelockt – und gefangen.

»Wo ist sie?«, fragte Ravna und sah suchend nach Thor, der hinter den beiden stand.

»Irgendwo in der Nähe.« Es war kaum zu verstehen, was Máre sagte. Sie zitterte und klapperte mit den Zähnen. Hoffentlich würde sie den Abstieg noch schaffen. »Ich bin zu ihr ans Auto und irgendwas hatte sie in der Hand. Ich hab nur noch einen Schlag gespürt und bin unten auf dem Parkplatz wieder aufgewacht.«

»Bei mir war es genauso«, rief Jonne gegen den Lärm. »Unten stieg sie aus und hielt Máre das Messer an den Hals. Dann sind wir hoch. Sie hat uns gefesselt und liegen gelassen. Warum? Warum um Himmels willen?«

Ravna zog Máre vom Wasserfall weg. Es war eng auf dem Pfad, sie müssten hintereinander gehen, aber es war zu schaffen. Eine Wolke schob sich über den Mond und löschte einen großen Teil des ohnehin wenigen Lichts. Sie blinzelte in die Richtung, in der sie Thor vermutete.

»Ich will nach Hause!«, schrie Máre. »Bitte, bitte! Ich will nach Hause!«

Thor rief: »Bring sie zum Auto!«

»Und du?«

Weg war er. Verdammt! Jonne und Máre standen direkt vor ihr auf dem schmalen Weg, sie kam nicht so schnell an ihnen vorbei.

»Thor!«

Sie konnte ihn nicht allein hier oben lassen. Nicht zusammen mit Léna.

Und dann hörte sie, fast verschluckt von dem Lärm um sie herum, den Schlag einer Trommel.

»Ihr geht jetzt«, sagte sie. »Immer den Weg entlang. Unten auf dem Parkplatz stehen zwei Autos, in dem von Léna steckt der Schlüssel. Bringt es zum Laufen und dreht die Heizung hoch, dann erfriert ihr nicht.«

Máre sah, starr vor Angst, in die Tiefe. »Das schaffe ich nicht. Du musst mitkommen!«

Vorsichtig löste sich Ravna aus der Umklammerung. »Jonne, bring sie heil runter. Versprichst du mir das?«

Er sah sie an und wusste, was sie von ihm erwartete. »Ja«, sagte er. »Du kannst dich auf mich verlassen. Und was ich zu dir gesagt habe – es tut mir leid.«

Wieder klang die Trommel, aus dem tiefsten, dunkelsten Herzen des Berges. Máres Augen weiteten sich vor Entsetzen.

»Was tut sie?«

»Ich weiß es nicht. Macht, dass ihr hier wegkommt! Lasst mich durch!«

Máre presste sich an die Felswand. Vorsichtig, fast in einer Umarmung, gelang es Ravna, sich an ihr vorbeizuschieben, und dann an Jonne.

»Pass auf sie auf.«

Er nickte stumm.

Ohne sich noch einmal nach den beiden umzusehen, rannte Ravna unter dem Wasser durch und befand sich im Eingang einer Höhle. Sie holte ihr Handy heraus und checkte den Akku: noch vierzig Prozent. Kein Netz, auch das noch. Jonne und Máres Handys lagen wahrscheinlich in Vardø im Schnee. Wenn sie Pech hatten, mussten sie wirklich noch vier Stunden in diesem Inferno ausharren. Sie holte tief Luft, schaltete das Spotlight an und ging hinein in die Dunkelheit.

37.

Der Boden war uneben und bedeckt von Geröll. Zerklüftete, vom Eis gesprengte Felswände verjüngten sich nach oben hin. Hier und da lag eine leere Plastikflasche – im Sommer mussten Touristen da gewesen sein und hatten ihren Dreck nicht wieder mitgenommen.

»Thor? Léna?«

Ihre Rufe hallten von der Felswand wider. Wasser tropfte die Wände hinab und verwandelte den Boden in eine glitschige Rutschbahn.

Wieder schlug die Trommel. Es hörte sich nah an, eigentlich nur einmal um die Ecke.

»Thor! Léna! Wo seid ihr?«

Das Geräusch kam in immer kürzeren Abständen. Sie drehte sich um – hinter ihrem Rücken schoss der Wasserfall in die Tiefe. Gewaltige Eiszapfen hingen über dem Eingang zu dieser Höhle. Vor ihr war nur dieser eine Raum. Wo konnten sie sein? Sie leuchtete die Wände ab, sorgfältiger dieses Mal. Der schmale Lichtstrahl des Handys wanderte über nassen Fels, schrundige Risse und einen Spalt, kaum groß genug für zwei Leute: einen *Gand* und eine Schamanin.

Vor Schreck und Freude hätte sie fast das Handy fallen gelassen. Langsam kam sie näher. Léna, in ihrer schönsten Tracht, das Pelzcape um die Schultern, saß auf einer bunt bestickten Decke. Sie hatte die Trommel im Schoß und mit geschlossenen Augen schien sie dem Klang des letzten Schlages nachzulauschen.

Thor lehnte an der Wand. Er drehte sich noch nicht einmal um, als Ravna zu ihnen kam. In der Hand hielt er die Flasche mit Rássmos' Rentierpisse. Für ihn war der Fall gelöst. Lästige Dinge wie Festnahmen, Vernehmungen und Protokolle schreiben waren unter seiner Würde. Als ob diese Tragödie nichts weiter als ein Rätsel gewesen wäre, das ihm schon viel zu viel Zeit geraubt hatte. Sie war zornig auf ihn, darauf, dass er sie jetzt mit allem allein ließ. Außerdem ahnte sie, warum er Léna einfach gewähren ließ und neben ihr stand wie ein zufälliger Passant, der einem Straßenmusikanten zuhört.

Eine Kerze klebte auf einem Vorsprung im Felsen. Hier war es windgeschützt, aber die fallende Kälte ließ die Flamme trotzdem tanzen.

»Léna?«

Ravna versuchte, sich weder ihre Angst noch ihre Sorge anmerken zu lassen. Dass sie Thor am liebsten über die Klippe des Wasserfalls gestoßen hätte, durfte jetzt auch nicht ihr Thema Nummer eins sein.

»Was machst du hier?«

Sie ging in die Knie und betrachtete das Gesicht ihrer Urgroßmutter im flackernden Kerzenlicht. Sie sah so schön aus, so stolz, so ruhig, so still. Langsam hob sie den Hammer und ließ ihn wieder auf die Runentrommel fallen.

Ravna zog ihren Handschuh aus und legte ihre Hand auf Lénas Hand. Die alte Frau blinzelte, als würde sie aus einem leichten Schlaf erwachen. Thor hockte sich neben sie. Ihre Wut auf ihn war so groß, dass sie keinen anderen Ausdruck fand als eiskalte Ruhe.

»Was tust du?«

Ein winziges Lächeln flatterte in Lénas Mundwinkel. »Ravna, *mu çáppa ráhkis áhkkut.«*

»Àhkku …« Tränen stiegen in Ravnas Augen. »Du hast Jonne und Máre hierher gebracht. Warum?«

»Ich wollte sie mitnehmen nach *saivvo.* Sie sollen es gut haben dort.«

»Warum?«

Léna zog ihre Hand weg und schlug wieder auf die Trommel. Der kleine Zeiger lag noch immer in der Mitte. Thor setzte die Flasche an und trank einen Schluck. Sie hörte sein Ächzen, als der Fusel ihm die Kehle verbrannte. Selber schuld. Selber schuld …

»Sie wollen uns alles nehmen, alles. Es wird nicht aufhören. Es geht weiter von Glied zu Glied, von Geschlecht zu Geschlecht. Es begann mit Blut und es muss mit Blut enden.«

»Nein, das muss es nicht.«

»Doch.«

Wieder ein Schlag. Der Zeiger verschob sich um ein paar Millimeter. Thor drehte sich um und sah zum Wasserfall. Kam jemand? Hatte er etwas gehört? Ravna riskierte auch einen Blick über die Schulter, aber da war nichts.

»Was ist passiert, als Trygg bei dir war und sich die Absolution für den Landverkauf geholt hat?«

Wieder ein Schlag. Der Zeiger wanderte minimal, von Ravna aus gesehen nach links – zu den Wesen und Göttern der Unterwelt.

»Ich wollte nicht, dass du mir folgst«, sagte Léna leise. »Ich habe alles versucht, aber du warst stärker. Ich bin stolz auf dich, *áhkkut.* Du wirst ein schönes Leben haben. Kein leichtes, aber ein schönes. Du wirst viele Kinder bekommen und mehr als einen Mann. Die zwei Seelen in deiner Brust sind keine Feinde. Sie gehören zueinander wie Tag und Nacht. Höre auf das, was sie dir sagen …«

»Léna! Was geschah, als Trygg bei dir war?«

Thor stand auf, aber das war ihr egal. Dieser rücksichtslose, egoistische Vollidiot. Ja, er hatte sie hierher gebracht. Und ja, zum Teufel, er war genial. Aber *er* war es, der keinen Abstand mehr hatte und kurz davor stand, die Kontrolle über sein rasendes Leben zu verlieren.

Léna flüsterte: »Er hat dich gesehen.«

»Was? Wer?«

»Trygg. Auf dem Foto bei mir an der Wand. Und er grinste. So wie er gegrinst hat, als er Inga sah und das Böse in ihm das wenige Gute auffraß. Ich konnte es sehen, wie es sich über ihn hermachte. Wie es schmatzte und schlürfte und fraß, bis es ihm zu den Augen hinauskam, das Böse.

Ich konnte es sehen, so wie ich dich hier vor mir sehe, und ich sah es in *jabmi-aibmo,* als das wüste Weib mir seinen Namen flüsterte und die kleinen Knochen aus ihren Haaren fielen und sie ihn in dem Bild sah …«

»Du hast gewusst, was er mit Inga gemacht hat?«

Léna schloss die Augen. Unendliche Trauer lag auf ihren Zügen. »Erst, als es geschehen war. Sie kam zu mir und hat es mir gesagt. Ich habe versucht, ihr zu helfen. Das musst du mir wirklich glauben! Ich habe es versucht!« Eine winzige Träne rollte aus dem Augenwinkel hinunter in die Furchen und Runzeln ihres Gesichts. »Ich gab ihr alle Kraft, alles Gute, allen Schutz, den ich aufbringen konnte. Aber es hat nicht gereicht. Ich war zu schwach und ihr Schmerz war einfach zu groß.«

»Oh Léna, warum hast du mir nichts gesagt?«

»Weil du dein Leben noch vor dir hast. Weil Ingas Tod schon zu viel Nacht in unsere Familie gebracht hatte. Mit ihr fing es an. Trygg merkte, welche Macht er hatte und wie er die Mädchen dazu bringen konnte, zu ihm zu kommen. Sie taten es, weil er ihnen Angst gemacht hatte. Allen versprach er, ihre Familien könnten bleiben, wenn er es so will. Aber dafür mussten sie ihm zu Willen sein. Und du, Ravna, wärst die Nächste gewesen. Ich sah es in seinen Augen, als er dein Foto betrachtete. Ich sah es an seinem wollüstigen Mund. An der Gier in seinem Blick und an der satanischen Freude, die er fühlte, auch dich, mein Liebstes, in seine Gewalt zu bekommen. Ich konnte nicht noch ein Kindeskind verlieren, verstehst du?«

»Ja«, flüsterte Ravna.

»Ich bin ihm gefolgt. Ich habe gesehen, wie er sich mit diesem Mann getroffen hat. Wie sie in Streit gerieten. Ich wusste nicht, was ich tun sollte. Und dann tauchte der Streuner auf. Ein junges Ren, als ob mir die Götter einen Wink geben wollten.«

»Léna …«

»Ich wusste nicht, von wem es war. Ich band es fest und rief Trygg. Und er war dumm genug, dem Ruf zu folgen. Es ging schnell. Wie bei Karen. Und wie es auch bei Jonne und Máre gegangen wäre. Es muss ein Ende haben. Es muss ein Ende haben.«

Wieder ein Trommelschlag, *poum*.

»Dieses Land, es gehörte uns allen. Dann kam der Teufel nach Vardø und auf den Dolmen und säte Zwietracht, Hass und Neid. Er brachte die Menschen dazu, ihren Nächsten auf den Scheiterhaufen zu bringen, und alles nahm seinen Anfang. Ich wollte, dass es aufhört. Ich wollte nur, dass es aufhört.«

Ravna nickte. Die Samin sagte: »Ich verstehe.« Die Polizistin sagte: »Komm jetzt, wir müssen gehen.«

»Nein. Oh nein.« Lénas Lächeln unter Tränen brach Ravna fast das Herz. »Ich bleibe hier. Ich habe keine Kraft mehr. Ich war schon fast drüben, zusammen mit Jonne und Máre.«

»Sie sind unschuldig, Léna. Und Karen …«

»Keiner ist ohne Schuld. Es liegt nun in deiner Hand.«

»Was?«, fragte sie entsetzt.

Poum. Léna schloss die Augen. Es war kalt in der Höhle, eiskalt. Sie würde nicht bis zum frühen Morgen überleben.

Sie mussten sie zum Auto bringen. Gemeinsam würden sie es schaffen.

Ravna drehte sich um. Thor war verschwunden. Mit einem Fluch auf den Lippen lief sie zum Wasserfall.

»Thor? Thor!«

Das Wasser brauste vor ihr in die Tiefe. Rechts ging es über den Pfad zurück zum Parkplatz. Und links … hinauf in die Berge. Wohin war er gegangen? Wohl kaum zu den geparkten Wagen, um Máre und Jonne Gesellschaft zu leisten. Aber in die Berge? Bei diesem Wetter? Er musste den Verstand verloren haben.

Léna schlug die Trommel. Irgendetwas hatte Thor in die weiße Finsternis gelockt. Und sie ahnte, was es gewesen sein könnte und dass er den Weg nie wieder zurückfinden wollte. Er war fertig mit der Welt, die nichts mehr für ihn hatte, wofür das Leben sich lohnte.

Ich habe schon Inga verloren, dachte sie. Und ich werde Léna verlieren. Vor was für eine grausame Entscheidung stellst du mich, *àhkku*? Die Schläge wurden schneller, rhythmischer. Selbst wenn sie zurückging, sie würde Léna nicht mehr erreichen. Sie hatte ihre letzte Karte gespielt. *Es liegt nun in deiner Hand …*

»Ich will das nicht!«, schrie sie und drehte sich um zu der Höhle. »Was hast du getan? Léna? Was hast du getan?«

Durch die Wolken ihres Atems sah sie noch ein letztes Zucken der Flamme, bevor die Kerze erlosch und alles in tiefste Dunkelheit tauchte. *Poum, poum, poum.* Und wieder *poum, poum, poum.*

Sie stolperte nach draußen, wandte sich nach links und

tauchte unter dem Sprühnebel des Wasserfalls durch. Der Schnee lag kniehoch und noch hielt sich der Wind zurück. Aber das würde sich spätestens oben auf dem Bergkamm ändern. Dort blies er mit Orkanstärke und wehte dichte, weiße Schleier in den Abgrund. Und in diesen Schleiern, ganz weit oben, standen zwei helle Schatten und sahen hinab auf den Mann im schwarzen Mantel, der sich zu ihnen nach oben kämpfte.

38.

Ravna kniff die Augen zusammen und riss sie wieder auf. Ihre Fantasie hatte ihr einen Streich gespielt. Das war ja kein Wunder in diesen entfesselten Naturgewalten. Wahrscheinlich hatte Thor dasselbe gesehen: helle Silhouetten aus Nebel und Schnee, nur ein paar Sekunden in dieser Gestalt, bevor die nächste Böe sie zerriss. Schimären, Luftgebilde, Hirngespinste.

»Thor!«

Er hörte sie nicht. Wie auch? Der Wasserfall, das Meer und der Sturm lieferten sich ein brüllendes Gefecht. Ravna kannte den Berg nicht, aber sie wusste, dass sie so schräg und flach wie möglich aufsteigen musste, um nicht in ein Schneebrett zu geraten und abzustürzen. Sie würde niemals rechtzeitig bei ihm sein. Wer weiß, wie es da oben aussah. Felsspalten, Risse, Klüfte und Abgründe, alles zugedeckt von einer watteweichen, kaum einen halben Meter hohen Schicht.

Sie biss die Zähne zusammen und marschierte los. Je steiler es wurde, desto mühsamer kam sie voran. Immer wieder rutschte sie ab. Es gab nichts, an dem sie sich festhalten konnte. Es war Wahnsinn, was sie vorhatte. Aber in keiner Sekunde zweifelte sie daran, dass sie es wenigstens versuchen musste. Sie verbot sich, an Léna zu denken, weil sie dann vor Schmerz laut aufgeschrien hätte. Nicht jetzt, nicht jetzt. Einen Fuß vor den anderen.

Sie hielt einen Moment inne und sah hoch. Thor hatte den Grat erreicht und verschwand. Ohne sich noch einmal umzusehen, in traumwandlerischer Sicherheit, mit einem klaren Ziel vor Augen. Es narrte ihn, und es würde ihn tiefer und tiefer hinein in die weiße Hölle locken, bis es für eine Umkehr zu spät war.

Nicht mit mir, dachte sie und zog noch einmal ihr Tempo an. Du wirst zurückkehren und dem Leben die Stirn bieten, du Feigling. Inga. Malin. Máre. Leni. Frida. Sie haben so viel mehr mitgemacht als du. Léna hat das nur getan, damit ich sie alleine lasse. Sie wusste, ich würde nicht damit klarkommen, dich einfach gehen zu lassen und ihr trotzdem nicht mehr helfen zu können …

Die Minuten wurden zu Ewigkeiten. Je höher sie stieg, desto stärker wurde der Wind und umso härter peitschte ihr der tanzende Schnee ins Gesicht, der aus der Ferne so zart und harmlos wirkte. Fast hatte sie die Bergkante erreicht, als der Boden unter ihren Füßen nachgab und sie ins Rutschen geriet. Sofort ließ sie sich fallen und breitete die Arme aus. Die größere Körperfläche verhinderte in letzter Sekunde eine Schussfahrt ins Meer. Langsam und sehr sehr vorsichtig kam sie halb hoch und begann, auf die Kante zuzukriechen.

Hör auf, Léna. Sofort. Willst du, dass ich dabei draufgehe? Es ist dir vorhin schon nicht gelungen, mich aufzuhalten. Jetzt wirst du es erst recht nicht schaffen. Du wirst ihn nicht mitnehmen. Es muss vorbei sein, Léna. Es muss irgendwann vorbei sein!

Für einen Moment ließ der Sturm nach, als ob er vor dem letzten großen Angriff Luft holen wollte. Die Schneeschleier stürzten kraftlos zu Boden. Wieder riss die Wolkendecke auf und sandte für ein paar Augenblicke ein fast magisches Licht über eine Hochebene, hinter der sich weitere Felsen türmten. Wie eine weiße Wüste breitete sich die Schneedecke vor Ravna aus. Keuchend, mit letzter Kraft, taumelte sie über die Klippe und richtete sich auf.

Thor stand vielleicht hundert Meter von ihr entfernt nah an einem Abgrund.

»Thor!«

Sie stapfte auf ihn zu, aber er schien sie nicht zu hören.

»Verdammt! Was wird das? Komm zurück! Wir müssen hier weg!«

Er setzte die Flasche an den Mund, leerte sie und warf sie von sich. Damit Pfadfinder sie im Sommer wieder in ihre Mülltüten stecken und auf die Leute fluchen konnten, die auf nichts, aber auch rein gar nichts Rücksicht nahmen.

»Ich will, dass du mit mir zurück nach Vardø kommst!«

Er drehte ihr immer noch den Rücken zu. Dabei machte er eine Armbewegung, als hätte ihn ein lästiger kleiner Hund angesprungen. Sie rannte, wenn man dieses schnelle Stapfen überhaupt so nennen konnte. Von irgendwoher kam ein Geräusch, das wie ein Donnergrollen klang. Ein Brausen, ganz weit oben und ganz weit weg.

Noch zehn Meter. Noch fünf. Sie packte ihn und zog ihn zurück.

Vom Gipfel der Berge kam der letzte Sturm. Mächtiger und größer als alles, was er bisher über diesem Flecken Erde heraufbeschworen hatte. Ein gewaltiger Luftzug traf die leichte, oberste Schneedecke. Wie ein Vorhang, der von unsichtbaren Fäden hochgezogen wurde, erhoben sich die tanzenden Schleier erneut, bekamen Gesellschaft aus dem Abgrund, wirbelten durcheinander und begannen ihr Verwirrspiel von vorne.

Thor schüttelte ihre Hand ab. Er starrte in dieses weiße Rauschen und war nicht mehr von dieser Welt.

»Das ist Schnee!«, brüllte sie. »Komm zurück!«

Sie stellte sich vor ihn, aber er schob sie so heftig zur Seite, dass sie fast gestürzt wäre, und ging ungerührt auf den Abgrund zu. In rasender Verzweiflung kam Ravna wieder auf die Beine und folgte ihm. Er streckte den Arm aus – und aus den umeinander, übereinander, hintereinander aufsteigenden Schleiern tauchten, geisterhaft und verschwommen, zwei Gestalten auf. Eine Frau und ein Mädchen. Weiß wie der Schnee, denn sie waren Schnee, durchsichtig wie Luft, denn sie waren Luft.

»Nein!«, schrie Ravna. »Nein!«

Noch drei Schritte. Er wollte sie berühren, ihnen die Hand reichen, eintauchen in diesen eisigen Hauch der Unterwelt. Noch zwei Schritte.

Sie warf sich direkt vor ihn. Es ging steil bergab. Irgendwo da unten im brodelnden Nebel musste das Meer sein. Spitze Felsen, rasiermesserscharfe Klippen. Er achtete gar nicht darauf, dass sie keine Armlänge davon entfernt lag. Ging den letzten Schritt, hob das Bein, um über sie zu steigen, und sie zog, so weit sie ausholen konnte, einen Strich in den Schnee und schloss die Augen.

Nichts geschah. Er stieg nicht über sie und sie fielen nicht gemeinsam in den Abgrund. Aber sie hörte ein Seufzen, hohl und laut, von überallher. Der Wind flaute ab. Sie öffnete die Augen und sah noch, wie die Schleier mit dem Aushauchen des Seufzers in den Abgrund fielen, sich auflösten und verschwanden.

Thors Arm fiel kraftlos zurück. Er sah ins Nichts und erst nach einer halben Ewigkeit hinunter auf Ravna. Dann fuhr er sich über die Augen und ging zwei Schritte zurück.

Sie rappelte sich auf und klopfte den Schnee ab. Um sie herum sah es aus wie in einer Mondlandschaft: eine weite, glitzernde, gewellte Fläche, auf der einen Seite überragt von Felsen, auf der anderen Seite steil abfallend zum Meer.

Es wehte nur noch ein schwacher Luftzug. Und in ihm fielen dicke, weiche Flocken herab, ein unschuldiges Wintermärchen. An Thors Mütze hingen kleine Eisbrocken, auch an seinen Augenbrauen und dem Schal, der nur lose um seinen Hals hing. Er war bleich wie der Tod. Und seine Augen glühten nicht mehr, sie sahen einfach nur noch unendlich müde aus.

»Ravna«, sagte er leise. »Ich habe sie gesehen.«

»Ich auch. Lass uns gehen.«

Der Weg zurück verlief schweigend. Es war, als hätten die Elemente alle Kraft verbraucht und sich zurückgezogen, um auszuruhen. Der Mond schien hell, und in seinem Licht konnten sie das Meer sehen, das sich vor ihren Augen ausbreitete bis zum Horizont.

Der Wasserfall war eingefroren, ein bizarres Kunstwerk aus Eis. Nur an den Rändern tropfte es noch. Der Spalt war kaum einen halben Meter breit und würde bald ganz verschlossen sein. Mühsam zwängte sie sich durch und ging in die Höhle.

Léna war fort. Aber auf der Decke lagen ihre *runebomme* und ihre Messer. Ravna wusste: Am *brukskniv* würden Blutspuren haften. Die von Trygg, von Karen und von einem von Rássmos' jungen Rentieren.

Sie reichte die Messer an Thor weiter, der ihr gefolgt war. Dann leuchtete sie mit dem Handy-Spotlight auf die Trommel. Der Zeiger lag zwischen den heiligen Tagesmännern, dem Rentier der Unterwelt und dem Reich des Todes, *jabmi-aibmo.* Sie musste Thor nicht erklären, was das bedeutete. Vorsichtig hob sie die Trommel hoch und wischte schnell die Tränen weg, die ihr in die Augen stiegen.

»Ist das …« Sie schluckte. »Ist das jetzt ein Asservat?«

Thor schüttelte den Kopf. »Aber die Messer. Du bekommst sie wieder, wenn wir fertig sind.«

Sie wollte es nicht, nicht vor ihm, dem *Gand*, der eben noch drauf und dran gewesen war, seinen Toten in den Schnee zu folgen. Aber die Tränen ließen sich nicht mehr zurückhalten. Ihre Schultern bebten und das Schluchzen schnürte ihr die Kehle zu. Vorsichtig nahm er ihr die Trommel ab und legte sie auf den Boden. Dann nahm er sie in den Arm. Sie wusste nicht, wie lange sie so stehen blieben, einer auf den anderen gestützt und so geschwächt von den Verlusten. Sie wusste auch nicht, was sie empfand, als er sie festhielt und sie ihn. Es war fast wie Liebe, aber nicht die zwischen Mann und Frau, sondern die zwischen zwei Menschen, die etwas gemeinsam überlebt hatten.

Irgendwann sagte er: »Wir sollten gehen, bevor die beiden da unten irgendeinen Blödsinn machen und dabei erfrieren.«

Sie nickte, wischte sich die Tränen ab und schniefte noch einmal so richtig durch, wie das nur *rendrifter* taten.

»Sie sind Samen. Wie, glaubst du, haben wir die Jahrtausende überlebt?«

Dann wandten sie sich zum Gehen. Den ganzen Weg nach unten versuchte sie, nicht daran zu denken, was geschehen war. Dazu würde sie noch auf der Wache Zeit genug haben. Sie lenkte sich ab, indem sie an die verschiedenen Umarmungen der Menschen dachte, an die, die sie erlebt hatte, und die, die noch vor ihr lagen. An die flüchtigen, die unehrlichen, die glücklichen und die verzweifelten, und irgendwann kam sie darauf, dass sie wohl so etwas wie Freunde waren. Über die Jahrzehnte und die Jahrhunderte hinweg, über alles, was sie am anderen ablehnten und nicht verstanden, über das hinaus, was die Menschen trennte. Die Samin und der *Gand.*

Epilog

Oslo, Montag, 16. März 2020
Sonnenaufgang: 06:35
Sonnenuntergang: 18:17
Tageslänge: 11 Stunden 41 Minuten

Ravna Persen saß vor dem Schreibtisch des Leiters der *politihøgskolen,* Aksel Aamodt Berger, einem ziemlich alten Mittdreißiger. Vielleicht war er auch schon nahe an vierzig, so genau konnte Ravna das nicht sagen. Jedenfalls besaß er noch bemerkenswert viele Haare und einen brillenlosen Blick, mit dem er auf das vor ihm liegende Blatt schaute, bevor er sich ihr mit einem kurzen Lächeln widmete.

»Schön, dass du bei uns bist, Ravna. Du bist im Wohnheim untergebracht, oder?«

»Ja«, sagte sie. »Vielen Dank.«

Eine eigene Wohnung in Oslo war außerhalb des finanziell Möglichen. Aber ihr gefiel es in dem hellen, freundlichen Bau, der nicht weit von der Polizeischule und dem Zentrum entfernt lag.

»Normalerweise begrüße ich neue Schüler nicht persönlich. Natürlich werden wir uns in den nächsten drei Jahre kennenlernen, aber ich wollte wissen, wer du bist, nachdem ich dieses Empfehlungsschreiben bekommen habe.«

Sie lächelte. Filip hatte geschworen, nur das Beste über sie nach Oslo zu berichten. Der Mord an Trygg war zwar zu den Akten gelegt worden, hatte aber hohe Wellen geschlagen. Offiziell galt Léna bis heute als vermisst. Aber jeder wusste, dass sie aus der Schneenacht am Wasserfall nicht mehr zurückgekehrt war. In den Akten stand, dass der Landverkauf der Grund für ihre Taten gewesen war. Nur Ravna wusste es besser: Ihre Urgroßmutter hatte sie beschützen wollen und all die anderen Mädchen auch, die Trygg in seine Gewalt bekommen hätte.

Thor hatte Vardø am nächsten Tag verlassen, ohne Abschied, aber das war bei ihm nicht anders zu erwarten. Sie hatte nichts mehr von ihm gehört. Von Lars wusste sie, dass er beurlaubt war, auf eigenen Wunsch. Sie hoffte, dass er sich eine nette Entzugsklinik an irgendeinem hübschen Ort im Süden ausgesucht hatte. Und dass er wusste, dass sie ihn verstand. Manchmal half das ja.

Aksel Aamodt sah wieder auf das Papier. »Ich muss ehrlich sagen, so etwas ist mir noch nicht untergekommen.«

»Ah ja?«, fragte Ravna und wurde etwas nervös. Sie hatte zwar ihren Platz, das war sicher, und heute war ihr erster Tag. Aber nun wurde sie doch neugierig. »Ist es nicht gut?«

Er hob das Blatt hoch und las vor. »Ravna Persen ist eine aufsässige Person, nicht teamfähig, undiszipliniert und in höchstem Maße von sich selbst überzeugt.«

»Was?«, fragte sie entsetzt.

»Ihre Ansichten und der Ton ihren Vorgesetzten gegenüber sind zum Teil inakzeptabel. Sie agiert unter Stress unkontrolliert und widersetzt sich den Anweisungen.«

Ravna traute ihren Ohren nicht. Was zum Teufel war in Filip gefahren?

»Aber«, fuhr Aksel Aamodt fort, »all diese Eigenschaften führten dazu, dass die Trygg-Morde aufgeklärt werden konnten und zwei Menschen das Leben gerettet wurde. Sie ist der beste Polizist, mit der ich je zusammengearbeitet habe. Ihr wärt nicht ganz bei Sinnen, wenn ihr sie nicht aufnehmt. Unterzeichnet: Rune Thor.«

»Thor?«, fragte sie ungläubig. »Er hat das geschrieben?«

»Ich kann mich nicht erinnern, dass er jemals eine Empfehlung verfasst hat. Und dann auch noch so eine. Bis jetzt galt es schon als höchstes Indiz für Mut und Leidensfähigkeit, es überhaupt einen Tag mit ihm auszuhalten. Und ihr wart Partner?«

»Ja«, sagte Ravna. »Das waren wir. Wo ist er?«

Der Beamte legte das Papier zu den Akten. »Keine Ahnung.«

»Wird er zurückkommen?«

»Auch das wissen wir nicht. Aber du, Ravna, bist jetzt bei uns. Ich bin gespannt, was wir von dir lernen können.«

Er stand auf und reichte ihr die Hand. Hastig erhob sie sich ebenfalls und erwiderte den Händedruck.

»Same?«, fragte er, obwohl er es wissen musste.
»Ja«, sagte sie voller Stolz.

Danke!

Als ich vor langer Zeit mit meinen Eltern auf dem Weg zum Nordkap war, kamen wir an Vardø vorbei. Die Reise dorthin, der unendliche Himmel, die vom Eis zerklüfteten Ufer waren unvergesslich. Es war kalt und grau und alles andere als spektakulär, und trotzdem blieb ein Teil meines Herzens dort zurück und wartete auf meine Rückkehr.

Ravnas Geschichte begann mit der Erinnerung an diese Stadt. Oder besser: an diesen Flecken Erde und seine knapp zweitausend Einwohner. Mittlerweile sind das Hexenmahnmal und der Globus-II-Radar der NATO hinzugekommen, aber sonst scheint sich kaum etwas verändert zu haben. Es ist auch nicht viel einfacher geworden, hinzukommen: von Berlin nach Oslo, dann weiter nach Kirkenes und anschließend sechs Stunden mit dem Auto einmal um den Varangerfjord ans Ende der Welt. Aber kaum war ich dort, war alles wieder da. Das Licht. Die Weite. Diese trockene, eiskalte

Luft. Sonne, Regen, Wind, Sturm. Ich stand am Fenster des Vardø-Hotels, lief die schroffe Küste entlang, sah hinaus auf den Hafen und wusste: Hier ist es. Hier wird ein Mord geschehen und Ravna Persen wird ihn aufklären. Zusammen mit Rune Thor, dem *Gand*, den der Teufel zwei Mal berührt hat …

Dann, ein paar Wochen später, war ich in München. Am Abend erzählte ich meinen Verlegerinnen Nicola Bartels und Susanne Krebs von meiner Idee, einen Arktis-Krimi zu schreiben. Ich erzählte von Ravna, der samischen Polizeipraktikantin, und von ihrem ersten Fall, der sie bis an ihre Grenzen und weit darüber hinaus treiben wird. Von der Natur dort oben, die so gewaltig und grausam sein kann, von Vardø, wo die schlimmsten Hexenprozesse gewütet hatten, und von Ravna und Thor, diesem ungewöhnlichsten Ermittlerpaar, das mir jemals vorgekommen ist … Ich liebte Ravna vom ersten Moment an. Und ich war überglücklich, dass ich nicht die Einzige war! Liebe Susanne, liebe Nicola – ohne euch würde es dieses Buch nicht geben und Ravnas Geschichte wäre eine Idee geblieben. Ich liebe sie so sehr, und ich danke euch, dass ich sie für euch schreiben durfte!

Um Ravna näherzukommen, war es unerlässlich, mehr über sie und ihre Kultur zu erfahren. Ich fand die wunderbarsten Ratgeber, die man sich vorstellen kann: Liane und Hans-Joachim Gruda. Seit so vielen Jahren bereisen sie Norwegen, haben samische Freunde, die auch öfter einmal direkt angerufen wurden, wenn wir zusammensaßen und über Details sprachen. Von ihnen lernte ich, was ein Joik ist, wie man die Messer unterscheidet, wann die Trecks zu den

Winterweiden beginnen und, und, und … Ohne sie hätte ich nicht gewusst, dass man in Norwegen sogar den Haftrichter duzt und es das bei uns geläufige -in, ÄrtzIN, PraktikantIN, dort nicht gibt. Schon bei unserem ersten Treffen wusste ich: Mit Liane und Hans Joachim Gruda als Lotsen durch unbekannte Gewässer kann mir nichts passieren. Sollte es doch noch Fehler und Ungenauigkeiten in diesem Buch geben, so sind sie allein meiner Schusseligkeit zu verdanken.

Wer Sápmi und seine Menschen kennenlernen will, kann sich auf ihrer Webseite www.homo-peregrinus.de informieren. Beide baten mich, an dieser Stelle ganz besonders das samische Kulturzentrum Márkanbáiki in Schwedisch Lappland hinzuweisen, was ich sehr gerne tue (historischer samischer Marktplatz, Jukkasjärvi/Čohkkiras, Marknadsvägen 2, 981 91 Jukkasjärvi). Ich weiß, dass manche unter euch gerne an die Schauplätze meiner Bücher reisen, und ich wünsche euch viel Freude, Interesse und einmalig schöne Erlebnisse.

Zum Schluss danke ich euch dafür, dass ihr mir auf die Reise in die Arktis gefolgt seid. Für mich war dieses Buch eine der faszinierendsten Erfahrungen, die man beim Schreiben haben kann. Man spürt die Nähe zu seinen Figuren, und man ist mittendrin in einer Welt, die erst fremd und dann so vertraut wird. Danke, dass ihr mitgekommen seid.

Elisabeth Herrmann

P.S.: Ich freue mich auf euer Feedback, eure Kritik, euer Lob oder einfach nur, wenn ihr mich bei meiner Arbeit begleiten wollt. Ihr findet mich auf Facebook unter Elisabeth Herrmann *und ihre Bücher und auf Instagram unter* Elisabeth Herrmann.

Wer mehr über das Leben in der Arktis erfahren möchte, den lade ich herzlich ein auf Ravnas Instagram-Profil. Unter Ravna_Arctica *gibt es Fotos, Berichte von meinen Recherchereisen, Interviews und die frostigsten, kältesten Gewinnspiele des Polarkreises! Und ihr seid die ersten, die erfahren, wie es mit Ravna weitergeht …*

Autorin

Elisabeth Herrmann, geboren 1959 in Marburg/Lahn, ist eine der aufregendsten Thrillerautorinnen unserer Zeit. Zum Schreiben kam sie neben ihrer Tätigkeit als Journalistin erst über Umwege – und hatte dann sofort durchschlagenden Erfolg mit ihrem Thriller »Das Kindermädchen«, der von der Jury der Krimi-Welt-Bestenliste als bester deutschsprachiger Krimi 2005 ausgezeichnet wurde. Seitdem macht Elisabeth Herrmann Furore mit ihren Thrillern und Romanen. 2012 erhielt sie den Deutschen Krimipreis für »Die Zeugin der Toten«. Sowohl »Das Kindermädchen« und »Die Zeugin der Toten« als auch ihr Thriller »Schattengrund« wurden vom ZDF verfilmt. »RAVNA – Tod in der Arktis« ist ihr sechster Thriller für jugendliche Leser.

Von Elisabeth Herrmann sind bei cbj erschienen:

RAVNA – Die Tote in den Nachtbergen (17609)
Lilienblut (30762)
Schattengrund (30915)
Seefeuer (31063)
Die Mühle (31192)
Zartbittertod (31324)

Mehr zu unseren Büchern auch auf Instagram

Elisabeth Herrmann

RAVNA – Die Tote in den Nachtbergen

464 Seiten, ISBN 978-3-570-17609-2

Zum Treck der Rentiere auf die Sommerweiden kommen alljährlich alle Samen der Renzüchterfamilien zusammen. Auch Polizeischülerin Ravna Persen reist für das Ereignis nördlich des Polarkreises aus Oslo an. Als Ravna bei der Suche nach verirrten Rentieren in eine Bärenschlucht stürzt, kann sie sich nur mit allerletzter Kraft befreien. Doch unterwegs macht sie eine schlimme Entdeckung: Ein Mädchenskelett liegt halb verschüttet im Geröll. Ravna ist sich sicher: Das ist Linnea Berger, die seit zehn Jahren vermisst wird. Unterstützt von Kommissar Rune Thor und zum großen Unwillen der Rentierzüchter, beginnt Ravna zu ermitteln. Doch der Mörder ist mitten unter ihnen und er macht auch vor weiteren Opfern keinen Halt …

20336

cbj

www.cbj-verlag.de